5/94
W0244274

LES TREIZE VENTS

IV

L'Exilé

DU MÊME AUTEUR

AUX ÉDITIONS PLON

Dans le lit des rois, 1983.
Dans le lit des reines, 1984.
Les Loups de Lauzargues 1. — Jean de La Nuit, 1985. 2. — Hortense au point du jour, 1985. 3. — Félicia au soleil couchant, 1987.
Le Roman des châteaux de France, vol. 1, 1985; vol. 2, 1986; vol. 3, 1987.
La Florentine, Fiora et le Magnifique, 1. 1988.
La Florentine, Fiora et le Téméraire. 2. 1989.
La Florentine, Fiora et le Pape. 3. 1989.
La Florentine, Fiora et le Roi de France. 4. 1990.

AUX ÉDITIONS JULLIARD

Les dames du Méditerranée-Express 1. — La Jeune Mariée, 1990. 2. — La Fière Américaine, 1991. 3. — La Princesse mandchoue, 1991.
Les Treize vents 1. — Le Voyageur, 1992. 2. — Le Réfugié, 1993. 3. — L'Intrus, 1993.

CHEZ D'AUTRES ÉDITEURS

RÉCITS HISTORIQUES

Les Reines tragiques, 1962.
Aventuriers du passé, 1963.
Par le fer et le poison, 1973. Préface d'Alain Decaux.
De sac et de corde, 1979.
Trois seigneurs de la nuit : Casanova, Cartouche, Cagliostro, 1978.
Drames, dames et démons, 1980.
Tragédies impériales, 1980. — Unide et Trévise.

SÉRIE CATHERINE

Il suffit d'un amour, 2 vol., 1963.
Belle Catherine, 1966.
Catherine des grands chemins, 1967.
Catherine et le temps d'aimer, 1968.
Piège pour Catherine. Les Montsalvy, 1973.
La Dame de Montsalvy, 1978.

SÉRIE MARIANNE

Une étoile pour Napoléon, 1969.
Marianne et l'inconnu de Toscane, 1971.
Marianne, Jason des quatre mers, 1971.
Toi, Marianne, 1972.
Les Lauriers de Flammes, 1974, I et II.

SÉRIE GERFAUT

Le Gerfaut des brumes, 1976.
Un collier pour le diable, 1978.
Le Trésor, 1980.
Haute-Savane, 1981.

ÉDITIONS CHRISTIAN DE BARTILLAT

Cent ans de vie de château (I, La Belle Époque).

J'AI LU

Un aussi long chemin..., 1983.

JULIETTE BENZONI

L'EXILÉ

ÉDITIONS JULLIARD
20, rue des Grands-Augustins
75006 Paris

© Éditions Julliard, 1994.

Première partie

LA TRAQUE

ÉTÉ 1803

CHAPITRE PREMIER

L'HIVER D'UN CHEVALIER DE DIEU

L'orage s'éloignait en grondant.

Il avait été violent, court, mais bienfaisant : l'air retrouvait de la fraîcheur. Un de ces orages d'été que l'on reçoit avec soulagement quand la terre desséchée n'a pas bu une seule goutte d'eau pendant des jours, que le soleil tape dur et que la chaleur devient étouffante.

Refugié avec son cheval sous le surplomb d'un rocher, Guillaume Tremaine regrettait même que la grosse averse n'eût pas duré plus longtemps. L'herbe des pâtures en avait tellement besoin ! Cependant, à regarder le ciel changeant il pensa qu'elle pourrait bien ne pas tarder à reparaître. L'orage devait tourner en ce moment autour du signal d'Écouves qui est avec le mont des Avaloirs, comme chacun sait, l'un des deux sommets des pays de l'Ouest. Le roulement sourd semblait revenir sur ses pas... Dans ce cas, il fallait profiter de l'accalmie pour essayer d'atteindre Montrouvres. Pour ce qu'il en savait, le château ne devait plus être bien loin...

Tirant après lui l'étalon noir plutôt rétif — Sahib

aimait le vent mais détestait le tonnerre et flairait son retour imminent —, Tremaine fit quelques pas en le menant par la bride, cherchant à s'orienter. La profonde forêt de chênes jetée comme un manteau sur la haute colline, d'où elle coulait jusqu'aux portes d'Alençon, ressemblait à un paysage sous-marin avec ses infinis d'un vert bleuissant. Son silence qui paraissait vieux de plusieurs siècles dégageait cependant une magie, une sérénité où Guillaume eût aimé s'attarder, mais le soir approchait. Il fallait arriver avant la nuit...

Retrouvant le sentier qu'il avait quitté pour s'abriter, le voyageur hésita un instant : la bourrasque semblait avoir brouillé le paysage mais, soudain, l'œil perçant de Guillaume découvrit une vieille croix de chemin. Très certainement celle qu'on lui avait indiquée à Carrouges. En ce cas, il était beaucoup plus près de Montrouvres qu'il ne le croyait.

Posant un pied à l'étrier, Guillaume se hissa un peu plus lourdement qu'autrefois et en grimaçant un brin : sa mauvaise jambe se rappelait de plus en plus souvent à son souvenir quand le temps devenait humide. Cela l'agaça, comme tout ce qui rappelait à sa mémoire le fait qu'il avançait en âge : en septembre prochain il aurait cinquante-trois ans. Aucun réflexe de coquetterie là-dedans : simplement la crainte sourde de perdre sa vitalité, de s'amoindrir, de voir se dégrader peu à peu l'image de lui-même qu'il entendait garder.

Se penchant sur l'encolure, il caressa la robe soyeuse de Sahib, la sentit frémir sous ses doigts : les grognements célestes revenaient vers eux.

— Nous serons à l'abri à temps, mon fils ! Même si notre entrevue se termine mal, le vieux forban ne nous refusera pas un toit, au moins pendant la tempête !

Parvenu à la mince patte-d'oie, Tremaine prit à main gauche vers le plus touffu du hallier, là où les bois étaient serrés comme les brins de laine d'un tapis, mais quelques minutes d'un trot allongé l'en firent sortir. La forêt s'éclaircit soudain. Il y eut une large allée carrossable bien qu'envahie d'herbes hautes, un étang mélancolique aux eaux verdies au bord duquel rêvait une vieille demeure enveloppée de tristesse.

En dépit de la façade qui laissait tomber son crépi par plaques, de certains carreaux manquants aux nobles fenêtres et des armoiries martelées par une fureur imbécile au-dessus d'une porterie médiévale, vestige d'une première bâtisse, le long château conservait la grande mine de quelque roi lépreux vivant ses heures dernières dans un abandon sans faiblesse... Aucune trace de vie ne s'y montrait.

Pourtant, il devait bien y avoir quelqu'un...

— Voici quatre ans passés, il est rentré au pays, avait dit le général Le Veneur lorsque Tremaine était venu en son château de Carrouges lui demander s'il recevait quelques nouvelles de son parent, le bailli de Saint-Sauveur. Le bruit de son retour a couru la région et fait événement.

— Est-il donc si célèbre ?

— Non. Encore que certains de ses exploits au service de la religion ou à celui du roi eussent parfois percé l'épaisseur de nos forêts, mais, avant les troubles, ceux de Montrouvres tenaient un état important, ce qui rendit leurs malheurs plus éclatants. Le marquis est mort de misère en émigration, les autres sur l'échafaud... même le jeune Paul, mon filleul, qui n'avait que quinze ans...

— Toute une famille? C'est effrayant!...

— Oui. Il ne reste que le bailli. Il était alors à Malte. Quant au château, il a souffert en dépit des efforts de l'intendant qui l'a racheté lorsqu'il a été mis en vente comme bien national. Oh! pas pour lui, bien sûr! C'est un brave homme ainsi qu'il y en a beaucoup chez nous. Il ne se serait pas permis de l'habiter : il s'est installé dans la porterie et même il a essayé quelques réparations mais, après l'achat, il n'avait plus guère d'argent. Il y a vécu comme il pouvait. Et puis, en l'an VII...

— Je n'aime pas beaucoup le nouveau calendrier. Je n'ai jamais été capable de m'y retrouver...

Le général Le Veneur sourit. En dépit de son appartenance à la meilleure noblesse normande, il avait servi la République avec d'autant plus de passion qu'il était acquis aux idées des «philosophes» depuis la guerre d'Indépendance américaine. Il avait même, premier de tous, proposé l'abolition des privilèges dès le 20 mars 1789! Payé bien mal de son dévouement par une Convention qui semblait décidée à envoyer à l'échafaud ses meilleurs chefs de guerre, il avait tâté de la prison et ne devait son salut qu'à son ancien aide de camp : Lazare Hoche, fils d'un des gardes-chasse de son domaine de Tillières. Tout cela ne modifia aucunement ses idées politiques[1].

— Vous êtes comme ceux d'ici, soupira-t-il. Eux non plus n'apprécient pas ces nouveautés. Disons qu'il est revenu en 1798.

1. Le général Le Veneur servit ensuite Bonaparte puis l'Empereur qui le fit vicomte. Son nom est gravé sous la voûte de l'Arc de Triomphe à Paris.

— A-t-il pu quelque chose pour sa maison ? Je ne l'ai jamais connu riche...

— C'est un cadet. Il ne l'a jamais été et pas davantage à présent qu'étant le seul il est l'aîné. Je ne sais trop comment il vit. On le dit très amoindri...

— On le dit ? Ne l'avez-vous pas revu ?

— Oh ! non !

— Mais pourquoi ? Il vous est cousin, je crois ?

— En effet, et j'aurais aimé l'aider mais il préférerait accueillir le diable plutôt que moi. Pour ce vieux Maltais entiché de ses rois je ne suis qu'un traître, un rénégat. Il me méprise tellement que je ne suis pas certain qu'il trouve le courage de prier pour moi... De toute façon, il ne veut voir personne...

— Peut-être est-il mort ?

— Cela se saurait. Il ne vit pas absolument seul à Montrouvres. Il y a toujours Morel, l'intendant chien fidèle et puis une femme dont on ne sait ni qui elle est ni d'où elle vient ni même qui des deux a ramené l'autre. Ne me demandez pas non plus à quoi elle ressemble : ceux qui l'ont aperçue avec le bailli à l'arrivée de la diligence de Paris n'ont pas vu son visage voilé. Ils l'ont décrite grande et sans doute vigoureuse, car elle portait presque notre malheureux cousin avec l'aide d'un gamin d'une quinzaine d'années qui est peut-être son fils...

Arrêté à la corne de l'étang, Guillaume rêvait en se remémorant cette conversation toute récente quand un coup de tonnerre le rappela à la réalité. Sahib broncha, hennit furieusement et faillit prendre le mors aux dents mais son maître le maintint avec fermeté.

— Il est temps de nous mettre à l'abri, marmotta

celui-ci tandis que de grosses gouttes de pluie commençaient à tomber. Un bref galop conduisit cheval et chevalier sous l'ogive de l'antique barbacane.

Un homme, aussitôt, surgit devant eux, bras et jambes écartés, barrant le passage. Ses cheveux et sa barbe presque blancs en faisaient un vieillard. Pourtant c'était tout de même un gaillard de plus de six pieds, qui évoquait les chênes d'Écouves et pouvait certainement déployer encore une force redoutable.

— Où allez-vous, Monsieur? demanda-t-il avec rudesse.

— C'est l'évidence même, je crois? Vous devez être Morel, l'intendant de monsieur le bailli de Saint-Sauveur?

— En effet.

— Moi je suis M. Tremaine des Treize Vents près Saint-Vaast-la-Hougue. Ayez la bonté de m'annoncer à votre maître. Je veux lui parler.

D'un premier coup d'œil, l'intendant saisit la beauté du cheval et la monte irréprochable du cavalier. Le second seulement fut pour l'étroit visage au nez arrogant dont les traits semblaient sculptés dans un vieux bois, les yeux fauves brillants et dominateurs. Le gardien vit aussi les grandes mains maigres et musclées, les larges épaules sous le manteau de cheval négligemment rejeté en arrière révélant la redingote bien coupée et la blancheur du linge, les cheveux d'un roux foncé mais touchés de blanc aux tempes qui, courts et serrés, poussaient dru sur le crâne dont ils épousaient la forme.

L'examen n'avait rien de défavorable, cependant le gardien ne s'écarta pas.

— Monsieur le bailli ne reçoit personne, ne veut voir personne. Veuillez me pardonner, monsieur ! Je ne fais qu'exécuter les ordres.

— A moins qu'il ne soit le pire des ingrats, je peux vous assurer qu'il me recevra. Prenez au moins la peine d'aller lui porter mon nom. Je vous le répète : je m'appelle Tremaine !

L'homme laissa retomber ses bras, hésitant visiblement, quand un jeune garçon accourut. Il était beau comme une médaille avec des traits d'une pureté absolue et des boucles noires qui lui donnaient l'air d'un pâtre grec. Se hissant sur la pointe des pieds, il dit quelque chose à l'oreille de l'intendant qui haussa les épaules, mais s'effaça.

— Allez, monsieur, il paraît que vous êtes attendu. Vous pouvez me confier votre cheval : je saurai en prendre soin. On dirait que l'orage le rend nerveux...

— Oui. Prenez garde à ses réactions ! Il s'appelle Sahib.

— N'ayez crainte ! Lui, au moins, ne sera pas mouillé.

Tandis que Guillaume mettait pied à terre, il saisit la bride d'une main experte et de l'autre flatta la tête de l'animal avant de le conduire vers ce qui devait être une écurie.

La pluie, à présent, tombait en grandes rafales qui flagellaient les pavés disjoints et envahis d'herbe de ce qui avait été la cour d'honneur, mais l'adolescent y paraissait insensible bien qu'il fût seulement vêtu d'une culotte brune et d'une chemise ouverte sur la poitrine. Ayant remarqué que le voyageur appuyait sur une canne une légère boiterie, il le précéda sous l'averse d'un pas de sénateur qui agaça Tremaine :

— Je ne suis pas impotent ! cria-t-il. Cours ! je saurai bien te suivre !

Le garçon alors fila comme un trait d'arbalète vers une porte de côté demeurée ouverte et s'y tint en sentinelle jusqu'à ce que le visiteur fût entré. C'était un tout petit vestibule mal éclairé par une imposte : l'un de ceux dont on se sert pour les retours de chasse solitaire afin de ne pas maculer de boue les marbres de l'accès principal. Il donnait d'un côté sur une cuisine, de l'autre sur un vaste salon qui avait dû être somptueux. Cela se devinait aux ors ternis des boiseries Grand Siècle, aux peintures écaillées des grands panneaux dans la manière de Lebrun qui représentaient, si l'on en croyait les vestiges, des divinités sylvestres dansant sur la mousse. Deux lustres aux cristaux brisés pendaient du plafond à caissons dont la fureur des sectionnaires d'Alençon n'avait pas réussi à effacer complètement la richesse initiale de coloris.

Les rares meubles de cette pièce étaient groupés à l'une des extrémités aux abords d'une belle cheminée de marbre dont les cariatides avaient été privées de visage par la masse égalitaire d'un quelconque sans-culotte. C'étaient, pour la plupart, des reliques oubliées dans les greniers et remises en service malgré leur délabrement, mais Guillaume ne les vit pas, fasciné dès l'abord par ce qu'il découvrait : une image, quasi espagnole dans sa sévérité, que le Greco eût peut-être aimé peindre. Assis dans un antique fauteuil à haut dossier dont le cuir libérait ses crins par quelques crevés, le bailli de Saint-Sauveur, aussi droit qu'un personnage de portrait, le regardait venir. Sous la robe noire frappée de la croix blanche à huit pointes indiquant sa dignité dans l'ordre de Malte, il ressemblait à son propre fantôme. Pourtant, jamais Tremaine ne lui avait vu si grande mine. Les cheveux blanchis, le teint plombé, certaine crispation des traits aussi disaient la souffrance et la maladie, mais la bouche amincie gardait son pli dédaigneux, le profil en proue de navire sa superbe et les yeux gris leur dureté de granit. De toute évidence, si le corps s'en allait vers sa destruction, l'âme n'avait rien perdu de sa trempe.

La main posée sur le dossier du siège, une femme au visage hermétique se tenait debout à son côté, un peu en retrait. Grande et de belles proportions, elle était de celles dont on ne peut dire si elles sont belles ou laides. Plutôt laide, peut-être, en dépit d'un regard sombre où passaient des brillances. Imposante en tout cas, évoquant même assez bien l'ange de la mort dressé au-dessus du vieil homme. Du moins, Guillaume la ressentit-il ainsi...

Cependant, la voix du vieux bailli se faisait entendre alors même que Tremaine était encore à l'entrée du salon.

— Ainsi, monsieur Tremaine, vous avez réussi à découvrir ma tanière? Je vous en fait mon compliment: ce n'est pas si aisé. D'autant que vous ignoriez mon retour?

— C'était plus facile que vous ne le pensez. Pour avoir de vos nouvelles, il m'a suffi de me rendre à Carrouges. J'y ai appris que vous aviez regagné votre demeure ancestrale. Avec un peu d'étonnement, d'ailleurs: d'où vient que vous n'ayez pas jugé bon d'en avertir vos amis des Treize Vents? Mais peut-être ne sommes-nous plus amis? J'aurais tendance à le croire dès l'instant où vous me donnez du «monsieur Tremaine». Jadis, vous disiez Guillaume.

L'ombre d'un sourire vint éclairer le visage las, cependant qu'une des mains, nouées par les rhumatismes, se tendait vers une vieille chaise d'ébène :

— Les temps ont changé et moi aussi. Pourquoi serais-je allé faire parade de ma déchéance devant vous et les vôtres ? J'aurais souhaité que vous gardiez l'image d'autrefois, mais puisque vous voilà, prenez donc place ! Theodosia voudra bien nous apporter le mait'cidre de la bienvenue, ajouta-t-il en se tournant, avec une visible difficulté, vers la grande femme brune qui s'inclina sans un mot et sortit, suivie des yeux par Tremaine.

Celui-ci, cependant, ne posa pas de questions. Il s'assit ainsi qu'on l'y invitait.

— Je ne suis pas certain de pouvoir accepter votre bienvenue, monsieur le bailli. C'est une affaire grave qui m'amène et, en fait, je n'ai qu'une question à vous poser. Où est-il ?

— Qui donc ?

— Prétendez-vous m'obliger à donner un nom que vous avez déjà deviné ? dit Guillaume avec rudesse. Je parle de ce garçon pour qui l'on peut mourir, et que j'ai cependant accepté sous mon toit...

La réplique partit comme un coup de fouet, cinglante :

— Ne renversez pas les rôles ! C'est Lui qui a bien voulu honorer votre maison d'une présence dont vous et vos descendants pourrez vous glorifier. Il était alors, il est toujours le maître où qu'il aille !

Guillaume se leva si impétueusement que la lourde chaise s'abattit derrière lui.

— Pas à ce point-là ! s'écria-t-il, laissant libre cours à la fureur mêlée d'angoisse qui l'habitait depuis tant de jours. Pas au point de se prendre pour les sultans de Versailles et de ressusciter leurs mœurs ! Pas au point de...

— Plus bas, je vous prie ! ordonna le bailli. D'aussi dangereuses paroles ne doivent pas éveiller les échos. Même dans une solitude ! Surtout dans une solitude ! Elles peuvent porter loin. Que voulez-vous de moi ?

— Je vous l'ai dit : savoir où il est en ce moment.

L'entrée de Theodosia porteuse d'un plateau chargé d'un pichet embué et de gobelets d'étain interrompit le dialogue. Elle versa le liquide blond et mousseux, interrogea le bailli du regard puis s'éloigna de nouveau, lente et silencieuse comme une ombre. Guillaume ne put s'empêcher de remarquer :

— Une personnalité surprenante au cœur de nos forêts normandes ! Celle du jeune garçon qui m'a introduit l'est à peine moins. Mais je me montre indiscret : veuillez me pardonner...

— Du tout ! Aucun secret en l'occurrence. Marcos est le fils de Theodosia. Elle a sauvé le peu de vie qui me reste et comme à cette occasion elle a tout perdu, je lui ai proposé l'abri du seul toit qui me restât sur cette terre. Elle et l'enfant semblent se plaire ici en dépit de l'humidité... Mais revenons-en à votre question et permettez-moi de vous en poser une autre. Pourquoi supposez-vous que je puisse vous répondre ?

Tremaine reposa son gobelet vide. Le cidre, délicieusement frais et parfumé, chassait un peu son humeur noire :

— Cela coule de source, il me semble ! N'étiez-vous pas son guide, son protecteur, son indispensable mentor ? Si quelqu'un peut me donner une piste, c'est vous.

Monsieur de Saint-Sauveur eut un haut-le-corps, cependant qu'un éclair de colère traversait son regard gris.

— Une piste? Quel mot pour un prince! Qu'est-il devenu pour vous? Un vulgaire gibier?

— Simplement un voleur! Un «vulgaire» voleur! Et tant pis si je vous choque. Il a pris ma fille, comprenez-vous? Ma fille, enlevée sur une plage! Celle-là même où vous avez embarqué avec lui. Voilà sa façon de reconnaître l'hospitalité reçue, les dangers courus et le sang versé.

L'armure glacée dont le bailli s'enveloppait depuis l'arrivée de Tremaine parut fondre soudain sous l'effet d'une réelle surprise.

— Votre fille? Vous voulez dire Elisabeth?

— Je n'en ai jamais eu d'autre. Elle séjournait alors chez Mme de Varanville et faisait chaque matin une promenade à cheval. Un jour sa monture est rentrée sans elle mais avec ceci.

D'un petit portefeuille Guillaume tira le dernier billet d'Elisabeth et l'épingle à la fleur de lys qui l'avait fixé au tapis de selle. Il tendit les deux objets au vieil homme qui parcourut des yeux le billet mais garda un moment entre ses doigts le mince bijou d'or. Finalement, il soupira :

— Que puis-je vous dire? Si vous avez vu Alexis Le Veneur, il a dû vous apprendre que, depuis bientôt cinq ans, je vis ici, loin de tout et de tous. Comment saurais-je où se trouve mon roi?

— Vous lui étiez tellement attaché! D'où vient que vous l'ayez quitté... si vous l'avez quitté? Après tout, il était en Normandie ces temps derniers et vous y êtes aussi! Vous êtes certain de ne pas le cacher quelque part dans cette grande bâtisse?

— Le cacher? De qui, de quoi? Oubliez-vous

qu'on le dit mort au Temple en 1795 ? Personne ne le cherche. Quant à moi, je mourrais de honte si je devais l'abriter en si misérable demeure. Cherchez-le ailleurs, Monsieur Tremaine ! Il n'est pas ici. Dois-je engager ma foi de gentilhomme ? ajouta-t-il avec une hauteur qui gêna son visiteur.

— C'est inutile, et je vous fais excuse, mais essayez de me comprendre : depuis que ma fille a disparu je vis l'enfer. Elle n'a que seize ans et la voilà engagée dans une aventure dont elle ne mesure certainement pas la gravité. Je ne me suis pas assez méfié des sentiments qui couvent en elle depuis que votre protégé est venu aux Treize Vents. Elle l'a aimé tout de suite, d'une de ces amours d'enfant dont je sais d'expérience qu'elles peuvent marquer une vie. Elle n'a jamais pu l'oublier.

— Lui non plus. Je sais qu'il n'a pas cessé de penser à elle jusqu'au jour de notre séparation. S'il est revenu en Cotentin, ce ne pouvait être que pour elle.

— Pourquoi pas pour rassembler des partisans ? Ne portait-il pas le titre de duc de Normandie ? dit Guillaume avec amertume. Il a pu faire d'une pierre deux coups.

— Songez qu'il n'a que dix-huit ans, mon ami. A cet âge-là, on ne raisonne pas son cœur. Vous avez entrepris des recherches, j'imagine ?

— Bien entendu. J'ai fouillé la plage où ils se sont retrouvés, la côte en interrogeant pêcheurs et paysans. L'un d'eux seul a pu apercevoir un cotre qui approchait la grève dont Elisabeth faisait depuis quelques jours le but de sa promenade, mais il n'a vu qu'une coque noire et une voile blanche. Ensuite le bateau est reparti. Vers Cherbourg, semblait-il, et j'ai interrogé la ville et le port. Sans résultats ! La mer ne garde pas la trace des navires... Alors j'ai pensé que, peut-être, vous étiez toujours avec lui et j'ai voulu savoir si, par ici, l'on avait de vos nouvelles...

— Vous n'imaginez tout de même pas que si j'avais été à son côté j'aurais admis qu'il emmène Elisabeth ? Je conserve une tendresse pour vos enfants, Guillaume : celle du grand-père que j'aurais pu être... Croyez-en ma parole : lorsque je suis revenu à Montrouvres, il y avait plus d'un an que j'avais dû me séparer de lui à Malte.

— A Malte ?

Un coup de tonnerre particulièrement violent lui coupa la parole, presque immédiatement suivi de la zébrure aveuglante d'un éclair qui, un instant, illumina l'étang. L'orage n'en finissait pas, apparemment, de tourner autour du Signal d'Écouves. A cet instant, Theodosia reparut, portant un flambeau allumé. L'obscurité envahissait la vaste pièce et cependant les deux hommes ne s'en étaient même pas aperçus...

La femme prononça quelques mots dans une langue inconnue de Tremaine et pour la première fois le bailli eut un léger sourire.

— Théodosia me dit que, selon Morel, ce mauvais temps va durer. Et si elle a employé sa langue natale — le grec —, c'est pour me demander si j'ai l'intention de vous abriter cette nuit. Ce qui va de soi, si toutefois vous ne craignez pas une hospitalité quasi misérable. Ce que je vous conseille... au moins pour votre cheval. Si j'ai bien vu, Sahib déteste toujours autant l'orage ?...

— Vous l'avez reconnu et vous vous souvenez de son nom ? fit Guillaume, soudain ému.

— Je n'ai rien oublié des Treize Vents ni de ce

que je leur dois d'heures chaleureuses. Soyez certain, Tremaine, que si je peux quelque chose pour que vous retrouviez Elisabeth je le ferai sans hésiter. A présent, Theodosia va vous montrer votre chambre. Nous nous reverrons dans une heure pour souper...

Avec l'impression que son hôte souhaitait tout à coup qu'il s'éloigne un moment, Guillaume suivit la femme en noir jusqu'à un vieil escalier de pierre qui, par une courte galerie dont les murs lépreux gardaient la trace de tableaux et de meubles disparus, le mena jusqu'à une pièce d'angle dont elle ouvrit la porte avec un air royal comme s'il s'agissait de l'appartement d'honneur d'un palais. En même temps, elle élevait le bougeoir dont elle avait guidé leur marche, étendant le cercle de lumière sur un antique parquet en point de Hongrie auquel on s'était efforcé de rendre quelque lustre sans parvenir à cacher des manques regrettables.

— C'est là ma chambre? demanda Tremaine dans le seul but d'apprendre si Theodosia parlait seulement le grec.

Il fut tout de suite renseigné.

— La chambre rouge, oui... la plus belle! Mon fils apportera de l'eau.

Comparativement au reste du château, cette pièce conservait un reflet de faste. Un lit de chêne à colonnes torses dont la couverture était de vieux damas d'un pourpre terni comme les tentures à festons, une table à pieds chantournés, deux chaises, une armoire dont les panneaux gardaient des traces d'enluminure, enfin une grande cheminée de pierre datant de la construction du château et à qui, en hiver, le feu pouvait donner une certaine richesse, tandis que dans le vide de l'été, les chenets noircis et les cendres oubliées donnaient un aspect des plus tristes, tel était le décor qui allait abriter la nuit de Guillaume. Il y avait aussi un paravent de damas effrangé masquant des ustensiles de toilette. Theodosia préleva un pot en annonçant qu'elle allait le remplir.

Resté seul, en attendant de pouvoir se rafraîchir, Tremaine s'approcha d'une des deux fenêtres à petits carreaux dont plusieurs étaient remplacés par du papier huilé et dont les rescapés n'avaient pas été lavés depuis longtemps. La crémone de la première fenêtre résista si vaillamment à sa poigne vigoureuse qu'il n'osa pas trop insister par crainte de voir l'ensemble s'écrouler. L'autre, par contre, se montra beaucoup plus complaisante et il put respirer l'air rafraîchi et l'odeur de la forêt mouillée.

Les nuages noirs encombraient le ciel en si grand nombre qu'il faisait presque nuit bien que l'heure ne fût pas tardive. La pluie tombait toujours et, de temps en temps, un éclair déchirait l'air enveloppant la porterie d'une lumière livide. A la faveur d'un de ces éclats, il vit Marcos courir vers l'antique bâtiment et en ressortir aussitôt en compagnie de Morel avec lequel il revint tout aussi vite. Le visiteur pensa que le bailli mandait son intendant et se désintéressa de la question. D'ailleurs, quelques instants plus tard, le jeune Grec faisait son entrée, portant avec précaution la cruche de faïence pleine d'eau.

Sa toilette achevée, Guillaume regarda sa montre, et, ne sachant plus que faire, s'étendit sur le lit pour y attendre l'heure de rejoindre son hôte. La couche était dure comme du bois et aussi peu confortable que possible, mais la position allongée fit du bien au voyageur. Cette sacrée humidité ne valait décidément rien à sa jambe abîmée !...

Il regrettait à présent d'être venu à Montrouvres. Tout ce qu'il y avait découvert, c'était la misère d'un homme qu'il avait toujours aimé et respecté. Une misère qu'il était sans doute pénible à celui-ci d'étaler au grand jour et surtout devant lui, dont Saint-Sauveur connaissait la richesse, mais, d'autre part, il eût été idiot de se refuser cette chance de relever une piste, fût-elle infime. Enfin, depuis la fuite d'Elisabeth, il ne pouvait plus supporter les Treize Vents. Il fallait qu'il bouge, qu'il cherche, qu'il agisse, même au risque de se blesser ou de se détruire. Les insondables ténèbres où s'était enfoncée son enfant bien-aimée le rendaient fou...

Comment oublier ce jour de printemps, si doux et si lumineux, où tout avait cependant basculé dans l'angoisse ? Appelé à Varanville par un billet d'une terrifiante brièveté, il avait trouvé Rose en larmes — jamais il ne l'avait vue pleurer ! —, ses filles consignées dans la cuisine avec Marie Gohel, la maîtresse des lieux, Béline, la gouvernante d'Elisabeth, plongée dans des prières frénétiques et le château lui-même, toujours l'image même de la joie de vivre, muré dans le silence des grandes catastrophes.

L'annonce de la fuite de sa fille assomma Guillaume. Dix fois peut-être, il relut la courte lettre rapportée par le cheval revenu seul à l'écurie pour arriver à se persuader qu'il n'était pas le jouet d'un cauchemar, mais l'écriture était ferme, et le sens dépourvu d'équivoque : « J'ai retrouvé celui que je n'espérais plus revoir. Il m'emmène et je veux le suivre. Pardonnez-moi, vous tous que j'aime ! C'est la meilleure solution... »

Un texte sibyllin pour tout autre que lui. Par une de ces combinaisons diaboliques dont le sort possède le secret, le jeune roi, pour qui le bailli de Saint-Sauveur avait demandé l'asile aux Treize Vents durant les quelques semaines précédant son départ vers la Hollande, venait de reparaître sur la côte cotentinoise à l'endroit même où lui et Elisabeth s'étaient dit adieu. Voyant dans cette rencontre incroyable un signe du destin, tous deux avaient dû l'interpréter comme un cadeau du Ciel. Surtout Elisabeth, bien sûr ! Ce cœur n'était pas de ceux qui se reprennent et l'amour lui revenait alors que, déracinée, chassée par sa propre volonté d'un foyer familial qu'elle jugeait souillé, elle se cherchait un devenir entre le détachement glacé d'un couvent et le cours trop tranquille d'un mariage qui ne la tentait plus...

Devant Rose de Varanville qui, désespérée, s'accusait de n'avoir pas su veiller sur l'enfant venue chercher refuge auprès d'elle, Guillaume s'était agenouillé.

— Je suis le seul coupable, Rose, le seul à blâmer. Jamais je n'aurais dû permettre qu'Elisabeth quitte les Treize Vents ni surtout que Lorna y reste... Tout ce qui arrive est ma faute : pour une nuit de folie, une seule, je vous ai perdue, vous que j'aime. Je perds à présent ma fille et peut-être aussi mes fils. Ni Arthur ni Adam ne me pardonnent le départ d'Elisabeth. Ils m'adressent à peine la parole et chacun de leurs regards est un reproche... Comment vont-ils réagir quand ils sauront ce qui vient de se passer ? Je suis maudit, Rose, maudit ! Je ne sais que meurtrir ceux qui me sont les plus chers...

Il pleurait lui aussi, avec des sanglots qui étaient presque des cris de douleur. Pour tenter de l'apaiser, la jeune femme alors fit taire son propre chagrin, lui parla doucement, tendrement, s'accordant l'amère douceur de laisser percer l'amour qu'elle lui portait. Un instant, elle le tint dans ses bras, posant sur son front, sur ses cheveux ses lèvres soyeuses, et, à ce contact, il se sentit revivre...

Ce moment d'autant plus délicieux, d'autant plus précieux qu'il avait perdu l'espoir d'en vivre jamais un semblable, Guillaume en gardait le souvenir enfoui au plus profond de son cœur. C'était son talisman contre le découragement et, aux moments les plus noirs de sa quête farouche, il l'appelait à lui, le caressait comme un avare son trésor et la force de continuer à se battre contre l'impossible lui revenait alors, avec la certitude qu'appuyé contre le cœur de Rose, il pouvait affronter les pires épreuves...

D'un commun accord, ils décidèrent de garder secret ce qui venait de se passer, arrêtèrent la version officielle à l'usage du commun mais aussi des enfants : Elisabeth, trop blessée par son exil volontaire et les regrets qu'elle en éprouvait, s'était brusquement résolue à chercher le refuge d'un couvent. Le caractère fier et passionné de la jeune fille rendait cette éventualité tout à fait plausible. D'ailleurs, les filles de Mme de Varanville, Victoire et Amélie, ne s'en montrèrent pas autrement surprises : depuis son arrivée chez leur mère, la jeune fille semblait rechercher chaque jour davantage la solitude et le silence. Qu'elle eût choisi de se retirer du monde, au moins pour un temps, lui ressemblait tout à fait...

Guillaume savait bien que ce serait moins facile chez lui. Surtout avec Arthur dont il connaissait l'attachement farouche à sa demi-sœur. Il craignait un éclat. Ce qui ne manqua pas.

— Elisabeth chez les nonnes? Jamais je ne croirai ça! s'écria le jeune garçon. Elle aime trop le mouvement, la vie, la liberté. Et d'abord, quel couvent? Si c'est à Valognes...

— Elle n'en dit rien dans le mot qu'elle a laissé pour Mme de Varanville. Et ce n'est pas Valognes. J'en viens! mentit Tremaine.

L'œil couleur de glace bleue de ce garçon de quatorze ans se fit incroyablement dur :

— Et vous vous en tenez là? Comment se fait-il, mon père, que vous n'ayez pas encore donné d'ordres pour vos bagages? Je suppose que vous n'avez pas l'intention de rester paisiblement ici en attendant je ne sais quel événement? Il faut la chercher, il faut la trouver! Nous allons partir...

— *Je* vais partir, coupa Tremaine. Toi, tu restes ici. Si je t'emmenais, Adam voudrait venir aussi et, de toute façon, cette maison a besoin d'un maître au regard attentif. Tu as prouvé, la nuit de l'incendie, que tu pouvais me remplacer. Potentin se fait vieux et ses jambes ne sont plus ce qu'elles étaient ...

Une flamme d'orgueil traversa la prunelle du garçon. Lui faire confiance était toujours la meilleure façon d'obtenir son obéissance.

— En ce cas, partez tranquille, je veillerai. Nous veillerons, corrigea-t-il en tendant la main vers Adam qui venait aux nouvelles...

A ses vieux serviteurs, Potentin Poupinel, l'intendant, et Clémence Bellec, la cuisinière, qui partageaient avec Mlle Le Houssois, la vieille sage-femme, et le docteur Pierre Annebrun, le plus profond de son amitié, Guillaume révéla la vérité.

Béline la sachant déjà, c'eût été les insulter que vouloir la leur dissimuler.

Ils l'accueillirent dans un silence accablé dont Potentin sortit le premier :

— Qui pouvait imaginer ce retour, cette coïncidence? le destin imagine de ces tours...

— Cela ne sert à rien d'épiloguer sur le destin, gronda Mme Bellec. Une chose est certaine : notre Elisabeth n'aurait jamais dû quitter cette maison, sa maison. «On» ne serait tout de même pas venu l'enlever d'ici, sous nos yeux. On n'aurait pas osé, j'imagine...

— Elle serait peut-être partie quand même, murmura Potentin. J'ai vu tout de suite qu'ils allaient s'aimer très fort, ces deux-là, quand le petit est arrivé ici et qu'ils se sont pris par la main.

— Quoi qu'il en soit, je vais partir, soupira Guillaume. Il faut que je les retrouve, même si je dois aller en Angleterre ou fouiller l'Europe. Ce jeune bandit royal ne me volera pas ma fille.

Comme une furie, Clémence Bellec se retourna soudain contre lui :

— Et si vous y parvenez, que ferez-vous alors, monsieur Guillaume? Vous croyez qu'elle se laissera ramener ici, alors que l'Autre s'y prélasse toujours? Vous allez la garder encore longtemps, celle-là?

Armée d'une cuillère à pot qu'elle brandissait tel Jupiter sa foudre, la cuisinière désignait les poutres du plafond au-dessus duquel respirait Lorna Tremayne, la nièce de Guillaume et sa maîtresse d'une nuit, qui exigeait de lui le mariage à cause de l'enfant qu'elle attendait et dont la présence avait poussé Elisabeth à fuir les Treize Vents[1].

— Le temps qu'il faudra, Clémence! Et je compte sur vous deux pour qu'elle reçoive les soins nécessaires à son état. Voyez-vous, je pense qu'à chaque jour suffit sa peine. Le plus urgent est d'essayer de rattraper Elisabeth et de la sauver d'une situation dangereuse : si son... compagnon était arrêté, les gens de Bonaparte le feraient sûrement disparaître et Dieu sait, alors, ce qu'il adviendrait de ma fille.

A son tour, il désigna du doigt l'étage supérieur :

— Ici, vous seul savez la vérité. A aucun prix elle ne doit l'apprendre. Elisabeh est entrée au couvent, un point c'est tout!

— Elle sera enchantée! marmotta la cuisinière. Elle ne pouvait rien souhaiter de mieux...

— Hum! fit Potentin. Elle aurait intérêt, je crois, à ne pas montrer trop de contentement devant M. Arthur. Elle a beau être sa sœur, je crois bien qu'à présent il la déteste autant que nous autres. On peut lui faire confiance quand il s'agit d'être désagréable...

Le lendemain, Guillaume partit et, depuis, il cherchait...

Le son d'une cloche ramena Tremaine des profondeurs d'une songerie qui se préparait à le faire glisser sournoisement dans le sommeil. Un coup d'œil à sa montre lui apprit qu'il était l'heure de rejoindre son hôte. Rajustant ses vêtements, il se dirigea vers l'escalier.

La table était mise dans la pièce attenante à celle

1. Voir tome III : *L'Intrus.*

où il avait été reçu. Nettement plus petite, elle était sans doute naguère encore un salon de musique si l'on en jugeait par les attributs des boiseries fendues et le cartouche oublié au-dessus de la porte. On y avait voituré le fauteuil à roulettes de l'infirme qui attendait devant une soupière fumante. Guillaume prit place en face du bailli qui, après une brève action de grâce, plongea une louche dans un potage de légumes auquel on avait ajouté, à la mode grecque, du jaune d'œuf et du blanc battu en neige :

— Vous trouverez peut-être la nourriture un peu fruste, dit M. de Saint-Sauveur, mais j'espère qu'elle vous sera réconfortante. Si pauvres que nous soyons, il nous reste tout de même un potager, un poulailler, des lapins et, en saison, du gibier dont Morel excelle à fournir notre table. Au moins ne mourrez-vous pas de faim chez nous, mon cher ami...

— Je ne l'ai jamais redouté. D'ailleurs, cette soupe est vraiment savoureuse...

— Elle est œuvre de Theodosia. Sans égaler les grands cuisiniers de l'Antiquité, le célèbre Archestrate, Agis de Rhodes, Nereus de Chio ou Chariadès d'Athènes, elle comptait parmi les meilleurs à Malte où elle servait chez le ministre de France, ce misérable Caruson dont les machinations n'ont pas peu contribué à faire tomber l'île aux mains du gouvernement consulaire en 1798...

Nullement désireux de subir une leçon d'histoire qui l'eût détourné de son but, Guillaume ne releva pas le propos et se consacra à son assiette. Ce fut seulement quand il l'eut vidée qu'il remarqua ;

— C'est la seconde fois que vous faites allusion à Malte, monsieur le Bailli. Si je vous ai bien compris, tout à l'heure, c'est là que vous avez quitté votre protégé. Consentirez-vous à me dire en quelles circonstances ?

— Pourquoi pas? Si vous voulez bien vous reporter à l'époque où nous nous sommes embarqués dans cette crique déserte, vous vous souviendrez sans doute de ce que je vous confiai alors : nous nous dirigions sur la Hollande où je pensais rejoindre le prince de Condé à Steinstadt...

« Si l'accueil du chef des armées royalistes fut ce que l'on pouvait en espérer quant à l'émotion et à l'enthousiasme, il n'en fut pas moins marqué du signe de la raison : il était impossible de révéler aux troupes la présence de Louis XVII sous peine de mettre sa vie en danger. Nombreux, en effet, étaient ceux qui préféraient se battre pour la cause des Princes, oncles du petit roi, que pour celle d'un enfant dont les partisans du sulfureux comte de Provence ne se gênaient guère pour prétendre qu'il n'était pas le fils de Louis XVI, mais du trop séduisant comte de Fersen. Monsieur, alors réfugié à Vérone mais toujours acharné à la poursuite d'une couronne dont il rêvait depuis l'enfance et pour la possession de laquelle il avait toujours été prêt à tous les crimes, entretenait nombre d'agents — plus souvent payés de promesses que d'argent d'ailleurs ! —, et gardait des connivences jusque dans les entours de la Convention. Conclusion : il fallait mettre le jeune roi hors d'atteinte. »

Le bailli reçut donc mission de le conduire à Rome où ses arrière-grand-tantes, Adélaïde et Victoire, filles de Louis XV, recevaient du pape Pie VI une généreuse hospitalité. En fait, c'était au Souverain Pontife en personne que le prince de Condé songeait à confier le précieux dépôt.

Précieux, mais encombrant. Même après l'annonce officielle de la mort au Temple du dernier des enfants substitués au fils de Marie-Antoinette. Le comte de Provence s'était alors proclamé roi sous le vocable de Louis XVIII et, depuis la chute de Robespierre, piaffait d'envie d'aller ramasser les morceaux du trône. Il fallait qu'il continue d'ignorer l'existence du rescapé : celui-ci devait donc être caché encore plus soigneusement. Or, en 1796 et du fait de la fulgurante campagne d'Italie menée par le général Bonaparte, la situation du pape commençait à devenir inconfortable.

— Le malheur, avec ce pauvre Pie VI, que j'ai bien connu quand il n'était que le cardinal Braschi, c'est qu'il s'est toujours montré timoré et indécis, soupira le bailli. Voyant en Buonaparte un fils de l'Antéchrist et persuadé que tôt ou tard il s'en prendrait à Rome, il vécut dès lors dans la crainte qu'en arrivant au Vatican, les troupes françaises ne pussent y découvrir le prince. C'est alors que j'ai proposé la dernière solution qui me parût acceptable : emmener Louis-Charles à Malte, chez les derniers chevaliers. J'étais persuadé que sous la double protection de nos remparts et du Grand Maître, Son Altesse Éminentissime Emmanuel de Rohan-Polduc, le dernier des rois de France pourrait achever de grandir et devenir un homme digne de sa race... Je regrettai même, après tant de déboires, de ne m'y être pas résolu plus tôt car j'y voyais un symbole...

— Lequel ?

— Lorsque, le 10 août 1792, la famille royale a dû fuir les Tuileries saccagées et noyées dans le sang des valeureux gardes suisses, elle s'est réfugiée d'abord au bout des jardins, à l'Assemblée, où on l'a installée dans la loge du logographe mais, ensuite, c'est au Temple qu'elle a été conduite...

— Je sais cela, fit Guillaume avec impatience.

— Laissez-moi donc continuer ! Vous ne savez peut-être pas qu'avant d'être menée au Donjon pour la nuit — et malheureusement les jours suivants ! —, elle a soupé au palais du Grand Prieur de France pour l'ordre de Malte qui était alors le prince de Conti, mais qui, bien sûr, n'était plus là pour l'y accueillir. La Religion[1] eût-elle gardé quelque pouvoir dans ce pays devenu fou que le roi et les siens n'eussent jamais mis le pied dans la sinistre tour, mais le palais n'était plus qu'un bâtiment tombé aux mains des rapaces, et il n'a pas pu garder ce dépôt sacré. En confiant son fils au Grand Maître et à notre île-forteresse, il m'a semblé que ce serait une façon comme une autre de ramener les choses à leur point de départ. Avec l'accord de Sa Sainteté et une lettre de sa main, nous avons embarqué de nuit, à Civitavecchia, sur une tartane qui nous attendait...

— Apparemment, vous êtes arrivés tous deux à bon port ! constata Tremaine, qui ne désarmait pas, mais le bailli, repris par ses souvenirs, se trouvait trop loin pour ressentir l'ironie du ton. Ses yeux fatigués regardaient alors bien au-delà des murs lépreux, du jardin que la tempête achevait de rendre à la sauvagerie. Il voyait une île au soleil de la Méditerranée, des flots bleus, des murailles blanches, un étendard rouge frappé d'une croix claquant sur un ciel azuré...

— J'avoue que ce fut pour moi une grande joie,

1. On appelait ainsi l'Ordre de Malte.

murmura-t-il. Après tant d'années!... Vous ne connaissez pas Malte, Guillaume?

— Non, mais vous m'en avez parlé si souvent jadis qu'elle m'est devenue un peu familière, se hâta de dire Tremaine, peu désireux d'entendre une nouvelle description de ce fameux bastion de la Chrétienté planté au cœur des eaux barbaresques.

En effet, au cours de ses séjours aux Treize Vents, le bailli s'était montré prolixe à cet égard. Aussi Guillaume enchaîna-t-il avec un rien de précipitation :

— Et comment cela s'est-il passé là-bas?

Redescendu de ses rêves, M. de Saint-Sauveur parut se recroqueviller sur lui-même.

— Plutôt mal! Celui en qui j'avais placé tous mes espoirs s'en allait vers la mort. En partie paralysé du côté gauche depuis une attaque d'apoplexie survenue en 1791, sans d'ailleurs que son intelligence s'en fût trouvée amoindrie, le Grand Maître n'avait plus que peu de jours à vivre et cet état plongeait l'Ordre ainsi que la population de Malte dans une profonde affliction. Cependant, il nous accueillit, moi et le royal fardeau que je lui apportais, comme une particulière bénédiction, bien que ce souci s'ajoutât à tous ceux qu'il supportait déjà du fait des familles françaises, mais surtout provençales, qu'il abritait depuis la Terreur. Le bruit des victoires de Buonaparte venait de surcroît, car il devinait en lui un appétit de conquête insatiable. Certains de ses espions rapportaient même que le Corse caressait l'idée de se lancer un jour à l'assaut de l'Égypte et cela l'effrayait : la position stratégique de Malte a toujours été un point d'appui important sur la route d'Alexandrie.

— Il semble qu'il ait eu raison de craindre...

— Les mourants ont de ces pressentiments... Avant de fermer les yeux à la lumière de ce monde, il a dit : « Je suis le dernier Grand Maître d'un ordre illustre et indépendant... » Ce qui s'est passé depuis laisse supposer qu'il avait raison, et que l'Ordre ne sera plus jamais indépendant...

— On doit, en effet, rendre justice à sa clairvoyance, mais que fit-il de votre protégé ?

— Lorsque nous fûmes auprès de lui, il prit un temps de réflexion. L'incorporer à l'Ordre ne se pouvait. A douze ans, il était trop jeune. En outre, présenté comme un mien cousin, il était impossible d'apporter les preuves des quartiers de noblesse exigées. Enfin, l'île comportait alors des éléments peu sûrs entourant le détestable Caruson, l'homme du Directoire qui s'efforçait de travailler les esprits... même ceux de certains des nôtres. C'est alors que M. de Rohan-Polduc prit une étonnante décision : conduire le Roi Très Chrétien dans le seul asile au monde où nul n'aurait l'idée d'aller le chercher : en terre infidèle.

— Quoi ? Il ne l'a tout de même pas envoyé chez les Turcs ?

— Cela paraît impensable, n'est-ce pas ? Sauf peut-être lorsque l'on se souvient que François Ier fut l'allié de Soliman. De toute façon, ce fut un trait de génie...

— Qui demande tout de même quelques explications !

— Voici. Parmi les familles provençales réfugiées chez nous, il se trouvait un couple, dont je tairai le nom, qui souhaitait rejoindre à Smyrne un frère installé là-bas depuis peu avec l'intention d'y refaire sa fortune.

— Comment est-ce possible? J'ai ouï dire que le sultan déteste les étrangers...

— Sauf les Français qu'il souhaite au contraire attirer chez lui...

— Flatteur mais inattendu, commenta Tremaine, qui commençait à se demander si le bailli n'était pas en train, avec sa belle histoire, de lui faire prendre le change, comme disent les chasseurs, en le menant sur des chemins bizarres...

— Vous comprendrez mieux quand vous saurez qu'une femme, une Française, règne sans partage sur le cœur de Selim et sur le palais de Topkapi. C'est une ancienne favorite de son père, le vieux Abdul-Hamid, dont elle a eu un fils. On l'appelle la sultane blonde, et on la dit extraordinairement belle. Sa splendeur lui a valu d'être capturée jadis par les Barbaresques d'Alger, puis conduite presque aussitôt au harem de Constantinople. Elle se nommait alors Aimée Dubucq de Rivery, née à la Martinique et cousine de cette vicomtesse de Beauharnais que Buonaparte a épousée. Grâce à elle, Selim voit nos compatriotes d'un œil favorable. Il leur accorde volontiers le droit de s'installer et de pratiquer commerce ou culture, principalement à Smyrne qui fut grecque, romaine et byzantine avant d'appartenir à l'Ordre et, finalement, à l'empire ottoman. La région est riche, le site superbe, le port important, actif, et les civilisations qui s'y sont succédé ont laissé de nombreuses traces. C'est vers ce lieu qu'au soir du 10 juillet 1797, j'ai vu partir mon roi auquel j'ai dit adieu sur les remparts de La Valette. Non sans chagrin : on ne vit pas impunément durant deux années auprès d'un enfant aussi attachant sans y attacher son cœur, mais il allait passer désormais pour le fils de ce couple auquel on le confiait, et je ne pouvais plus lui être d'aucune utilité... bien au contraire...

— Et ensuite ?

— Rien qui vous importe vraiment ! Je demeurai à Malte afin de contribuer de mon mieux à la défense de l'île si elle venait à être attaquée. J'aurais accueilli comme une faveur du Ciel la mort au combat sur une terre vénérée. Je n'ai trouvé en face de l'ennemi qu'une blessure : elle a fait de moi un invalide. Le Grand Maître, lui, est mort trois jours après le départ de notre prince, ruiné par les nombreux secours distribués sur sa fortune personnelle. Il faut dire que nous avions tant de réfugiés ! De tout ce que Monseigneur de Rohan-Polduc possédait jadis, il ne restait plus qu'une canne à pommeau de cristal et trente-cinq cachets de même matière gravés. Le bailli de Hompesch qui lui succéda ne lui ressemblait en rien et mena l'île à sa perte. Vous savez la suite[1] !...

— On ne peut qu'admirer un tel homme, concéda Guillaume, mais pour en revenir à votre protégé, je comprends mal ce qu'il faisait en Cotentin ces temps derniers si, comme vous me le dites, il est allé vivre à Smyrne.

— Comment voulez-vous que je le sache ? Qu'il ait aimé Elisabeth n'a jamais fait de doute pour moi. On dit que l'amour, comme la foi, déplace les montagnes. Il peut aussi franchir les mers...

Guillaume réfléchit un instant puis revint à la charge :

---

1. Je dois à Bertrand Galimard-Flavigny, journaliste et historien, tous les détails concernant le Grand Maître, et j'ai plaisir à l'en remercier.

— A-t-il, selon vous, pu garder le souvenir de ceux qui vous ont aidé dans son évasion ?

— Cela m'étonnerait : il était si jeune !

— Mais d'esprit net si je ne me trompe. Il peut chercher à les retrouver. Si vous consentiez à me confier quelques noms ?

M. de Saint-Sauveur parut se raidir davantage encore cependant qu'un sourire désabusé arquait ses lèvres blanches :

— Les noms sans les adresses ne signifient rien. Je vous avais parlé, je crois, de lady Atkyns, de l'avocat Cormier, dont j'ignore s'ils sont toujours vivants. En ce cas, l'une doit être en Angleterre : elle y possédait un château à Kettenringham. L'autre, en réalité le comte de Cormier, était maître de grandes terres près de Nantes. Peut-être y est-il retourné ?

— Et le chef de la conspiration, ce baron... de Batz, il me semble ?

— Votre mémoire est étonnante : Jean de Batz fut en effet l'âme de l'enlèvement... mais je ne sais ce qu'il est devenu. Peut-être s'est-il retiré en Auvergne.

— En Auvergne ? Je le croyais gascon ?

— En effet, mais c'est là pourtant qu'il s'est acheté un domaine lorsqu'il a eu maille à partir avec la Convention. Un château au sud de Clermont, près d'un village nommé Authezat. En réalité, il le destinait à recevoir l'enfant du Temple avant de le faire passer en Espagne, mais au dernier moment nous avons dû changer nos plans et la Normandie nous paraissait plus sûre. Ce en quoi nous avons eu raison...

Le repas s'achevait sur un dessert de confitures et

dans un silence qu'au bout d'un moment le bailli souligna non sans amertume :

— Qui croirait qu'avant la Révolution cette demeure bruissait des allées et venues des chambrières, des appels de piqueux, des abois de la meute, des rires d'enfants et du murmure des conversations que relayait le son des violons, des harpes et des hautbois ? A présent, elle ne renferme plus que des ombres dont je ferai bientôt partie et, après moi, je ne sais ce qu'elle deviendra. Nous avions des cousins, certes, dont beaucoup ont été balayés par la tempête. Le mieux sera que Morel le reprenne. Mais je vous ennuie, mon ami, avec des jérémiades hors de saison. Quand vient la nuit, je deviens lugubre et assommant. Quittez-moi, il est temps que l'on me mène au lit...

— Puis-je vous aider ?

Le vieil homme refusa d'un geste courtois et d'un sourire dont son hôte saisit la signification. Il ne souhaitait pas que celui-ci, après avoir été le témoin de sa pauvreté, fût aussi celui de sa déchéance physique. Tremaine salua et se retira. Dans le couloir, il accepta une chandelle allumée des mains de Marcos et regagna sa chambre, heureux, au fond, de pouvoir mettre un peu d'ordre dans ses idées.

Il se sentait désorienté par ce qu'il venait d'entendre, inquiet aussi. Tant de bruits divers couraient déjà sur le sort de l'enfant du Temple — ceux tout au moins qui n'ajoutaient pas foi à sa mort dans la prison — qu'il avait peine à croire cette nouvelle version, même rapportée par celui dont il avait les meilleures raisons de respecter la parole. A moins que le bailli n'eût cherché à décourager sa poursuite en lui implantant l'idée que Louis-Charles s'était lancé dans ce voyage long et aventureux dans le seul but d'emmener Elisabeth avec lui jusqu'aux Échelles du Levant ? Autant dire au diable !

Sauf peut-être pour un homme comme lui, Tremaine, qui, pour avoir couru du Canada en France, de France jusqu'aux mers de Chine, ne craignait guère les longues distances ! Le bailli le croyait-il assez vieux pour reculer devant une expédition au bout de laquelle il aurait une chance de retrouver sa fille ? En ce cas, il se trompait lourdement : dût-il faire le tour du monde, Guillaume retrouverait sa petite Elisabeth et l'arracherait à un ravisseur né sous le signe du malheur, qui ne pouvait rien lui offrir sinon la honte et la douleur... Mais, tout au fond de lui-même, une voix lui soufflait que l'amour n'était pas le seul objectif du roi errant. Le fils de Marie-Antoinette ne renonçait certainement pas à recouvrer la couronne, et il avait l'âge où les pires folies semblent réalisables. Il devait être encore en France. Il fallait qu'il y soit encore ! Demain, Guillaume poursuivrait son chemin vers Paris, bien décidé cette fois à employer tous les moyens : sa fortune, la police et jusqu'au Premier Consul pour parvenir à ses fins...

Après avoir longtemps rêvé, il allait se résoudre à se coucher quand sa porte s'ouvrit lentement et qu'une longue forme noire s'y encadra :

— Pardonnez !... chuchota Theodosia. Je dois vous parler... mais chut !...

Un doigt sur la bouche, elle glissa sans bruit jusqu'à Tremaine après avoir refermé le vantail avec soin. D'un mouvement de tête, elle refusa la chaise qu'il indiquait :

— J'ai peu de temps, mais il faut que vous sachiez...

Elle prononçait les mots lentement, comme si elle

les cherchait, mais cela venait certainement de ce qu'elle voulait éviter toute ambiguïté de langage.

— Que je sache quoi ? souffla Guillaume.

— Le jeune homme que vous cherchez... il est venu ici. Je ne me rappelle plus quel jour... trois semaines peut-être.

Le cœur de Guillaume manqua un battement tandis que ses poings se serraient à la pensée de la dissimulation dont le bailli venait d'user envers lui.

— Comment savez-vous que c'est celui que je cherche ? Il y avait une jeune fille avec lui ?

— Non. Il était seul mais c'est bien lui. Le maître l'appelait Monseigneur et a demandé pardon de ne pouvoir s'agenouiller devant lui. Je les ai laissés seuls mais j'ai écouté. Pas par mauvaise curiosité ! Le maître est trop bon et il est si faible à présent que j'ai toujours peur qu'on ne lui fasse du mal ! C'était un jeune homme blond, très beau et qui s'exprimait avec une grande douceur.

— Que voulait-il ?

— Des noms, des adresses, des gens capables de l'aider à retrouver son rang. Il disait aussi que trois personnes étaient avec lui mais qu'il les avait quittées dans une auberge à Alençon...

— Comment savait-il que le bailli était revenu ici ?

— Il ne le savait pas. Il l'espérait seulement.

— Mais enfin, d'où venait-il ?

— Je n'ai pas tout entendu. D'Angleterre, je crois... Si j'ai bien compris, il est retourné à Malte après l'arrivée des Anglais pour que ceux-ci lui permettent de rentrer en France. Ils ont dû l'envoyer chez eux et je pense qu'il est resté là-bas quelque temps...

— Jusqu'à la rupture de la paix d'Amiens, peut-être? ironisa Tremaine. Ces maudits Anglais ont dû juger l'occasion excellente d'envoyer ce chien fou dans les jambes du Premier Consul. Et si, par hasard, il réussissait à gagner la partie, quelle bonne chose ce serait d'avoir à Paris un roi à leur dévotion!...

La colère s'enflait en Guillaume à mesure qu'il parlait, se nourrissant de la peur des dangers qu'une pareille aventure faisait courir à sa fille. Quand on va se battre, on n'emmène pas une enfant, même si elle se sent l'étoffe d'une héroïne! Ce qui était sans doute le cas: Elisabeth avait dû trouver passionnante l'idée de voler avec l'homme qu'elle aimait à la reconquête d'un trône...

Cependant l'instant n'était pas aux éclats de voix. Le mécontentement du père, augmenté d'une soudaine méfiance, se tourna vers la Grecque:

— Pourquoi venez-vous me dire ces choses? N'êtes-vous pas en train de trahir la confiance de ce maître que vous semblez vénérer?

Plantés dans les siens, les yeux noirs de la femme ne cillèrent pas:

— Oui, mais c'est justement parce que je l'aime. Il a donné à ce beau jeune homme le peu qu'il possédait, et même, il a promis de vendre jusqu'à ce château s'il le fallait pour l'aider. Dois-je me résigner à le voir mourir à l'hospice? En outre... je ne savais pas que le Monseigneur a enlevé une jeune fille. Et je ne supporte pas cette idée parce que, dans ma jeunesse, j'ai vécu une histoire comme celle-là avant d'épouser mon Branas, et je n'en ai retiré que de la souffrance...

— Votre maître ne le savait pas non plus. Cela peut changer ses intentions?...

— Peut-être, mais je préfère ne pas courir de

risques. Ce soir il a fait partir Morel qui doit prendre demain, à Alençon, la diligence pour Paris. Il emporte deux lettres destinées aux personnes dont il a donné l'adresse.

— Savez-vous le nom de ces personnes ?

— Oui. M. le comte de Cormier, rue du Rempart, et Mme Atkyns, rue de Tournon, numéro 5.

Deux de ceux dont on venait de parler ! Guillaume se traita mentalement d'imbécile. Eût-il cru les indications plutôt floues du bailli qu'il eût galopé au moins vers Nantes. Le vieil homme savait bien pourtant qu'il connaissait la maison de la rue du Rempart et son maître, grâce auquel Pierre Annebrun et lui-même avaient eu l'effrayant privilège de voir Agnès, sa femme, monter à l'échafaud. Quant à l'Anglaise qui avait voulu se substituer à la reine quand elle était à la Conciergerie et mourir à sa place avant de fréter des navires pour sauver son fils, il était plutôt étonnant d'apprendre qu'elle habitait Paris, mais il y avait de fortes chances pour qu'elle n'y soit plus : le gouvernement du Premier Consul vidait la capitale de ses compatriotes, même mariés à des Français ou des Françaises, et les assignait à résidence surveillée en province. Néanmoins, le bailli avait l'air d'en savoir beaucoup plus que son isolement forestier ne le faisait supposer...

Theodosia laissa Tremaine réfléchir quelques instants avant de reprendre le chemin de la porte.

— Je vous ai averti. A présent, je m'en vais, mais j'espère que vous retrouverez votre fille. Si elle reste avec ce Monseigneur si charmant mais par trop égoïste, elle sera brisée...

— Croyez-vous que je l'ignore ? Un instant encore ! Votre maître a-t-il remis quelque chose à son protégé ?

— Trois pièces d'or ! fit la femme avec rancune. Il n'en gardait que quatre et la dernière vient de partir avec Morel.

Elle allait sortir, mais il la retint une dernière fois, ouvrit sa bourse et y prit une pincée de «jaunets» qu'il mit dans sa main.

— Bien que votre maître ait tenté de me tromper, je ne veux pas qu'il ait trop à souffrir de son aveugle dévouement. Gardez cet or et veillez sur lui !

— Vous me garderez le secret, j'espère ? S'il savait ce que je viens de faire, il nous chasserait, mon fils et moi. Même en sachant bien que demeuré seul et sans soins il ne lui resterait plus qu'à attendre la mort par la faim, la soif, la misère...

— Je sais, mais vous n'avez rien à craindre ! Soyez seulement remerciée pour votre aide !

Au petit matin, Guillaume fit ses adieux, reçut des mains du jeune Marcos un Sahib admirablement soigné, et s'enfonça de nouveau dans la forêt d'Écouves pour rejoindre, à Alençon, la route de Paris.

Après son départ, le vieux guerrier de Dieu foudroyé ordonna qu'on le laissât seul et entra en prière pour que le Tout-Puissant protège à la fois le roi errant qu'il servait et la jeune fille dont son cœur gardait le souvenir attendri. Il espérait sincèrement qu'une de ses lettres au moins atteindrait son but et que Louis-Charles comprendrait qu'il ne pouvait garder Elisabeth auprès de lui, parce qu'il faut un esprit pur pour travailler à une grande œuvre et qu'une mauvaise action ne peut porter que de mauvais fruits...

CHAPITRE II

LA VOYANTE

Depuis dix ans, l'ancien chemin du Rempart n'avait guère changé. C'étaient toujours les mêmes maisons tranquilles au discret parfum de bourgeoisie cossue, le même alignement de gros pavés au bout duquel se profilaient les arbres du boulevard. Les têtes rondes de quelques marronniers débordaient des murs d'un couvent. Seule la silhouette austère de la tour du Temple semblait plus grise et plus sinistre que par le passé s'il était possible.

A y regarder de plus près, quelques-unes de ces vieilles demeures paraissaient inhabitées mais, à la satisfaction de Guillaume, ce n'était pas le cas de celle qui l'intéressait. Elle faisait même preuve d'une singulière activité. La porte cochère largement ouverte sur la cour montrait une grosse berline de voyage sur l'arrière de laquelle deux serviteurs amarraient des malles, tandis que d'autres empilaient des sacs et autres bagages. Un départ se préparait qui ressemblait assez à un déménagement, si l'on en croyait la tapissière rangée derrière la voiture et dans laquelle on chargeait des meubles légers soigneusement emballés.

— On dirait que j'arrive à temps, marmotta Guillaume, reste à savoir si le voyageur est Cormier.

Il n'eut pas à attendre longtemps une certitude. L'avocat sortait de la maison, portant une épaisse sacoche de cuir qu'il déposa lui-même à l'intérieur du véhicule. Le temps écoulé depuis le drame qui les avait réunis pour quelques heures, lui et Guillaume, s'était contenté de le doter d'un léger embonpoint et d'un peu plus de cheveux gris.

L'aspect du visiteur ne s'étant pas beaucoup modifié non plus, Cormier le reconnut au premier coup d'œil quand il pénétra dans la cour. Il eut d'ailleurs l'impression très nette que sa visite ne lui causait pas une grande joie. Cependant l'avocat vint à sa rencontre et réussit même un semblant de sourire :

— Monsieur Tremaine ? Quel événement ! Et comment croire qu'après tant d'années vous vous souveniez de moi ?...

— Après ce que nous avons vécu ensemble, c'est le contraire qui serait étonnant, fit Guillaume gravement. Mais je crains fort de vous déranger. Vous partez en voyage ?

— Disons que nous rentrons chez nous ! C'est miracle que vous me trouviez d'ailleurs : ma femme et moi ne faisons plus ici que de brefs séjours pour effectuer des achats, revoir d'anciens amis... Mme de Cormier préfère de beaucoup notre château près de Nantes, d'où nous sommes originaires l'un et l'autre...

— Je vois. Vous est-il tout de même possible de m'accorder quelques instants ?

La contrariété s'inscrivit en plis sur le front de

Cormier, mais il était trop bien élevé pour en manifester davantage.

— Vous contenterez-vous de quelques pas dans cette cour ou bien désirez-vous entrer ? Vous n'y aurez guère plus de confort : les pièces n'ont plus de sièges...

— J'aime autant ici. Nous avons assez d'espace pour être assurés d'une certaine solitude...

— S'agit-il encore d'une affaire grave ?

— Assez, je le crains. Vous parliez à l'instant d'anciens amis. C'est de l'un d'eux qu'il me faut vous entretenir. Vous avez dû recevoir, il y a peu, la visite d'un jeune homme d'environ dix-huit ans, un jeune homme blond... très beau, dont nous avons l'un et l'autre contribué à changer le sort.

Par-dessus la tête de son hôte et à travers le portail ouvert, le regard de Tremaine fixa l'ancien donjon des Templiers, dont le soleil matinal faisait luire faiblement les poivrières d'ardoise. Ce coup d'œil en disait bien plus que des explications et l'avocat devint gris.

— Qu'est-ce qui a bien pu vous laisser supposer que je sache seulement ce qu'il est devenu ? balbutia-t-il. Personne au monde ne peut dire où il se trouve actuellement. Si même il est toujours vivant...

— A cette minute précise, sans doute. Cependant, je sais — et Tremaine appuya sur le mot — qu'il est passé ici dans le mois écoulé, envoyé vers vous par le bailli de Saint-Sauveur.

— Comment, après tant d'années et tant de sang répandu, le bailli aurait-il pu savoir que je n'étais pas mort et que j'habitais toujours cette maison ?

— Peut-être le supposait-il seulement ? Son...

protégé est allé lui demander de l'aider à retrouver ses fidèles d'autrefois. C'est un homme usé à présent. Il a indiqué ceux dont il gardait le souvenir. Ainsi le prince n'est pas venu?

— Non... non, je n'ai vu personne. En admettant que cette histoire soit vraie, il a pu hésiter... ou se présenter pendant une absence.

Cormier s'énervait. Son regard s'affolait, glissant autour de son interlocuteur comme s'il craignait de découvrir des oreilles indiscrètes tapies dans tel ou tel recoin de sa cour. L'homme avait peur, visiblement, pourtant Guillaume ne se tenait pas encore pour battu. Il joua sa dernière carte :

— Et vous n'avez pas reçu davantage, hier ou le jour d'avant, une lettre portée par l'intendant du bailli?

— Non... Je vous l'ai dit, je n'ai vu personne, je n'ai reçu personne et ne sais plus rien de cette vieille histoire éteinte depuis longtemps.

— Dites que vous ne voulez pas vous en souvenir! Je vous ai connu plus courageux, monsieur le comte de Cormier, puisque c'est là votre véritable nom.

Devenu très rouge, celui-ci détourna la tête, tira sa montre d'un geste nerveux et la consulta :

— Veuillez m'accorder vos excuses, monsieur Tremaine, mais il est temps de nous quitter. La santé de mon épouse n'est pas brillante et il me faut l'emmener au plus vite. Elle doit être en train de descendre en ce moment...

Il s'élançait déjà vers la berline quand Guillaume le retint par le bras d'une poigne irrésistible :

— Un dernier mot, s'il vous plaît, et je vous laisse. Le chef du coup de main, le baron de Batz, sauriez-vous par hasard ce qu'il est devenu?

Cormier devint encore plus rouge, mais cette fois ce fut de colère.

— Je l'ignore et ne tiens pas à le savoir. Cessez donc de poser vos questions insensées, monsieur Tremaine ! Vous risquez seulement de déchaîner des catastrophes. Celui que vous cherchez n'a plus rien à espérer de ce pays, sinon encore un peu plus de sang versé ! Trop de vies ont payé pour sa liberté ! Trop de victimes sont tombées place de la Révolution, comme votre épouse, ou entre les colonnes de la place du Trône-renversé. Presque tous les anciens compagnons de Batz ont payé ! Alors, par pitié, tenez-vous tranquille et laissez vivre ceux qui ont eu la chance d'échapper à l'échafaud !

— Je le souhaiterais bien sincèrement, mais si je ne veux pas que ma fille coure les mêmes dangers que sa mère, il faut que je le retrouve, votre protégé. Il l'a enlevée et elle n'a que seize ans !

— Ah !... Une histoire d'amour ?

— Partagé ! Et c'est ce qui me fait si peur !

Un instant, l'avocat garda le silence, parut hésiter, puis lâcha finalement :

— Je sais que Batz a rejoint, un temps, l'armée du prince de Condé mais, depuis qu'elle n'existe plus, il a dû, s'il est encore vivant, regagner sa terre de Chadieu, près d'Authezat, au sud de Clermont d'Auvergne, mais je crois que vous perdriez votre temps en vous lançant sur cette longue route. Le baron a toujours eu le sens des réalités : il sait depuis longtemps que cette cause-là est perdue et chercherait plutôt à se rapprocher des Princes. Surtout de celui qui se fait appeler Louis XVIII. En quoi il aurait raison. Ce garçon est fou ! Enlever une jeune fille ! Ce n'est pas le moment de ressusciter Louis XV !... A présent, je vous souhaite bonne chance, Monsieur Tremaine! Souffrez que je rejoigne la comtesse! La voici qui sort...

Une femme vêtue d'un costume de voyage et coiffée d'un turban mauve enveloppé d'un voile de même nuance venait d'apparaître sur le seuil, appuyée au bras d'une personne qui devait être sa camériste. Son regard cherchait son époux, qui lui fit de la main un signe rapide tandis qu'aidée de la suivante elle prenait place dans la voiture. Le peu qu'en vit Tremaine lui fit constater que sa santé, en effet, devait laisser à désirer si l'on en jugeait par la pâleur du visage et les cernes sous les yeux.

— Mon épouse est d'origine créole, crut devoir expliquer Cormier. Sa famille, les Butler, vient de Saint-Domingue et Thérèse supporte mal le climat parisien. Je crois... que nous ne reviendrons plus.

Guillaume, pour sa part, en était persuadé. Ce départ ressemblait trop à une fuite, en dépit du prétexte invoqué. Il se demanda si la lettre du bailli, cette lettre que l'on n'avait point reçue, n'était pas la mèche qui avait mis le feu aux poudres.

Quittant l'avocat sur un salut, il rejoignit le coupé de louage qu'il avait retenu dès son arrivée à Paris et qui l'attendait presque au coin du boulevard, y monta mais ordonna au cocher de ne pas bouger jusqu'à nouvel ordre. Il voulait s'assurer que la berline se dirigeait bien vers la Bretagne. Ceci au cas où Cormier aurait dans l'idée de faire halte une ou plusieurs fois avant de prendre la route. Il commençait à en avoir assez des gens qui en savaient infiniment plus qu'ils ne le prétendaient.

Il n'eut guère le temps d'user sa patience. La voiture et la tapissière sortirent de la cour au bout de quelques minutes et prirent la direction de la rue Saint-Antoine. Tremaine commanda au cocher de suivre le petit cortège à distance respectueuse, puis se carra confortablement dans un coin. Son attelage était passé quand un homme surgit du porche profond d'une maison voisine, s'élança vers un petit cabriolet rangé dans une ruelle adjacente et prit, à son tour, la suite des deux premiers...

Arrivée à hauteur du Louvre, la tapissière tourna sur la gauche pour se rendre sans doute aux Messageries de la rue Jean-Jacques-Rousseau afin que son chargement fût embarqué sur un charriot de voyage. Guillaume la laissa aller. Seule la berline l'intéressait et elle continuait son chemin. Le cabriolet était toujours derrière lui. Il s'était aperçu de sa présence et commençait à s'en soucier. On alla ainsi jusqu'à la barrière de Chaillot.

Lorsqu'il eut vu le véhicule des Cormier franchir les «Propylées» de Ledoux qui abritaient l'octroi, il abandonna la poursuite, mais apparemment l'homme au cabriolet était plus difficile à convaincre : il continua, ce qui soulagea grandement Tremaine. Ce n'était pas à lui qu'il en voulait... Quant aux voyageurs, ils se dirigeaient bien vers l'Ouest. Guillaume se fit ramener à son hôtel.

Sur le conseil de son vieil ami, le banquier Lecoulteux du Moley, il avait pris logis à l'hôtel de Courlande, luxueuse auberge ouverte depuis ce printemps 1803 dans l'ancienne demeure du maréchal duc de Crillon alors émigré, et qui offrait un confort bien supérieur à ce que l'on pouvait trouver dans la majorité des hôtelleries parisiennes[1]. Qu'il fût situé sur l'ancienne place de la Révolution — rebaptisée en 1795 du nom purificateur de place de la Concorde — où s'était dressé jadis l'échafaud d'Agnès, son épouse, aurait pu faire reculer Tremaine. Or, il n'en était rien. Bien au contraire... De sa fenêtre, il découvrait toute la place et son regard était allé droit au pont tournant des Tuileries que précédait alors l'abominable machine près de laquelle lui et Pierre Annebrun avaient vécu une heure d'horreur absolue. Or, le souvenir de ce moment abominable, non seulement il ne le rejetait pas, mais au contraire il voulait se le rappeler plus que jamais, s'en imprégner même, afin de ne pas laisser refroidir la haine qu'il vouait au ravisseur de sa fille. Qu'il eût osé s'emparer de l'enfant d'une femme exécutée à cause de lui ne se pouvait pardonner.

Deux autres raisons renforçaient encore le choix de ce nouveau logis. Depuis longtemps, Guillaume ne descendait plus au Compas d'Or, rue Montorgueil, où s'attardait indéfiniment le parfum des quelques jours de passion vécus jadis auprès de Marie-Douce alors qu'elle venait d'épouser sir Christopher Doyle et que leur séparation définitive était inéluctable. Pour rien au monde, il n'aurait voulu y retourner. Il faisait même un détour lorsqu'il lui arrivait de passer dans le voisinage lors d'un séjour dans la capitale; ce qui était rare.

1. L'hôtel de Courlande, qui abrita un temps l'ambassade d'Espagne, fut rendu à la famille de Crillon à la Restauration, et y demeura jusqu'à ce qu'en 1907 la Société des magasins du Louvre l'achète pour en faire le plus beau des palaces parisiens : l'actuel hôtel Crillon.

Ensuite, la raison officielle de son voyage étant ses affaires d'armement naval et les intérêts qu'il possédait dans la banque de Jean-Jacques Lecoulteux, celui-ci avait insisté sur l'avantage que son ami trouverait à descendre dans une maison déjà fort à la mode et courue aussi bien par les diplomates que par les financiers étrangers :

— Prenez un appartement et louez une voiture, un valet, tout ce qui peut donner une juste idée de votre fortune. Mon confrère Labouchère, avec qui nous avons l'un et l'autre des affaires, arrive d'Amsterdam dans un ou deux jours. Il sera à l'hôtel de Courlande. Cela vous permettra de vous rencontrer.

— Je n'aime guère à faire étalage, grogna Guillaume qui était venu d'Alençon avec des chevaux de poste après avoir confié Sahib à un de ses amis, notaire, qui possédait un beau domaine aux limites de la ville. Surtout devant quelqu'un qui me connaît déjà.

— Certes, mais il n'y a pas que lui. Il y a tous ceux qu'attire la toute nouvelle prospérité du pays et il est bon d'en montrer quelque apparence. Surtout si, comme vous me le disiez dans votre dernière lettre, vous avez l'intention d'armer à nouveau pour les îles de l'océan Indien, l'Afrique ou même les Indes. Je pourrai vous donner quelques conseils pour emplir vos cales au départ.

— Volontiers, mais...

— D'ailleurs, reprit le banquier avec un étroit sourire, au cas où votre voyage aurait un autre but que celui de retrouver ma compagnie, il est bon que la police ne mette pas en doute celui que vous annoncez.

— La police? Je croyais que Bonaparte, depuis

qu'il a été nommé consul à vie, en avait supprimé le ministère?

— Et fait du redoutable Fouché un paisible sénateur d'Aix, ce qui vaut aux honnêtes citoyens que nous sommes de respirer plus librement? Vous n'avez pas tout à fait tort, mais pas vraiment raison non plus. Il ne faut pas tomber dans l'erreur d'un de mes correspondants, agent royaliste, qui m'a écrit : «Il n'est plus question de Fouché.» Eh bien! je peux vous assurer, moi, qu'il en est toujours question! En fait, nous avions naguère une police omniprésente, infiltrée partout, mais maintenant nous en avons trois : celle, peu gênante, qui expédie les affaires courantes à l'hôtel de Juigné vidé de ses dossiers importants par le nouveau sénateur, celle, à peu près sourde et aveugle, instaurée par le Grand Juge Régnier, cet incapable à qui Bonaparte a confié la succession de Fouché... et la dernière, occulte, cachée, invisible mais beaucoup plus active qu'on ne pourrait le croire. La France et surtout Paris sont truffés par les agents de Fouché.

— C'est impossible, voyons! Privé du pouvoir, comment pourrait-il entretenir tout ce monde?

— Le plus simplement du monde. En le «remerciant», Bonaparte lui a fait don, à titre gracieux, du reliquat des fonds de la police, soit deux millions quatre cent mille francs. Soyez sûr que notre renard s'en sert à bon escient. D'ailleurs ses hommes savent attendre presque aussi bien que lui-même. Ils n'ignorent pas qu'en congédiant son ministre, le Consul a commis une énorme bêtise et qu'un jour ou l'autre, quand il sera las de servir de cible à tous les chevaliers du poignard rendus à l'espérance par le départ de leur bête noire et la reprise des hostilités avec l'Angleterre, il rappellera Fouché. Surtout s'il conserve l'intention de changer son titre de consul à vie pour celui d'empereur !

— Empereur ? Vous pensez qu'il irait jusque-là ?

Lecoulteux hocha la tête, étalant sur sa grosse figure un large sourire quelque peu narquois :

— D'une charge héréditaire au trône, il n'y a qu'un pas. Soyez sûr que Bonaparte le franchira dès qu'il sera certain que le rétablissement d'un trône ne prendra pas trop les Français à rebrousse-poil.

— C'est insensé ! Dix ans seulement après avoir exécuté le roi, la reine, Mme Elisabeth et la moitié de la noblesse ? Il faudrait que les Français soient devenus fous !

— Il y a toujours eu une dose de folie chez les Français. Et surtout un grand amour du changement. A cause de leur versatilité, ils sont peut-être le peuple le plus difficile à gouverner. Bonaparte leur a rendu la richesse, l'orgueil et le goût de la vie : vive Bonaparte ! Quant à vous, mon ami, je ne saurais trop vous conseiller de sortir un peu plus souvent de votre province et de vous tenir au fait des grandes affaires ! Venez souper chez moi demain, puisque vous ne voulez toujours pas accepter notre hospitalité et, en attendant, allez vous loger à l'hôtel de Courlande ! Sans oublier d'ouvrir vos yeux et vos oreilles !

Tremaine y alla, s'installa confortablement, loua une voiture et s'assura les services d'un des valets de la maison, puis, ayant sacrifié aux conseils du banquier, se rendit comme l'on sait, rue du Rempart.

Rentré place de la Concorde, il se fit servir un repas dans son petit salon, devant une fenêtre grande ouverte sur le vaste espace ensoleillé — ces derniers jours d'août semblaient avoir renoncé à l'alternance de la canicule et des orages pour une température beaucoup plus agréable ! —, cerné par les marronniers des Champs-Elysées, le pont qui menait droit à l'ancien hôtel des ducs de Bourbon et les jardins des Tuileries flanqués du Jeu de paume et de l'Orangerie. En dépit de ses soucis, il s'accorda de goûter quelques instants la douceur de cette belle journée qu'animaient les allées et venues des passants, femmes en robes claires et hommes vêtus de tissus légers, et le passage des barges et des chalands sur la Seine d'où lui parvenaient les cris joyeux des baigneurs. Il éprouvait le besoin de faire le point, refusant cependant de se laisser impressionner par son échec du matin, parce qu'à bien réfléchir, il y voyait malgré tout une sorte d'encouragement : que Cormier eût jugé bon de déménager avec autant de précipitation — sans doute après la visite de Morel, qui avait dû arriver avant Tremaine retardé pendant plusieurs heures par un essieu brisé — indiquait nettement que Louis-Charles devait être quelque part dans Paris et que l'avocat souhaitait mettre la plus grande distance possible entre un personnage aussi dangereux et sa propre personne.

Il était étrange de constater, d'ailleurs, à quel point la seule évocation du roi errant plongeait ses anciens fidèles dans une crainte voisine de la terreur. A l'exception du bailli, trop proche de son terme pour s'en soucier, ceux qui étaient encore en vie tenaient de toute évidence à le rester : les temps héroïques étaient loin...

Ce serait peut-être différent avec cette Mme Atkyns dont le courage n'était plus à prouver. A condition, bien sûr, qu'elle ne soit pas retournée en Angleterre. Si elle était seulement en résidence surveillée dans quelque ville de province, Guillaume était bien décidé à s'y rendre. Il y avait là une chance qu'il voulait tenter. S'il échouait encore une fois, il ferait peut-être le voyage d'Auvergne pour interroger Batz.

Pensant que le mieux était d'attendre l'heure du souper pour aller reconnaître les lieux, il usa sa journée en se faisant conduire aux Bains Chinois, boulevard des Italiens où, dans un bâtiment en forme de pagode, on recevait des soins, assez onéreux sans doute, mais bien propres à effacer toute trace de fatigue après un long voyage. Les salles de bains étaient encore rares dans les hôtels même les plus confortables. Ensuite, il fit une visite à Mme Lecoulteux, qui recevait chaque après-midi vers cinq heures autour d'un thé à l'anglaise. Enfin, de retour au Courlande, il congédia sa voiture jusqu'au lendemain, changea de vêtements, patienta jusqu'au crépuscule et sortit du pas paisible d'un homme qui s'en va souper chez un traiteur en vogue. Au coin de la rue de la Concorde — ex-Royale ! —, il arrêta un fiacre et se fit conduire rue de Tournon à l'adresse indiquée par Theodosia.

Il faisait presque nuit quand il arriva. Sur le parcours, on allumait les grosses lanternes à réverbères accrochées au milieu des rues à peu près tous les cinquante mètres, mais beaucoup de fenêtres étaient ouvertes et les lumières des tables familiales apportaient une note de gaieté.

Ayant repéré le n° 5, il fit arrêter sa voiture un peu plus loin, au coin de la rue Saint-Sulpice, paya, rebroussa chemin et considéra un instant la maison en question. C'était un immeuble bourgeois construit au siècle précédent et orné d'assez jolies ferronneries. Un porche sous la voûte duquel brillait un lumignon ouvrait sur une cour étroite vers laquelle Guillaume se dirigea d'un pas ferme dont l'écho fit sortir d'une loge obscure un individu coiffé d'un bonnet de coton et qui devait être le portier.

Connaissant depuis longtemps la manière de se concilier ses pareils, Tremaine mit ostensiblement la main à la poche, geste qui attira le personnage comme une mouche vers un pot de miel.

— Vous cherchez quelque chose, citoyen... euh... je veux dire monsieur[1] ?

— Quelqu'un comme vous, justement. Vous êtes là depuis longtemps ?

— Une paire d'années !

— Ce n'est pas beaucoup. Vous ne pourrez peut-être pas me renseigner, dit Tremaine, jouant négligemment avec une de ces belles et récentes pièces d'argent à l'effigie de Bonaparte.

— Essayons toujours ! proposa l'autre, la mine engageante. Je suis là depuis peu mais je suis un enfant du quartier.

— Voici ! Autrefois, une dame de mes amies habitait ici, une dame anglaise, Mme Atkyns. Sauriez-vous me dire si elle y est toujours ou si elle a dû s'éloigner ?

— Elle n'est plus là, hélas ! Une si bonne personne ! Si généreuse et toujours si polie ! Mais, avec cette guerre qui recommence, il a fallu qu'elle parte.

— Et vous ne sauriez pas me dire où elle est ?

Le portier jeta autour de lui des regards circonspects comme s'il s'attendait à voir une armée d'espions surgir des pavés de la rue ou de ceux de la cour et baissa la voix jusqu'au chuchotement :

— Malheureusement, non ! Elle n'a pas voulu

1. L'appellation redevenait habituelle.

me le dire pour ne pas me faire tort si on m'interrogeait. Quand on ne sait pas, on se montre plus convaincant, disait-elle. Mais, il y a dans cette maison quelqu'un qui sait. C'est une de ses amies, et elle habite là, dans la cour, la porte au-dessus du petit perron à deux marches que vous voyez à main gauche. Vous n'avez qu'à frapper et dire que je vous envoie : elle vous répondra sûrement.

— Elle s'appelle comment, cette dame ?

— C'est écrit sur la porte. Vous verrez. Vaut mieux pas prononcer de noms la nuit.

Tremaine ne le fit pas attendre plus longtemps le salaire qu'il escomptait visiblement. La pièce passa de sa main dans celle de l'homme.

— Merci, mon ami !

Il escalada les deux marches. Une lanterne éclairait le vantail brun soigneusement verni sur lequel un écriteau annonçait le « Cabinet de Correspondance de Mademoiselle Lenormand ». Le nom, qui fleurait bon sa province bien-aimée, plut à Tremaine, qui songea un instant à rappeler l'obligeant concierge pour lui demander si cette personne faisait métier d'écrivain public. Celui-ci ayant disparu, il actionna la sonnette placée à main droite.

L'imposante servante en bonnet blanc qui apparut le considéra sévèrement avant de lui annoncer d'un ton bourru qu'à cette heure tardive les êtres sublunaires ne se manifestaient plus, et que leur auguste prêtresse venait de se retirer dans ses appartements. Quant au visiteur, il n'aurait qu'à revenir le lendemain en début d'après-midi s'il ne voulait pas attendre trop longtemps.

Si cet étrange discours surprit celui-ci, il préféra tout de même en remettre l'éclaircissement à plus tard.

— Veuillez prier votre maîtresse d'excuser mon insistance. Je ne m'intéresse pas à quelque correspondance que ce soit. Je souhaite simplement lui parler un instant. Il s'agit d'une amie à elle et c'est le portier qui m'envoie.

— Mmmmm... oui ! Vous vous appelez comment ?

— Tremaine. Si elle porte bien son nom elle me recevra : je viens de Normandie.

— Entrez là !

La domestique poussa devant lui la porte d'un petit salon meublé d'un canapé et de chaises en velours rouge, d'une table ronde en citronnier et de deux pendules, l'une posée sur la cheminée et l'autre accrochée au mur. En désaccord parfait, d'ailleurs. Mais ce n'était pas là le plus bizarre du lieu : c'étaient les gravures et tableaux qui ornaient le papier de tapisserie à motifs antiques. Louis XVI et Charles Ier d'Angleterre, réunis sans doute par l'identité de leur tragique destin, encadraient un énorme sphinx dont les yeux louchaient. Quant à l'Enfant Jésus, il voisinait avec un Mercure ailé à la mine futée, mais le morceau de bravoure de l'endroit était un portrait représentant une femme en robe de velours vert, assise devant une sphère avec, à ses pieds, un chien qui ressemblait furieusement à un lièvre. Sur la table, quelques feuilles imprimées proclamaient que Mlle Lenormand, auteur-libraire, résidait rue de Tournon au faubourg Saint-Germain.

Guillaume n'eut guère le temps de se perdre en conjectures. Une porte venait de s'ouvrir, livrant passage à la dame du portrait, forte personne d'une trentaine d'années, plutôt courtaude, coiffée de cheveux blond paille qui eussent été jolis, si on ne les avait frisés avec férocité. La figure gardait une fraîcheur campagnarde en dépit d'un début d'enluminure dû au fait que la dame ne buvait certainement pas que de l'eau... En résumé, l'ensemble, emballé de velours vert, était plutôt vulgaire, mais Guillaume n'en salua pas moins avec une parfaite courtoisie, en s'excusant d'oser se présenter à l'heure du souper. Il eut droit, en récompense, à un grand sourire :

— Mon assistante me dit, monsieur, que vous désirez me parler d'une amie ?

— Oui. D'une dame anglaise qui était aussi votre voisine et que j'ai beaucoup connue autrefois. Sauriez-vous me dire où elle se trouve à présent ?

— Voulez-vous que nous passions dans mon cabinet ? Nous y serons plus à l'aise...

Le cabinet en question était, en réalité, la chambre à coucher de Mlle Lenormand, mais le lit était à demi dissimulé par une sorte de paravent où figuraient la lune, le soleil, des étoiles sous lesquelles une femme pensive se tenait armée d'une baguette. De chaque côté d'une table couverte d'un tapis sur lequel on pouvait voir trois jeux de cartes et une boule de cristal, étaient disposés un fauteuil et une chaise.

— Prenez place ! dit la demoiselle en désignant la chaise, tandis qu'elle-même s'installait dans le fauteuil.

Guillaume, qui venait de comprendre à quel genre de correspondance se livrait son hôtesse, s'assit en retenant de son mieux une forte envie de rire.

— Vous dites la bonne aventure ? fit-il avec un sourire qu'il espérait aimable.

— Je suis « la » Prophétesse ! corrigea-t-elle sévèrement. Que vous ne le sachiez pas est à peine croyable ! Tout Paris connaît Mlle Lenormand qui a prédit leur sort tragique et mérité à Danton, Saint-Just et Robespierre. Nombreux sont les grands personnages qui viennent me consulter. La générale Bonaparte est, j'ose le dire, de mes fidèles, et...

— Pardonnez-moi mon ignorance. Je l'ai dit à votre... assistante, je viens du Cotentin.

— A plus forte raison : on me connaît dans mon pays natal. Je suis d'Alençon, mon cher monsieur ! Cette sublime et malheureuse Charlotte de Corday était ma cousine. Mais revenons à votre affaire. Je suppose que vous voulez parler de lady Atkyns, qui est en effet une amie chère.

— C'est bien elle. A-t-elle été assignée à résidence dans quelque ville de province ?

— Pas du tout. Elle est repartie pour l'Angleterre dès le début de la guerre.

— En ce cas, soupira Tremaine, je ne vois pas pourquoi votre portier m'a conseillé de vous déranger. Il aurait aussi bien pu me le dire lui-même.

Il se leva pour partir mais elle tendit vers lui par-dessus la table une main grassouillette, assez blanche cependant.

— Allons ! Ne soyez pas si vif ! Elle est partie, c'est entendu, et en l'annonçant bien haut, mais il est possible qu'elle revienne, ou même qu'elle soit déjà revenue, ajouta la devineresse d'un air mystérieux. C'est une dame qui ne tient pas en place. Même quand elle habitait ici, elle était toujours par les chemins...

L'espoir revenait. Guillaume se rassit.

— Sauriez-vous m'aider à la retrouver ?

— Peut-être...

Avec un bon sourire, Mlle Lenormand prit l'un des paquets de cartes et se mit à les battre :

— Nous allons voir ce qu'en pensent mes esprits. Vous voulez une consultation à quel prix ? Cela va de dix à cent francs.

Tremaine faillit se fâcher. Cette bonne femme ne prétendait tout de même pas le renseigner à l'aide de ses morceaux de carton ? Puis l'idée lui vint que c'était sans doute une façon comme une autre de se faire payer ses services. En ce cas, autant se montrer généreux !

— Cent francs ! annonça-t-il en tirant l'argent de sa bourse.

— A la bonne heure ! Nous allons sûrement faire du bon travail. Prenez ce jeu et coupez de la main gauche !

Guillaume s'exécuta, tandis que la voyante se levait et se dirigeait vers une commode sur laquelle reposait un cabinet à liqueurs où elle remplit deux verres en expliquant :

— Je me sens un peu lasse à cette heure et j'éprouve le besoin de me stimuler. Vous boirez bien un doigt de ce vin d'Espagne ? Il est excellent : c'est Mme Bonaparte qui me l'envoie.

Guillaume pensa que le portrait de la belle Joséphine aurait dû trôner avec les autres génies tutélaires de Mlle Lenormand mais, décidé à tout pour obtenir ce qu'il voulait, il se garda de refuser. Revenue à sa place, celle-ci commença par vider son verre d'un trait, puis étala les cartes qu'elle se mit à scruter avec attention. Son visiteur but à son tour avec un certain plaisir : le vin était bon...

— Vous êtes un homme riche, murmura la devineresse d'une voix différente, et pas seulement en biens ou en or ! Riche en femmes aussi ! Vous les attirez comme la lumière fait des papillons. Donnez-moi votre main gauche !

Elle scruta pendant un moment la paume ouverte de son visiteur, l'ouvrant et la refermant tour à tour sans rien dire. Guillaume, qui commençait à s'ennuyer, bâilla.

— Pour l'instant, je m'intéresse à une seule : celle dont je vous ai parlé.

— Nous y viendrons ! Je vous dirai si vous allez la rencontrer bientôt mais, avant, laissez-moi vous parler un peu de vous-même, car en vérité vous êtes un personnage étonnant. Je vois deux mariages... Un qui est déjà derrière vous et s'est achevé tragiquement...

L'attention flottante de Tremaine se fixa soudain. Comment cette grosse femme pouvait-elle savoir ça ?

— Et l'autre ? s'entendit-il demander.

— Je ne crois pas qu'il soit très proche. Oh ! comme c'est étrange ! Que d'amour, que de passion, que de haine aussi !... Vous avez beaucoup voyagé mais vous voyagerez encore... au loin ! Je vois des dangers... des ennemis puissants... une conspiration. Oh !... je vois la folie.

Ce fut le dernier mot que Tremaine entendit. Pris d'une insurmontable envie de dormir, il s'abattit sur la table, la tête au milieu du jeu étalé.

En bonne professionnelle, Mlle Lenormand considéra un instant la disposition des cartes ainsi modifiée, haussa les épaules puis, s'extrayant à nouveau de son fauteuil, alla pousser une porte donnant sur le vestibule :

— C'est fait, dit-elle. Vous pouvez venir !

Un cahot ramena Guillaume à la conscience.

Ouvrant péniblement les yeux, il constata que l'obscurité où il se trouvait était singulièrement remuante. Le bruit du galop des chevaux acheva de le renseigner : il était dans une voiture roulant à grande allure dans la campagne nocturne. Dire qu'il se sentait bien aurait été une contre-vérité absolue : il avait les lèvres sèches, la bouche pâteuse comme après trop boire, les tempes douloureuses, les poignets aussi à cause de la corde qui les serrait, et il respirait péniblement une horrible odeur de vieux tabac refroidi jointe à celle, si caractéristique, des corps mal lavés.

Encore dans les brumes, il voulut se pencher en avant pour regarder par la portière mais les deux hommes qui l'encadraient — et qui sentaient si mauvais — le repoussèrent au fond de la voiture d'un même mouvement dépourvu de douceur :

— On se tient tranquille ! grogna l'un d'eux.

— Mais qui êtes-vous ?... Qu'est-ce que je fais ici ?... Où m'emmenez-vous ?

— Faut pas poser trop d'questions. C'est mauvais pour la santé.

— Dites-moi au moins où nous allons.

— Vous l'saurez toujours assez tôt et quand on arrivera y aura quelqu'un pour vous répondre.

— Qui ?

— Ça suffit ! grogna l'autre malandrin (ces hommes ne pouvaient être rien d'autre) Taisez-vous si vous ne voulez pas qu'on vous bâillonne !

Le prisonnier se le tint pour dit. Parler lui était pénible, d'ailleurs, car les mots résonnaient douloureusement dans son crâne. Le silence l'aiderait peut-être à se retrouver lui-même pour affronter ce qui l'attendait au bout de cette route inconnue.

On roula encore pendant quelque temps, puis

l'un des hommes se pencha pour regarder au-dehors : il abaissa même une vitre pour mieux se repérer.

— Nous ne sommes plus très loin. Tu peux lui mettre le bandeau.

Avant d'être aveuglé, Tremaine eut le temps de voir que l'intérieur de la voiture s'obscurcissait parce qu'elle plongeait dans un épais couloir végétal. Sans doute un bois ou une forêt. Sensible aux odeurs et habitué à celle des grandes étendues sylvestres de son pays, il identifia des résineux mêlés à d'autres espèces persistantes. Il respira ces senteurs avec délices : elles changeaient agréablement des remugles de ses compagnons.

Le voyage tirait en effet à sa fin. Un sol sablé succédait aux ornières de la route. Quelques secondes plus tard, la voiture s'arrêtait.

Les ravisseurs firent descendre Guillaume, le prirent chacun sous un bras et soutinrent sa marche vers ce qui devait être l'intérieur d'une maison où flottait une vague odeur de poulet rôti rappelant désagréablement à Guillaume qu'il n'avait pas soupé. Il y eut d'abord les dalles d'un vestibule, puis les craquements légers d'un parquet plutôt glissant. On assit le prisonnier sur une banquette placée contre un mur, ses deux gardiens restant de chaque côté, et l'on attendit là un laps de temps qui parut interminable. Enfin une porte grinça, et l'on conduisit Guillaume dans une pièce où il eut la satisfaction de sentir un tapis sous ses pieds. Puis un fauteuil sous son séant.

— Le bandeau, passe encore, fit une voix sèche et un peu enrouée, mais pourquoi l'avoir lié, puisqu'il dormait ?

— Ça valait mieux, monsieur. On a eu des

ennuis avec le dernier parce qu'on n'avait pas cru devoir le ligoter. Il a failli nous échapper, et celui-ci est encore plus vigoureux.

— Enlevez-moi tout ça!

Rendu à la lumière, Guillaume vit, en face de lui, assis derrière un bureau chargé de papiers, un homme vêtu d'une robe de chambre en velours vert olive, un cache-nez autour du cou et un châle de laine grise brochant sur le tout, ce qui était beaucoup, étant donné la douceur de cette nuit d'août, mais, en dépit de cet accoutrement, le personnage n'avait rien de risible. Le visage en lame de couteau, aux lèvres minces, aux lourdes paupières tombantes, offrait un curieux mélange d'impassibilité et d'intelligence. Le menton, qui reposait sur les plis de l'écharpe tricotée à la main, annonçait l'énergie mais l'expression des yeux, leur couleur même étaient indéchiffrables sous la frange des cheveux plats, d'un blond fortement grisonnant qui collait au front en mèches courtes. Il se dégageait de cet homme à la peau blême une impassibilité sous laquelle on devinait une inflexible volonté. Cependant, il en fallait davantage pour impressionner son visiteur forcé, revenu en pleine possession de lui-même et qui ne voyait aucune raison de ne pas donner libre cours à sa colère :

— Voulez-vous me dire ce que je fais ici et de quel droit ces gens m'ont enlevé? s'écria-t-il en se dressant sur ses pieds.

— Asseyez-vous, monsieur Tremaine, soupira l'homme d'un ton las. C'est bien votre nom, n'est-ce pas?

— Vous en savez plus long que moi à cet égard, puisque je ne connais pas le vôtre, grogna l'interpellé.

— Je ne manquerai pas de vous l'apprendre dès que nous aurons éclairci certains de vos agissements.

— Mes agissements, mes agissements? Qu'ai-je fait de si extraordinaire? Je suis venu à Paris pour affaires.

— Reste à savoir lesquelles.

— Permettez-moi de vous dire que cela ne vous regarde pas! Je ne vois, en effet, aucune raison de répondre aux questions d'un personnage en robe de chambre qui, sans le moindre titre, sans la moindre raison, use envers moi de la plus odieuse contrainte sous le prétexte de contrôler mes faits et gestes. Vous n'êtes pas, que je sache, le Premier Consul — vous n'en avez ni l'âge ni la tête! —, et pas davantage le Grand Juge Régnier qu'il m'est arrivé de croiser. Ou alors vous avez beaucoup changé.

Un éclair de colère filtra entre les paupières mi-closes du personnage.

— Vous ne devriez parler que pour dire des choses pertinentes, monsieur Tremaine. Mais peut-être ne tenez-vous pas à retrouver votre fille?

Sous son hâle, Guillaume se sentit pâlir. Cet homme à la mine glacée venait de toucher le point sensible. Une idée, à cet instant, lui traversa l'esprit.

— Pour savoir que je la cherche, il faut que vous soyez le diable... ou Joseph Fouché.

Plus il le regardait, plus il en était sûr. Les paroles de Lecoulteux lui revenaient en mémoire : l'ancien ministre entretenait une police à lui ainsi qu'un réseau d'espions étendu partout en France. Les lèvres minces de l'interpellé se plissèrent en ce qui pouvait passer pour un sourire :

— Vous êtes plus intelligent que je ne le pensais,

fit-il gracieusement, mais vous me permettrez de préférer la seconde proposition.

— Que savez-vous de moi et des miens?

— Pas mal de choses! Vous êtes une personnalité dans votre Cotentin et mes services — enfin, mes anciens services! — ont toujours eu pour règle de s'intéresser aux gens importants. Alors, voici! Vous vous appelez Guillaume Tremaine, né le 3 septembre 1750 à Québec. Après la perte de la Nouvelle France, vous êtes revenu avec votre mère à Saint-Vaast-la-Hougue, sa terre natale, où elle a été assassinée. Vous n'avez échappé que de peu à la mort et vous êtes parti pour les Indes d'où vous êtes revenu, il y aura bientôt vingt ans, avec une belle fortune qui vous a permis de construire votre manoir des Treize Vents. Vous avez épousé une jeune femme noble, Agnès de Nerville, veuve du baron d'Oisecourt, et vous en avez deux enfants: Elisabeth, et Adam. Pendant la Révolution, vous vous êtes tenu tranquille. Plus que votre femme qui, convaincue faussement d'avoir voulu tuer Robespierre mais en réalité pour avoir participé au complot destiné à enlever du Temple le Dauphin, a été exécutée le 8 février 1794... ou dirons-nous le 20 pluviôse an II, pour employer ce fichu calendrier qui est toujours en vigueur bien que tant de gens s'y perdent encore? Si j'avais su à l'époque ce que j'ai appris depuis, vous auriez eu du mal à vous en tirer, car j'ai acquis l'intime conviction qu'au moment où tombait la tête de votre épouse, votre maison abritait l'évadé, sinon je ne vois pas où il aurait pu connaître votre fille. Ce n'étaient encore que des enfants, mais ces attachements-là sont parfois très forts. J'ajoute que, depuis, votre famille s'est agrandie d'un fils bâtard né de vos amours avec lady

Astwell et ramené d'Angleterre après la mort de celle-ci. C'est bien ça?

— Au terme bâtard près! Personne ne l'accepterait chez nous. Arthur est mon fils, un point c'est tout!

Fouché reposa sur sa table le feuillet dont il venait de lire le contenu.

— Venons-en, s'il vous plaît, à ce qui vous a conduit à Paris et... amené ici...

— J'avais à voir mon banquier.

— Monsieur Lecoulteux du Moley, je sais, et vous êtes descendu à l'hôtel de Courlande. Rien que de très normal. Ce qui l'est moins, c'est ce que vous êtes allé faire ce matin chez le citoyen Cormier, qui n'est pas plus banquier que commerçant ou quoi que ce soit d'autre.

— Je l'avais rencontré autrefois dans des circonstances tragiques. Je désirais le revoir...

— ... toutes affaires cessantes! Est-ce que ce ne serait pas plutôt à cause du contenu de cette lettre? De même que l'urgent besoin que vous aviez, ce soir, de rencontrer Mme Atkyns, agent royaliste s'il en est, tient tout entier dans cet autre message qui dit, d'ailleurs, à peu près la même chose que le premier.

Dans un tiroir de son bureau, Fouché prit deux papiers identiquement pliés qu'il vint lui-même mettre sous le nez de son prisonnier. Celui-ci n'eut besoin que d'un coup d'œil pour reconnaître les missives dont Morel avait été chargé par le bailli. D'autant qu'avec son sens du panache, et pour qu'il n'y ait aucun doute sur leur provenance dans l'esprit de ses correspondants, le vieil homme n'avait pas hésité à les signer en toutes lettres au risque de se perdre. Le texte, d'ailleurs, était à peu près le même.

«Vous avez eu tort, Monseigneur, de me cacher qu'une jeune fille vous accompagnait dans votre entreprise et plus grand tort encore de l'avoir emmenée dans les conditions que l'on m'apprend. Lorsqu'il s'agit d'écrire l'Histoire, il n'est pas bon de lui donner comme préface le récit d'amours scandaleuses. Pour ma part, je n'aurais jamais accepté de vous aider si j'eusse su qu'Elisabeth T. vous attendait avec vos compagnons à l'auberge d'Alençon, et vous le saviez très bien. Maintenant, je vous demande de pardonner à votre vieux serviteur s'il ose vous parler le langage de la sagesse et de la fermeté et vous dire que vous commencez mal. Renvoyez à son père cette enfant de seize ans dont je connais le courage mais qui n'a que faire dans cette aventure d'hommes ! Renvoyez-la, vous dis-je, avant que son père ne vous retrouve, car sa colère pourrait vous perdre. Il s'est lancé à votre poursuite. Il est ici, ce soir, et bien que je ne lui aie rien dit de votre visite, vous pouvez être certain qu'il n'abandonnera pas. C'est un rude chasseur. Il vous hait, à présent, et il peut être impitoyable. Ne le mésestimez pas plus que cet avis donné par celui qui demeurera jusqu'à son dernier jour votre plus fidèle serviteur et qui prie Dieu de vous avoir en Sa sainte garde. Saint-Sauveur.»

La croix à huit pointes accompagnait la signature sur laquelle Guillaume passa un doigt attendri. Pauvre vieil homme si cruellement atteint dans tout ce qu'il avait de plus cher ! Après la Marine royale qui s'était défaite presque sous ses yeux, après l'Ordre, sacré entre tous, auquel il avait voué sa vie et dont la convoitise des hommes de guerre venait de réduire à rien la puissance naguère souveraine, il lui restait ce prince dans lequel il avait mis ses espérances et qui se révélait triste descendant de Louis XV, le roi couvert de femmes, bien plus que fils du sage Louis XVI. Perclus et quasi réduit à la misère, allait-il, de surcroît, achever sa vie au fond d'une prison? Guillaume n'éprouvait plus trace du ressentiment emporté de Montrouvres. Il souhaitait à présent protéger le bailli autant qu'il allait lui être possible dans la situation où il se trouvait.

— Puis-je demander comment ces lettres sont venues en votre possession, monsieur le ministre? Et ne me dites pas que vous ne l'êtes plus : votre puissance, pour être occulte à présent, me paraît intacte.

— Je vous ai déjà dit que vous étiez intelligent. Au surplus, et puisque, d'après ceci, nous sommes du même côté de la barricade, je ne vois aucune raison de ne pas vous répondre.

Fouché toussa, sortit une boîte où il prit deux pilules qu'il avala avec un peu d'eau, puis s'éclaircit la voix :

— Depuis qu'il est consul à vie, que sa puissance s'étend déjà sur d'autres pays environnants et que le pays semble calme, le général Bonaparte est persuadé — certains se sont d'ailleurs appliqués à l'amener à cette conclusion ! — qu'il n'a plus rien à craindre des conspirateurs de tout poil dont il était la cible.

— D'où la suppression de votre charge...

— ... jugée sans objet et même offensante pour la majorité des Français. Or, jamais le danger n'a été plus grand, surtout depuis que nous sommes à nouveau en guerre avec l'Angleterre, où Pitt s'empresse de lâcher la bride aux conspirateurs émigrés qu'il a tenus en laisse tant qu'a duré la paix d'Amiens.

— Pourquoi ne l'avez-vous pas dit au Premier Consul?

— Je me suis contenté de lui faire savoir que je jugeais «l'air plein de poignards». Il a dû penser que je voulais seulement me faire valoir et lui donner des regrets. N'ayant pas reçu de réponse, je n'ai pas insisté, mais j'ai décidé de veiller au grain autant qu'il me serait possible, afin de lui éviter de payer trop cher la sottise qu'on lui a fait commettre... Je tiens à ce qu'il reste en vie, même s'il doit devenir empereur, ce qui est contraire à mes convictions républicaines.

— Et alors?

— Certains renseignements me sont parvenus d'outre-Manche. Le Foreign Office a donné le vol au plus redoutable des ennemis de Bonaparte... et de mon repos. Georges Cadoudal — un pur héros à sa manière parce qu'il est incorruptible! — est peut-être déjà en France. Je m'attends tous les jours à apprendre qu'il a débarqué. Aussi ai-je décidé de faire surveiller un certain nombre de personnes dont on pouvait craindre qu'elles ne lui apportent leur aide. Votre ami Cormier est de celles-là. C'est près de chez lui que nous avons pris l'autre soir l'homme qui était chargé de ces deux lettres. Elles m'ont valu la plus grande surprise de ma carrière : je cherchais un agent des Princes mais, je vous l'avoue, j'étais à cent lieues de m'attendre à un retour de l'Enfant du Temple dont la trace est perdue depuis bien longtemps.

— Vous n'avez pas douté de son identité?

— Pas un instant! Justement parce qu'il surgit

de nulle part, contrairement à deux ou trois autres qui essaient de se faire passer pour lui et dont je n'ignore pas grand-chose. Il y en aura d'autres, d'ailleurs, mais celui-là, je suis certain que c'est le vrai. Et il me le faut !

— Qu'en ferez-vous ?

— Je ne crois pas que ça vous regarde ! Qu'il vous suffise de savoir que nous traquons le même gibier et, dans ce cas, nous pourrions peut-être collaborer ?

Tremaine fronça le sourcil. Le mot lui déplaisait et plus encore l'idée de mettre une main dans celles un peu trop sanglantes de l'ancien responsable des mitraillades de Lyon. Il haïssait Louis-Charles pour ce qu'il avait fait, mais aider ce bourreau lui soulevait le cœur. Il eut cependant assez de sagesse pour ne pas brusquer les choses.

— Je ne vois pas ce que je pourrais vous apporter. Vous avez devant vous mes deux seules chances alors que, grâce à vos multiples renseignements, vous devez en posséder d'autres.

— Aucune en ce qui concerne ce revenant ! Depuis bientôt dix ans, la piste est refroidie. Presque tous ceux qui ont participé à l'enlèvement sont morts ou ont su se refaire une virginité. Sauf peut-être celui-ci ? ajouta-t-il en frappant du doigt sur la croix à huit pointes.

— Et Mme Atkyns ? se hâta d'avancer Tremaine qui ne tenait guère à ce que l'on revienne trop vite au vieux bailli dont il cherchait encore comment il allait pouvoir assumer la défense.

— Oh ! celle-là est bien vivante. Aux dernières nouvelles, elle se trouvait dans son domaine de Ketteringham, dans son pays natal. J'ajoute qu'il y a beau temps qu'elle n'habite plus la rue de

Tournon. Les souvenirs de M. de Saint-Sauveur sont un peu anciens.

— Ils vous ont cependant permis d'installer l'espèce de souricière où je me suis fait prendre. J'imagine que cette Lenormand est de vos fidèles ?

Fouché sourit et, pour la première fois, ouvrit les yeux suffisamment pour que son vis-à-vis constate avec surprise qu'ils étaient d'un assez joli bleu.

— Elle est amusante. D'autant plus qu'elle prédit parfois des choses étranges... et justes ! J'avoue que, cette fois, j'espérais un plus gros gibier, mais vous rencontrer est une agréable compensation. Si je dis que j'ai besoin de vous, ajouta-t-il en changeant subitement de ton, c'est d'abord parce que j'ignore à quoi ressemble votre fille.

Guillaume bondit :

— Si vous comptez sur moi pour vous donner son signalement...

— Vous m'en donneriez certainement un tout à fait différent. Ce que j'attends de vous, d'abord, est que vous me racontiez en quelles circonstances celui qui nous intéresse et Mlle Tremaine se sont retrouvés et ont décidé de partir ensemble.

— J'ai bien peur que vous ne m'accusiez de fabuler. Cela s'est passé de façon à peine croyable.

— Dites toujours !

Guillaume n'hésita qu'à peine. Le risque d'être poursuivi pour l'aide apportée jadis n'existait plus. En outre, mentir pouvait au contraire se révéler dangereux.

— Voilà. Ainsi que vous le savez déjà, l'enfant royal a séjourné quelques semaines chez moi et y a lié avec ma fille une tendre amitié dont je ne me suis pas soucié, d'ailleurs, sinon pour consoler Elisabeth quand l'inévitable séparation a eu lieu. Une séparation qui serait définitive, quel que puisse être le destin réservé à ce malheureux enfant. Et, de fait, jusqu'au début de juillet, nous avons tout ignoré de lui.

Guillaume raconta ensuite comment, à la suite d'une brouille entre Elisabeth et lui sur laquelle il choisit de ne donner aucun détail, la jeune fille avait séjourné chez une amie et usé son désœuvrement en longues promenades à cheval. Sans en indiquer l'emplacement, il parla de la crique d'où le prince était parti et dont elle faisait son but favori. Il dit aussi comment, un matin, elle l'y avait vu reparaître et ce qui s'en était suivi. Non sans répugnance mais parce que c'était nécessaire, il montra le dernier billet d'Elisabeth.

Fouché le lut attentivement et même en prit copie, puis le lui rendit.

— Ceci était attaché au tapis de selle du cheval ?

— Vous pouvez voir la trace de l'épingle : une fleur de lys... que je n'ai pas sur moi. C'est, pour l'instant, tout ce qui me reste d'elle.

L'ancien ministre quitta son bureau et vint s'y adosser, face à son visiteur forcé. Ses yeux étaient, cette fois, grands ouverts.

— Je vous remercie d'une sincérité dont je ne doute pas un instant, monsieur Tremaine. Tout cela confirme ce que je pensais. S'il a touché terre dans le Cotentin, c'est qu'il venait d'Angleterre.

— J'ai tout lieu de le croire.

L'ancien ministre passa sur sa joue mal rasée une main songeuse qui vint ensuite tortiller sa lèvre inférieure.

— Pitt jouerait donc sur deux tableaux : Louis XVIII... et Louis XVII ! marmotta-t-il, pensant tout haut. L'un contre l'autre ou l'un à côté de l'autre, en se réservant d'éliminer celui qui ne gagnerait pas ? Je ne crois pas qu'il prenne le second vraiment au sérieux : trop jeune, trop inexpérimenté, alors que l'autre est un vieux renard, vaniteux mais rusé. Il est certain que les Anglais s'y intéressent beaucoup plus qu'à son neveu ; cependant celui-ci peut apporter une diversion. Aussi, serais-je assez tenté de croire que sa trace pourrait être retrouvée dans les alentours d'un des rares Britanniques installés depuis longtemps en France, apparemment coupés de toutes relations avec leur mère patrie, et qui bénéficient de la protection ouverte du ministre des Relations extérieures. Comptez-vous M. de Talleyrand-Périgord au nombre de vos connaissances parisiennes ?

— Je n'ai pas cet honneur.

— Votre ami Lecoulteux, comme tous les hommes d'argent, entretient d'excellents rapports avec lui. J'aimerais qu'il vous présente et que vous vous arrangiez pour gagner sa sympathie afin d'être invité facilement.

— Vous devriez être invité en permanence, monsieur le ministre !

— Ne croyez pas ça ! Nous nous exécrons cordialement. Il déteste en moi l'ancien Jacobin, et moi je hais en lui l'ex-évêque d'Autun, le grand seigneur pervers. Il est l'un des trois hommes qui ont convaincu le Premier Consul d'abolir mon ministère. Quand vous serez dans ses salons, recherchez donc un certain Quentin Crawfurd, un Écossais tombé voici longtemps amoureux de la reine Marie-Antoinette et qui ne s'en est jamais guéri. Il lui voue un culte. De là à penser qu'il pourrait le reporter sur un fils qu'elle adorait, il n'y a qu'un pas.

— Pourquoi ne faites-vous pas surveiller cet

homme? Même si vous n'êtes pas *personna grata* chez M. de Talleyrand, cela doit vous être facile.

— Soyez sûr que je n'y manque pas. Mais entre ce qui se passe dans la rue et ce qui se passe dans un salon, il y a une grande différence. D'autant que je n'ai pas accès chez Crawfurd. Ses quelques serviteurs sont anciens et à toute épreuve. Quelque chose me dit que vous pourriez faire bonne chasse rue du Bac. Par exemple, il serait bon de voir comment Crawfurd ou certains de ses amis réagiraient en entendant votre nom. Que dites-vous de mon idée?

— Elle est à considérer, à ce détail près que j'ai en horreur le rôle d'espion! lâcha Tremaine, hautain.

— Vous n'avez pas le choix! coupa Fouché, cassant. Si vous m'aidez à mettre la main sur le prince, vous ramènerez votre fille chez vous dans la plus grande sécurité. En revanche, si je retrouve le petit couple sans vous et, surtout, si vous vous avisiez de travailler pour votre seul compte, Mlle Tremaine serait traitée en complice de conspiration, donc en prisonnière d'Etat. Elle pourrait peut-être même... disparaître : les policiers sont si maladroits!

— Si vous faisiez ça!... gronda Guillaume les poings serrés.

— Calmez-vous et tâchez de me comprendre! En fait, c'est moins le prince que Talleyrand qui m'importe : si je peux le convaincre aux yeux de Bonaparte de protéger des ennemis de la Nation, je lui aurai amplement rendu la monnaie de sa pièce. Qu'en dites-vous?

— Répondez d'abord à une question : qu'avez-vous fait du messager de M. de Saint Sauveur?

— Il est au frais, mais sain et sauf, rassurez-vous ! Il vous intéresse ?

— J'aimerais que vous le relâchiez quand tout ceci sera fini. Ce n'est qu'un fidèle serviteur dont son maître a besoin pour vivre. Et surtout, je voudrais que le bailli ne soit pas inquiété. C'est un homme infirme, usé, à qui on est venu demander plus qu'il ne pouvait donner. Laissez-le achever sa vie entre Dieu et sa demeure aussi ruinée que lui-même ! Puis-je avoir votre promesse ?

Fouché scruta le regard fauve que la flamme des bougies faisait étincelant, puis soupira :

— Si vous me faites l'honneur de croire en ma parole, je vous la donne. Je renverrai ce Morel dans quelques jours. Quand à votre vieux « Maltais », il pourra mourir tranquille si je n'entends plus parler de lui et si vous faites ce que je vous demande. A présent, on va vous reconduire à Paris.

Il saisit un cordon de sonnette qui pendait près de la cheminée et tira trois fois. Presque aussitôt un jeune homme apparut. Sa tenue n'était pas celle d'un valet mais plutôt d'un garçon appartenant à la bonne société. Mince et de taille moyenne mais bien bâti, il avait un visage où rien ne semblait vraiment d'aplomb, ce qui ne lui en donnait pas moins une physionomie extraordinairement mobile. Le menton était carré, volontaire, la bouche se relevait d'un côté en une curieuse expression d'ironie et les yeux trop enfoncés sous l'orbite en surplomb pour qu'on pût en lire la couleur annonçaient un chasseur, tant leur regard était acéré. Cette figure-là laissait supposer que le personnage était intelligent, sans doute d'esprit vif, avec peut-être un certain goût pour la raillerie. Les cheveux bruns et plats étaient coiffés à la dernière mode ; une légère odeur de verveine se dégageait du linge d'une impeccable blancheur; quant à la seule main qui ne fût pas gantée, elle était fine, nerveuse, presque aristocratique.

Le nouveau venu salua en entrant puis se tourna vers Guillaume sans rien dire mais en accentuant le pli moqueur de ses lèvres.

— Je vous présente Victor Guimard, dit Fouché. C'est l'un des plus jeunes mais aussi des meilleurs parmi les agents qui me sont demeurés fidèles. Il va vous ramener à votre hôtel et il sera désormais chargé d'assurer la liaison entre vous et moi. Chaque matin, il flânera dans le grand vestibule de l'hôtel de Courlande. Vous pourrez alors lui remettre tel message que vous jugerez bon. De son côté, il vous donnera les nouvelles susceptibles de vous aider.

— Est-ce que cette rencontre journalière ne finira pas par paraître bizarre?

— Vous ne serez pas obligé de lui parler si vous n'avez rien à dire. D'autre part, il ne se présentera pas toujours à vous sous l'apparence que vous lui voyez.

— Même déguisé, Monsieur doit être facile à reconnaître, fit Tremaine avec un léger dédain.

— Ah! vous croyez? Alors, dites-moi si vous reconnaissez en lui l'un de vos deux compagnons de voyage lorsque vous êtes arrivé? Vous savez, ces hommes qui puaient tellement le vieux tabac et la crasse.

Aussitôt une voix épaisse, affreusement vulgaire, se fit entendre :

— Faut pas poser trop d'questions! C'est mauvais pour la santé. — Puis, changeant du tout au tout, la voix, devenue douce et cultivée, reprit :

— Vous ai-je convaincu, Monsieur, ou tenez-vous vraiment à ce que j'aille reprendre ma défroque de tout à l'heure?

Guillaume ne put s'empêcher de rire.

— Inutile, je suis tout à fait persuadé. Mes félicitations! Mais si vous vous transformez, à quoi vous reconnaîtrai-je?

Ce fut l'ancien ministre qui se chargea de la réponse :

— Vous vous apercevrez à l'usage que Victor n'est pas bavard. Les quelques paroles qu'il vient de prononcer représentent un long discours pour lui. Quant au signe, je vous conseille de remarquer ce petit brin de bruyère qu'il porte à sa boutonnière. Il en aura toujours un semblable sur lui et si vous avez de bons yeux... ce que je crois!

Quelques instants plus tard, Guillaume Tremaine, aux premières lueurs de l'aube, quittait, dans un élégant coupé, le petit château des bois où Fouché, qui l'avait acheté pour sa femme l'année précédente, achevait de passer l'été. Ce domaine s'appelait Ferrières et se composait d'une de ces aimables gentilhommières que le XVIIIe siècle avait semées comme autant de fleurs sur la vieille terre de France, et surtout d'un parc forestier superbe, étalé autour d'un grand étang que la lumière naissante faisait miroiter.

Le ciel où s'attardait l'étoile du berger était pur. La journée s'annonçait belle et Guillaume, satisfait au fond de cette entrevue commencée de si inquiétante façon, se sentait soulagé et même rendu à une certaine confiance. L'aide d'un homme tel que Fouché n'était pas à dédaigner. Cependant, il ne se dissimulait pas qu'il aurait à jouer serré s'il arrivait à retrouver la piste des fugitifs car il serait sans doute difficile d'arracher Elisabeth à celui qu'elle aimait. Au fond de lui-même, Guillaume craignait fort que sa fille ne fût de l'étoffe dont on bâtit les héroïnes de roman qui préfèrent la mort avec l'homme aimé à une séparation déchirante.

A présent, Guillaume sentait la fatigue de la nuit l'envahir. Il respirait avec délices l'air frais du matin, mais éprouvait de plus en plus de peine à tenir les yeux ouverts.

— Sommes-nous loin de Paris? demanda-t-il à son compagnon.

— Six lieues environ... Vous devriez dormir un peu!

Le père d'Elisabeth ne se le fit pas dire deux fois. Il se cala dans son coin, ferma les yeux et tomba aussitôt dans un profond sommeil. Son jeune voisin, pour sa part, écoutait avec un demi-sourire le chant d'une alouette qui montait droit vers le ciel.

CHAPITRE III

LA MAISON DE L'ÉCOSSAIS

Selon la prédiction de Fouché et en dépit de la hâte qui le tenaillait, ce fut seulement dans la première quinzaine de septembre que Guillaume, flanqué de Jean-Jacques Lecoulteux du Moley, franchit l'imposant portail donnant accès au ministère des Relations extérieures, situé alors rue du Bac[1].

Jusque-là, il s'était efforcé de tuer le temps aussi intelligemment que possible, peaufinant son image de riche armateur provincial venu à Paris traiter quelques affaires importantes, rencontrer des clients, voir d'anciens amis, sans négliger de se distraire un peu. Le nouvel état de guerre permettait à Lecoulteux de mettre en valeur la situation intéressante de son ami Tremaine, posté à la pointe extrême du Cotentin, face à l'Angleterre, alors que

1. Cette belle demeure, qui fut celle du marquis de Galliffet avant la Révolution, ouvrait alors sur la rue du Bac et occupait un grand espace. Elle est, de nos jours, située au 73 de la rue de Grenelle et abrite le consulat général d'Italie.

Bonaparte rassemblait des troupes à Boulogne pour tenter de renouveler l'exploit de Guillaume le Conquérant et d'envahir le sol ennemi. Le banquier prônait aussi la qualité des navires de Guillaume, la valeur de ses capitaines, de ses équipages et la confiance que l'on pouvait placer en eux. Comme il l'avait annoncé, Tremaine rencontra le financier Labouchère entre deux tasses de café au Courlande et réussit à traiter, par son entremise, une importante commande de bois du Nord destiné justement à ce camp de Boulogne où Bonaparte faisait mettre en chantier toute une flotte de bateaux plats destinés au transport de ses troupes et au débarquement. Cette affaire l'occupa pendant deux ou trois jours où il ne quitta guère la plume afin de passer des ordres précis à ses employés de Cherbourg. Il s'agissait en effet d'envoyer chercher le précieux bois jusque dans les pays scandinaves.

Grâce à Bougainville qu'il alla surprendre un après-midi au Bureau des Longitudes où siégeait le grand navigateur, il fit aussi la connaissance d'un curieux personnage, un ingénieur américain nommé Robert Fulton qui, deux semaines auparavant, avait fait évoluer sur la Seine un bizarre engin : un bateau armé de deux grandes roues posées sur un essieu, derrière lesquelles était une espèce de grand poêle avec un tuyau formant une petite pompe à feu destinée à mouvoir les roues et le bateau lui-même. Paris s'était beaucoup diverti avec le « grand poêle de M. Fulton », mais n'y avait pas attaché plus d'importance qu'à une nouvelle attraction foraine. Et, malheureusement pour le génie méconnu, Bonaparte s'était montré tout aussi réfractaire.

— Il y a dans toutes les capitales une foule

d'aventuriers et d'hommes à projets offrant à tous les souverains de prétendues merveilles qui n'existent que dans leur imagination, déclara-t-il à Monge qui le pressait d'accorder une chance à cette invention. Ce sont autant de charlatans et d'imposteurs : cet Américain est du nombre. Ne m'en parlez pas davantage !...

Ce qui, selon Guillaume, était fort injuste. Ce Fulton, rencontré au château de Suisnes, chez Bougainville où l'avait conduit le savant Laplace, président du Bureau des Longitudes, pour le consoler un peu de sa déconvenue, semblait capable d'ouvrir à la marine une ère nouvelle. D'autant qu'en 1801, ce mécanicien qui avait dû étudier Léonard de Vinci était arrivé à faire évoluer, à Brest, un navire sous-marin long d'un peu plus de six mètres et baptisé *Nautilus*. Pour Guillaume, curieux par nature, ces inventions offraient un intérêt certain et il déplorait qu'elles soient ainsi condamnées par le simple fait que le Premier Consul refusait d'y attacher la moindre importance. Mais, pour aider Fulton, il aurait fallu risquer une fortune que Tremaine se sentait peu disposé à jeter ainsi à la mer, même s'il trouvait l'homme sympathique. Il causa beaucoup avec lui et souhaita même correspondre quand il serait de retour en Amérique.

Pour sa part, Bougainville se montrait moins enthousiaste :

— Je pense que vous venez trop tôt, dit-il à l'Américain. Tant que votre machine sera moins rapide que nos cathédrales de toile, on ne pourra s'en remettre à elle pour l'issue d'un combat naval. Et puis, ajouta-t-il avec un sourire, vous permettrez bien au vieux marin que je suis de préférer la splendeur de nos vaisseaux, la blancheur des voiles dans le soleil du matin, la chanson du vent dans les haubans...

Ce dimanche à Suisnes laissa au cœur de Guillaume une poignante impression de tristesse. Le petit château, avec son parc verdoyant environné des centaines de rosiers implantés par le navigateur et son jardinier pour la prospérité de cette partie de la Brie, semblait créé pour le bonheur, la joie de vivre, les yeux aussi d'une femme aimée et d'une heureuse famille. Hélas ! de cette pièce écrite avec tendresse par l'amiral ne restait plus que le décor : les personnages se fondaient peu à peu dans les brumes du chagrin. L'ombre d'Armand de Bougainville, le fils cadet, trouvé noyé dans l'étang du château l'année précédente alors qu'il venait d'avoir seize ans, planait sur ses parents et sur le domaine en dépit des efforts du père pour maintenir les habitudes de vie et l'atmosphère de la maison.

Celui-ci réussissait assez bien à donner le change : il restait mince, droit et élégant malgré ses soixante-quatorze ans, mais l'air de jeunesse conservé si longtemps s'était effacé sous le poids de la profonde tristesse réfugiée dans ses yeux las.

Guillaume sentit toute l'intensité du drame lorsque, seul parmi les quelques invités de ce jour, il fut admis à saluer la maîtresse de maison qui ne quittait ses appartements que pour se rendre sur la tombe de son fils. Là, il reçut un choc : celle qui avait été l'éclatante, la ravissante Flore de Montendre, cousine de Rose de Varanville et presque aussi rieuse qu'elle, n'était plus qu'une ombre grise aux traits creusés, aux cheveux prématurément blanchis. Bien que de trente ans sa cadette, elle semblait aussi âgée que le mari épousé par amour vingt-deux ans plus tôt.

Un instant, Guillaume avait été amoureux de sa rayonnante blondeur et de ses grands yeux bleus et, en s'inclinant sur la main diaphane qu'elle lui tendit avec une ébauche de sourire, il eut beaucoup de peine à retenir des larmes. L'entrevue fut brève d'ailleurs. Flore, après quelques paroles où l'amitié perçait encore malgré tout, s'excusa de ne pas rejoindre les invités de son époux, chargea son visiteur de mille tendresses pour sa «chère Rose et les petites», et laissa entendre, finalement, qu'elle souhaitait rester seule dans le boudoir où elle l'avait reçu et où elle vivait en compagnie du portrait de l'enfant défunt.

En rejoignant les autres, Guillaume s'avouait que si cette immense douleur l'impressionnait, le touchait même, il ne parvenait pas à la comprendre. Armand n'était pas le seul fils, loin de là. Certes, l'aîné Hyacinthe, sorti de l'École polytechnique, servait à présent dans la Marine et le troisième, Alphonse, entrait dans l'armée, ce qui les éloignait du foyer paternel ; mais le plus jeune, Adolphe, était encore au collège et son absence, en cette période où s'achevaient les vacances, était plutôt étonnante. Sa mère n'aurait-elle pu chercher auprès de lui un palliatif de sa douleur ? Or, il se trouvait chez sa tante de Baraudin sans que quiconque songeât à expliquer cette anomalie. Sa mère n'avait-elle d'amour que pour le disparu ou bien sa mort tragique, en concentrant toute la capacité de souffrance de Flore, réduisait-elle à des ombres encore chères mais plus lointaines les personnalités des autres garçons ? Certes, lui-même consacrait tout son temps, toutes ses pensées à sa petite Elisabeth, et s'il devait la perdre, peut-être réagirait-il comme Mme de Bougainville. Pourtant, il gardait la certitude qu'Adam et Arthur lui deviendraient peut-être plus précieux encore mais, évidemment, il n'était pas une femme. Et puis Elisabeth vivait toujours, Dieu merci !

Lorsqu'il regagna la bibliothèque où l'on discutait ferme sur l'avenir de la marine, son regard croisa celui de l'amiral où il lut une interrogation. Il y répondit par un sourire : tout allait bien. En revanche, il posa une question : où donc était passé son vieil ami Joseph Ingoult, le platonique amoureux de Flore, qui, depuis des années, vouait sa vie, son temps de vieux garçon riche, à la dame de ses pensées, dans la meilleure tradition d'un chevalier du Moyen Age, occupant dans la famille une place située entre le génie tutélaire et l'oncle toujours prêt à se dévouer.

— Vous vous êtes peut-être croisés sur la route, expliqua Bougainville. Ce cher ami a dû voici quelques jours partir pour Cherbourg afin de veiller à je ne sais quel procès de bornage que lui intente un voisin peu commode. Il semblerait que même les anges gardiens aient à tremper parfois leurs ailes dans l'encre de la paperasserie, ajouta-t-il avec un sourire, mais si vous nous restez encore quelque temps, il se peut que vous le voyiez revenir.

— J'en serais très heureux. Il y a des mois que je ne l'ai vu.

En fait, et pour la première fois, il n'y tenait pas vraiment. Il craignait l'esprit essentiellement curieux et plus vif que nature de l'avocat sans cause. Ingoult savait poser les questions gênantes. Or, si grande que fût la confiance qu'il mettait en lui, Guillaume ne voulait pas partager le secret de l'aventure d'Elisabeth. Ni avec lui, ni avec Bougainville ni avec qui que ce soit d'autre : il y avait déjà suffisamment de gens au courant.

Durant ces quelques jours d'attente, il rencontra chaque matin l'homme au brin de bruyère : parfois sous son aspect normal de jeune homme élégant venu goûter à l'excellent café de l'hôtel de Courlande, parfois déguisé en travailleur ou en militaire flânant sous les arcades de la Concorde, parfois même sur le siège de sa propre voiture.

— Votre cocher, expliqua-t-il, m'a quelques obligations. Il me cédera sa place quand je le voudrai et d'autant plus volontiers qu'il est toujours agréable de toucher double salaire.

— Est-ce que vous ne vous livrez pas, pour l'instant, à des dépenses inutiles, puisque je n'ai toujours aucune information présentant le moindre intérêt?

— Rien n'est inutile. D'abord j'aime à m'assurer que mon système fonctionne de façon satisfaisante. En outre, ajouta-t-il avec un sourire qui lui rendait ses quinze ans, je commence à croire que vous intéressez plus de gens que nous ne le croyions. Vous êtes suivi, mon cher monsieur!

— Par qui?

— Je n'en sais encore rien. Pas par un policier, en tout cas. Je connais tous ceux qui sont restés en place et, en général, ils sont visibles comme le nez au milieu de la figure. Vous les auriez repérés tout de suite. Celui-là est plus habile : c'est un petit bonhomme sans aucun signe distinctif. Le passant anonyme s'il en est, mais, où que vous alliez, il trouve moyen de lire son journal dans les environs. La gazette change de temps en temps mais pas lui... Soyez tranquille, je vais essayer d'en savoir plus.

— Si je vous comprends bien, vous me suivez vous aussi ?

Guimard eut un haussement d'épaules et un bref sourire qui montra un instant l'éclair de ses dents blanches :

— Parbleu ! Vous ne vous en doutiez pas un peu ?

Aussi Guillaume ne fut-il qu'à moitié surpris quand, pénétrant dans les salons du ministère, il aperçut son *ombre* admirablement vêtue d'un frac noir, sur lequel éclatait l'irréprochable blancheur de la chemise et de l'immense cravate où reposait son menton. Des breloques d'or brillaient à la chaîne barrant son gilet de satin blanc. Des bas de soie gainaient des jambes bien dessinées terminées par des pieds élégamment chaussés d'escarpins vernis. Plus étonnant encore, passant auprès du petit groupe qu'il formait avec deux autres jeunes gens, il entendit l'un d'eux l'appeler en riant « mon cher baron »...

Tremaine remit à plus tard l'examen de ces bizarreries, estimant que l'éclat de la réception requérait toute son attention. Et surtout ceux qu'il allait y rencontrer.

Grand seigneur jusqu'au bout des ongles, Charles-Maurice de Talleyrand-Périgord, qui par sa naissance appartenait à la plus haute noblesse française, avait toujours été un maître de maison accompli, se distinguant en cela de la plupart des collaborateurs du Premier Consul. Ayant quitté son hôtel de la rue d'Anjou pour celui de son ministère, il entendait faire oublier que, sous Robespierre, des gens moins reluisants : les citoyens Bruhot, Mangourit, Miot et Colchen, l'y avaient précédé. Il accordait cependant une petite exception indulgente au citoyen Charles Delacroix dont la ravissante épouse avait su le séduire au point de lui faire un enfant[1]. Et y réussissait parfaitement.

Elevé en partie aux Indes, Guillaume ne se laissait pas facilement émouvoir par le faste. Cette fois, cependant, il dut s'avouer quelque peu impressionné. Franchie la cour d'honneur où voitures et carrosses se pressaient au point qu'il fallut attendre un moment pour aborder le perron, on accédait à un large escalier éclairé par de hauts candélabres de bronze et tellement couvert de fleurs qu'il ressemblait à l'allée triomphale de quelque jardin de rêve. Au-delà, sous des lustres de cristaux scintillants, s'ouvraient des galeries à colonnes et des salons parfumés à l'ambre, décorés de grands feuillages dorés, regorgeant déjà d'invités : les hommes en habits brodés avec leurs ordres, les femmes vêtues le plus souvent de blanc, satin, crèpe, mousseline ou velours ; quelques-unes, d'âge certain, en dentelles noires mais toutes avec beaucoup de diamants. A travers cette foule, des laquais en livrée amarante naviguaient habilement avec de grands plateaux d'argent chargés de flûtes remplies de vin de Champagne.

— Que de monde ! grogna Tremaine déçu. Vous êtes certain d'avoir bien choisi votre jour pour cette rencontre ? Ce personnage n'accordera pas la moindre attention au provincial que je suis.

— Il accorde toujours son attention à ceux qu'il invite et vous l'êtes. Dites-vous qu'il y a des réunions semblables deux fois la semaine et ceci n'est qu'un petit comité : quelques ambassadeurs, les familiers du ministre, ses belles amies aussi qui

1. Talleyrand est en effet le père du grand peintre Eugène Delacroix.

appartiennent toutes à l'ancienne et haute noblesse. Rien d'exceptionnel! Si vous aviez vu la fête que Talleyrand a offerte à Madame Bonaparte après la signature du traité de Campo Formio, vous vous feriez une idée plus exacte du faste de la maison : je n'ai jamais rien vu de plus somptueux : les salons étaient entièrement décorés de lauriers vert et or. Mais nous approchons du maître. Dernière recommandation : n'oubliez pas de perdre galamment quelques louis s'il vous invite à sa table de whist!

— Comptez sur moi! Comme tous les bons joueurs, je fais cela très bien.

Annoncés par un gigantesque valet de pied, les deux amis pénétrèrent dans la grande pièce où le ministre et son épouse recevaient leurs invités. Tremaine vit soudain devant lui un personnage extraordinaire qui, dans son habit de velours pourpre à large broderie d'or, des plaques endiamantées sur la poitrine, ressemblait à quelque empereur sans couronne. C'était un homme blond légèrement grisonnant, dont les cheveux mi-longs, soyeux et frisés, encadraient un curieux visage dont la peau pâle semblait adhérer à l'ossature parfaite jusqu'à donner une idée de ce qu'il serait dans le tombeau. Très grand et d'une suprême élégance naturelle, Talleyrand avait un menton fort, une lippe méprisante qui lui donnait un air de hauteur et d'impertinence, des pommettes saillantes, un nez droit un peu retroussé et plein d'insolence, une bouche sensuelle et des yeux de saphir dur qui semblaient toujours sommeiller sous de lourdes paupières. L'ensemble était à la fois impressionnant et plein de séduction. Surtout quand il souriait, ce qui fut le cas en voyant approcher le banquier et son protégé :

— Bonsoir, cher du Moley! fit-il avec un geste

d'excuse qui ne congédiait pas, mais retenait au contraire l'homme âgé avec lequel il parlait. Voici donc cet ami que vous m'avez vanté si chaleureusement, hé?

Talleyrand avait coutume de ponctuer ses phrases de cette interjection, qui était moins une interrogation qu'une habitude acquise au cours de sa carrière de diplomate. Elle avait l'avantage de provoquer, sans qu'ils s'en doutent, l'assentiment de ses interlocuteurs. La voix était lente, profonde, peu disposée aux éclats. On sentait qu'elle ne devait jamais sortir d'un certain registre, donnant ainsi la mesure de l'extrême maîtrise de soi que possédait son propriétaire. Elle se chargea d'une note plus aimable encore en s'adressant à Guillaume.

— Soyez le très bienvenu, monsieur Tremaine! Je suis heureux d'accueillir en vous l'un des hommes qui s'efforcent de contribuer à la prospérité de notre pays. D'autant plus que votre nom m'est familier. Vous avez des parents anglais, je crois?

— En effet, monsieur le ministre, acquiesça Guillaume plutôt étonné. Des... neveux.

— C'est cela : une famille canadienne séparée après la chute de Québec. Vous êtes revenu en France tandis que votre frère choisissait le camp anglais, hé?

— C'est tout à fait exact, mais je me sens à la fois flatté et plutôt surpris d'être si bien connu d'une des plus importantes personnalités de l'État!

Talleyrand se mit à rire :

— Je n'oublie jamais une jolie femme, surtout lorsqu'elle est aussi belle que l'Honorable Lorna Tremayne. Elle était très jeune lorsque je l'ai connue chez lady Shelburne, pendant mon temps d'émigration en Angleterre, et j'ai eu la grande joie de la recevoir à l'automne dernier. Elle s'apprêtait à vous faire visite dans votre château du Cotentin avant de rentrer pour épouser le duc de Lenster, hé?

Devoir parler de Lorna ne causait aucun plaisir à Tremaine, mais si celle qu'il considérait comme sa Némésis personnelle pouvait lui être de quelque utilité pour une fois, dans sa recherche d'Elisabeth, il ne fallait pas manquer l'occasion. Il s'entendit répondre qu'en effet, les Treize Vents avaient reçu, à Noël, la visite de Lorna. Visite qui se poursuivait, malheureusement, la jeune femme s'étant trouvée trop souffrante pour supporter une traversée quand il en était encore temps avant la reprise de la guerre.

— Ce m'est un souci, ajouta-t-il sans mentir tout à fait. Je serais profondément navré que le mariage de ma nièce soit ainsi remis aux calendes grecques et, bien entendu, qu'elle ait à souffrir des récents décrets touchant les Anglais résidant en France.

— Pour cela, n'ayez aucune inquiétude! J'en fais mon affaire. Quant à son retour, nous en reparlerons à loisir, mon cher ami, quand vous viendrez souper en petit comité. J'ai quelque influence, ajouta-t-il avec un sourire dont un couple qui approchait reçut la moitié. Voici tout justement mon cher ami, Sir Crawfurd, vieux Parisien s'il en est, et qui nous est revenu depuis peu d'un exil en province.

— Grâce à vous, mon cher ministre, grâce à vous qui m'avez sauvé. Je respire mal loin de Paris.

On avait peine à croire que ce vieil homme, bâti comme un ours et qu'un bon début de calvitie faisait ressembler à Benjamin Franklin, pût respirer mal quelque part si l'on considérait la largeur de sa poitrine d'où sortait une voix rude à l'accent des

Hautes Terres. Il formait avec sa femme un couple quelque peu baroque. C'était une Italienne demeurée très belle, en dépit de son embonpoint, grâce surtout à de magnifiques yeux noirs, à des traits délicats et à un teint de camélia. Sa vie tenait du roman : née à Lucques, Anne-Leonora Franchi avait d'abord fait partie d'une troupe de danseurs, dont, à quinze ans, elle épousait le premier sujet. Les voyages de ladite troupe la menèrent du lit du duc de Wurtemberg, dont elle eut deux ou trois enfants, à celui de l'empereur d'Autriche Joseph II puis du chevalier d'Aigremont, un diplomate français; après quoi, veuve, elle épousa un Irlandais nommé Sullivan qui l'emmena aux Indes. C'est là qu'elle rencontra Crawfurd qui avait fait là-bas, au service de la Compagnie des Indes, une grande fortune. Et quand, en 1780, l'Écossais décida de revenir en France, l'Italienne planta là son Irlandais et suivit son amant en Angleterre, en Hollande, en Allemagne, en Italie et finalement à Paris où le couple se fixa. Vite reçus dans la meilleure société, Leonora et Quentin eurent l'honneur d'approcher la reine, à Versailles, grâce à lord Strathavon et surtout à certain Suédois célèbre, le comte Axel de Fersen, le grand amour de Marie-Antoinette, ce qui ne l'empêchait pas d'être l'amant de Leonora.

Dès lors, Mrs Sullivan — elle devait garder ce nom, même après avoir épousé son compagnon, parce que c'était celui sous lequel on la connut au temps de l'héroïsme — se dévoua corps et âme à la reine, participant activement aux préparatifs du malheureux voyage de Varennes, et ne cessant, au risque de se perdre, de donner mille preuves de son dévouement. Quant à l'Écossais, devenu le dévot, plus que l'amoureux, d'une souveraine qu'il vénérait, il ne devait plus jamais quitter cette religion-là. Enfin, et si étrange que cela puisse paraître, Fersen et les Crawfurd finirent par former au sein du danger une sorte de ménage à trois parfaitement admis de leur entourage et dont naquit une profonde amitié.

Mrs Sullivan, avec sa robe d'un rouge éclatant et la masse de ses cheveux noirs couronnés d'un diadème fulgurant, tranchait vigoureusement sur les autres femmes vêtues de blanc ou de noir, mais elle devait y être habituée ; on la sentait tout à fait dans son élément. Sa voix chantante s'éleva joyeusement tandis que son regard s'attachait avec audace à celui de Guillaume :

— *Dio mio!* s'écria-t-elle. Enfin un nouveau visage que j'ai envie de connaître ! Présentez-nous donc monsieur, cher ami !

— J'allais le faire, chère Leonora. Votre hâte flatteuse me prend de vitesse. Qu'en dites-vous, monsieur Tremaine ?

— Que je suis à la fois confus et flatté d'être remarqué par une si belle dame...

— Ainsi donc, j'ai le plaisir de vous présenter, chers amis, M. Guillaume Tremaine, l'un de nos grands armateurs normands qui nous vient du... mais qu'avez vous, Leonora ? Vous sentez-vous incommodée ?

La dame, en effet, venait de pâlir, retirant même, dans un geste instinctif, la main qu'elle offrait avec empressement l'instant précédent. Son mari, dont l'œil de Guillaume notait le rapide froncement de sourcils, vint à son secours.

— Voilà que ce malaise vous reprend, Leonora ? C'est cette température orageuse que nous avons depuis deux jours... Peut-être n'auriez-vous pas dû sortir?...

Talleyrand s'empressait, offrait son bras pour conduire Mrs Sullivan jusqu'à un fauteuil où elle se laissa aller avec un soupir de soulagement, en assurant qu'un peu de champagne la remettrait tout à fait. Son époux resta en face de Guillaume et des Lecoulteux, auxquels se joignirent plusieurs personnes. Quand il les rejoignit, Talleyrand fut assailli de questions touchant le château que le Premier Consul souhaitait voir acquérir par son ministre des Relations extérieures. Bonaparte voulait, en effet, que celui-ci pût réunir dans une demeure de prestige les étrangers de distinction, comme le duc de Choiseul faisait autrefois à Chanteloup. Tous y mettaient tant d'ardeur que Talleyrand éclata de rire.

— Si je vous entends bien, vous désirez savoir où je vous inviterai un jour à partager avec moi les joies de la campagne? Alors, soyez rassurés : j'ai trouvé !

Prenant la main de la duchesse de Laval (Mme de Vaudémont, Mme de Jaucourt et elle constituaient un trio d'inséparables), il l'effleura d'un baiser où la galanterie se mêlait à quelque chose de plus intime.

— Alors, dites-nous vite ! Où est-ce? s'écria la duchesse.

— A Valençay, un fort bel endroit du Berry qui appartient encore à M. le comte de Luçay, mais que je pense acheter un jour prochain. En revenant de notre habituelle saison de bains à Bourbon-l'Archambault, nous avons fait un détour pour nous y arrêter, Mme de Talleyrand et moi. C'est une grande terre étendue sur près de vingt mille hectares et vingt-trois communes. Quant au château, s'il est moins original que Chenonceaux et moins fantastique que Chambord, il est tout aussi imposant. Il offre, en équerre, deux grands corps de logis aux lignes puissantes mais harmonieuses. C'est, à mon sens, une œuvre capitale de la Renaissance française, et nous y aurons une trentaine d'appartements de maîtres. J'ai hâte de vous le montrer.

Guillaume n'écoutait plus. Il regardait Crawfurd et Crawfurd le regardait. Au-delà du petit discours de Talleyrand décrivant sa future demeure estivale, quelque chose passait entre ces deux hommes : un courant ou se mêlaient méfiance et inquiétude d'un côté, ardente curiosité et instinct du chasseur de l'autre. Pour Tremaine, les réactions différentes du couple à l'annonce de son nom étaient significatives : ces gens ne l'entendaient pas pour la première fois ; ils savaient quelque chose. Peut-être même où se cachaient Louis-Charles et Elisabeth.

Soudain l'Écossais tressaillit : le maître de maison s'adressait à lui.

— Ayez donc la bonté, mon cher Crawfurd, d'aller présenter M. Tremaine à Mme de Talleyrand ! Voilà Montrond qui nous arrive et j'ai deux mots à lui dire avant le souper. Présenté par vous, ce nouvel ami sera accueilli favorablement... du moins je l'espère ! ajouta-t-il *mezzo voce*.

Le mariage de l'ancien évêque d'Autun avec la belle Mme Grand, sa dernière passion, conclu l'année précédente, eût été le scandale du siècle en d'autres temps, mais, selon les mœurs relâchées du Directoire qui avait vu naître leur liaison, on la considérait alors avec une certaine indulgence. Talleyrand n'en était pas à sa première maîtresse. Malheureusement, la liaison dura en dépit du fait que cet homme d'esprit s'était entiché d'une femme passablement sotte. Avec le Consulat, la morale publique reprit du poil de la bête : Bonaparte tenait à la parfaite respectabilité d'un entourage dont il songeait déjà à faire une cour. Talleyrand fut mis en demeure d'épouser sa maîtresse s'il tenait à la garder. Or, même après les débordements de la Révolution, marier un évêque dûment sacré présentait un problème épineux. D'autant qu'à la fin de l'année 1800 s'étaient ouvertes les négociations pour le Concordat qui devait ramener la religion en France et les cloches dans leurs clochers.

Ce Concordat, Talleyrand y prit une part d'autant plus active qu'il en espérait sa sécularisation pure et simple : n'était-il pas, au fond, entré dans les ordres sans en avoir la vocation, presque de force, parce que c'était la seule voie possible pour un cadet de famille, boiteux de surcroît ? Hélas ! en dépit des instances personnelles du Premier Consul — ne s'agissait-il pas de son ministre des Relations extérieures ? —, soutenu d'ailleurs par le cardinal Consalvi, secrétaire d'État, tout ce qu'on put obtenir fut un bref papal où l'on accordait à Talleyrand son admission dans la communion des laïques, le droit de porter des habits séculiers et de remplir des fonctions publiques. Du mariage, pas un mot ! Bonaparte n'en fit pas moins enregistrer ledit bref par le Conseil d'État, et, le 9 septembre 1802, Talleyrand épousait sa belle amie dans la villa qu'il possédait à Neuilly, et, le lendemain, il faisait «bénir» son mariage par un prêtre complaisant dans une petite église d'Épinay-sur-Seine. Depuis, l'ex-Mme Grand trônait avec délices dans le bel hôtel de la rue du Bac, n'ayant cure de ce qu'avait bien pu devenir son premier mari, M. Grand, divorcé et envoyé se faire oublier au fin fond de l'Afrique australe avec une situation et une somme d'argent suffisantes pour qu'il s'estime satisfait. Talleyrand pour sa part allait regretter ce mariage dès sa conclusion...

Renseigné par Le Coulteux, Guillaume connaissait à peu près l'histoire mais, tandis qu'au côté de Crawfurd il se dirigeait vers l'héroïne, il demanda :

— D'où vient que votre parrainage soit si important auprès de notre hôtesse? Est-elle de votre famille?

— Pas du tout, mais j'ai longtemps vécu aux Indes, et elle-même y est née, à Tranquebar, une petite ville peu éloignée de Pondichéry. C'est un détail qu'elle apprécie.

— Alors, elle m'appréciera peut-être aussi, fit Tremaine avec une apparente bonne humeur : j'ai passé de nombreuses années à Porto Novo.

— Je s...

L'Écossais retint le mot qu'il allait prononcer et qui n'échappa pas à son compagnon, bien qu'il le corrigeât en enchaînant aussitôt :

— Je suggère que vous le lui disiez tout de suite. Cela vous vaudra sans doute la fameuse réplique dont s'est tissée sa réputation dans la société : « Je suis d'Inde ! » Vous voilà prévenu ! Cela vous évitera de rire...

En s'inclinant devant Catherine de Talleyrand, Guillaume l'admira sans réserve, pensant qu'une telle beauté méritait la peine que son époux s'était donnée pour elle. Sous une forêt de cheveux blond clair comme on n'en avait jamais vus, elle était la perfection faite femme : une grande statue digne de Praxitèle, un ravissant visage spiritualisé par un charmant petit nez retroussé et d'énormes prunelles d'un azur ravissant, qui eussent été irrésistibles si leur expression ne se fût apparentée à celle de la race bovine. Merveilleusement habillée de surcroît, elle possédait le teint le plus éclatant du monde.

Elle accueillit Guillaume avec d'autant plus d'enthousiasme que les invités de son mari ne se bousculaient pas autour d'elle. Sans d'ailleurs qu'elle en souffrît vraiment : du moment qu'on l'admirait et qu'on lui accordait les prérogatives dues à son rang, elle se tenait pour satisfaite, mais celui qu'on lui présentait eut l'heur de lui plaire. Elle le retint auprès d'elle tandis que Crawfurd allait rejoindre sa femme, et lui parla longuement de Porto Novo et de toute cette côte de Coromandel qu'elle connaissait bien. Elle en causait même avec une sorte de nostalgie qui lui valut la sympathie de son interlocuteur. Il pensa que l'on était peut-être injuste envers cette femme indolente et gracieuse, bonne très certainement si cela ne lui demandait pas trop d'efforts. Et, naturellement, il profita de l'occasion pour amener la conversation sur l'Écossais qui faisait, lui aussi, partie de ses souvenirs.

— C'est un homme généreux et aimable mais fatiguant : il ne tient pas en place, même maintenant qu'il commence à se faire vieux. Je n'ai jamais vu tant de vitalité chez un être humain : il a toujours été prêt à courir à l'autre bout du monde pour satisfaire ses caprices ou ses passions. De toutes, il lui en reste une seule : celle qu'il voue à Marie-Antoinette, et il ne cesse de rechercher des objets lui ayant appartenu.

— Serait-il prêt à risquer sa vie pour un... objet particulièrement précieux, particulièrement cher à la reine défunte ?

— Sans aucun doute.

Tremaine allait peut-être tenter de préciser sa pensée quand on annonça le souper. Il se retira pour retrouver ses amis Lecoulteux.

La soirée se termina tard dans la nuit. On joua au whist, en gens que ce jeu passionne, et Guillaume enchanta son hôte en perdant sans sourciller une assez jolie somme d'argent.

— Vous êtes un homme comme je les aime, monsieur Tremaine, lui dit Talleyrand en lui serrant la main à la mode anglaise. Venez donc un soir prochain souper ici en petit comité. Disons... mercredi ? Je serais très heureux que vous me parliez encore de votre belle nièce !

A dire vrai, Guillaume se sentait aussi peu enclin aux mondanités qu'à entendre chanter les louanges de Lorna, cause première de ses graves ennuis ; cependant il s'entendit accepter en donnant toutes les marques d'une grande satisfaction. Dieu seul savait où il se trouverait dans cinq jours ! Il était décidé, en effet, à surveiller la maison de ce Crawfurd et à ne lâcher prise qu'après avoir acquis une certitude : la présence ou l'absence d'Elisabeth dans ses murs.

Le jour se levait quand la voiture de Lecoulteux le déposa devant l'hôtel de Courlande où les femmes de ménage étaient déjà à l'œuvre, lavant à grande eau les dallages de marbre. Seul un noctambule, appuyé à l'un des pilastres, fumait un cigare en suivant d'un œil rêveur les volutes bleues de la fumée. Une fumée qui s'éteignit comme par miracle dès que la voiture eut tourné le coin de la rue des Champs-Élysées[1].

— Auriez-vu du feu, sir? fit le jeune Guimard

1. Aujourd'hui, rue Boissy-d'Anglas.

avec un furieux accent britannique. Cette... chose vient de s'éteindre.

— Ne vous fatiguez pas, mon vieux! grogna Tremaine. Il n'y a personne que des matous attardés qui rentrent chez eux.

— Ces femmes ont des oreilles. Je le sais : il m'est arrivé d'en faire partie. Je suis divin en ménagère!

— Vous avez quelque chose à me dire? fit Guillaume en s'efforçant de ranimer le tabac éteint.

— Oui. Vous ne me verrez pas demain... enfin, tout à l'heure, ni d'ailleurs le jour d'après. Une mission particulière. Alors, si vous avez des révélations à me confier? On dirait que vous avez fait merveille ce soir! Je vous ai vu avec Crawfurd. Vous voilà amis?

— Oh! non! Je ne crois pas qu'il m'aime beaucoup. J'ai même l'impression que mon nom ne lui a pas plu du tout.

— A sa femme non plus, d'ailleurs, fit le policier avec un sourire en coin tout en exhalant une bouffée voluptueuse. Ces gens-là savent quelque chose.

— Si vous avez remarqué ça, pourquoi me posez-vous des questions?

— Peut-être... pour vérifier la qualité de votre coopération. Allons, ne vous fâchez pas! se hâta-t-il d'ajouter en voyant Tremaine devenir aussi rouge que le ciel où se levait l'aurore. S'il y a quelque chose que vous désirez savoir, c'est le moment de le demander.

— Oui. L'adresse de ces gens.

— Facile. Rue de Varenne, vers le milieu. Crawfurd habite un petit palais derrière de grands murs et un énorme porche arrondi où il y a écrit «Hôtel de Matignon». Vous ne pouvez pas le manquer.

— Un palais?

— Princier. Il appartenait au prince de Monaco. N'exagérons rien, tout de même : ce n'est pas Versailles, mais c'est joli. Que voulez-vous faire ?

— Voir d'abord. Entrer ensuite, si c'est possible.

— Prenez garde ! Les serviteurs mâles sont des espèces d'ours assez bien stylés. Certains sont indiens, et il y a aussi les enfants que le couple a eus ici ou là, chacun de son côté, d'ailleurs. Enfin, il est probable que si le prince est là, il n'est pas tout seul...

— Soyez tranquille ! Je sais me garder. Mon intention est d'entrer par la grande porte. La première fois tout au moins.

— Quel prétexte allez-vous invoquer ?

Le sourire de Tremaine fut un poème d'ironie dédaigneuse :

— Curieuse question pour un homme du monde, mon cher... baron ? A propos, il faudra que vous m'expliquiez ce titre un de ces jours. Lady Crawfurd a eu un léger malaise cette nuit. Il est normal que j'aille prendre de ses nouvelles...

En fait, il avait une autre idée qu'il préféra garder pour lui. Sur un « au revoir » rapide, il rentra chez lui et se coucha pour quelques heures de sommeil indispensables s'il voulait avoir l'esprit clair et mener à bien son plan.

Quelques minutes après dix heures, il pénétrait dans le cabinet de travail de Lecoulteux où celui-ci l'accueillait d'un joyeux :

— J'espère que vous venez me demander à dîner ? Avec ce jeu d'enfer, vous n'avez guère eu le temps de me confier vos impressions. Comment trouvez-vous notre ministre ?

— Tout à fait remarquable ! Un personnage exceptionnel, mais ce n'est pas lui qui motive cette visite matinale, encore que je vous doive de grands remerciements. Pas davantage d'ailleurs la gourmandise... Je veux vous demander un service un peu particulier.

— Encore mieux ! Si c'est possible, c'est fait, si ce ne l'est pas, cela se fera, comme disait M. de Calonne à la défunte reine.

— Vous êtes charmant comme toujours... et un peu devin peut-être, car c'est justement son souvenir qui m'amène.

— Marie-Antoinette ? C'est Crawfurd qui déteint sur vous ?

— Disons... qu'il m'a rappelé quelque chose. Ma nièce Lorna, dont M. de Talleyrand a gardé un souvenir si enthousiaste, voue une sorte de culte à cette malheureuse femme. Avant mon départ elle m'a demandé d'essayer de trouver un objet quelconque lui ayant appartenu. Vous qui connaissez tout le monde ici, sauriez-vous me dire où je pourrais avoir une chance d'exaucer son souhait ? J'ai pensé un instant m'adresser à cet Écossais, mais...

— Vous auriez perdu votre temps, Guillaume ! Le bonhomme ne se séparerait même pas d'un centimètre de dentelle déchirée. Voyons un peu qui serait disposé, parmi ceux que je sais plus ou moins collectionneurs, à vous céder une babiole ? La reine possédait tant de choses qu'il en reste beaucoup éparpillées dans diverses maisons, mais il y a ceux qui considèrent ces reliques comme objets sacrés et ne s'en déferaient pour rien au monde : inutile d'essayer ! Restent ceux qu'une affaire pourrait séduire et qui, peut-être, vous arracheraient la peau du dos.

— C'est sans importance ! Je voudrais vraiment lui faire plaisir.

— Le chiendent est que je n'en connais pas beaucoup. Laissez-moi réfléchir un instant...

La méditation dura dix bonnes minutes, à l'issue desquelles le banquier jaillit de son fauteuil et quitta son bureau en courant presque, tellement absorbé par ses pensées qu'il ne prit même pas le temps d'annoncer où il allait.

Lorsqu'il reparut, un sourire éclairait son large visage et il semblait plutôt satisfait :

— Pardon de vous avoir abandonné, mais il m'est revenu tout à coup une idée et je tenais à m'en éclaircir dans nos livres. Nous comptons au nombre de nos anciens clients un homme qui traverse en ce moment une période difficile. C'est un ancien conventionnel, l'un de ceux qui ont voté la mort du roi, ce qui ne l'a pas empêché de jouer un rôle assez important le 9 thermidor pour qu'on lui ait confié l'examen des papiers de Robespierre ainsi que ce qui se trouvait dans les bureaux de Fouquier-Tinville. Je sais qu'il s'est emparé de certaines pièces plutôt compromettantes pour des gens actuellement en place, afin de s'assurer une tranquillité d'esprit. Et aussi qu'il a gardé quelques souvenirs enlevés aux victimes de l'échafaud. Il doit avoir deux ou trois objets qui devraient vous intéresser. Voulez-vous que j'aille le voir ?

— Je vous en saurai un gré infini, cher ami... surtout si vous vouliez bien vous y rendre le plus tôt possible. Aujourd'hui, par exemple.

— Vous êtes pressé à ce point ? Votre nièce doit être en effet bien belle.

— Elle l'est, mais surtout je n'ai pas l'intention de m'attarder encore longtemps à Paris. Aussi j'aimerais être fixé rapidement, afin de chercher ailleurs si votre ancien conventionnel nous décevait... ou si Crawfurd était déjà passé par là.

Un valet vint annoncer que le dîner était servi. Lecoulteux prit son ami par le bras :

— Allons nous mettre à table ! Mme du Moley déteste attendre. Après le café nous irons chez cet homme, mais vous resterez dans la voiture pour ne pas l'effaroucher. Seul, d'ailleurs, j'obtiendrai de meilleures conditions. Quant à Crawfurd, je ne crois pas qu'il soupçonne seulement l'existence de ce Courtois, qui se garderait bien d'ailleurs de nouer la moindre relation avec un Anglais.

L'ancien client du banquier détenait en effet plusieurs objets ayant appartenu à la famille royale[1] mais ne se montra guère disposé à s'en séparer. Après bien des palabres, il finit tout de même par accepter de mettre à la disposition de son acheteur un petit peigne de poche venant de la reine et un gant d'enfant, jadis propriété du Dauphin. Le tout, bien sûr, à prix d'or. Prudent, Le Coulteux acheta le peigne et ne cacha pas sa surprise quand Guillaume le renvoya chercher aussi le gant.

— Vous trouvez que vous n'avez pas encore dépensé assez d'argent ? s'indigna-t-il. Il me semblait que seule la reine vous intéressait.

— Un objet de coiffure n'a qu'une importance relative pour une mère, mais le moindre des petits riens laissés par l'enfant qu'on lui a arraché doit lui être infiniment cher.

— J'y vais ! Vous avez fichtrement raison ! Voulez-vous que je rende le peigne ?

---

1. Dont le «testament authentique» de Marie-Antoinette (Mémoires du baron de Frénilly).

— Non. Je le donnerai à ma nièce. Quant au gant, je sais déjà à qui je vais l'offrir.

Vers la fin de l'après-midi, Tremaine se faisait conduire rue de Varenne, trouvait sans peine l'adresse indiquée par Guimard, mais se faisait arrêter un instant à quelque distance afin d'examiner la maison.

Un sifflement d'admiration lui échappa. Il fallait que l'Écossais fût vraiment riche pour s'offrir une demeure de cette dimension ! De la rue il était impossible d'apercevoir les bâtiments d'habitation, défendus par de hauts murs qui s'incurvaient en demi-lune autour d'un gigantesque porche arrondi, encadré de deux paires de colonnes ioniques. Essayer de pénétrer dans ce monument sans l'aveu du propriétaire relevait de la pure folie, à moins que l'on n'eût pris la précaution d'acheter la valetaille au complet ou d'amener des canons. On comprenait sans peine les difficultés d'un ancien ministre de la Police privé de la majeure partie de ses moyens ! Mais, ayant déjà opté pour une première visite de courtoisie — il fallait qu'il pût voir l'intérieur et surtout la fameuse collection qui l'amènerait à parler de ce qu'il possédait lui-même ! —, Guillaume fit avancer sa voiture jusqu'à l'immense porte cochère et ordonna à son cocher de demander au portier si Sir Quentin Crawfurd se trouvait chez lui et voulait bien recevoir M. Guillaume Tremaine.

L'équipage de location était élégant et la mine altière de son occupant plaidait largement en sa faveur, mais le cerbère — une sorte de heiduque moustachu comme un vrai Hongrois dans la meilleure tradition viennoise — ne consentit à ouvrir ses énormes vantaux qu'après de longues minutes meublées par le tintement d'une cloche et sans doute l'avis du majordome. Enfin l'attelage pénétra dans une vaste cour encadrée de belles dépendances, au fond de laquelle on découvrait une superbe demeure. La façade, surmontée d'une balustrade ajourée, présentait un avant-corps central semi-circulaire avec consoles sculptées supportant un beau balcon orné de trophées qui rappelaient les victoires du maréchal de Luxembourg, pour le fils de qui l'hôtel avait été construit. Par-dessus le toit les frondaisons d'un parc apparaissaient[1].

« Même un roi couronné pourrait se contenter d'un logis comme celui-là, pensa Guillaume, à plus forte raison un roitelet errant... » Mais l'idée que sa fille habitait peut-être là ne lui causait aucune joie ni fierté.

Lorsque Tremaine y pénétra, la maison lui parut curieusement sombre et silencieuse, sans doute à cause des grands rideaux de velours garnissant les hautes portes-fenêtres du vestibule. Un laquais impassible en sévère livrée brune le précéda dans un large escalier de marbre ourlé d'une très belle rampe de bronze doré jusqu'au palier de l'étage, sur lequel ouvrait une enfilade de salons. Un serviteur en turban blanc veillait devant une porte qu'il ouvrit en s'inclinant devant le visiteur. Celui-ci se trouva dans une sorte de grand cabinet tellement empli de meubles, de tableaux, de livres et d'œuvres d'art de toute sorte que, s'il n'était venu à sa rencontre, Guillaume aurait sans doute eu quelque peine à découvrir la silhouette lourde et la calvitie de l'Écossais. D'autant que les rideaux étaient déjà

1. En 1808, Crawfurd échangea avec Talleyrand cette trop grande demeure contre l'hôtel que possédait celui-ci rue d'Anjou.

fermés et que de longues bougies plantées dans des candélabres précieux accentuaient le côté sanctuaire de la pièce.

A leur lumière, Tremaine put voir que tableaux et œuvres d'art représentaient tous le même personnage. En bronze, en toile, en marbre, en albâtre, en argent, c'était partout le beau visage altier de Marie-Antoinette que rencontraient les yeux du visiteur. Les meubles faisaient sans doute partie, jadis, du mobilier de Versailles ou du Petit Trianon et, dans les vitrines, s'épanouissaient éventails, flacons, tabatières, mouchoirs. Un peu partout, des livres portant soit les armes soit le monogramme de la souveraine et, sur les murs tendus de soie grise, quelques billets écrits de sa main, encadrés d'or, alternaient avec ses effigies.

— Pardonnez-moi de ne pas vous recevoir dans un salon d'apparat, dit Crawfurd en indiquant un siège, mais je me tiens plus volontiers dans ce cabinet.

— Croyez que j'apprécie, au contraire, l'honneur que vous me faites, et c'est à moi d'offrir des excuses pour me présenter chez vous impromptu, mais je désirais beaucoup prendre des nouvelles de lady Leonora. Son malaise d'hier au soir m'a inquiété d'autant plus que j'ai craint, sans trop savoir pourquoi, d'en être la cause.

— Qu'est-ce qui a pu vous donner cette idée?

— Les circonstances. Souvenez-vous, je venais de lui être présenté, elle me tendait déjà la main quand elle l'a retirée en devenant très pâle. J'ai même cru un instant qu'elle allait s'évanouir. Je ne me savais pas si effrayant ou si antipathique.

Cette fois l'Écossais se mit à rire :

— Ni l'un ni l'autre, mon cher monsieur. Vous

avez simplement été victime d'une coïncidence. Mon épouse, qui est italienne, a le malheur d'être extrêmement sensible aux différences de température et, surtout, aux parfums. Au moment de votre rencontre, elle a senti une odeur de tubéreuse qu'elle ne supporte pas. Vous voilà rassuré, j'espère ?

L'explication eût été valable pour quelqu'un pourvu d'un nez moins sensible que celui de Tremaine. Il ne voyait pas bien comment on pouvait démêler une senteur bien définie au milieu de toutes celles qui encombraient des salons plus fleuris qu'un jardin au mois de juin. Cependant son infaillible odorat lui assurait qu'à cet instant précis personne ne sentait la tubéreuse autour de leur groupe. C'était donc bien lui qui avait suscité l'émotion de la dame, et cette émotion ne pouvait avoir qu'une seule cause. Il fallait toutefois continuer à jouer le jeu.

— Tout à fait rassuré. Aurai-je, ce soir, le plaisir de lui offrir l'hommage de mon respect ?

— Malheureusement non. Elle est sortie. Croyez qu'elle le regrettera infiniment.

Il y eut un silence que Guillaume n'eut pas de peine à interpréter : son hôte n'avait qu'une hâte, c'était de le voir tourner les talons. Mais il n'était pas venu pour le seul plaisir d'échanger des banalités, et, pour la première fois de sa vie, il se conduisit en homme mal élevé. Il se leva comme s'il se disposait à sortir, mais ce fut pour aller se planter devant l'une des vitrines dont il examina le contenu en prenant bien son temps, avant de consacrer son attention à l'un des billets encadrés d'or et à un ravissant pastel représentant Marie-Antoinette au temps où elle était Dauphine. Finalement, il se tourna vers son hôte forcé dont depuis un moment il sentait le poids du regard dans son dos :

— Mes compliments ! fit-il avec suavité. J'avais entendu vanter votre collection mais je ne pensais pas qu'elle fût si importante.

— Le mot collection me choque, monsieur ! Vous ne voyez ici que des témoignages de dévotion à la mémoire d'une femme admirable. Depuis le jour où j'ai eu l'honneur de lui être présenté, je voue à la reine martyre un culte dont vous constatez ici les effets. De son vivant, j'ai tout tenté pour l'arracher à ses ennemis. A présent, j'essaie d'arracher à des mains trop souvent indignes les objets dont elle s'entourait ou qui lui étaient chers.

Le ton était rude mais Tremaine, bien décidé à ne pas s'offenser, se contenta d'un sourire amer et d'un dédaigneux haussement d'épaules.

— Vous ne pensez pas être le seul dans ce cas ? Chez nous aussi nous vénérons son souvenir. Vous n'avez aucune raison de le savoir, mais mon épouse est au nombre des victimes de la Terreur. Il est vrai que la reine était déjà morte quand elle est montée à l'échafaud... pour son fils ! Nous possédons aussi quelques objets.

Une lueur d'intérêt s'alluma dans l'œil gris de l'Écossais qui perdit du même coup son attitude ennuyée. La passion montra le bout de l'oreille.

— Vraiment ?... De quoi s'agit-il ?

— Comme je n'ai pas l'intention de m'en séparer, il est inutile d'en parler. Ah ! si, peut-être ! J'ai acquis tout récemment, ici même, deux petites choses : un peigne d'ivoire, et un gant d'enfant qui a appartenu au Dauphin. Nous autres Normands, ajouta-t-il avec une totale hypocrisie, aimons à nous rappeler qu'il était notre duc. Mais je ne désespère pas de trouver mieux encore : l'homme qui me les a cédés détiendrait le testament de la reine.

La froide réserve de Crawfurd fondit comme neige au soleil. Son regard flamba.

— Qui le détient ? Je veux le savoir ! Pour le posséder, je donnerais une fortune.

— Tout beau, monsieur ! Me prenez-vous pour votre rabatteur ? Je ne vous ai révélé ces détails que pour vous prouver que nous sommes entre gens sérieux. Et je suis assez riche pour payer le prix que l'on me demanderait.

— Encore faudrait-il être certain de son authenticité. De même pour vos dernières acquisitions, fit Crawfurd, redevenu maussade. Dans les temps où nous vivons, tous les moyens sont bons pour obtenir de l'argent, et les faussaires...

— L'authenticité ne fait aucun doute pour moi. Voulez-vous que je vous montre mes achats ?

— Vous les avez sur vous ?

— Vous plaisantez, je pense ? Mais, ajouta-t-il avec un sourire, je vous les apporterai si vous le souhaitez. Je suis encore ici pour quelques jours. Voulez-vous demain ?

La rapidité de la dernière phrase ne laissait pas à l'Écossais le temps de proposer de se rendre lui-même chez Tremaine. Il ne pouvait qu'accepter. Ce qu'il fit de meilleure grâce que l'on ne pouvait s'y attendre :

— J'en serais très heureux ! Demain donc ! Voulez-vous à la même heure ?

Le mouvement qu'il ébauchait raccompagnait déjà le visiteur. Quelque envie qu'il eût de s'attarder, il fallut bien que celui-ci se résigne. Cette maison où l'on n'entendait aucun bruit, pas même un crissement de parquet ou le tintement d'un objet, l'angoissait un peu et l'irritait en même temps. Son instinct lui soufflait qu'elle gardait un secret et que, de toute façon, il n'y était pas le bienvenu. Il fallait que la passion de l'Écossais fût bien forte pour qu'il eût accepté de le recevoir de nouveau ! Mais cette fois, Guillaume était bien décidé à en savoir un peu plus : il jouerait le tout pour le tout.

Il avait formé le projet de demeurer chez lui ce soir-là pour réfléchir, se préparer à ce qui allait venir mais, son souper expédié, il lui fut impossible de tenir en place : la maison de l'Écossais l'attirait comme un aimant. Il fallait qu'il y retourne.

Ayant renvoyé sa voiture dès son retour, il prit un fiacre et se fit conduire rue de Varenne en admettant volontiers que c'était idiot : en pleine nuit, les abords de l'hôtel, ses «remparts», étaient plus muets encore que dans la journée. On n'y voyait même pas un chat attardé...

Tremaine resta là un moment, écoutant, regardant. La rue demeura obstinément déserte. Aucun passant et, dans l'hôtel, aucun mouvement...

Soudain, le guetteur se souvint de ce que lui avait dit Guimard : derrière cette demeure princière s'étendait le plus grande parc privé de Paris. Ce jardin devait bien aboutir quelque part, il pouvait être intéressant d'y aller voir. Appelant son cocher, il lui tendit une pièce d'or qui fit ouvrir des yeux ronds au bonhomme, puis, désignant l'hôtel de Matignon :

— Savez-vous sur quelle rue aboutit le parc de cette maison, en admettant qu'il y en ait une au bout ?

— Bien sûr, monseigneur ! La rue de Babylone. Vous voulez voir ?

— Pourquoi pas ?

Mais il n'y avait rien à voir... sinon des murs, encore des murs. Percés d'une porte sans doute mais qui, pour être plus petite que la principale, semblait au moins aussi solide.

— C'est l'entrée de service, j'imagine ?

— Oh ! non ! l'hôtel est beaucoup trop loin. Il y a là, derrière les murs, un pavillon que l'on appelait le Petit Trianon de M. de Matignon. Un endroit commode... et discret pour recevoir des dames !

— Comment savez-vous ça ? fit Tremaine, éberlué par la science de ce vieil homme dont l'aspect extérieur ne laissait guère entendre qu'il eût fréquenté les palais. Sauf peut-être pour les envahir au temps joyeux des sans-culottes. Mais il n'avait pas affaire à un révolutionnaire.

— Oh ! c'est tout simple. Mon défunt père était valet de pied à l'époque du prince de Monaco, et moi-même j'ai fait là-dedans mes débuts comme gâte-sauce. Ça m'a pas plu et j'ai cherché pâture ailleurs, mais je connais bien la maison.

Ainsi encouragé, Guillaume posa encore deux ou trois questions puis rentra, bien décidé à revenir pour tenter de s'introduire dans le parc la nuit suivante, dans les heures noires qui précèdent le matin, s'il n'était pas satisfait de sa seconde visite à Crawfurd...

Il fut exact au rendez-vous et le cérémonial de la veille se renouvela. La maison était exactement comme il l'avait laissée : sombre et silencieuse. Le même valet le conduisit au palier, le même serviteur hindou s'inclina en ouvrant la même porte. Seul l'accueil de l'Écossais fut un peu plus cordial :

— J'ai regret, dit-il, de vous avoir laissé vous déranger. Il eût été si simple... et plus courtois que je passe chez vous.

— Parler d'objets sacrés dans un vulgaire appartement d'hôtel ? Il me semble que c'eût été manquer au respect qui leur est dû. Ici... ils sont... en famille.

— C'est trop juste ! Prenez place, je vous en prie.

Il s'installa lui-même sur une chaise proche du fauteuil de son visiteur. Sans un mot, celui-ci tira de sa poche deux petites boîtes recouvertes de velours noir, ouvrit la première, découvrant un peigne d'ivoire marqué, en fil d'argent, de deux initiales entrelacées. S'il avait eu le moindre doute sur l'authenticité de cet achat, Guillaume l'eût perdu en voyant trembler les mains couvertes de taches brunes de Crawfurd quand, avec autant de douceur que si de blonds cheveux y demeurassent attachés, il prit le mince objet et le caressa longuement.

— Vous avez eu de la chance, dit celui-ci d'une voix enrouée. Il s'agit bien d'une pièce authentique. Je possède moi-même un polissoir à ongles provenant du même nécessaire de voyage. Dieu sait où se trouve le reste ! Je donnerais cher pour le retrouver...

— Voici à présent le gant. Qu'en pensez-vous ?

L'amoureux de la reine se contenta d'un regard sur la petite pièce de soie blanche, ternie par le temps et peut-être aussi par les larmes versées dessus, où ressortait à peine le monogramme brodé en bleu et or. Ses yeux l'examinaient, mais il semblait ne pouvoir détacher ses doigts du peigne d'ivoire. Au bout d'un instant, d'ailleurs, il détourna la tête et reprit sa manipulation quasi maniaque.

— Eh bien? fit Guillaume avec un peu d'impatience. Cet objet est-il aussi véridique que celui-ci?

Crawfurd parut sortir d'un rêve :

— Comment?... Ah! Ce... tout à fait véridique. J'ai vu moi-même, à Versailles, Monseigneur le Dauphin en porter de semblables... Monsieur Tremaine, consentiriez-vous à me vendre ce bibelot?

Guillaume s'attendait à cela depuis un moment et s'était préparé.

— Je viens de l'acheter, monsieur Crawfurd. Il n'a jamais été question de vous vendre quoi que ce soit. En revanche, je pensais vous faire cadeau du gant. Il n'a pas l'air de vous intéresser et je m'en étonne : la reine a dû le caresser plus d'une fois après la cruelle séparation qu'on lui a imposée.

— Ce n'est qu'une supposition, tandis que sa main a dû tenir ceci bien souvent. Je vous l'ai dit : je recherche le nécessaire. Je suis prêt à payer...

— Brisons là, monsieur! Je ne suis pas venu vous vendre quoi que ce soit. Pourtant, si vous tenez absolument à ce que nous passions un marché, je vais vous en proposer un : je suis prêt à vous donner ce peigne.

— Donner? Vous n'avez aucune raison pour cela.

— Croyez-vous? Attendez au moins la fin : je vous le donne si vous me rendez ma fille! Ou tout au moins si vous me dites où je peux la rejoindre.

Devenu très pâle, Crawfurd se leva si brusquement que le parquet cria, rayé par les pieds de la chaise.

— Votre fille? Êtes-vous fou? Qu'est-ce que je sais de...?

— Vous savez où elle est parce que vous l'avez vue, parce que vous connaissez son nom : le mien ! C'est en l'entendant que votre femme a failli s'évanouir et si ce gant ne vous intéresse pas, c'est parce que vous approchez sans doute son propriétaire aussi souvent que vous le voulez ! Je me trompe ?

Soudain, Guillaume sentit contre son dos le choc d'un objet qui ne pouvait être qu'un pistolet. En même temps, une voix nonchalante soupirait :

— Que vous vous trompiez ou non est sans importance, mon cher monsieur ! Vous avez commis une grosse sottise en venant fourrer votre nez dans cette maison. Avec vos grands airs et vos belles paroles, vous n'êtes rien d'autre qu'un espion... Et les espions...

— Eh bien ! fit Tremaine avec un haussement d'épaules et un rire méprisant, je vous croyais gardien de musée, monsieur Crawfurd, mais il paraît que vous tenez en réalité un coupe-gorge ! Quant à vous, l'homme au pistolet, montrez-vous donc ! Quand on veut tuer les gens, on a au moins le courage de les regarder en face.

— Qu'à cela ne tienne ! D'autant qu'un de mes compagnons garde la porte...

L'homme qui, sans lâcher son pistolet, vint se placer devant Guillaume ne ressemblait en rien à un bandit de grand chemin : plutôt petit, il avait un visage rond, affable, que des favoris d'un joli châtain clair s'efforçaient d'allonger. Bien habillé avec cela, des mains parfaites sentant son gentilhomme d'une lieue, mais certain éclat métallique dans les yeux noisette dénonçait la bonhomie apparente : ce personnage devait être capable d'abattre qui le gênait sans l'ombre d'une hésitation.

— Bien ! fit Guillaume. A présent, dites-moi ce que vous comptez faire de moi.

— J'hésite encore. Vous êtes trop curieux, monsieur Tremaine.

— Ne le seriez-vous pas si votre fille avait été enlevée ?

— Je n'ai pas de fille. De toute façon, la vôtre n'a pas été enlevée. Elle a agi de son plein gré. Je le sais : j'y étais. Me croirez-vous si je vous affirme qu'elle ne regrette rien, qu'elle est heureuse ?

— Pourquoi pas ? Mais combien de temps le sera-t-elle ? C'est une nature fière, entière, passionnée, qui ne pourra s'accommoder longtemps de vivre cachée, traquée...

— Personne ne la traque... excepté vous ! Aussi, pour répondre à votre question touchant ce que nous comptons faire de vous, je vais vous proposer un marché.

— Le joli mot !

— J'ai pour habitude d'employer ceux qui me paraissent les plus simples. Si vous nous donnez votre parole... disons de gentilhomme, car, pour ce que j'en sais, vous en êtes un à votre manière, que vous allez quitter cette maison en oubliant tout ce que vous venez d'y voir, d'y entendre et, naturellement, ce que vous soupçonnez de ses secrets, il ne vous sera fait aucun mal. Vous repartirez comme vous êtes venu, vous achèverez tranquillement votre séjour à Paris et vous regagnerez enfin votre manoir normand en toute tranquillité.

— Vous n'imaginez pas un instant que je vais accepter ça ? Tant que je n'aurai pas retrouvé ma fille, je n'aurai ni trêve ni repos.

— Même si je vous promets de vous faire tenir de ses nouvelles aussi souvent qu'il sera possible sans compromettre notre cause ?

— Qui me dit que vous tiendrez parole ? Ces nouvelles, je les veux de sa bouche. Autrement dit, je veux la voir, l'entendre... Faites-la-moi rencontrer et nous aviserons...

— Avec un homme comme vous c'est beaucoup trop dangereux, donc impossible. Je vous en prie, ajouta l'inconnu en accentuant le verbe, acceptez ce que je vous offre ! Donnez-moi votre parole et partez. Plus tard, vous la reverrez.

— Plus tard ? Quand ? A cause de cette aventure où vous l'entraînez, qu'est-ce qui vous permet d'assurer qu'elle sera encore vivante dans six mois, dans un an ? Je ne suis pas le seul à vous rechercher.

— Et qui donc ? La police ? Elle n'est plus bien inquiétante, et puis elle a d'autres chats à fouetter.

— Êtes-vous fou ou aveugle et sourd ? La police officielle, je vous l'accorde, mais croyez-vous que Fouché se croise les bras ?

Pour la première fois, Crawfurd se mêla au dialogue :

— Fouché ? Qu'en savez-vous ? grogna-t-il.

— Je le sais ; cela doit vous suffire.

— Alors, c'est que vous êtes encore plus dangereux que je ne le croyais ! dit l'homme au pistolet. En ce cas, j'ai bien peur de ne plus pouvoir vous laisser le choix. Soyez certain que je le regrette, mais nous sommes en guerre... ou peu s'en faut. Veuillez vous retourner, monsieur Tremaine, et marcher vers la porte ! Le parc est vaste et plein d'ombres douces : vous y reposerez en paix...

Avec un haussement d'épaules, Guillaume fit ce

qu'on lui ordonnait et se trouva en face de deux autres armes à feu braquées sur lui.

— Vous avez une curieuse façon d'honorer les lois de l'hospitalité, Mr Crawfurd, dit-il avec mépris, mais je ne suis pas sûr, voyez-vous, que ma fille apprécie cet épisode de son roman d'amour.

— Elle n'en saura rien.

L'un des conspirateurs mettait déjà la main à la poignée de la porte quand celle-ci s'ouvrit à deux battants, si violemment qu'elle cogna contre le mur.

— Vous imaginiez-vous un seul instant, messieurs, que j'allais vous laisser assassiner mon père ? s'écria Elisabeth.

CHAPITRE IV

UN CURIEUX POLICIER

Guillaume ne s'attendait pas à se trouver si soudainement en face de sa fille, mais était-ce vraiment sa fille ? La longue et gracieuse silhouette appartenait bien à Elisabeth. A elle aussi, le fin visage au teint de fleur couronné de cuivre blond ; à elle toujours, les larges prunelles d'un gris nuageux, mais le regard hautain, glacé, de ces yeux-là, mais le ton impérieux de la voix familière étaient nouveaux et rappelaient Agnès.

— Madame, dit le petit homme rond avec une nuance de respect ennuyé qui n'échappa pas à son prisonnier, vous ne devriez pas être là.

— Mais j'y suis, monsieur de Sainte-Aline, et fort heureusement ! Je ne vous aurais jamais pardonné un tel crime, et Monseigneur non plus.

— Voilà qui est réconfortant ! soupira Tremaine. Je suis heureux de te revoir, Elisabeth ! J'ai bien cru que ce ne serait plus jamais possible. Tes amis ne semblaient pas disposés à favoriser une rencontre.

— Ils ont outrepassé leurs ordres. Moi aussi, je

suis heureuse de vous revoir, même si ce n'est que pour un instant puisque, malheureusement, nous appartenons désormais à des camps...

— Ne dis pas le mot! Je ne serai jamais ton ennemi et tu le sais...

— Madame, intervint Sainte-Aline, nous nous trouvons dans une situation très délicate. Que vous soyez attachée à votre père...

— Le terme est faible, vicomte! Je l'aime tout simplement et quelle que soit la situation, elle n'y changera rien.

— Sans doute, mais il nous a laissé entendre que Fouché s'intéressait à nous, et vous savez quel danger ce regard peut faire courir à notre cause.

— Encore faut-il savoir à qui vous avez affaire! Pensez-vous que mon père s'abaisserait à renseigner un ancien régicide, l'un de ceux qui furent les bourreaux de ma mère? On voit bien que vous ne le connaissez pas...

— Peut-être est-ce vous qui le connaissez mal, madame. Je lui ai proposé de le libérer contre sa parole de nous oublier. Je lui ai même dit que nous lui ferions parvenir de vos nouvelles...

— ... et moi je vous ai dit, coupa Guillaume, que je voulais voir ma fille, parler avec elle. Nous avons, voyez-vous, beaucoup de choses à nous dire.

— Très bien. Vous l'avez vue! A présent, que faisons-nous?

La nervosité du garde du corps, puisque c'était sans doute son rôle, parut amuser Tremaine.

— Vous êtes bien pressé de vous débarrasser de moi! Je la vois, c'est entendu, mais nous n'avons pas échangé vingt paroles.

— Et, de toute façon, ce n'est pas à vous de prendre une décision sur un sujet aussi grave. (Puis, se tournant vers Guillaume :) Je pense en effet que nous avons à causer, père. Voulez-vous que nous allions au jardin? Nous y serons plus tranquilles. Vous voudrez bien, messieurs, nous y laisser seuls et ne pas franchir les limites des portes-fenêtres.

Retrouvant d'instinct un geste qui lui était habituel depuis qu'elle était assez grande pour le faire, Elisabeth glissa son bras sous celui de son père. Aussitôt, celui-ci répondit comme il le faisait toujours en coiffant de sa grande main les doigts fragiles posés sur sa manche, heureux de retrouver leur chaleur et leur douceur, après ces mois de séparation. Il se sentait fort, tout à coup, même s'il allait avoir à livrer un difficile combat, mais que ne ferait-il pas pour garder cette petite main dans la sienne?

Ils descendirent ainsi, traversèrent un salon déjà envahi par les ombres du soir, gagnèrent le parc. La fin de ce jour était grise et triste. Des nuages roulaient sur Paris depuis le matin, apportant un peu de pluie. L'automne s'annonçait, il faisait presque froid.

L'immense jardin où aucune statue n'accrochait plus le regard — elles avaient été enlevées ou brisées pendant la Révolution — ressemblait à une avenue triomphale avec sa pelouse étendue presque à perte de vue entre de hautes charmilles et d'épais bosquets. Tout au bout cependant, mais noyée dans la grisaille crépusculaire, un petit bâtiment sans étages, une de ces folies dont avait été si prodigue le siècle précédent, montrait sa silhouette imprécise et que l'on n'eût sans doute pas remarquée si un peu de lumière n'avait brillé derrière l'une des fenêtres.

— Quelque chose me dit que tu habites là,

murmura Guillaume, et ce furent les premiers mots prononcés.

— Oui. Allons de ce côté en prenant bien soin de rester à découvert. Inutile de donner de l'inquiétude à ceux qui nous observent. Père... pourquoi êtes-vous venu jusqu'ici?

Il ne répondit pas, préférant suivre sa pensée.

— J'espère que tu y vis seule, en ce cas.

Elle s'arrêta, lâcha le bras de Guillaume et lui fit face.

— Pourquoi vivrais-je seule? Vous savez bien qui j'ai suivi.

Guillaume sentit monter en lui l'une de ces rares colères dont ceux des Treize Vents avaient appris à craindre la brutalité. A celle-là s'ajoutait un affreux sentiment de frustration, de déception, et même de honte. N'avait-il donc parcouru tant de chemin que pour découvrir chez l'enfant qu'il aimait par-dessus tout les signes de la dépravation, de la perversité peut-être, venue de l'odieux grand-père[1]?

— Tu oses me dire ça? gronda-t-il.

— Je ne vous ai jamais menti. Pourquoi commencerais-je?

Elisabeth connaissait trop son père pour ne pas deviner la fureur qui lui venait; pourtant elle ne courba pas la tête, bien au contraire : sous la masse rutilante de la chevelure, celle-ci se redressa davantage et le clair regard demeura ferme.

— Toi, ma fille, tu vis avec un homme et tu me le déclares sans même rougir! Qu'il soit prince, roi ou Dieu sait quoi ne change rien à la souillure que tu m'infliges. Est-ce que tu te rends compte seulement?...

---

1. Voir tome I, *le Voyageur*.

— Et vous? Est-ce que vous vous rendez enfin compte de ce que vous avez fait en engrossant votre nièce, la fille de votre maîtresse, et cela chez nous? Au fait, l'avez-vous épousée?

Elle s'était mise à parler avec la violence d'un torrent qui déborde, soulageant ainsi son cœur d'une amertume accumulée depuis trop longtemps. Furieux, Guillaume faillit la gifler. Seule, la crainte de mettre entre eux l'irréparable le retint. Peut-être aussi la conscience de sa propre misère.

— Non. Je l'ai dit et répété : pas tant que l'enfant ne sera pas né viable!

— Et vous êtes content de cette morale-là? Avant de jeter l'anathème sur les autres, regardez un peu où vous en êtes! Ainsi cette chère Lorna étale toujours son ventre dans les fauteuils de ma mère? J'espérais, en vous voyant, que vous veniez me dire que c'en était fini du cauchemar, qu'elle était enfin partie... Mais, s'il n'en est rien, qu'aviez-vous donc à m'annoncer de si urgent pour me courir après? Rien n'a changé chez nous, alors à quoi bon me poursuivre? Vous savez très bien que sans cette horrible histoire je n'aurais jamais quitté la maison.

— Vraiment? Aurais-tu refusé de suivre ce jeune misérable?...

— Je vous défends de l'insulter!

— Tu n'as rien à me défendre! Réponds plutôt : qu'aurais-tu fait si, au lieu de te rencontrer par hasard sur une plage déserte, il était venu jusqu'aux alentours des Treize Vents?

— Il ne se serait pas contenté des alentours : il serait même venu jusqu'à la maison. Il s'y rendait lorsque nous nous sommes retrouvés.

— Pour quoi faire? Me remercier de l'asile accordé, des dangers courus, du sacrifice de ta mère?

— Ne croyez-vous pas que vous devriez être le dernier à évoquer ce souvenir? Elle est morte pour ses convictions, sans doute, mais aussi, mais surtout, parce que vous l'aviez trahie. Alors, je vous en prie, laissez-la reposer en paix! Quant à moi...

— Tu veux que toi aussi je te laisse reposer en paix auprès de ton amant? ricana Guillaume. Tu es ma fille, tu es mineure et je viens te chercher...

— Me chercher? Pour m'emmener où? Pas à la maison, puisque votre maîtresse y est toujours! A moins que vous ne prétendiez m'enfermer. Alors? Chez tante Rose? Pauvre adorable tante Rose! Elle est la seule qui m'ait inspiré quelque remords car j'ai dû lui faire beaucoup de peine, mais croyez-vous qu'elle m'accueillerait encore, après ce que je viens de vivre? Vous n'oseriez même pas le lui demander.

— Si, parce que la crois capable d'accepter. Elisabeth! Elisabeth, tu ne peux pas continuer sur ce chemin où tu risques de te briser.

— Nous devons tous être brisés un jour ou l'autre! Et moi je suis heureuse, vous entendez, heureuse! Je vis avec celui que j'aime, je l'accompagne sur le difficile chemin qui le ramènera peut-être au trône et j'en éprouve un immense bonheur.

— Admettons qu'il arrive à le récupérer, ce trône, ce dont je doute fort; qu'adviendrait-il de ce grand bonheur? Il s'écraserait contre les marches que ton bel ami aurait gravies et au sommet desquelles l'attendrait quelque princesse royale.

— Pourquoi ne lui dites-vous, ma douce, que vous êtes ma femme devant Dieu et que nous sommes mariés?

Emportés par leur querelle, Guillaume ni Elisabeth ne l'avaient entendu ni vu venir. Pourtant il était là, sortant de l'ombre épaissie des arbres, longue forme noire érigeant comme une fleur sur une tige un beau visage où le nez bourbonien et la lèvre autrichienne trouvaient le moyen de former une séduisante harmonie sous les courts cheveux blonds que le vent dérangeait.

— Mariés ? souffla Guillaume abasourdi.

— Mais oui ! J'aime trop Elisabeth et depuis trop longtemps pour oser lui offrir le rôle dégradant que vous supposiez, monsieur Tremaine. Je l'ai bel et bien épousée. Sans votre permission, bien sûr...

— Ce qui peut frapper ce mariage d'invalidité. Sans compter le nom d'emprunt que vous avez dû annoncer.

— Père ! s'écria Elisabeth. Ce que vous dites là est indigne.

— Alors, apprenez-moi où, quand, comment ?

Guillaume se contenait avec peine, mais le jeune homme sourit et le charme de ce sourire crucifia le père. Comment une enfant de seize ans aurait-elle pu lui résister ? Louis-Charles prit la main de sa compagne sur laquelle il posa un baiser plein de tendresse.

— A l'exception de votre consentement, ce qui pour un roi ne présente pas un empêchement majeur, notre mariage a eu lieu dans toutes les formes requises. Nous avons été unis le 8 juillet dernier, jour de la Sainte Elisabeth, par monsieur l'abbé Nicolas, curé de Vierville et en son église. Quatre témoins dont je tairai les noms par prudence peuvent attester que moi, Louis-Charles de France, duc de Normandie, dauphin de Viennois, roi de France et de Navarre par tradition monarchique, j'ai épousé Elisabeth-Mathilde Tremaine devant Dieu et devant les hommes afin que nous soyons liés jusqu'à ce que la mort nous sépare.

La voix paisible qui prononçait, comme toutes naturelles, des paroles empreintes d'une telle grandeur, assomma Guillaume. Cependant, il était de ceux qui réagissent vite.

— Je ne doute pas de votre parole, soupira-t-il. Ce dont je doute — et très fortement ! —, c'est qu'au cas où vous parveniez à vos fins vous ayez l'audace de faire de ma fille une reine de France.

— Et pourquoi pas ? Nous vivons un temps où un petit officier d'artillerie corse songe sérieusement à devenir empereur. Elisabeth est ma femme, monsieur Tremaine, et je l'aime profondément. Jamais je ne renoncerai à elle... même s'il vous paraît difficile de voir en moi un fils, ajouta-t-il en teintant cette fois d'ironie son sourire.

— Et moi, appuya la jeune femme, je ne renoncerai jamais à mon époux. Père, il faut comprendre et admettre.

— Quoi ? Que je doive désormais m'incliner devant toi en t'appelant Votre Altesse ? lança Guillaume avec rage. N'y compte pas ! Tout cela me fait l'effet d'un affreux cauchemar...

— Ne dites pas de sottises, Père ! fit tendrement Elisabeth en venant à lui. Je ne serai jamais pour vous que votre fille, une fille qui vous aime... Oh ! papa, ajouta-t-elle en se haussant un peu pour l'embrasser, vous savez bien que dans notre famille, on n'est pas vraiment faits pour une destinée paisible et sans relief. Vous avez vécu tant d'aventures, tant de drames...

— Excellente raison pour t'éviter d'en connaître de semblables !

Incapable de résister plus longtemps, il avait pris sa fille dans ses bras pour poser ses lèvres sur ses cheveux comme il aimait tant à le faire avant leur séparation. La douceur retrouvée fit fondre sa colère et ce fut avec une certaine amabilité qu'il s'adressa au jeune homme :

— Si vous l'aimez tant, pourquoi vouloir à tout prix l'entraîner dans votre quête? Vous êtes environné de dangers : tenez-vous vraiment à les lui faire courir à elle aussi? Songez qu'elle pourrait y laisser la vie!

— Soyez certain que j'y pense. Nous sommes une poignée d'hommes résolus, et elle une fragile jeune femme. J'aimerais pouvoir vous la confier.

— Mais moi je ne le veux pas! trancha Elisabeth. On nous a mariés pour le meilleur et pour le pire. Pour l'instant, c'est peut-être le meilleur mais, croyez-moi, père, il vaut la peine que l'on risque le pire. Je ne veux pas être séparée de mon époux. Je le suivrai jusqu'au bout.

— En prison, vous pourriez être séparés pendant des années.

— Espérons que cela ne nous arrivera pas! Et puis, ajouta-t-elle en offrant à son jeune mari un rayonnant sourire, au cas où les choses tourneraient mal, nous aurons toujours la ressource de repartir vers le pays d'où Louis est venu. Il a là-bas une maison, des amis, presque une famille et il paraît que Smyrne est un endroit plein de beauté.

A nouveau, Guillaume se sentit envahi par la douleur et l'amertume.

— Si loin? Tu pourrais aller vivre si loin de nous, de ta maison, de tes frères?

— Vous savez ce que je pense de la maison, père. Il faut laisser le temps au temps. Oh! mon ami!

ajouta-t-elle vivement en rejoignant Louis-Charles, je vois M. de Sainte-Aline qui descend les marches. Il faut que vous sachiez tout : quand je suis arrivée, il méditait d'abattre mon père et de l'enterrer dans ce jardin...

— Soyez sûre qu'il n'en fera rien. L'ordre que je vais donner ne saurait être transgressé. Quant à vous, monsieur Tremaine, je n'oublie pas ce que je vous dois et je vous supplie de chasser vos craintes. Elisabeth a trop d'imagination et, avant de faire voile vers la Méditerranée orientale, il nous reste bien heureusement d'autres moyens. A commencer par ma Normandie, où nous avons des amis et pourrions nous retrancher. Soyez en paix, je vous en supplie ! C'est peut-être moi qui ramènerai Elisabeth aux Treize Vents... En attendant, vous aurez de nos nouvelles. Embrassez votre fille et donnez-moi la main !

Comme dans un rêve, Guillaume serra la main offerte. Il se sentait presque subjugué par l'étrange autorité émanant de ce garçon de dix-huit ans. Il se savait battu et, cependant, n'en éprouvait pas autant de tristesse qu'il l'aurait imaginé. Peut-être parce qu'il comprenait l'amour qu'Elisabeth lui portait. Un amour dont elle pouvait être fière : le roi errant était digne d'elle. Il n'en fut pas plus heureux pour autant.

Mais il en eut une autre preuve lorsque Sainte-Aline les rejoignit. D'un ton où perçait la hauteur de sa mère, Louis-Charles fit entendre sans ambages qu'il ne tolérerait pas la moindre atteinte à l'intégrité physique de celui qui se retrouvait son beau-père. M. Tremaine devait être ramené à sa voiture avec toute la déférence due à un homme de son courage et de sa qualité. Néanmoins, têtu comme un Breton, le petit baron essaya encore de discuter :

— Je n'en ai jamais douté. C'est pourquoi je lui avais demandé sa parole...

Ce fut Guillaume qui lui répondit :

— Je vous la donne ! Personne ne saura jamais ce que j'ai vu dans cette maison ni qui j'ai rencontré. Souvenez-vous seulement que je vous confie Elisabeth, Monseigneur, et qu'il pourrait m'arriver de vous en demander compte.

Cela dit, il s'inclina, tourna les talons et remonta vers la maison où s'allumaient les lumières, emportant avec lui la double image de ces deux êtres jeunes et beaux, identiquement vêtus de noir comme s'ils portaient déjà le deuil d'espoirs insensés.

— De toute façon, lui confia Sainte-Aline en le remettant aux soins de l'habituel valet de pied, nous ne resterons plus longtemps ici. L'endroit commence à être un peu trop fréquenté. (Puis, comme il allait descendre vers sa voiture, il le retint :) Veuillez attendre un instant ! Vous oubliez les objets que vous aviez apportés. Vous n'avez pas, j'imagine, l'intention d'en faire cadeau à Mr Crawfurd ?

— Sûrement pas ! Bien qu'il en ait grande envie, mais je me sens peu enclin à lui être agréable. Dites-lui de les offrir à leur légitime propriétaire. Moi, je n'en ai plus besoin. Encore un conseil cependant : partez d'ici le plus vite que vous pourrez ! J'ai tout lieu de croire que l'on s'intéresse à la maison de Mr Crawfurd...

— Merci, mais soyez tranquille ! Nous avons d'autres refuges.

La portière claqua tandis que la porte cochère s'ouvrait sans un grincement. La nuit était tombée mais la pluie revenait, fine, drue, glissant sur le vernis de la voiture qui, le cintre de pierre franchi, s'enfonça dans l'humide obscurité où s'affairait de son mieux un allumeur de réverbère attardé. Le résultat obtenu par deux lanternes jaunes ne changea d'ailleurs pas grand-chose à l'atmosphère lugubre. Des ténèbres encore plus froides, encore plus épaisses, régnaient dans l'âme de Guillaume. Une grande lassitude aussi, et il ne se retourna pas une seule fois pour regarder l'endroit où il venait d'abandonner un morceau de son cœur. Mais que faire d'autre? Comment lutter contre ce double amour, cette double volonté, puisque ces deux enfants avaient mis Dieu de leur côté? Pas grand-chose, sinon essayer, tout au moins, de les protéger de son mieux.

S'il n'avait écouté que son désir profond, il fût reparti le soir même pour rentrer aux Treize Vents où l'attendait Lorna, cet autre problème qu'il devenait urgent de régler. Comment, il n'en savait rien, mais il était décidé à y réfléchir sérieusement : il fallait que les Treize Vents puissent accueillir Elisabeth et son époux au cas où ils y chercheraient asile. Avec cette Anglaise hostile, ce serait impossible.

En attendant, il fallait demeurer : un départ brusqué serait trop significatif aux yeux de Fouché et de sa bande. S'il voulait réussir à les duper, il devait rester, continuer en apparence ses recherches, aller souper chez Talleyrand, se montrer avec les du Moley, être à l'écoute des murmures et des bruits de Paris et, peut-être, finalement, prendre la route d'Auvergne afin d'entraîner les policiers à la suite. Demain, le jeune Guimard se montrerait pour avoir des nouvelles. Il en aurait, mais soigneusement épluchées.

Quand il descendit de son appartement, vers neuf heures, Tremaine n'eut pas à chercher longtemps : le jeune policier au brin de bruyère, en costume d'équitation — habit gris souris, culotte blanche finement rayée de gris et bottes à revers jaune —, dégustait une tasse de café dans le salon que l'hôtel de Courlande réservait à cet effet.

Comme les gens de la maison les avaient déjà vus causer ensemble, Guillaume alla droit vers lui, appela un valet pour se faire servir, et se carra dans un petit fauteuil «cabriolet», les mains nouées sur l'estomac :

— Alors? fit-il. Cette mission?

— Satisfaisante. Et vous? Avez-vous pu mener à bien ce plan dont vous me parliez?

— Absolument. A deux reprises, je me suis rendu rue de Varenne : avant-hier sous le prétexte courtois de prendre des nouvelles de Mrs Sullivan, dont le malaise m'avait inquiété chez le ministre. J'ai été reçu... sans grand enthousiasme, il faut bien le dire : ces gens-là me font l'effet d'être les plus casaniers qui soient. Qu'ils soient riches, je n'en doute pas, mais on économise beaucoup sur la lumière comme d'ailleurs sur les paroles. Pourtant, j'y suis retourné hier... et sur invitation.

— Que leur avez-vous fait? Vous avez séduit la dame? fit Guimard, les yeux au ras de sa tasse.

— Plutôt le mari! Il m'avait accordé l'honneur de me recevoir dans la pièce... l'une des pièces où se trouve rassemblée sa collection de souvenirs de la reine, et c'est surtout de cela que nous avons parlé. J'avais réussi à me procurer, grâce à un ami, certain petit objet provenant d'un nécessaire de voyage de

Marie-Antoinette acheté soi-disant pour ma nièce : il a naturellement demandé à le voir ; je me suis donc fait un plaisir de le lui apporter... et même de le lui revendre. Du coup, nous sommes devenus les meilleurs amis du monde. Madame m'a offert le thé ; j'ai visité les salons, le parc...

— Et le pavillon qui est au fond, vous l'avez vu aussi ?

— Bien sûr. Un joli petit bâtiment dont Crawfurd songe à refaire un salon de musique. Vous aviez raison en m'annonçant une superbe demeure.

— Je vous félicite sincèrement... mais n'avez-vous rien d'autre à m'apprendre ?

Un serviteur se penchait sur le guéridon placé entre les deux hommes pour y déposer une tasse, une cafetière et un sucrier.

— Laissez ! je me servirai moi-même, dit Tremaine tout en offrant à son vis-à-vis un sourire désabusé. Rien, malheureusement ! poursuivit-il, soupirant. J'ai vu bien des choses : des serviteurs indiens, d'autres un peu mulâtres, mais rien qui permette de supposer une présence cachée. Ou alors dans des placards...

— On ne vous a tout de même pas conduit dans les chambres ?

— Si. Pour me montrer certains portraits, et en outre je suis cordialement invité à revenir quand il me plaira. (Puis, quittant le ton léger pour revenir au soucieux :) Je crois que nous avons fait fausse route en nous fixant sur ce vieux couple. Ils vivent dans le passé.

— Et quelle meilleure occasion de le ressusciter qu'en abritant un survivant prestigieux ?

— Possible, mais pas certain. C'est de Marie-Antoinette que Crawfurd est entiché ; pas de son fils. J'ai même l'impression qu'il ne l'intéresse guère. J'ai dit que l'on m'avait offert un gant lui ayant appartenu et il a refusé d'un geste qui balayait la chose comme sans importance. Je me demande s'il ne croirait pas à cette fable selon laquelle le Dauphin ne serait pas le fils de Louis XVI.

— Il aurait sans doute la meilleure des raisons, puisqu'il fréquentait beaucoup Fersen. Ce qui ne veut pas dire qu'il l'aimât. Comment comptez-vous agir à présent ?

— J'ai passé une partie de la nuit à y réfléchir. Peut-être retournerai-je rue de Varenne demain avant d'aller souper chez M. de Talleyrand, avec qui j'aimerais causer en tête à tête. Je me demande si en lui faisant certaines confidences...

— Méfiez-vous ! C'est l'homme le plus habile et le plus fin qui soit. Il est capable de vous rouler dans la farine.

— Je ne suis pas complètement idiot non plus, riposta Tremaine, abrupt. Cela dit, si je ne découvre pas d'autre piste, je me déciderai peut-être pour le voyage d'Auvergne. Après tout, rien ne confirme que ce jeune homme et les siens soient encore à Paris.

— Monsieur Fouché en est persuadé. Moi aussi, d'ailleurs, mais lui se trompe rarement et nos plus fortes présomptions s'attachaient à l'Écossais. Maintenant, il est possible que votre première visite ait effarouché nos oiseaux et qu'on les ait transférés ailleurs. Au moins pour pouvoir vous faire visiter la maison...

Il réfléchit un moment tout en finissant son café puis, se levant, prit le chapeau, le stick et les gants déposés sur une chaise.

— Agissez à votre guise, conseilla-t-il. Moi, je vais rue du Bac!

— Au ministère des Relations extérieures?

— Non, mais pas loin. Quand il a quitté la police, M. Fouché s'est d'abord installé rue Basse-du-Rempart puis dans la rue en question, pas bien loin de son «ami» Talleyrand. Il a quitté sa terre de Ferrières et a regagné Paris il y a cinq ou six jours.

Resté seul, Guillaume le regarda s'éloigner, fouettant martialement ses bottes du bout de sa cravache. Il espérait s'être montré suffisamment convainquant sans en être absolument persuadé: marier la vérité et le mensonge représentait un exercice qu'il maîtrisait assez mal, mais il fallait compter aussi avec la chance.

Pour se remettre les idées en place, il pensa — l'équipage de Guimard lui en ayant donné l'idée — qu'un temps de galop lui ferait le plus grand bien et il se rendit au bureau de l'hôtel pour demander qu'on lui trouve un cheval de selle tandis qu'il allait changer de costume.

Par la grande avenue au sol irrégulier dont l'une des rives était encore presque en friche et que l'on appelait les Champs-Élysées, il gagna la barrière de Chaillot puis la promenade de Longchamp redevenue à la mode depuis que le pays retrouvait une certaine prospérité. Pourtant, ce matin-là, il n'y avait pas grand monde: quelques cavaliers assez hardis pour affronter le mauvais temps — il avait plu tout la nuit et, par instants, les averses revenaient —, et de rares voitures. Pour sa part Guillaume, en bon Cotentinois, ne se souciait jamais des intempéries lorsque l'envie lui prenait d'enfourcher un cheval et de courir la campagne. Celle-ci, moins sauvage et moins belle que ses paysages habituels, lui fit tout de même grand bien et quand il rentra, trempé mais détendu, il se sentait l'esprit plus clair. Une espèce d'euphorie qu'il n'allait pas conserver au-delà du vestibule où l'attendait Victor Guimard avec une tête qu'il ne lui connaissait pas encore : celle d'un homme très mécontent.

— Je dois vous conduire séance tenante chez M. Fouché, lui déclara-t-il sans autre préambule.

— Pour quoi faire?

— Il vous le dira lui-même, mais il vaudrait mieux ne pas tarder : il y a déjà un moment que je patiente ici.

— Vous allez patienter encore. Vous ne l'avez peut-être pas remarqué, mais je suis mouillé. En outre, j'ai faim.

— Vous mangerez plus tard. Je veux bien vous accorder quelques minutes pour vous changer, mais à condition de vous accompagner.

— Cela veut dire quoi? s'écria Guillaume outré. Que vous m'arrêtez?

— Je n'en ai pas mandat. En revanche, j'ai celui de vous ramener au plus vite, et vous avez tout intérêt à ne pas pousser M. Fouché à quelque extrémité regrettable.

Tremaine n'insista pas. Quelque chose s'était produit qui, si l'on en jugeait par la mine sévère de ce garçon plutôt affable d'ordinaire, ne laissait rien présager de bon.

— Très bien. Venez avec moi : je n'en ai pas pour longtemps.

Ils montèrent tous deux jusqu'à l'appartement de Guillaume, mais alors que celui-ci pensait laisser son gardien dans le petit salon, Guimard pénétra d'autorité dans la chambre. Tremaine allait protester, mais le policier mit un doigt sur sa bouche :

— Habillez-vous pour un voyage et préparez votre plus petit sac avec juste le nécessaire. Abandonnez le reste ici ! Je m'arrangerai pour vous le renvoyer un peu plus tard. Vous me remettrez ce qu'il faut pour régler l'hôtel.

— Qu'est-ce que ça signifie ? Je n'ai pas du tout l'intention de m'en aller !

— Je vous expliquerai dans la voiture. Nous n'avons que trop perdu de temps. Si vous vous opposez à ce départ, vous risquez de coucher en prison. Alors, choisissez mais choisissez vite !

C'était sérieux, apparemment. Tremaine fit ce qu'on lui conseillait et, quelques minutes plus tard, il quittait l'hôtel de Courlande dans le cabriolet que le policier conduisait lui-même. Mais, au lieu de prendre le pont de la Concorde, chemin logique vers la rue du Bac, l'attelage tourna résolument à droite et embouqua les Champs-Élysées.

— Où m'emmenez-vous ? s'inquiéta Guillaume.

— A Versailles, où vous serez libre de prendre une malle-poste pour rentrer chez vous ou de vous cacher suffisamment pour qu'on vous croie parti. Restez tranquille, bon sang ! Qu'est-ce que vous faites ?

Guillaume, en effet, venait d'empoigner les rênes et obligeait la légère voiture à s'arrêter.

— Vous le voyez ! Mon cher monsieur, je ne suis pas de ces gens que l'on peut expédier comme un simple paquet sans un mot d'explication. Alors, ou vous parlez ou je descends et je rentre à pied pour aller voir votre ex-ministre qui, bien sûr, ne m'attend pas.

— Justement si, il vous attend, mais il vous attendra toute la journée s'il le faut. Quand je retournerai chez lui, je lui dirai que vous avez disparu.

— Qu'est-ce que c'est que cette histoire? souffla Tremaine abasourdi. Et pourquoi ne voulez-vous pas m'emmener rue du Bac, surtout si c'est la mission dont vous êtes chargé?

— Parce que si vous y allez, vous n'en sortirez que dans une voiture cellulaire à destination du Temple!

Puis, brusquement, le jeune homme laissa éclater sa colère :

— Et ne me demandez pas pourquoi je fais ça, alors que vous vous êtes fourré vous-même dans ce pétrin en me mentant comme vous l'avez fait ce matin.

— En quoi ai-je menti?

— Oh! c'est simple : non seulement vous avez acquis la certitude de la présence chez Crawfurd de ceux que nous recherchons, mais vous avez vu votre fille et le prince. Vous vous êtes entretenu avec eux dans le parc de Matignon.

— Comment savez-vous ça? tonna Guillaume sans se soucier des rares passants. Je croyais qu'il vous était impossible de pénétrer dans cette maison. En outre, je vous croyais en «mission»?

— J'y étais. Et si vous voulez tout savoir, Fouché trouvait que ça marchait un peu trop bien, vous et moi, que... je vous montrais trop de sympathie, peut-être. C'est pourquoi, il m'a expédié à Fontainebleau pour deux jours. En fait, j'étais pour vous une sorte de leurre chargé de dissimuler votre vrai suiveur : l'inspecteur Pasques, le policier le plus redoutable de ceux qu'il a formés, conclut-il avec une amertume qui n'échappa pas à son compagnon. Il venait de découvrir que le renard s'était servi de lui, et il n'aimait pas ça.

— Et ce Pasques est entré chez Crawfurd?

— Non, mais il a trouvé le moyen d'avoir un œil dessus. Hier, quand vous étiez au jardin, vous n'avez pas imaginé un instant que vous étiez surveillé à la longue-vue depuis la cime d'un des grands arbres de l'hôtel de Rohan-Rochefort, un voisin immédiat dont il a réussi à éloigner les propriétaires pour une semaine. Fouché savait ce qu'il faisait en vous lançant sur la piste de Crawfurd, il savait que vous ne lâcheriez pas tant que vous n'auriez pas une certitude, et vous avez mâché la besogne à Pasques. La suite n'a été qu'un jeu.

— La suite? fit Tremaine qui se sentit pâlir.

— Vers la fin de la nuit, des hommes à nous ont franchi le mur mitoyen pour investir le «Petit-Trianon». L'un des deux hommes qui veillaient aux abords a été tué; l'autre a pu avertir ses compagnons. Il y a eu un rapide combat : l'un des serviteurs du prince a été pris.

— Et lui?

— S'est échappé grâce au dévouement de ce même serviteur... et de quelqu'un d'autre. Il doit y avoir un passage dans la cave mais on n'a pas eu le temps de le chercher pour ne pas donner l'éveil aux gens de la grande maison.

— Vous voulez dire que ce coup de main s'est effectué sans qu'on s'en aperçoive chez Crawfurd?

— Vous avez vu la distance entre les deux bâtiments? En outre, ce n'est pas la police officielle qui a opéré : celle-ci ne possédait pas de mandat.

— Et ma fille? Elle est partie avec lui, bien entendu?

— Non. Elle a voulu rester pour retarder les assaillants...

Guimard avait détourné la tête mais, l'instant suivant, il étouffait à demi sous la poigne d'un Tremaine devenu apoplectique :

— Et il l'a laissée derrière lui, ce misérable? Où est-elle? Qu'est-elle devenue?

— Elle va bien, rassurez-vous. Quant à lui, il n'a pas eu le choix : ses compagnons l'ont assommé pour l'emporter. Lâchez-moi! ça ne vous avancera à rien de m'étrangler.

— Quand vous aurez répondu à ma question : où est-elle?

— Chez M. Fouché. Tout au moins, elle y était lorsque j'y suis arrivé après notre... entretien.

Guillaume le libéra, mais ce fut pour reprendre les rênes et faire tourner la voiture.

— Et vous vouliez m'empêcher d'y aller? cria-t-il, furieux. Et vous vouliez me renvoyer chez moi?

Cette fois, ce fut au jeune homme d'essayer d'arrêter l'attelage mais, surtout lorsqu'il était en colère, Tremaine possédait une force peu commune. Une violente bourrade lui suffit pour se débarrasser de son compagnon, qui manqua rouler hors du cabriolet mais réussit cependant à s'y maintenir.

— Pour l'amour du Ciel, écoutez-moi! s'écria-t-il. Vous allez perdre toute chance de sauver votre fille!

— J'en aurai toujours plus qu'en reprenant la diligence!

— Je vous avais aussi proposé de vous cacher et je savais bien que vous poseriez des questions. A présent, pour l'amour du Ciel, laissez-moi en finir!

— Allez-y! Vous avez le temps jusqu'à ce que nous arrivions.

Le jeune policier s'exécuta. Il raconta comment, arrivant chez Fouché pour lui faire son rapport touchant Tremaine, il avait reçu de celui-ci un accueil goguenard. On l'avait écouté avec un aimable sourire, puis l'ancien ministre avait soupiré: «J'avais bien raison de ne pas accorder confiance à ce Tremaine. Cependant, il a joué sa partie de façon tout à fait satisfaisante. Et comme il vient de vous mentir effrontément, nous n'avons plus de gants à prendre avec lui... ni avec sa fille. Alors, à présent, vous allez me le chercher afin que nous ayons ensemble une bonne conversation!»

— Naturellement, je tombais des nues, soupira Clément, et j'ai demandé que l'on veuille bien éclairer ma lanterne. J'ai eu alors toute satisfaction. On m'a tout raconté en prenant cependant quelques précautions afin de ménager ma susceptibilité: le rôle que je venais de jouer ressemblait beaucoup à celui d'un imbécile, et je ne cachai pas ce que j'en pensais. On m'a même félicité en disant que je n'aurais pas si bien agi si le plan m'avait été revélé dans sa totalité, ajouta-t-il avec une amertume qui réussit à percer la couche de colère dont s'enveloppait Tremaine.

Il y avait, dans les derniers mots, un accent de sincérité qui forçait l'attention mais qui, alors, soulevait de nouvelles questions. Guillaume ralentit la course du cheval :

— Que vous soyez vexé, je peux le comprendre, mais cela n'explique pas pourquoi, au lieu de me conduire tout droit chez Fouché, vous avez voulu m'emmener à Versailles. Vous cherchez à me sauver, ou quoi?

— C'est un peu ça. Si vous êtes emprisonné — et c'est ce qui va vous arriver si vous vous obstinez —, Mlle Tremaine n'aura plus la moindre chance de retrouver l'air libre.

— Et ça vous tourmente? Vous, un policier? lâcha Guillaume avec un dédain qui fit rougir le jeune homme.

— Oui, moi, un policier! Je sers le Premier Consul de mon mieux; je traque ses ennemis et les conspirateurs. Si j'avais pu mettre la main sur le prince, je l'aurais fait sans bouger un sourcil... mais cette toute jeune femme si fière... si belle! Elle n'a commis aucun crime, que je sache! Elle ne menace pas la vie du général Bonaparte.

— Vous l'avez vue? demanda Guillaume qui commençait à comprendre.

— Oui. Fouché me l'a montrée, assise en face de Pasques dans la petite pièce voisine de son cabinet de travail dont il se sert quand il a quelqu'un à interroger. Elle ne m'a même pas regardé. Elle ne regardait personne, d'ailleurs. Je n'ai pas davantage entendu le son de sa voix: elle opposait aux questions un silence méprisant. En vérité... elle avait l'air d'une reine!

— On ne lui a pas fait de mal, j'espère?

— Non. De ce côté, rien à craindre. Ce n'est pas le genre de la maison. Et puis, Fouché a besoin d'elle: il espère bien s'en servir pour piéger son gibier.

La voiture venait de tourner le coin du quai et de la rue de Bac. Cette fois, ce fut au tour du jeune homme de retenir les chevaux.

— Je vous en prie, n'y allez pas! D'abord, Fouché a dû la transférer au Temple.

— Mais enfin, de quel droit? Il n'est plus ministre. Ce n'est plus son affaire d'arrêter les gens.

— C'est toujours celle de Pasques. Lui n'a pas quitté la police officielle, ce qui ne l'empêche pas de travailler toujours avec son ancien patron. Il peut obtenir tous les ordres d'incarcération qu'il veut. Il en irait de même pour vous. A présent, si cela vous tente...

— Pas le moins du monde, mais alors que faisons-nous?

Clément se laissa aller au fond de son siège, ferma les yeux en poussant un soupir de découragement.

— Je n'en sais rien du tout! Si seulement vous m'aviez fait confiance ce matin, vous auriez pu réclamer hautement votre fille, puisque vous auriez rempli votre contrat, mais à présent...

— Vous êtes certain qu'on me l'aurait rendue? Vous venez de dire que Fouché compte sur elle pour appâter son... compagnon.

Il avait failli dire: son époux, mais se retint à temps. Si ce garçon, visiblement victime d'un violent coup de foudre, savait Elisabeth mariée, il serait peut-être moins tenté de jouer les paladins.

— D'autre part, ajouta-t-il, elle me haïrait à jamais, si elle pouvait me croire à l'origine de la catastrophe de cette nuit.

— Êtes-vous certain qu'elle ne le croira pas? L'intervention de Pasques a suivi votre visite de si près...

— J'avais donné ma parole. Cela doit lui suffire. Maintenant, dites-moi plutôt comment faire pour la tirer de prison.

— Aucune idée! Il y faudrait une intervention venue de très haut et je vous rappelle que, dans l'état actuel des choses, vous ne savez même pas où vous allez coucher ce soir. Il faudra tout de même qu'avant la nuit j'aille dire à mon patron que vous avez disparu. De cet instant, on vous cherchera.

Guillaume écarta d'un geste une circonstance, déplaisante sans doute, mais dont il ne se souciait guère. Une idée lui venait tandis que le cabriolet remontait lentement la rue du Bac. Une idée que concrétisa soudain l'apparition d'un portail connu : celui du ministère des Relations extérieures. Les portes en étaient larges ouvertes, laissant entrer ou sortir des voitures d'apparence diverse.

— Il y a peut-être là une solution, marmotta-t-il, et, sans plus hésiter, il se dirigea vers la grande cour.

— Que faites-vous donc? s'écria Guimard, effrayé.

— Vous le voyez : je vais voir M. de Talleyrand. Il est l'ennemi de votre Fouché, n'est-ce pas?

— Oui, mais est-ce bien prudent?

— Dès l'instant où ma fille est en danger, j'irais voir le diable en personne. Attendez-moi ici!

Rangeant le modeste cabriolet auprès d'une luxueuse calèche, il sauta à terre et grimpa quatre à quatre les marches en haut desquelles veillaient deux portiers galonnés.

Il lui fallut parlementer un moment pour obtenir d'être conduit à un huissier qui tenait ses assises au bas du grand escalier. A cette heure, le ministre était à table. En outre, il y avait déjà plusieurs visiteurs annoncés pour le début de l'après-midi, expliqua cet imposant fonctionnaire. Il serait plus sage de revenir le lendemain.

— Demain, expliqua Tremaine avec impatience, je dois souper avec M. de Talleyrand qui m'a invité, et si je veux le voir maintenant c'est parce qu'une raison grave ne me permettra pas d'être présent.

— Vous êtes un visiteur privé, alors? En ce cas, montez l'escalier et demandez à parler à M. d'Hauterive. Il saura ce qu'il doit faire.

Le ton indiquait clairement que l'on ne voyait pas pourquoi il faudrait déranger l'un des grands du régime pour un quelconque M. Tremaine. Le secrétaire du ministre devrait faire l'affaire. Décidé à faire preuve de la plus grande patience pour parvenir à ses fins, Guillaume demanda le personnage en question, mais refusa de prendre place sur la banquette de palier qu'on lui indiquait. Son costume de voyage soulignait d'ailleurs le fait qu'il n'avait pas de temps à perdre. Il eut même une exclamation de mauvaise humeur en constatant que le valet revenait seul, mais il s'agissait seulement de le guider à travers deux salons qu'il connaissait déjà jusqu'à la double porte d'une bibliothèque que l'on ouvrit en l'annonçant. A sa surprise, il se trouva en face de Talleyrand lui-même :

— Entrez, monsieur Tremaine! fit la voix profonde et nonchalante. Je suis heureux de vous voir.

— Monsieur le ministre, je vous offre mes excuses d'oser ainsi me présenter chez vous et vous déranger à une heure aussi peu protocolaire. Croyez...

— Allons, laissez les excuses! Un homme de votre qualité ne se présente pas impromptu chez moi sans une raison grave. Cela valait bien d'interrompre un repas avec un banquier helvétique parfaitement insipide, d'ailleurs. Il faut espérer seulement que Mme de Talleyrand ne s'ennuira pas trop, hé?

— J'en serais sincèrement désolé.

— Ne le soyez pas ! Si son interlocuteur l'admire, elle assume parfaitement ce genre de situation. Prenez place et dites-moi ce qui vous amène : à votre costume je vois que le temps vous est compté.

— Comme il est compté, lorsque l'on doit fuir et se cacher pour échapper au mécontentement de M. Fouché.

Une rapide étincelle s'alluma dans l'œil de saphir pâle du diplomate.

— Fouché ? Tiens donc ! Que lui avez-vous donc fait ?

— A lui, rien. En tant qu'être humain, tout au moins, et si c'en est vraiment un ! Monsieur le Ministre, l'histoire que je vais vous raconter est celle d'un secret d'État auquel se trouve mêlé l'honneur et peut-être la vie d'une famille : la mienne. C'est à votre cœur autant qu'à l'homme de gouvernement que je la confie.

— Je suis l'être le moins bavard de la terre, monsieur Tremaine. L'Église dont je viens... comme notre cher Fouché d'ailleurs, remarqua Talleyrand avec un mince sourire, m'a appris la valeur du silence et l'intangible loi du secret. Vous venez à moi spontanément ; c'est une démarche que j'apprécie. Parlez sans crainte !

A l'exception de ses propres démêlés avec Lorna, Guillaume raconta tout, depuis l'arrivée aux Treize Vents d'un enfant arraché à la prison jusqu'aux événements de cette matinée, sans être interrompu une seule fois. En vérité, Talleyrand savait écouter. Assis dans un fauteuil, sa mauvaise jambe posée sur un tabouret, on aurait pu le croire changé en statue de pierre s'il n'avait tapoté de temps à autre son soulier du bout de sa canne d'ébène. Dans son pâle et beau visage, le regard à demi caché sous les lourdes paupières ne quittait pas le narrateur. Quand ce fut fini, il garda le silence durant quelques instants puis soupira :

— Louis XVII vivant ! Ce dont j'étais persuadé, d'ailleurs, mais Louis XVII à Paris, c'est là une affaire trop grave pour la laisser dans les seules mains du sieur Fouché. S'il s'en emparait, le malheureux n'aurait à en attendre pitié ni merci : il l'abattrait sans hésitation pour le simple bonheur d'aller ensuite offrir sa tête au Premier Consul ! Si j'en crois votre récit, le roi était bien caché : qu'elle folie d'être revenu ! Il n'a rien à espérer d'un avenir sur lequel brille la seule étoile de Bonaparte.

— Si vous le permettez, je me soucie peu de lui. La seule qui m'intéresse, c'est ma fille. C'est elle qui est prisonnière, elle qui risque sa vie.

— Je vous entends bien. De mon côté, je ne supporte pas l'idée de cet enfant qui a déjà tant souffert, abattu dans quelque ruelle par un sbire ou croupissant au fond d'une basse-fosse. Le sang du roi et de la reine pèsera déjà suffisamment lourd sur la France... (Puis, changeant soudain de ton :) Dites-moi, mon ami, avez-vous confiance dans ce policier qui vous attend en bas ?

— Oui, parce que rien ne l'obligeait, bien au contraire, à me sauver à tout prix. Il y risque sa carrière, peut-être sa vie, mais je crois qu'il est tout simplement tombé amoureux d'Elisabeth. Amoureux comme on peut l'être quand on est jeune.

— Pourquoi pas, mon Dieu ! L'amour entraîne à de bien redoutables sottises.

— Il y a aussi votre ami Crawfurd, avança Tremaine presque timidement. Il est peut-être déjà arrêté à cette heure.

La canne frappa le parquet d'un coup violent.

— Allons donc! Fouché n'oserait pas se lancer, sans y avoir le moindre droit, dans ce genre d'aventure. Entre un coup de main de Pasques contre un pavillon isolé sous le prétexte de poursuivre un conspirateur et une descente de police en règle dans la maison d'un homme que je protège, il y a un monde. Jamais le Grand Juge Régnier ne signerait un tel ordre sans m'en avertir. Il est de ceux qui m'ont aidé à arracher les plus grosses griffes de Fouché. Cependant...

Il se leva, resta un instant immobile le poing fermement serré sur le pommeau d'or, réfléchissant puis, brusquement, décida :

— Il n'y a qu'un être au monde qui puisse régler cette affaire, vous rendre votre fille et faire souvenir à Fouché qu'il n'est plus ministre : c'est Bonaparte.

— Le Premier Consul?

— Et qui d'autre? Seulement, je ne vous cache pas qu'aller lui raconter ce que je viens d'entendre comporte des risques pour vous et les vôtres...

— Pour vous aussi peut-être? suggéra doucement Guillaume.

— Non. Il a trop besoin de moi. Il protégera même mon vieux Crawfurd, eu égard à sa manie... collectionneuse. Vous, c'est autre chose, et vous allez dépendre de son humeur. S'il est mal luné où si sa femme a rêvé qu'un attentat était imminent, vous pouvez vous retrouver en prison vous aussi.

— Si c'est au Temple, j'aurai au moins la satisfaction d'être auprès de ma fille.

— Ce serait justement une excellente raison pour vous envoyer à Vincennes. A présent, il faut agir, et vite : nous ne devons pas laisser à Fouché le temps de suggérer un songe providentiel à Joséphine Bonaparte !

— Il a accès auprès d'elle ?

— Vous voulez dire qu'il s'en sert depuis des années contre argent comptant : la malheureuse est toujours couverte de dettes inavouées. Mais d'abord, chapitrer votre ange gardien !

Une sonnette fit apparaître un valet vêtu de velours noir, majestueux comme un évêque, mais dont le sourire montrait assez qu'il était très proche de son maître :

— Mon bon Courtiade, dit celui-ci, vous trouverez dans la cour un cabriolet et, à l'intérieur, un jeune homme d'assez bonne mine, paraît-il. Au fait, comment s'appelle-t-il ?

— Victor Guimard, monsieur le ministre.

Peu de temps après, le jeune homme faisait son entrée dans la bibliothèque et les yeux de Talleyrand s'arrondissaient.

— Le baron de Clacy ? Vous êtes policier, vous ?

— Sous le nom de ma mère, Excellence. J'espérais que vous ne me reconnaîtriez pas.

— Je connais tous ceux que j'invite. Votre petit groupe de jeunes fous élégants est de ceux qu'une maîtresse de maison aime avoir chez elle pour s'occuper des dames, mais j'étais à cent lieues d'imaginer...

Le curieux visage asymétrique du jeune homme s'éclaira d'un sourire.

— N'allez pas en conclure que je suis un espion. Des soirées comme les vôtres, monsieur le ministre, me permettent de me retrouver moi-même, de me détendre, en quelque sorte. J'y rencontre des amis bien éloignés, eux aussi, de supposer un seul instant de quelle façon je gagne ma vie mais, que voulez-vous, il faut bien vivre et je n'ai reçu en héritage que de vieux bouquins, quelques ouvrages impubliables et la nostalgie des temps anciens. Ajoutez à cela que l'armée ne me tente pas et que j'ai toujours éprouvé pour le mystère et les énigmes à résoudre un attrait particulier. Il paraît que je travaille bien ! ajouta-t-il avec un clignement de paupières sous lequel filtra un éclair moqueur.

— Pourquoi n'être pas venu me demander un poste ?

— Parce que je n'aime pas demander à ceux qui me donnent déjà plus que je ne mérite, dit Victor avec fierté. Le hasard m'a fait rencontrer un jour le citoyen Fouché que j'ai tiré d'une situation désagréable. Il m'a proposé de travailler pour lui. J'avoue que j'admire son habileté. De son côté, il sait qu'il ne peut pas m'employer à n'importe quelle besogne... M. Tremaine vient d'en avoir la preuve : en cette affaire, j'ai été «doublé» par Pasques.

— J'aime votre franchise. Jusqu'à nouvel ordre nous ne changerons donc rien à nos relations et je garderai votre secret. Il se peut d'ailleurs que je vous demande un service un jour ou l'autre. Mais revenons à notre affaire : j'emmène M. Tremaine à Saint-Cloud...

Guimard fit la grimace.

— Vous êtes certain de le ramener ?

— J'accepte n'importe quel risque si l'on m'offre une seule chance de sauver ma fille, coupa Guillaume. Sans doute nous disons-nous adieu ici, M. de Clacy. Mon destin devient incertain à partir de cette minute et je ne veux pas vous compromettre.

— Ne vous souciez pas de moi. Je tiens beaucoup

à savoir la conclusion que le Premier Consul va donner à l'aventure. Je vais vous suivre en voiture. Ou plutôt, non : je rentre chez moi, je change d'aspect et je vais attendre à Saint-Cloud la voiture de M. de Talleyrand. Ne vous étonnez pas si vous voyez un militaire vous en approcher.

— C'est une espèce de Protée, expliqua Tremaine. Il change d'aspect comme il veut.

— Il a de qui tenir. Comment vont votre mère et M. Despreaux ? s'enquit le ministre.

— Bien, je vous remercie. Ils vieillissent, et ils ne sont pas riches mais ils sont ensemble, alors ils sont heureux.

— *Sancta simplicitas !* Déposez mes hommages à ses pieds charmants lorsque vous la verrez ! Elle est de celle que l'on ne peut oublier.

Dans la voiture qui les emportait vers Saint-Cloud, Talleyrand apprit à son compagnon l'histoire de ce policier pas comme les autres. Il était le fils de la Guimard, la grande étoile de la danse sous Louis XV. Déjà mère d'une fille, mariée au comte de la Borde, elle avait eu cet enfant par inadvertance — et alors qu'elle était la maîtresse du prince de Soubise — d'un petit baron picard versé dans une obscure poésie qui se voulait renouvelée de la Pléiade, sublunaire et charmant au demeurant, qui avait su jouer le ver de terre amoureux d'une étoile avec tant de véracité que la danseuse avait consenti à « couronner sa flamme ». Pendant un court laps de temps, bien sûr, mais cependant suffisant pour laisser une trace dont il avait été impossible de se débarrasser : le futur limier avait su se tapir assez habilement dans les entrailles maternelles pour résister à toute tentative de l'en extraire. Il avait donc bien fallu le mettre au monde le plus discrètement possible, afin de ne pas attirer l'attention du fastueux Soubise que sa belle maîtresse était d'ailleurs en train de ruiner tranquillement. Sitôt né, le jeune Victor fut confié à son père auprès duquel, à l'exception d'un assez long séjour chez une nourrice, il vécut à peu près convenablement jusqu'à la mort du poète. La Révolution n'avait pas inquiété — ni appauvri — un baron qui n'avait pas grand-chose. A sa disparition, Victor vendit le peu de bien dont il se trouvait maître et gagna Paris pour y chercher fortune. Pour y chercher aussi sa mère dont le défunt baron lui avait légué, avec une miniature, l'image éblouie qu'il en gardait : celui d'une créature ravissante, une poupée radieuse cousue de satin, de diamants et de perles. Quand il la retrouva, sans trop de peine d'ailleurs, elle s'appelait Mme Despreaux, ayant épousé un mois après la prise de la Bastille son amoureux de toujours, ancien inspecteur des théâtres de la Cour. Tous deux vivaient rue Ménars, dans un appartement bourgeois assez modeste où le jeune baron apporta une joie inattendue. A ce couple déjà âgé et sans enfants — la fille de la Guimard était morte depuis longtemps ! — il ramenait un peu de jeunesse avec le reflet du bel autrefois. Même aux vieux amis on ne le déclara pas comme fils pour ne pas gêner le vieil époux : il fut un «neveu», tout simplement.

Ces détails, Tremaine les apprit par la suite, Talleyrand se contentant de raconter ce qu'il savait, s'attardant même à plaisir sur l'histoire de la célèbre danseuse plus que sur celle du baron poète. C'était pour lui une façon comme une autre de faire une incursion dans ce XVIIIe siècle dont il disait volontiers que pour connaître la douceur de vivre, il fallait y avoir vécu.

Le palais de Saint-Cloud, mais surtout son cadre et ses jardins, séduisirent Guillaume, sensible depuis toujours à la beauté d'un bâtiment, au charme d'un parterre. L'ancien château de Philippe d'Orléans, frère de Louis XIV, puis de Marie-Antoinette qui l'avait acheté sur le tard et trop près de la Révolution pour qu'on ne le lui reprochât point, étalait sur une succession de terrasses d'où l'on dominait la Seine et tout Paris, l'ordonnancement harmonieux de ses pilastres corinthiens entre lesquels des bas-reliefs symbolisaient, au-dessus des fenêtres, les douze mois de l'année. L'avant-corps central se composait de quatre colonnes surmontées des figures de la Force, de la Sagesse, de la Prudence et de la Guerre placées sous un fronton où le Temps, accompagné des quatre parties du Jour, découvrait une superbe horloge. L'air y était remarquablement pur, cependant que l'automne commençait à dorer les cimes des arbres formant écrin aux bâtiments ainsi qu'à un vaste bassin habité de jets d'eau. L'espace entre les uns et l'autre grouillait de domestiques en livrée et de soldats de la Garde consulaire :

— Le général Bonaparte n'avait-il pas acheté la Malmaison, la propriété de notre ami Le Coulteux pour ses séjours d'été ?

— Il l'a toujours mais ce n'est plus suffisant pour sa gloire. L'an passé, il s'est installé ici après y avoir fait quelque six millions de travaux. C'est tout un programme que cette demeure... royale, notez-le bien ! Depuis, il a élu les Tuileries pour l'hiver.

— S'il veut vraiment devenir empereur, pourquoi pas Versailles ?

— Il n'oserait. Et je crois même qu'il n'osera

jamais. Le palais du Roi-Soleil est un fantôme trop impressionnant. Même pour lui ! Mais nous voici arrivés ! Le cabinet du Premier Consul se trouve dans l'aile gauche, de plain-pied avec la terrasse que vous apercevez de l'autre côté.

— Croyez-vous qu'il nous recevra ?

— Lorsque je demande à lui parler, il me reçoit toujours. Vous me laisserez d'ailleurs aller seul et m'attendrez dans le salon des aides de camp.

La voiture était connue. Des laquais en livrée verte s'empressaient, bientôt relayés par deux préfets du palais. Conduits par eux, les visiteurs franchirent une porte gardée militairement, de chaque côté de laquelle s'alignaient des orangers en caisses. Cette entrée privée était un privilège accordé aux conseillers immédiats du Premier Consul. Au seuil d'un salon, un jeune homme brun aux yeux vifs et au visage aigu portant une liasse de papiers à la main vint à leur rencontre et salua :

— Est-ce que M. le Premier Consul vous attend, monsieur le ministre ?

— Non, monsieur Méneval. Je n'en souhaite pas moins lui parler pour une affaire urgente... et grave.

— Cela devrait être possible. Mais je vous préviens : il est de fort méchante humeur.

— Acceptons-en le risque ! soupira Talleyrand. Voulez-vous m'annoncer et trouver un coin pour M. Tremaine que voici ? Il se peut que le général souhaite lui parler.

— Aucune difficulté ! Veuillez m'attendre un instant.

Le jeune homme repartit dans la direction d'où il venait.

— C'est le secrétaire du Premier Consul, souffla le diplomate. Bonaparte l'a «soufflé» à son frère

Joseph quand il a dû se séparer de Bourrienne, qu'il aimait bien cependant. Toujours décidé à aller jusqu'au bout?

— Plus que jamais!

L'attente fut brève. Méneval revint au bout d'une ou deux minutes et pria les deux hommes de le suivre dans le salon voisin où, devant une double porte, veillait une sorte de génie des *Mille et Une Nuits* enturbanné de blanc et fastueusement vêtu de drap bleu brodé d'argent : le mameluck Roustan, que Bonaparte avait ramené d'Égypte. Tremaine fut laissé sous la surveillance de son œil presque aussi menaçant que le long poignard arabe qui lui barrait le ventre. Il choisit de s'approcher des fenêtres. Peut-être pour ne rien distinguer des éclats de voix qui s'élevèrent soudain à l'intérieur du cabinet de travail.

Un siècle s'écoula. Enfin, Méneval reparut dans l'encadrement de la porte.

— Voulez-vous venir?

Guillaume marcha vers lui, prit une profonde respiration et franchit le seuil redouté.

CHAPITRE V

LA JUSTICE DE BONAPARTE

En pénétrant dans la vaste pièce largement ouverte sur le parc, Guillaume eut l'impression d'entrer dans le soleil lui-même. Soudain sortis d'un nuage, les rayons encore chaleureux intensifiaient le jaune éclatant des tentures et des sièges. Et il était là, lui, l'homme du miracle, le génie qui à la force du poignet ramenait la France du fond de ses ténèbres sanglantes, rebâtissait, décidait, créait, essayait aussi de réconcilier, de rassurer, porté par une gloire telle qu'on n'en connaissait plus depuis des siècles. Il était là, debout devant une table couverte de papiers sur lesquels voguait l'immense carte d'un port. Tête baissée, les mains nouées au dos, sourcils froncés, il scrutait ce plan comme s'il lui en voulait personnellement. Au bout d'un instant, il s'y appuya des deux poings, poursuivant son examen sans se soucier de celui qui venait d'entrer. Quand il releva la tête, ce fut pour s'adresser à Talleyrand assis dans un fauteuil :

— Comprenez donc ! Les préparatifs du camp de Boulogne ne vont pas assez vite ! Les Anglais en profitent ! Savez-vous qu'ils sont allés bombarder Granville ? Heureusement, la 24e légère sur ses bateaux canonniers a pu leur courir sus et les disperser. Il faut en finir avec ce piratage, et pour cela il nous faut une quantité de bateaux !

Brusquement, il tourna la tête vers Guillaume, dardant sur lui son regard gris bleuté qui, à cet instant, avait l'exacte couleur de l'acier.

— Vous êtes armateur, je crois ?

— Oui, monsieur le Premier Consul.

— On dit citoyen Premier Consul !

— Veuillez me pardonner. Je n'ai jamais pu m'habituer à cette appellation qui, d'ailleurs, si vous le permettez, ne vous va pas... citoyen Premier Consul.

— Celà ne m'étonne pas que vous soyez un ami de *Taillerand*. Lui non plus n'aime pas ça, mais lui, c'est un grand seigneur (Et soudain, avec dans l'œil une étincelle d'espièglerie :) Comment souhaiteriez-vous donc m'appeler ?

Tremaine devinait ce que Bonaparte souhaitait entendre. Cependant il se résignait mal à la flatterie. Ce fut un coup d'œil suppliant de Talleyrand qui le décida :

— Si l'avenir s'accomplit selon des vœux que j'entends de plus en plus souvent, pourquoi pas Sire ?

— Vraiment ? Vous pensez que cela m'irait ?

Guillaume s'accorda le temps de considérer ce petit homme dont le pâle visage au front haut, au menton puissant, aux traits d'une régularité remarquable sous les cheveux châtains coupés court et déjà un peu clairsemés à la partie supérieure de la tête, surmontait de larges épaules et un buste d'une grande noblesse qui aurait pu servir de modèle pour celui d'un empereur romain. Aussi fut-ce avec une totale sincérité qu'il répondit enfin :

— Oui, je le crois.

Quittant sa table et nouant à nouveau les mains dans son dos, Bonaparte se mit à arpenter le ravissant tapis de la Savonnerie couvrant le plancher de son bureau. Il fit ainsi quelques allées et venues pour se planter finalement devant son visiteur, qu'il toisa de la tête aux pieds.

— Ce sont de curieux propos chez un royaliste.

— Je n'ai jamais été royaliste au sens plein du terme. J'entends que je n'ai jamais éprouvé de grande passion pour les rois.

— Un révolutionnaire, alors?

— Pas davantage. Vous me comprendrez mieux si je dis que, né en Nouvelle-France et l'ayant vue mourir, j'ai détesté presque autant le roi Louis XV qui nous abandonnait que le roi anglais qui nous asservissait. En fait, je souhaite seulement la paix et la grandeur de mon pays, quel que soit son régime. Cette grandeur, vous la lui apportez, monsieur le Premier Consul.

— Mais votre famille est royaliste, elle?

— Mon épouse, Agnès de Nerville, l'était passionnément : elle l'a payé de sa vie. Mes fils sont trop jeunes encore pour avoir une opinion tranchée. Quant à ma fille, son amour va à un homme beaucoup plus qu'à un prince.

— Voulez-vous dire qu'elle l'aimerait même s'il n'était qu'un simple pêcheur ou Dieu sait quoi d'autre?

— Sans aucun doute. Elle n'a jamais triché ni raisonné avec son cœur. J'admets qu'à l'origine, lorsque l'enfant du Temple s'est réfugié chez nous, l'auréole d'une destinée si tragique ait pu influencer une imagination qu'elle a vive et ardente, mais l'attirance de cette petite fille et de ce petit garçon a été visible dès qu'ils se sont vus. A présent, elle l'aime comme on aime à seize ans et qu'on s'appelle Elisabeth Tremaine : elle donnerait sa vie pour lui.

— A cet âge, on a tous les courages, toutes les audaces, toutes les certitudes. Heureusement, cela passe.

La voix nonchalante de Talleyrand se fit entendre :

— Pas si on la laisse en prison ! Les âmes bien nées se forgent davantage dans l'épreuve quand s'y mêle le goût de l'héroïsme. Une femme trouve plus de difficultés à oublier un homme pour qui elle a souffert ; plus encore une jeune fille : son amant se double alors du paladin dont elle espère le retour du bonheur avec la liberté.

Dans la voiture qui les conduisait à Saint-Cloud, le diplomate avait réussi à convaincre Tremaine de ne parler à aucun prix du mariage d'Elisabeth. Bonaparte se laisserait peut-être persuader de libérer une adolescente partie sur un coup de tête à la suite d'un prince charmant, mais il y regarderait peut-être à deux fois avant de lâcher l'épouse de qui ne pouvait être pour lui qu'une menace, un rival que sa jeunesse et les légendes courant déjà autour de lui pouvaient rendre dangereux. Néanmoins, à ce mot d'amant il sentit que son cuir tanné rougissait comme si Talleyrand venait d'infliger une flétrissure à la pureté de sa fille.

Un silence suivit ses paroles. Bonaparte réfléchissait. Il chercha parmi le désordre de sa table une tabatière d'or, y prit une pincée de tabac qu'il aspira par les narines, non sans en répandre une partie sur son uniforme vert à parements rouges porté sur un gilet bleu assez long. Curieusement, ce mélange de couleurs lui seyait, sauvé d'ailleurs de l'excès par le noir des culottes et des bas de soie. Après avoir humé voluptueusement son tabac, il revint à Guillaume :

— Je vais vous rendre cette jeune folle, monsieur Tremaine.

— Comment vous dire ma reconnaissance, monsieur le Premier Consul ? murmura Guillaume, ému.

— N'essayez pas pour le moment : je ne vous la libère pas sans conditions. Qu'allez-vous en faire dans l'immédiat ? La ramener chez vous, j'imagine ?

— Naturellement ! approuva sans hésiter Guillaume, remettant à plus tard l'examen de ce problème-là. Nous rentrerons chez nous, à Saint-Vaast-la-Hougue.

— Un tragique et sublime souvenir dans l'histoire de la marine ! Ceux de chez vous l'ont-ils gardé ?

— Fidèlement ! L'image de M. de Tourville et de ses vaisseaux assassinés par l'Anglais n'est pas près de s'effacer.

— J'espère fermement lui faire payer ça avec le reste ! A présent, voici mes conditions : vous me répondrez de la conduite de votre fille sur votre propre liberté ainsi que sur vos biens.

Tremaine eut un haut-le-corps et bénit le hâle profond qui le mettait à l'abri d'une certaine pâleur.

— Mes biens ?

— Oui. Vous êtes, m'a-t-on dit, un homme riche, et j'entends que cette fortune ne profite pas à ce jeune présomptueux que l'Angleterre nous envoie. Aucune aide, vous m'entendez ? De quelque sorte que ce soit ! Et pas davantage d'hospitalité au cas où, poussé par la nécessité ou le désir de revoir votre fille, ou les deux, l'ex-Dauphin viendrait vous demander asile. Je veux votre parole... mais n'allez pas vous imaginer que le fait d'habiter les confins de la France peut vous permettre une certaine latitude. Je sais toujours ce que je veux savoir et j'aurai un œil sur vous!

La voix, où subsistaient les traces de l'accent corse, martelait les paroles pour mieux les enfoncer dans le crâne de Tremaine. Celui-ci devinait que les jours à venir ne seraient pas faciles, mais il était prêt à tout pour sauver une Elisabeth dont il savait d'expérience qu'elle n'était pas facile à manier. Son regard fauve plongea dans celui de cet aigle naissant peu disposé apparemment à refréner son instinct de prédateur.

— Vous avez ma parole... citoyen Premier Consul!

Il avait appuyé sur l'appellation détestée. Bonaparte en eut conscience et fronça le sourcil, tenté peut-être de revenir sur sa clémence, mais il avait déjà dit qu'il libérait Elisabeth et il y avait un témoin : Talleyrand, qui semblait pourtant se désintéresser du débat et faisait toute une affaire de suivre avec sa canne le contour d'une des fleurs du tapis.

— Bien. Soyez partis ce soir! Mais entendons-nous bien! Je ne vous exile pas et vous pourrez revenir à Paris vous occuper de vos affaires.

Puis, élevant la voix, il appela :

— Méneval!

Le secrétaire reparut instantanément :

— Voyez donc si le Grand Juge Régnier est arrivé! Je l'ai convoqué pour cette-heure-ci.

Un instant plus tard, Méneval introduisait une

personne à la mine solennelle qui pénétra dans le rayon de soleil. C'était un homme déjà âgé portant ses cheveux blancs coupés et légèrement hérissés sur le devant, mais réunis en queue à l'ancienne mode sur la nuque. Une coiffure qui, au fond, était tout un programme. Les saluts échangés, Bonaparte fit savoir au Grand Juge que la fille de M. Tremaine ici présent venait d'être arrêtée par erreur et conduite au Temple. Il importait donc au Premier Consul, qui venait de griffonner de sa main un ordre d'élargissement, que le Grand Juge le fît exécuter dès son retour à Paris.

— Notre cher Fouché aurait-il fait du zèle? marmotta Régnier du ton de condescendante indulgence dont il usait lorsqu'il était question de son prédécesseur. Puis-je savoir qui a procédé à l'arrestation?

— L'inspecteur Pasques, sussura Talleyrand.

— Il serait temps qu'il apprenne qui est son chef et qui ne l'est plus, fit le Grand Juge offensé. Pasques — l'un de nos meilleurs éléments, d'ailleurs — a d'autres chats à fouetter que courir sus à des jeunes filles. Je veillerai à ce que cela ne se reproduise pas.

— Veillez d'abord à faire exécuter mes ordres. M. Tremaine attendra sa fille devant la prison à six heures. Restez un instant, Monsieur le Grand Juge, puisque vous avez demandé à me parler! Ces messieurs allaient partir.

Déjà debout, Talleyrand se rapprocha de Guillaume, à qui Bonaparte tendait un nouveau papier.

— Voici un passeport qui vous permettra de quitter Paris sans être importuné. Songez seulement que vous m'avez donné votre parole!

— Je ne l'oublie pas... et je vous remercie infiniment.

— Peut-être pourriez-vous le faire de façon plus concrète ? Nous sommes en guerre et vous possédez des navires. Il serait bon qu'ils servent...

Tremaine s'offrit alors le luxe d'un étroit sourire et d'une interruption :

— Tous mes navires sont armés. Pour eux, comme pour tous les capitaines cherbourgeois, la « course » contre l'Anglais est une seconde nature.

Soudain, les nuages qui assombrissaient le visage du Premier Consul disparurent. Son regard s'adoucit. A son tour, il sourit, et Guillaume ressentit soudain l'extraordinaire magie que dégageait cet homme.

— Voilà ce que j'aime entendre ! Quand j'en aurai le loisir, je me rendrai à Cherbourg dont j'ai décidé de faire un grand port. Je serai alors heureux de vous revoir, monsieur Tremaine !

— Quel curieux personnage ! exhala celui-ci, tandis qu'avec le ministre, il regagnait la cour d'honneur. Il menace de me réduire à la misère et, l'instant d'après, il me dit qu'il sera enchanté de me revoir.

— Soyez certain qu'il est également sincère dans les deux cas ! Je croirais volontiers d'ailleurs que vous l'avez séduit.

— Grâce à vous, je pense. Vous aviez dû bien déblayer le terrain devant moi. Je vous ai une profonde reconnaissance, monsieur le ministre.

— Prouvez-la-moi en venant, lors d'un prochain voyage, me demander à dîner... en compagnie de Miss Tremayne, fit Talleyrand avec un sourire de faune. Un de ses regards me paiera amplement de ma peine. En attendant, ajouta-t-il d'un ton plus sérieux, acceptez un conseil. Voyez avec Le Coulteux à placer une partie de vos biens à l'étranger. Nous n'avons dit qu'une demi-vérité. Vous risquez de vous trouver acculé à une situation difficile et il faut tout prévoir. Mais à présent il faut faire vite!

Comme il l'avait annoncé, on retrouva Guimard au-delà des grilles du palais. Déguisé en courrier, il faisait boire son cheval au bassin d'une fontaine. Mis au courant de ce qui venait de se passer, il conclut comme Talleyrand qu'il n'y avait pas de temps à perdre :

— Si M. de Talleyrand veut bien vous ramener à l'hôtel de Courlande, vous y réglerez votre note et ferez vos bagages. De mon côté, je vais vous louer une chaise de poste avec laquelle je viendrai vous chercher à cinq heures et demie. Soyez prêt!

— Ne deviez-vous pas aller rendre compte à Fouché? dit Tremaine.

— Je vais lui faire porter un billet disant que je vous ai cherché toute la journée, que je viens seulement de vous retrouver au moment où vous quittiez l'hôtel en chaise de poste et que j'ai décidé de vous suivre. Comme il apprendra dans la nuit, au plus tôt, que le Premier Consul est intervenu, il ne pourra que louer mon zèle. Et moi, je m'assurerai qu'il ne vous arrive rien pendant le voyage. Je serai votre cocher.

Le jeune homme semblait extraordinairement heureux et Tremaine retint un sourire. Il n'était pas difficile de deviner à qui s'adressait tant de sollicitude. C'était sans doute la perspective de passer quelques jours dans les environs immédiats d'Elisabeth qui le mettait de si belle humeur.

Talleyrand aussi était satisfait. En usant de ces

demi-vérités et de ces astuces dont il avait le secret, il avait réussi à sauver la mise à son vieil ami Crawfurd, «contraint par les armes d'une bande de conspirateurs plus encore que par la puissance d'un amour posthume à ouvrir sa demeure au fils de Marie-Antoinette». L'Écossais et les siens ne seraient pas inquiétés.

— Où diantre Méneval a-t-il pris que le Consul était de mauvaise humeur? conclut-il en tapotant le bout de son soulier. Je l'ai trouvé charmant, hé?

Six heures sonnaient à l'horloge de la prison quand la chaise de poste pénétra dans la cour du Temple et vint se ranger au pied de la petite tour qui s'adossait à la plus grande. En dépit de la douceur de l'air en cette fin d'après-midi, Guillaume se sentit frissonner. Il n'avait jamais approché le donjon. Voir s'élever au-dessus de lui le formidable assemblage de pierres noircies par le temps, les étroites fenêtres défendues par d'épais barreaux rouillés et, là-haut, en plein ciel, les flèches noires des poivrières, était plutôt terrifiant. Surtout lorsqu'il imaginait son enfant prisonnière de ce piège médiéval où tant de vies s'étaient brisées. Elle n'y était pas depuis vingt-quatre heures, mais c'était encore trop. Guillaume se sentit pris d'une hâte fébrile de l'en arracher, de l'emmener avec lui le plus loin possible. Une crainte, en même temps, lui venait: Fouché ne possédait-il aucun moyen de retourner l'esprit de Bonaparte? Ignorait-il vraiment tout ce qui s'était passé durant cette affolante journée? Une fois, déjà, il avait fait «doubler» Guimard. Peut-être ses agissements avaient-ils été espionnés?

Ses craintes, Guillaume en avait fait part au jeune

policier quand il était venu le chercher à l'hôtel, mais celui-ci s'était contenté d'en rire.

— On ne me prend pas deux fois au même piège. Soyez-sûr que depuis ce matin je n'ai cessé d'observer nos entours. Et puis, tout de même, il ne faut pas prendre le Premier Consul pour une girouette. Fouché le sait bien. En revanche, vous risquez dans la suite des temps d'avoir en lui un ennemi dangereux. Si d'aventure il retrouvait son ministère, il faudrait vous garder, mais nous n'en sommes pas là et apparemment rien de semblable ne se dessine à l'horizon.

Seul dans la voiture — craignant une réaction d'Elisabeth si elle le voyait au greffe de la prison, il avait envoyé son faux cocher s'assurer que l'ordre de mise de liberté avait bien été porté depuis le ministère de la Justice —, il s'efforçait de ne pas compter les secondes, les minutes. Il vit relever la garde, passer une blanchisseuse, un panier au bras. Quand la porte s'ouvrait, son cœur s'arrêtait puis repartait, plus péniblement, en constatant que ce n'était pas encore celle qu'il attendait. Le jour commençait à baisser, ajoutant à son angoisse.

Et puis, tout à coup, Guillaume eut l'impression que le ciel s'ouvrait pour laisser passer une belle lumière chaude : la porte basse venait de se rouvrir, livrant passage à Guimard, qui s'effaça aussitôt devant la silhouette noire d'une femme enveloppée d'un grand manteau dont le capuchon encadrait la tête rousse qu'il espérait.

Tous deux passèrent devant les factionnaires, rejoignirent la voiture dont Tremaine, se penchant vivement, venait d'ouvrir la portière. Elisabeth monta mais, en reconnaissant son père, elle eut un mouvement de recul.

— Comment? C'est vous?

Aucune joie dans cette froide interrogation! Plutôt une déception qui frappa Guillaume.

— Qui voulais-tu donc que ce soit? murmura-t-il.

— Je ne sais pas... quelqu'un des nôtres.

— Montez, mademoiselle! souffla Guimard, que cette station sur le marchepied inquiétait. Nous n'avons pas de temps à perdre!

Elisabeth obéit machinalement, prit place à côté de son père, tandis que Guimard sautait en voltige sur le siège. On entendit claquer son fouet. Les chevaux enlevèrent la voiture. Avec une tristesse grandissante, Guillaume considéra le profil immobile de sa fille.

— Tu ne m'embrasses pas?

— Dans les circonstances présentes, je m'étonne que vous le demandiez.

— Les circonstances? Il est vrai que tu ne me considères pas comme étant «des vôtres», mais je viens tout de même de te tirer de prison.

Elle tourna la tête, et il eut soudain devant lui l'image même de la colère et de la douleur mêlées.

— Qui vous dit que je ne souhaitais pas y rester sachant que vous avez tout fait pour nous y envoyer?

Guillaume sentit un manteau de glace tomber sur ses épaules. Pouvait-elle vraiment croire que...?

— Moi? Moi, je t'ai jetée en prison? Veux-tu dire par là que tu me soupçonnes de vous avoir dénoncés?

— Qui d'autre pouvait le faire? Comme par hasard, la police nous a envahis quelques heures seulement après votre visite. Votre culpabilité n'a fait de doute pour personne, et moi j'ai cru mourir de honte !

— Tu as pu croire une chose pareille, croire au point d'avoir honte alors que je vous avais donné ma parole ? J'espérais que tu me connaissais mieux.

— Moi aussi, mais, depuis le Noël dernier, force m'a été de constater que je ne vous connaissais pas autant que je le pensais.

— Et que penses-tu, maintenant ?

— Que la satisfaction de vos volontés comme de vos désirs passe avant tout. Vous avez pris Lorna sans vous soucier des conséquences, et, comme je vous ai échappé, vous n'avez eu de cesse de me ramener dans l'obéissance. Par n'importe quel moyen !

Ainsi on en était là ! L'enfant qu'il aimait tant venait de se changer en ennemie ! La douleur qu'en éprouva Guillaume fut si vive qu'il faillit se mettre à pleurer. Une brusque poussée de fureur l'en sauva.

— Tu n'es pas encore reine, que je sache, alors, quitte un peu tes grands airs ! Je connais mes fautes, mais toi, il serait temps que tu considères un peu les tiennes ! N'importe quelle fille convenable qui se serait enfuie avec un garçon éprouverait au moins un peu de gêne, de remords peut-être pour le chagrin qu'elle a causé, mais pas toi ! Tu es trop haute, n'est-ce pas ? Tu tranches, tu juges, tu décides, alors que tu ne sais rien. Bien sûr, je t'ai cherchée mais quel père n'en aurait fait autant ? Je te l'ai dit d'ailleurs. Bien sûr, je voulais que tu reviennes. Dans ce cas, je ne vois pas comment je pouvais espérer te ramener en t'envoyant d'abord en prison avec l'accusation de complot contre la sûreté de l'Etat ?

— Il semble que vous m'en ayez fait sortir avec une grande facilité. Cet épisode — ô combien dramatique — n'en était qu'un dans la pièce que vous avez conçue. On m'arrête ; vous me sauvez... et je tombe dans vos bras en pleurant de soulagement et de reconnaissance ! C'était bien imaginé.

La gifle claqua. Une seule mais si violente que la tête d'Elisabeth rebondit contre le capiton de la voiture. C'était la première que Guillaume appliquait à sa fille. Elle le laissa tremblant, vaguement terrifié à l'idée de ce qu'il venait de faire. La jeune femme, elle, ne broncha pas, se contentant de porter sa main à sa joue marquée d'une grande tache rouge.

— Pardonne-moi ! murmura Guillaume. Tu sais qu'il peut être dangereux de me mettre hors de moi. Je ne voulais pas faire ça !

— Si vous en éprouvez quelque soulagement, j'aurais tort de me plaindre.

Toujours ce ton froid, détaché, distant ! Guillaume haussa les épaules, découragé.

— Tu es plus butée qu'une mule. Cependant, écoute ceci : sur la tête de tes frères, je jure que je n'ai parlé à personne de notre rencontre. L'attaque dont vous avez été victimes est due à des policiers qui avaient réussi à prendre pied dans l'hôtel voisin de celui des Crawfurd après en avoir éloigné les propriétaires. Vous avez été observés depuis les cimes des arbres. D'ailleurs... réfléchis un peu ! Veux-tu me dire par quelle magie j'aurais pu convaincre ces gens-là de ne prendre que toi et de laisser fuir le plus important ? Car il s'est enfui, lui, en te laissant aux mains des argousins !

Le petit visage morose s'éclaira soudain d'une lueur de joie.

— Il a vraiment pu leur échapper? Ces gens n'ont pas réussi à le prendre?

— Non. Il court encore. Peut-être pas pour très longtemps, mais il est libre. Tu as été prise seule, ou plutôt non : avec je ne sais quel comparse... Tout le reste s'est envolé!

— Et les Crawfurd? Ils ont été arrêtés eux aussi?

— Non. Ils bénéficient de hautes protections et ils ont la chance que leur hôtel soit très éloigné du pavillon. Sans compter que les policiers ont agi sur l'ordre d'un ancien ministre et non d'un ministre en exercice. Comme ces deux-là se font la guerre, c'eût été d'un effet déplorable! M. de Talleyrand ne l'aurait pas supporté.

Elisabeth tressaillit.

— Vous connaissez le Diable boiteux?

— C'est grâce à lui que tu es ici à cette heure. Ce tantôt, il m'a conduit à Saint-Cloud, jusque chez le Premier Consul qui a bien voulu voir dans ton équipée l'une de ces folies de jeunes filles...

— Peste! s'écria Elisabeth avec un petit rire. Libérée par Bonaparte en personne! Quelle gloire! Est-ce qu'il sait qui je suis?

— Es-tu folle? Nous nous sommes bien gardés de mentionner ton mariage, fit Guillaume en baissant considérablement la voix. Ainsi l'a voulu Talleyrand. Non sans raison : il se voyait mal réclamer la grâce consulaire pour une soit-disant reine de France. C'eût été te condamner à la prison à vie.

Il y eut un silence. La tête appuyée contre les coussins, Elisabeth fermait les yeux à présent. Au bout d'un moment, elle murmura :

— La prison à vie? C'est cela qui attend Louis-Charles s'ils le capturent?

— Je l'ignore. Peut-être.

— Si ce grand malheur arrivait, j'irais le rejoindre. Rien ne doit plus nous séparer.

— Tu l'aimes à ce point?

— Je ne supporte pas l'idée de vivre sans lui, désormais. Vous devriez me comprendre, vous qui avez aimé la même femme pendant plus de quarante ans.

Guillaume sentit son cœur fondre. Les paroles étaient celles d'une femme déterminée, mais la voix appartenait à une petite fille encore bien fragile.

— Je te comprends, fit-il avec une grande douceur, mais je ne veux pas que tu te sacrifies.

— Il faut vous faire à l'idée que maintenant je suis son épouse avant tout.

— Cela veut-il dire que nous ne comptons plus pour toi?

— Aucun amour ne pourrait vous arracher de mon cœur, vous, les garçons et tous ceux de là-bas. Vous en êtes le tissu même. De toute façon vous saviez bien que je me marierais un jour.

— Oui, mais Varanville n'est qu'à une petite lieue, alors que tu as choisi les hasards des grands chemins. Cela fait une considérable différence.

— On ne choisit pas son destin... A propos, où me conduisez-vous? J'espère que vous ne verrez pas d'inconvénients à ce que j'essaie de rejoindre mon époux?

— Parce que tu sais où il est?

— Non, mais nos amis ont prévu deux ou trois lieux de repli en cas de malchance. Souvenez-vous-en! Il vous l'a dit lui-même. Tout ce que vous avez à faire est de me conduire au début de la rue... Saint-Honoré! C'est bien ça! Ensuite, je trouverai mon chemin facilement.

Guillaume contempla sa fille avec une profonde stupeur.

— Mais tu es devenue complètement folle ! Est-ce que tu t'imagines par hasard que l'on m'a permis de venir te chercher dans le seul but de te faire un bout de conduite jusqu'à une autre adresse ? Mais c'est du délire !

— Pas du tout ! C'est de la confiance : n'est-ce pas pour vous la meilleure façon de me prouver combien nous avons été injustes envers vous ? Tenez, je vais même vous dire chez qui je vais. Il s'agit d'un ecclésiastique anglais qui habite Paris depuis... Aïe !

Il avait pris sa main et la serrait au point de lui faire mal. En même temps, il grondait entre ses dents :

— Assez ! Je ne veux pas en entendre davantage ! Écoute ceci à présent : l'ordre du Premier Consul est formel. Toi et moi devons quitter Paris pour la Normandie ce soir même ! C'est l'une des conditions de ta libération.

— Et les autres ? C'est quoi ?

— Tu n'as pas besoin de le savoir. Au cas où tu ne l'aurais pas remarqué, nous sommes dans une chaise de poste ; pas dans un fiacre !

— Et vous m'emmenez en Normandie ? Pas aux Treize Vents tout de même ? Vous savez ce que j'en pense.

— Je n'oublie rien. Tu n'iras pas davantage à Varanville : après ce que tu as fait à Rose, je n'oserais même pas le lui demander.

— Chère tante Rose ! Elle a été mon plus grand remords !... Elle m'en veut beaucoup ?

Pour la première fois depuis qu'elle avait rejoint

son père, la voix d'Elisabeth se chargeait de douceur, de tendresse même.

— La rancune est un sentiment qui lui a toujours été étranger, grogna Tremaine. Tout ce qu'elle désire, c'est qu'on te retrouve : elle ne cesse de se reprocher de n'avoir pas su veiller sur toi, mais nous en parlerons plus tard. J'ai longuement pensé à ta destination immédiate : tu as le choix entre la maison d'Anne-Marie Le Houssois, qui elle aussi se tourmente, celle de ton parrain ou, si tu trouves Saint-Vaast trop proche des Treize Vents, je peux te confier à notre ami Joseph Ingoult. Tu pourrais vivre à Cherbourg jusqu'à ce que...

Il n'acheva pas sa phrase. De toutes ses forces il pensait «jusqu'à ce que j'aie enfin convaincu Lorna de quitter la maison», mais il savait qu'il allait se heurter à de grandes difficultés, qu'il y faudrait du temps, de la réflexion et de l'habileté.

— Je ne crois pas que j'irai jusque-là, fit Elisabeth doucement. Non, ne montez pas sur vos grands chevaux ! Je veux bien aller en Normandie, mais pas chez nous, pas trop près non plus. Quelle est la version officielle de mon départ ?

— Une retraite dans un couvent de Bayeux, fit Guillaume de mauvaise grâce. C'est là qu'il y en a le plus et c'est assez éloigné de Saint-Vaast pour décourager un peu les curieux.

Elisabeth eut une exclamation joyeuse.

— Bayeux ! Quelle chance ! C'est le Ciel qui vous a inspiré. Nous y avons des amis... ceux-là mêmes qui ont assisté à notre mariage. C'est chez eux que j'aurai le plus de chances de recevoir des nouvelles de mon époux et j'espère que vous ne verrez pas d'inconvénients à m'y emmener ?

— Qui sont ces amis ? Me crois-tu assez fou pour te laisser chez des inconnus ?

— Tous ne sont pas des inconnus, même pour vous ! Autrefois, chez Mme du Mesnildot, vous avez bien rencontré sa fille ? Charlotte de Vaubadon est royaliste dans l'âme. C'est l'amie la plus sûre et la plus courageuse que l'on puisse trouver.

— Mme de Vaubadon !

La dernière fois qu'il l'avait vue, c'était en 1791, alors qu'après sa saison en enfer aux mains de Nicolas Valette, il se remettait lentement dans la maison de Pierre Annebrun[1]. Moitié par curiosité, moitié par intérêt, elle était venue le visiter avec sa mère afin de savoir s'il lui serait possible de faire passer leurs maris en Angleterre. C'était alors une jeune dame de dix-sept ans, pas vraiment jolie, mais pleine de séduction avec son teint très blanc, sa chevelure fauve et ses yeux câlins. Son plus grand charme était sa voix, d'une extraordinaire musicalité : une vraie voix de sirène à laquelle cependant il avait fort bien su résister.

Il savait peu de chose d'elle : élevée chez les dames bénédictines de Coutances, elle était alors mariée depuis deux ans à M. Le Tellier de Vaubadon, fort riche et assez aimable, qui lui avait fait, à Bayeux, un sort des plus enviables. Auquel elle tenait beaucoup apparemment puisqu'afin de protéger ses biens de la loi contre les émigrés, elle avait alors demandé le divorce «de convenance» auquel se résignaient bien d'autres dames de la noblesse dont les époux avaient dû fuir. Sa mère elle-même l'avait alors approuvée : ce divorce républicain n'était qu'un chiffon de papier incapable de rompre un

1. Voir tome II : *Le Réfugié.*

mariage chrétien. La tourmente passée, les époux le tiendraient pour nul et non avenu, quitte à se remarier si la loi l'exigeait. Depuis, Jeanne du Mesnildot ayant disparu, la société de Valognes s'était dispersée aux quatre vents et Tremaine ne savait plus rien de sa fille qui, d'ailleurs, ne l'intéressait guère. Apparemment elle habitait toujours Bayeux puisque Elisabeth souhaitait l'y rejoindre. Mais il n'était pas tout à fait certain d'avoir vraiment envie de lui confier sa propre fille. La belle Charlotte avait une façon bien à elle et assez inoubliable de regarder un homme.

— C'est chez elle que tu veux habiter ? demanda-t-il enfin.

— Pourquoi pas ? Elle possède un hôtel particulier ravissant, mais si elle ne vous plaît pas, je n'aurai que l'embarras du choix. Je peux aller chez Mme Amfrye qui est bien un peu sévère mais pleine de bonté, ou encore chez Mme de Chivré. Croyez-moi, père, dans la situation ou nous nous trouvons, c'est la meilleure solution.

— On dirait que le pire est toujours la meilleure solution pour toi ! murmura Guillaume en touchant, contre sa poitrine, le billet qu'Elisabeth avait épinglé à la selle de son cheval avant de s'enfuir avec son prince. Je veux croire que ce ne sera pas le cas cette fois.

Il prit quelques instants de réflexion puis déclara :

— Il se peut que je fasse ce que tu me demandes, mais à une condition : je veux que tu me jures de ne pas bouger de Bayeux sans m'en avertir. Il faut que je sache toujours où tu te trouves et assez proche pour que nous puissions nous rejoindre rapidement.

— Cela peut créer des difficultés. Si mon époux m'appelait...

— J'ose espérer qu'il aura assez de sagesse... et d'amour à l'avenir pour te tenir à l'écart de ses propres dangers. Tu ne dois quitter la Normandie sous aucun prétexte.

— Mais enfin, pourquoi ?

— Puisqu'il faut tout te dire, j'ai dû répondre de ta conduite non seulement sur ma liberté mais aussi sur mes biens. Que tu soies prise à nouveau dans ce que le Premier Consul ne pourrait considérer que comme une conspiration, et il ne restera rien des Treize Vents ni peut-être de ceux qui l'habitent. Alors, si ta famille représente encore quelque chose pour toi...

L'obscurité ne permit pas à Tremaine de voir pâlir sa fille, mais il la sentit frémir.

— C'est un affreux chantage ! murmura-t-elle.

— J'en demeure d'accord et je ne t'en aurais rien dit si j'étais seul en cause, mais il y a tes frères, et la maison, et tous ceux à qui elle est aussi nécessaire que l'air et le pain. Tu n'as pas le droit de...

— N'en dites pas plus ! Je jure de ne rien faire qui puisse mettre ma famille en péril. Louis-Charles garde des Treize Vents un trop bon souvenir pour ne pas comprendre lorsque je le lui dirai.

Depuis un moment déjà, la voiture roulait dans le bois de Boulogne en direction de Saint-Cloud quand, soudain, elle ralentit, s'arrêta. Victor Guimard sauta de son siège, ôta son chapeau et vint à la portière.

— Nous changerons de chevaux au relais de poste de Poissy, dit-il. Je pense que vous souhaiteriez vous y restaurer et même y passer la nuit. Mademoiselle doit avoir besoin d'un peu de repos après la journée qu'elle vient de vivre. Nous avons quitté Paris; nous sommes donc en règle. A moins que vous ne soyez particulièrement pressés?

— Le repos sera le bienvenu, approuva Elisabeth. Je pense, en outre, qu'il vaut mieux nous comporter tout à fait comme des voyageurs ordinaires. Souper avec mon père me fera plaisir... et puis aussi faire un peu de toilette. Malheureusement, je n'ai rien pour me changer.

— J'ai pris la liberté de passer rue de Varenne chercher votre bagage, auquel Mrs. Crawfurd a joint quelques petits cadeaux. Il est à l'arrière de la chaise.

Elisabeth se mit à rire, ce qui fit à Guillaume un plaisir infini.

— Mais qui donc êtes-vous au juste, monsieur qui veillez si attentivement sur moi?

— Une sorte d'ange gardien, justement! fit Guillaume. C'est lui qui m'a averti de ce qui s'était passé à l'hôtel de Matignon et qui m'a aidé à en arriver là. Je te présente... le baron de Clacy, un ami de M. de Talleyrand.

Par-dessus la vitre baissée, Elisabeth tendit spontanément au jeune homme une main sur laquelle il s'inclina :

— Je pense qu'au cours de ce voyage j'aurai le temps de vous dire toute ma reconnaissance, baron, fit-elle avec un sourire trop éclatant pour ne pas achever la conquête de l'ange en question.

Il offrit, en retour, son curieux sourire asymétrique.

— Oubliez le baron! conseilla-t-il. Dans la vie quotidienne, je suis seulement Victor Guimard. Tout à votre service, mademoiselle!

Un instant plus tard, la chaise de poste repartait à vive allure.

— Quel homme charmant ! soupira la jeune femme. Mais, si c'est un ami, pourquoi m'appelle-t-il mademoiselle ? Est-ce qu'il ne sait pas... ?

— Non ! fit Guillaume. Et il ne doit pas savoir... Tu comprendras peut-être mieux si j'ajoute que, dans la vie quotidienne comme il dit, c'est un policier, et même l'un des meilleurs limiers de Fouché.

— Un quoi ?... Je comprends de moins en moins, souffla Elisabeth abasourdie. Mais pourquoi fait-il tout ça ?

— Pour une raison vieille comme le monde, soupira Guillaume. Je le soupçonne d'être tombé amoureux de toi ce matin. En outre, il n'est pas particulièrement satisfait des procédés de son patron. D'après Talleyrand, c'est un homme d'honneur. N'empêche qu'il vaut tout de même mieux garder quelque prudence. Il est tout dévoué à Bonaparte et s'il est prêt à se dévouer pour toi, il ne verrait aucun inconvénient, bien au contraire, à coffrer ton... royal époux ! Te voilà prévenue.

Il était déjà tard lorsque l'attelage fumant franchit l'antique pont jadis jeté sur la Seine par Saint Louis et atteignit la maison de poste de Poissy, proche voisine des deux tours à poivrières, seuls vestiges de la puissante abbaye à laquelle s'attachait le souvenir des grands rois capétiens. L'hôte qui vint accueillir les voyageurs, la serviette sur le bras, s'empressa néanmoins.

— Nous n'avons pas trop de monde, ce soir. Vous aurez bon souper et bon gîte. Vous pouvez passer à table tout de suite. Quant à votre cocher...

— Il soupera avec nous, coupa Guillaume sans donner d'explication.

Ils trouvèrent place à l'un des bouts de la longue table d'hôtes, l'autre extrémité étant occupée par les voyageurs de la diligence de Caen. Entre les deux groupes, un marchand de vins de Bordeaux qui effectuait une tournée en Normandie salua poliment les arrivants et reprit son repas en leur signalant que la soupe au chou était excellente, mais que la cave de la maison gagnerait beaucoup en s'approvisionnant chez lui. Guillaume échangea quelques paroles aimables avec lui mais, devinant l'un de ces bavards dont il est difficile de se débarrasser, il prit soin de ne pas s'installer trop près.

Ce souper, parfaitement bon au demeurant, devait lui laisser une impression bizarre et, surtout, lui faire non seulement découvrir une nouvelle facette du caractère de sa fille mais regretter de lui avoir confié le sentiment tout neuf que lui portait Guimard. Cette jeune femme sûre d'elle et de son pouvoir était-elle bien la même que sa petite fille franche jusqu'à la brutalité, plutôt moqueuse mais totalement dépourvue de cruauté? Or, tout au long du repas, elle joua en comédienne consommée avec le jeune policier, posant des questions, répondant aux siennes, bien sûr, mais de façon qu'il ne pût rien supposer de la situation familiale des Tremaine à cette époque. Elle fut la charmante jeune fille qui vient de commettre une sottise mais qui la regrette, n'ayant d'autre désir que de retrouver bientôt sa place encore chaude au foyer paternel. Avec tant de naturel d'ailleurs que Guillaume en vint à se demander s'il n'avait pas rêvé le mariage insensé qui la liait désormais à l'héritier du sang de France.

Lorsque, armés de chandelles, ils gagnèrent leurs chambres respectives, il ne put s'empêcher de lui en faire la remarque :

— Il me semble que tu as dépensé beaucoup d'amabilité ce soir, et j'irais même jusqu'à dire d'amabilité un rien suspecte. Que cherches-tu à obtenir de ce garçon ?

— Je voulais d'abord savoir si vous aviez raison lorsque vous disiez que je l'intéresse mais, surtout, j'essayais de m'en faire un ami. Ce qui n'est pas à dédaigner dans sa profession.

— Un ami ? Permets-moi de te dire que ce n'est pas la bonne manière. C'est un amoureux fou que tu es en train de te créer, un amoureux qui n'aura rien de plus pressé, si d'aventure il se trouve en face de ton époux, que de lui lâcher un coup de pistolet ou de lui passer une épée en travers du corps afin de faire place nette autour de toi.

— Est-ce que vous n'exagérez pas un peu ? Après tout, c'est un gentilhomme.

— C'est surtout un homme, un vrai, pas un gamin comme Alexandre de Varanville, Julien de la Rondière... ou ton beau prince encore bien jeune avec ses dix-huit ans, même si plus de la moitié de ces années-là ont été forgées au feu du malheur. Celui-là est habitué au combat de l'ombre comme au corps à corps et nous ne savons rien, ni toi ni moi, de son âme profonde. Crois-moi, Elisabeth, ne joue pas avec lui ! Tu pourrais obtenir le contraire de ce que tu espères.

Elle haussa les épaules et retrouva le sourire espiègle de naguère.

— Dieu ! que vous êtes sévère, papa ! Vous êtes

tout simplement en train de m'accuser de la pire rouerie féminine.

— Et ce n'est pas vrai?

— Pas tout à fait. Pour ne rien vous cacher, je trouve votre baron policier très sympathique. Il y a en lui quelque chose de fort, de rassurant. Un peu comme vous.

Que répondre à cela? Guillaume se contenta de pousser un soupir puis, ouvrant devant Elisabeth la porte de sa chambre, de poser un baiser sur son front en lui souhaitant une bonne nuit. Pour sa part, il était presque certain que la sienne ne vaudrait rien et que ses pensées l'empêcheraient de dormir. L'idée de laisser Elisabeth chez Charlotte de Vaubadon ne lui disait rien qui vaille. La jeune femme était charmante, mais il revenait à la mémoire de Guillaume certains bruits touchant sa vertu dont la vieille Mme de Chanteloup s'était faite l'écho.

— Si ce que l'on dit est vrai, il vaut mieux que sa pauvre mère ne soit plus de ce monde, avait émis la tante de Rose. Certes, Jeanne du Mesnildot aimait à plaire, mais cela ne tirait pas à conséquence. Ce qui ne serait pas le cas de sa fille. Elle étendrait ses sentiments royalistes à tous ceux des nôtres qui viennent lui demander asile. On lui prête déjà une demi-douzaine d'amants, dont le fameux chevalier de Bruslart qui a juré de se battre un jour en duel avec Bonaparte. Évidemment, personne n'a tenu la chandelle et vous me direz que les gens sont méchants.

Inquiétante perspective pour une toute jeune femme! Mais que faire d'autre? Mariée, Elisabeth était parfaitement en droit de choisir l'habitation convenant à son époux. En outre, employer la force et l'autorité ne servirait de rien : à moins de l'enfermer à double tour et de la surveiller jour et nuit, Elisabeth, en vertu de ce principe que l'amour donne des ailes, trouverait le moyen de s'échapper d'une façon ou d'une autre; puis, il y avait cette promesse faite à Bonaparte: ne donner asile au jeune roi errant sous un aucun prétexte aux Treize Vents. Si la jeune femme y revenait, comment en refuser l'accès à son mari? D'autant que les lois de l'hospitalité étaient en Normandie d'une rigueur absolue : qui leur manquait se mettait au ban de la société ou peu s'en fallait!

Tout en fumant sa pipe, les pieds sur les chenêts de la cheminée, Guillaume pensa soudain que ce dernier problème pouvait s'arranger. Dès son retour chez lui, il enserrait des ouvriers à la maison du Galérien pour la faire remettre en état, la redécorer même, afin d'en chasser les fantômes inquiétants des derniers habitants[1]. Il irait même jusqu'à la faire bénir, voire exorciser, par le curé de Morsalines! En même temps, il verrait son notaire afin que la propriété soit désormais au nom d'Elisabeth seule. Jusque-là, elle faisait partie de l'héritage de sa mère, Agnès de Nerville, indivis entre la jeune fille et son frère Adam. Il suffirait de consentir à celui-ci un avantage équivalent et, désormais chez elle, Elisabeth pourrait tout à loisir y vivre avec son époux aussi longtemps que tous deux le jugeraient bon sans que Tremaine manque à sa parole.

— Demain, pensa-t-il, je lui ferai part de ces dispositions. Elles l'inciteront peut-être à revenir plus vite au pays... Évidemment, cela ne m'évitera pas de la laisser à Bayeux au moins pour un temps!

Un peu rasséréné, Guillaume eut soudain envie

1. Voir tome III : *l'Intrus*.

de respirer de l'air frais. Il sortit sur la galerie de bois où donnaient les chambres de l'auberge afin de fumer une dernière pipe. Ensuite il se coucherait. Peut-être alors arriverait-il à dormir ?

La nuit, grâce à un beau clair de lune, était presque aussi lumineuse que le petit jour. Elle était fraîche aussi et Guillaume, avant d'allumer le tabac, respira son parfum d'herbe mouillée, de feu de bois et de crottin de cheval. Il s'approcha du garde-corps courant jusqu'à l'escalier extérieur, voulut s'y appuyer mais, ayant jeté un œil dans la cour, il recula aussitôt : un gros arbre où, dans la journée, on attachait les montures des voyageurs de passage, occupait le milieu et sous cet arbre il y avait un banc fait d'une planche posée sur d'anciens montoirs. Or, sur ce banc, un homme était assis.

Ce fut d'abord le point rouge de son cigare qui attira l'attention de Tremaine. Il se détachait bien dans l'ombre formée par les branches encore feuillues. Parmi ceux qui avaient pris place autour de la table d'hôte, un seul homme fumait le cigare : c'était Victor, et Guillaume voulut s'accorder le loisir de l'examiner un instant. Retranché derrière l'un des piliers de bois, il plongea dans la cour un regard accoutumé dès l'enfance à percer les ténèbres. Il n'eut pas à se donner beaucoup de mal. Le jeune homme se leva soudain et s'approcha de la maison, étirant une grande ombre sur la flaque de lumière que la cour formait sous la lune. Lentement, la tête levée, il s'avança vers l'endroit où se trouvait la porte d'Elisabeth, à peu près à angle droit de celle de Guillaume, et il resta là, regardant cette porte avec une intensité qui fit sourire l'observateur. Ce garçon aimait avec passion une fille qu'il n'avait jamais vue vingt-quatre heures plus tôt.

Un moment, les deux hommes restèrent sur leurs positions : l'un contemplant, l'autre observant. Une idée, petit à petit, prenait forme dans l'esprit de Tremaine. Une impulsion plutôt : pourquoi ne pas faire entière confiance à ce jeune homme capable de risquer la colère et la rancune d'un homme aussi redoutable que Fouché pour venir en aide à la belle de ses pensées ? Pourquoi ne pas lui confier une garde qu'on ne lui permettrait pas, à lui le père, d'exercer ?

Guillaume retourna pendant un moment cette pensée dans sa tête, puis soudain se décida : longeant la galerie sans faire plus de bruit qu'un chat, il atteignit l'escalier, descendit dans la cour où il fit quelques pas, s'arrêta et se mit à bourrer sa pipe. Ayant entendu le bruit de ses bottes sur le gravier, Guimard se retourna.

— Oh ! vous êtes là ? fit Guillaume jouant la surprise. Est-ce que, par hasard, cette fichue pleine lune vous empêcherait de dormir vous aussi ? D'après mon médecin, j'ai des nerfs trop sensibles et chaque mois l'astre des nuits me vaut une bonne insomnie...

— Ce n'est pas mon cas. Cependant, je n'avais pas sommeil.

— C'est une heureuse coïncidence ! Je souhaitais vous parler sans témoins et je n'osais pas vous déranger. Voulez-vous que nous nous asseyions sur ce banc ? Nous devrions y être presque invisibles pour tout amateur de promenades nocturnes.

— Si vous voulez.

Les deux hommes fumèrent quelques instants en silence. Guillaume cherchait comment entamer la conversation. Enfin il se décida :

— C'est de ma fille que je veux vous parler, Clacy.

— Je préfère que vous m'appeliez Guimard.

— Pas en cette circonstance : c'est au gentilhomme que je m'adresse ; pas au policier. J'ai un grand service à vous demander, mais comme il s'agit d'une chose grave, je veux être certain que vous oublierez mes paroles s'il vous est impossible de me le rendre. Je ne veux pas apporter le malheur à des innocents...

— Vous avez ma parole ! fit le jeune avec gravité.

— Voilà : Elisabeth ne veut à aucun prix rentrer à la maison et cela pour une raison que je vous dois d'expliquer. Elle ne l'habitait plus lorsqu'elle a rencontré le prince et a décidé de le suivre.

Guillaume n'était pas l'homme des longs discours ; il savait dire l'essentiel en quelques mots et il lui fallut peu de temps — juste celui de fumer sa pipe — pour expliquer à son compagnon la situation qui était la sienne aux Treize Vents.

— Vous comprenez, conclut-il, que je suis mal placé pour articuler des exigences et elle ne veut aller chez aucun de nos amis. Il m'est bien venu l'idée d'une solution, mais il me faut de la patience pour la réaliser. Or, Elisabeth désire se rendre chez des amis à elle.

— Qui se trouvent où ?

— Je vous le dirai plus tard. Selon ce que vous répondrez...

— C'est assez juste, mais devez-vous vraiment souscrire à toutes ses exigences ? Après tout, si vous avez commis une faute — assez excusable chez un homme —, elle en a commis une beaucoup plus grave. Et elle n'a que seize ans...

— Je sais, mais je ne me reconnais plus le droit de lui refuser son destin.

Il prit un temps comme le nageur qui va plonger et retient son souffle. Tout allait se jouer dans un instant. Il ne restait plus qu'à prier Dieu de le frapper de mutisme au cas où il serait en train de commettre une énorme sottise.

— Je ne le sais que depuis peu, mais le mal n'en est pas moins irréparable : Elisabeth et... le fugitif se sont mariés.

— Ah !

Que craignait-il au juste ? Une explosion de colère ? Des reproches ou toute autre réaction née d'une grande déception ? Il n'entendit qu'un profond soupir, puis :

— Je ne pense pas que vous ayez donné votre consentement ?

— Ne vous ai-je pas dit que je viens de l'apprendre ? Est-ce que cela change quelque chose ?

— Au point de vue de la validité du mariage, sans aucun doute. Surtout s'il s'agit d'une simple bénédiction religieuse. Dans quelques mois vous aurez doublement la loi pour vous. On parle beaucoup de ce Code civil auquel le Premier Consul est très attaché, mais je suppose qu'en me posant votre dernière question vous ne faisiez pas allusion au côté légal de ce mariage. Vous voulez savoir si cela ne change rien pour moi ?

— En effet. J'ai cru m'apercevoir... que ma fille ne vous est pas totalement indifférente.

— Vous êtes franc, je le serai aussi. C'est vrai, je l'aime et ce sont de ces choses qui vous arrivent sans prévenir ; mais qu'elle soit mariée ou non ne change rien à mes sentiments. J'ai, au contraire, plus grande envie que jamais de la protéger, puisque apparemment elle vous en refuse le droit, mais...

— C'est ce que je voulais vous demander ! exhala Tremaine, tandis que sa poitrine se dégonflait. Dieu soit loué, vous m'avez compris !

— Vous ne m'avez pas laissé finir. J'allais dire : mais cette protection ne saurait s'étendre à son époux que je considère toujours comme un ennemi de l'ordre et de la paix en ce pays. Si je peux mettre la main dessus...

— Faites attention ! Elle vous haïrait et je crois qu'elle sait très bien haïr.

— Je n'en doute pas, mais je ferai mon devoir. Tout ce que je peux vous promettre, c'est de tout essayer pour ne pas opérer moi-même.

— Il y a aussi ceux qui vont la recevoir. S'ils étaient arrêtés, elle serait immanquablement compromise. Je n'ai guère confiance en eux, sans les connaître. Elisabeth pourrait être dénoncée.

— Entre subtiliser un suspect et procéder à une rafle, il y a une grande marge. Les ordres du Grand Juge Régnier sont formels : il faut s'emparer du prince presque en secret, en évitant surtout un scandale qui ferait refleurir une légende particulièrement dangereuse. J'ajoute qu'en aucun cas, il ne doit être porté atteinte à sa personne sous peine de graves sanctions. L'arrêter oui, le tuer, non ! Bonaparte a toujours déploré que l'on ait fait tomber les têtes du roi et de la reine : il ne veut pas de ce sang-là sur les mains... Vous savez tout, à présent. Toujours prêt à me faire confiance ?

— Je crois que oui. C'est à Bayeux qu'Elisabeth veut se rendre. Je ne sais pas au juste chez qui et vous comprenez bien qu'il n'est pas question de l'y conduire moi-même.

Dans l'ombre des branches, Guillaume vit briller les yeux sombres et les dents blanches du fils de la danseuse.

— D'autant qu'elle n'ignore pas ma profession. Je suis certain que vous le lui avez dit... Elle a été envers moi d'une amabilité un brin suspecte.

— Ne vous mésestimez pas ! Elle vous trouve très sympathique. Il y aurait même quelque ressemblance entre vous et moi...

— C'est toujours agréable à entendre. A présent, mettons-nous d'accord ! Le mieux, pour la vraisemblance, est qu'elle prenne la fuite à un moment ou à un autre de la route. Je suggère... un relais après Bayeux, assez proche de la mer pour que l'on puisse supposer un embarquement.

— Isigny, sur les Veys. C'est l'estuaire de la Vire et de l'Aure. De là on gagne facilement les îles Saint-Marcouf désertes depuis le départ des Anglais.

— A merveille ! Je m'arrangerai pour que nous passions la nuit à ce relais. Jusque-là vous lui aurez conseillé d'agir de la sorte. A moins que vous ne craigniez pour elle une chevauchée de... ?

— Vous plaisantez? Elle est pratiquement née dans une écurie et monte comme un hussard. Sept à huit lieues ne sont pas pour lui faire peur.

— De mieux en mieux. En ce qui nous concerne, nous nous séparerons après son départ. Vous rentrerez chez vous où je vous ferai tenir des nouvelles dès que ce sera possible. Moi, je suivrai... notre jeune reine sous un déguisement quelconque. Cela vous convient-il ?

— Tout à fait. Je la ferai partir à l'aube. La nuit est trop dangereuse.

— De toute façon, je ne serai pas loin derrière...

Tout était dit. Guillaume se leva, vida sa pipe en

la tapant contre le talon de sa botte, la fourra dans sa poche puis se retournant, tendit la main à Victor.

— Vous allez avoir en garde ce que j'ai de plus précieux au monde. Sachez-le ! S'il devait lui arriver malheur...

Le jeune homme serra sans hésiter la grande main offerte.

— Vous me tueriez ! Je le sais. Mais soyez tranquille : tant que je vivrai elle sera protégée. D'elle-même s'il le faut.

Dans la matinée du lendemain, on repartit. Par Mantes, Pacy, Évreux, La Commanderie, Lisieux et Croissanville on atteignit en moins de deux jours la ville de Caen où l'on prit logis au Lion d'Or. Le voyage se poursuivait agréablement, les relations entre Elisabeth et Victor ayant pris une tournure presque amicale. Durant les repas, ils causaient volontiers ensemble et il arrivait qu'aux relais, la jeune fille descendît de voiture pour bavarder un instant avec le cocher occasionnel.

— C'est vraiment dommage qu'il soit dans la police ! confia-t-elle à son père. Ce serait tellement agréable d'en faire un véritable ami !

— On peut être policier sans être obligatoirement une brute. Je peux dès à présent t'assurer que Guimard est un véritable ami. Tu peux compter sur lui.

— J'en doute un peu. Comment va-t-il réagir lorsque je vous aurai faussé compagnie?

— Ça, c'est mon affaire ! Je le connais suffisamment maintenant pour savoir comment m'y prendre, mais toi, songe à tenir ta promesse !

— Je suis votre fille et je suis aussi *sa* femme. Là où il m'a placée, une promesse doit être sacrée...

Il y avait tant d'orgueil dans ces derniers mots que

Guillaume sentit son cœur se serrer. Cette enfant imaginait-elle seulement qu'il pouvait lui arriver un jour d'être elle-même sacrée? Peut-être! Il y a tant de démesure dans les rêves de la jeunesse! Une chose était certaine pour lui : sa petite fille ne trouverait pas le bonheur dans ce mariage avec une ombre.

Il y pensait encore à l'aube du surlendemain en donnant la clef des champs à Elisabeth après avoir grassement payé l'achat discret d'un des chevaux de poste. Ce fut ce qui le retint de la garder de force, au dernier moment. Sous peine de se faire détester, il fallait la laisser se croire absolument libre d'aller vers son rêve et puis s'en remettre à l'habileté de Victor plus encore qu'à la grâce de Dieu.

Deuxième partie

LA «DUCHESSE»

CHAPITRE VI

UN PETIT SOUPER

Les chevaux rentraient. La nouvelle écurie des Treize Vents était achevée. Planté sur le clocheton ressuscité, un gros bouquet d'avoine, d'herbes folles, de marguerites tardives et de bruyère s'échevelait contre les nuages irisés. Lavées par la grande pluie flagellante du vent d'ouest qui avait soufflé toute la nuit, les ardoises neuves brillaient presque autant que les cuivres polis comme glace.

Crinières et queues tressées de rubans verts, parée comme pour une fête, la cavalerie Tremaine revenait de son exil à Varanville pour prendre possession de son logis tout neuf. Douze chevaux, juments et poulains, sans compter les trois qu'après le grand incendie de l'hiver[1] il avait été possible de garder dans la partie encore intacte. Ils étaient là eux aussi pour accueillir les revenants et aussi bien accommodés qu'eux, dressés devant l'arche donnant accès à la cour intérieure. Trois hommes les montaient, composant un fier comité d'accueil : Guillaume

1. Voir tome III : *l'Intrus*.

lui-même, en selle sur son magnifique Sahib puis, à trois pas derrière lui, formant triangle, Arthur montant Selim et enfin Prosper Daguet, le maître cocher raide comme une statue équestre sur Trajan, peut- être le plus âgé mais sûrement l'un des plus solides, et même l'un des plus beaux chevaux de l'élevage.

Encadrées de leurs palefreniers, les belles bêtes avançaient deux par deux sous la conduite d'Antoine, le cocher de Mme de Varanville qui avait tenu à honneur de ramener lui-même ses pensionnaires, augmentés d'une unité car, s'ils revenaient douze, ils étaient partis onze : en juillet Belle Dame, une fine alezane dorée, avait donné le jour à Damoiseau, un petit déluré qui lui ressemblait comme deux gouttes d'eau, mais faisait déjà preuve d'un caractère nettement tourné vers l'indépendance.

Arrivé devant Guillaume, Antoine salua de la toque tendue à bout du bras largement écarté du corps à la mode ancienne, imité aussitôt par ceux qui le suivaient. Le maître des Treize Vents et son fils répondirent de même, libérant ainsi dans le vent leurs tignasses rousses. Leur ressemblance s'accentuait à mesure que passait le temps, au point de serrer le cœur de Potentin, le vieux majordome qui avait connu Guillaume adolescent, tant le petit s'identifiait à présent au grand. A la seule différence des yeux : Arthur possédait les prunelles d'eau claire de sa mère et non le regard fauve de son père.

— Pied à terre ! ordonna Antoine sans se retourner.

Puis, avec un sourire, il déclara :

— Voilà vot' monde revenu, m'sieur Tremaine, et en bon état ! Avec les compliments de Mme la baronne !

— Merci, Antoine. Merci de vos soins autant que des compliments de votre maîtresse. Après le repas qui va nous réunir tous dans la sellerie, je vous remettrai une lettre pour elle. Voulez-vous ordonner vous-même que l'on rentre les chevaux ? Daguet brûle depuis l'aurore de les installer dans leurs nouveaux appartements.

— Vous avez fait du beau travail en six mois, m'sieur Tremaine ! On croirait jamais qu'y a eu l'feu ici.

— On a rebâti à l'identique. Aussi bien les écuries que l'intérieur de la maison. Tous ici, nous souhaitons oublier au plus vite la nuit abominable de cet hiver.

Seul avec Arthur, Guillaume resta en selle, tandis que défilaient les robes brillantes, les pelages variés allant du cap-de-more au gris pommelé des puissants percherons de trait. Du coin de l'œil, il observait le jeune garçon dont les narines frémissaient, cherchant l'odeur des bêtes jointe à celle des cuirs fins dont elles étaient harnachées. Arthur adorait les chevaux tout autant qu'Elisabeth, dont l'absence, à cette minute était plus cruelle que jamais pour son père. Elle eût été si heureuse de voir renaître les chères écuries !

Il y avait à présent dix matins qu'il l'avait vue disparaître dans une écharpe de brume accrochée à la corne d'un bois, et chaque jour il en souffrait un peu plus. D'autant qu'il avait fallu mentir aux deux garçons. A Adam, à Arthur, dans les yeux desquels il avait lu tant de déception parce qu'il revenait seul, il s'était contenté de dire que leur sœur s'était réfugiée auprès de Mme de Bougainville qu'elle avait suppliée de la faire entrer dans un couvent, mais qu'il avait réussi à la convaincre de renoncer à cette idée de cloître parisien et même à la ramener en Normandie, mais que, bien entendu, elle ne voulait à aucun prix revenir aux alentours des Treize Vents.

— Je l'ai laissée à Bayeux dans une maison de dames nobles. Elle m'a promis d'y rester, de ne pas chercher à s'en éloigner sans nous en avertir.

Il avait bien fallu que les garçons se contentent de ça. Ils étaient trop jeunes pour la vérité. Guillaume craignait en particulier le caractère ardent, passionné d'Arthur, tellement plus affirmé que celui de son frère dont il était cependant le cadet de quelques mois. On ne s'en serait jamais douté, d'ailleurs : poussant plus vite qu'un champignon, le fils de Marie-Douce dépassait celui d'Agnès d'une bonne demi-tête. Habitué à la vie au grand air, aux longues chevauchées, au bateau et à la natation, son long corps maigre et musclé l'approchait de quinze ou seize ans. En outre sa voix commençait à muer. Adam, toujours enfoui dans ses livres, ses herbiers, ses fouilles et ses études, Adam qui n'aimait pas monter à cheval et craignait la mer, Adam toujours aussi gourmand développait, avec un aimable caractère, des rondeurs moelleuses qui faisaient sourire son père tout en l'exapérant.

— A vingt ans, tu auras l'air d'un chanoine ! prédisait-il quand il trouvait son fils aplati sur le tapis de la bibliothèque, suçant un morceau de chocolat tout en dévorant l'*Histoire naturelle* de M. de Buffon.

Depuis son retour, d'ailleurs, et en dépit de leur déception, les deux garçons se montraient plus conciliants qu'avant son départ où leur arracher une parole relevait de l'exploit, où chacun de leurs regards était un reproche : le chagrin qu'ils avaient lu sur le visage fatigué de leur père leur semblait une punition suffisante. Et puis, l'état de Lorna n'était pas des meilleurs.

En ce début d'octobre, elle approchait de son terme, mais si sa taille s'était arrondie, sa mine était affreuse. En la revoyant, Guillaume en avait été impressionné au point d'éprouver du remords : il s'en voulait à présent d'avoir imposé à cette femme le poids de la faute commise à deux. Sa rancune — et il aurait du mal à ne plus l'éprouver — venait de son exigence à se faire épouser. Sachant bien qu'il ne l'aimait pas, qu'il ne l'aimerait jamais puisque son cœur appartenait désormais à Rose de Varanville, il eût été si simple, l'enfant mis au monde, de le lui confier à lui, Guillaume et aux Treize Vents et de rentrer enfin chez elle, en Angleterre, afin d'y épouser son duc dont la patience paraissait inépuisable. Dans l'immédiat, comment éprouver autre chose que de la pitié devant ce visage mangé de cernes dont les yeux d'un vert doré brûlaient d'un feu fiévreux ? Pour la première fois depuis des mois, il lui avait parlé avec douceur, lui reprochant de prendre si peu de soin d'elle-même.

— On me dit que vous refusez de vous nourrir ? Ce n'est jamais raisonnable, mais ce l'est moins encore lorsqu'on attend un enfant.

— Je ne refuse pas de me nourrir, mais seulement de manger la cuisine de votre Clémence. Elle me déteste et ne souhaite que me voir disparaître.

— C'est ridicule ! Que Mme Bellec ne vous aime pas, c'est assez facile à comprendre : elle aime Elisabeth comme si elle était sa propre fille. Il est un peu normal qu'elle vous en veuille puisque vous êtes cause de son départ, mais c'est une vraie chrétienne, une femme de trop grande conscience pour se laisser aller aux infâmes manœuvres des empoisonneurs. Si elle voulait votre mort, elle vous tirerait un coup de pistolet ou bien vous frapperait d'un couteau mais elle vous regarderait en face. Que mangez-vous au juste dans ces conditions?

— Kitty s'en charge. Elle me donne du pain, du lait, des fruits, du miel, du fromage. Parfois, elle me prépare un petit plat mais sans jamais le quitter des yeux.

— Ce n'est pas ainsi que vous vous ferez aimer de Clémence, ni d'ailleurs du reste de la maison. Oserai-je vous rappeler que vous désirez en devenir la maîtresse?

— Je le serai lorsque vous m'aurez épousée. Ce qui ne saurait tarder, à présent.

— Croyez-vous vraiment que ce serait une bonne chose?

— C'est la seule possible! s'écria-t-elle tout à coup. Vous m'avez fait un enfant, vous devez en assumer les conséquences.

Elle s'agitait, devenait nerveuse. Guillaume se contraignit à refréner la colère qui lui venait.

— Je n'ai jamais dit le contraire. Cependant, avant que nous n'en venions là et surtout dans le climat que vous êtes en train de créer, je dois vous mettre en garde : tous ceux qui me servent resteront à mon service, vous m'entendez bien?

— Une maîtresse de maison a tous les droits.

— Pas chez moi. Si vous devenez ma femme, vous me devrez obéissance et, croyez-moi, ce ne sera pas un vain mot. Je suis le maître ici. Vous devrez vous soumettre. A moins que vous n'acceptiez enfin la solution que je vous propose: vous me laissez l'enfant et vous regagnez l'Angleterre.

— Je n'ai pas envie de risquer ma vie au milieu d'une guerre. Et je veux être votre épouse.

— Bien. Alors, nous allons commencer l'apprentissage : vous prendrez désormais vos repas avec le reste de la famille et vous mangerez ce que l'on vous servira.

Elle n'hésita qu'un instant, et même il crut voir l'ombre d'un sourire passer sur ses lèvres.

— A condition que vous soyez là, je veux bien !

— Parfait. Autre chose encore ! Avez-vous enfin consulté un médecin ? Non, n'est-ce pas ? Là non plus, vous n'avez pas confiance ?

— Vous l'avez dit ! De toute façon, je n'en ai pas besoin !

— Ce n'est pas mon avis. Votre santé est mauvaise : c'est inscrit en toutes lettres sur votre visage et, si vous me permettez cette remarque un peu intime pour une Anglaise, votre ventre n'est pas aussi gros qu'il le devrait. Je vais appeler Annebrun.

— Je ne veux pas le voir. Il est trop votre ami. Peut-être ne mettrai-je pas au monde un mastodonte, mais je ne veux que Kitty auprès de moi. Elle saura très bien m'assister !

— Nous n'en sortirons jamais ! soupira Guillaume que cet entêtement absurde exaspérait. Faites à votre guise, mais souvenez-vous de ce que je vous ai dit : l'enfant sera viable ou je ne vous épouse pas !

Le soir-même Lorna, coiffée, maquillée, parée d'une robe de velours noir qui lui seyait particulièrement prenait place à table et mangeait ce qu'on lui servait non sans exiger cependant, à chaque plat, de troquer son assiette contre celle de l'un des garçons ou celle de Guillaume lui-même ou celle de Jeremiah Brent, le précepteur anglais d'Adam et d'Arthur, qui vouait à la jeune femme une admiration passionnée datant déjà de plusieurs années.

Bien qu'il jugeât cette pratique scandaleuse parce qu'elle blessait ses vieux serviteurs, Guillaume se contraignit à lui passer ce caprice de malade. Seul Arthur protesta.

— C'est ridicule! dit-il à sa demi-sœur. Vous avez créé une situation impossible et vous en rendez tout le monde responsable. Changez avec qui vous voudrez : moi, je refuse!

— Fort bien. Monsieur Brent, voulez-vous changer avec moi? Ou alors je ne touche pas à ce plat.

Il en fut ainsi durant ces quelques jours. Les rares fois où Guillaume prit un repas dehors, Lorna demeura dans sa chambre, servie par la fidèle Kitty. Que d'ailleurs cet état de choses mettait au supplice, en dépit de la bonne volonté déployée par Mme Bellec.

Celle-ci possédait en effet assez d'intelligence pour ne pas tenir rigueur à la servante de ce qu'elle appelait les «billevesées» de Miss Tremayne. Tout au contraire, elle accordait même à présent une espèce d'amitié à cette Anglaise d'un peu plus de trente ans, douce et triste, dont l'existence, depuis l'âge de dix-sept ans, n'était qu'une longue fidélité. Kitty avait servi la mère d'Arthur jusqu'à sa mort. Dans la maison des bords de l'Olonde, aux Hauvenières, elle avait reçu le jeune Arthur à sa naissance, et, ensuite, avait vécu avec Marie-Douce et son bébé une longue et difficile période. Jusqu'à ce que, croyant Guillaume mort, Marie consente à épouser sir Christopher Doyle.

La fin de sa chère maîtresse l'ayant laissée désemparée, elle avait accueilli volontiers la proposition de Lorna lui demandant de se consacrer à son service mais, surtout, elle avait éprouvé une vraie joie quand miss Tremayne s'était décidée à partir pour le continent afin d'y rejoindre Arthur. « Pour voir, disait-elle, s'il est bien traité. » La découverte des plans de la jeune femme en venant s'installer aux Treize Vents entretenait chez elle, depuis ce moment, une profonde désolation jointe à une vague terreur. Que Lorna eût décidé de devenir la maîtresse puis l'épouse de son oncle, qui était en outre l'ancien amant de sa mère, semblait relever pour ce cœur simple des plus infernales pratiques, mais, captive de l'espèce de magnétisme dégagé par miss Tremayne, elle se contentait de prier et, parfois aussi, d'essayer de la raisonner. Sachant parfaitement que cela ne servirait à rien.

De tout cela, Clémence Bellec savait une partie et devinait le reste. Si elle exécrait de tout son cœur Lorna, elle n'en faisait pas moins de son mieux pour faciliter la tâche de la pauvre exilée contrainte de subir ses caprices.

Le jour du retour des chevaux, cependant, la cuisinière des Treize Vents était d'humeur beaucoup moins égale qu'à l'accoutumée : elle ne cessait de tempêter. Non parce que Guillaume lui avait commandé de servir à lui-même, ses fils et les gens d'écurie de Varanville un véritable festin : elle n'aimait rien tant que composer un beau menu lui permettant de faire étalage de son réel talent. Pas davantage à cause de la présence dans sa cuisine de Kitty venue préparer un plateau pour sa maîtresse. Ce qui motivait son mécontentement, c'était le souper qu'il lui fallait préparer pour le soir même. Un souper pour deux personnes seulement, qui devrait être servi dans la bibliothèque. Une « fantaisie» de la future mère, à laquelle Guillaume avait eu le grand tort d'acquiescer.

— Elle m'a demandé cela comme une faveur, expliqua Tremaine à Clémence. Elle dit qu'elle sent la naissance prochaine, que l'épreuve sera dure et qu'elle se trouve si lasse qu'elle n'est pas certaine d'en sortir vivante. De toute façon, elle ne quittera plus sa chambre ensuite.

Que répondre à cela? Même si Mme Bellec pensait qu'en desserrant sa garde si peu que ce soit Guillaume se comportait comme un imbécile, elle n'avait aucun moyen de refuser. Les garçons et M. Brent mangeraient de la potée dans la cuisine, tandis que Valentin, l'un des valets, servirait aux soupeurs huîtres de Saint-Vaast, œufs brouillés aux truffes, perdreaux en chartreuse et quelques autres délicatesses arrosées de vins que Potentin, le grand maître de la cave, s'était formellement refusé à choisir, usant en cela du privilège d'ancien mentor qui lui permettait de dire non à un maître qu'il avait connu adolescent.

— Choisissez vous-même, monsieur Guillaume! Au moins la belle dame sera certaine que je n'essaierai pas de l'empoisonner. Et puis, je sens ma goutte qui revient.

Ces accès de goutte qui s'emparaient parfois d'un homme aimant un peu trop les grands crus, Guillaume commençait à les trouver bien fréquents et même s'il soupçonnait qu'ils servaient d'alibi à ce vieux compagnon, il se gardait bien de les lui reprocher. Il avait le droit, lui aussi, de considérer Lorna comme une sorte de fléau...

Quand Mme Bellec était dans cet état-là, Kitty

essayait de se faire aussi petite que possible ; ce qui n'était d'ailleurs pas une bonne idée.

— Cessez donc de vous comporter comme si vous étiez une souris ! aboya le cordon bleu maison. Je sais bien qu'il vous faut la nourrir, cette catastrophe. Que voulez-vous ?

— Une omelette, peut-être avec de la salade. Ce sera suffisant pour ce matin.

— Alors là, il faut que vous attendiez un peu. J'ai envoyé Béline à la ferme me chercher des œufs : il ne m'en reste plus qu'un.

— Dans ce cas, je reviendrai tout à l'heure.

Avec un rien de soulagement, la camériste battit en retraite, quittant sans trop de regrets la cuisine embaumée de divines odeurs pour plonger dans les « ténèbres » extérieures où il faisait moins chaud mais plus calme. Et remonta chez sa maîtresse.

Lorsqu'elle entra dans sa chambre, celle-ci sortait de la petite pièce où l'on rangeait ses robes et paraissait au moins aussi agitée que Clémence. Lorna parut désagréablement surprise de voir Kitty.

— Tu remontes déjà ? Et mon repas ?

— J'irai le chercher un peu plus tard. Clémence attend qu'on lui rapporte des œufs. Avez-vous décidé de ce que vous mettrez ce soir, miss Lorna ? se hâta-t-elle de demander pour faire dévier la conversation sur un sujet qui plaisait toujours à la jeune femme.

— Pas encore ! J'hésite... Peut-être ma robe de satin nacré : elle dissimule bien ma taille et me donne de l'éclat. Je veux être très belle ce soir.

— Vous l'êtes toujours. Même avec votre mine de papier mâché.

Avec une moue, Lorna considéra son image dans le grand miroir de sa table à coiffer.

— Tu crois? Ce soir, je veux être irrésistible! Je veux qu'il redevienne l'amant qu'il a été aux Hauvenières. Tu ne peux pas savoir ce qu'a été cette nuit-là!

— Dans votre état? Ce serait de la folie! Vous pourriez porter tort à l'enfant. D'ailleurs, je suis bien tranquille : monsieur Guillaume est trop sage pour vous suivre sur ce terrain-là, seriez-vous Vénus en personne. Quand l'enfant sera né...

— Je n'attendrai pas jusque-là. Voilà des semaines et des semaines qu'il me fuit. Ce soir, je le reprendrai. Il le faut. Au cas justement où la naissance serait... décevante!

Debout devant la coiffeuse, elle tournait alors le dos à Kitty, mais, dans le miroir, celle-ci vit bien ce qu'elle tenait entre ses doigts fébriles : un petit flacon enveloppé d'un treillage d'argent. Une mince fiole que Kitty connaissait bien pour l'avoir découverte, un soir d'hiver, dans le grand manteau de voyage de sa maîtresse.

Dérangée, elle l'avait remis aussitôt en place mais, le lendemain, profitant du sommeil de la jeune femme, elle était venue le rechercher pour mieux l'examiner. Quelque chose l'intriguait : c'était un très joli objet, timbré d'ailleurs aux armes du prince de Galles, trop précieux en tout cas pour être abandonné dans une poche, même intérieure et cachée, de manteau. Soigneuse jusqu'à la maniaquerie, Lorna aurait dû le ranger avec ses bijoux ou dans le nécessaire de voyage dont il n'aurait pas déparé les pièces d'ivoire et d'argent.

Poussant plus loin son investigation, Kitty déboucha le flacon, ne lui trouva aucune odeur sinon celle, à peine sensible, du laudanum. Une goutte du contenu déposée sur la soucoupe d'une tisanière se révéla parfaitement incolore. Et Kitty, alors, réfléchit.

Une idée lui vint. Si terrible qu'un frisson d'épouvante courut le long de son dos : si c'était un poison ? Les goûts bizarres du prince de Galles, son attirance pour tout ce qui était trouble, dangereux, ténébreux même, étaient bien connus. Si c'était lui qui avait fait cadeau de ce flacon, il ne contenait certainement pas de l'eau bénite. Le diable seul savait, alors, de quelle façon miss Tremayne espérait s'en servir : contre un ennemi quelconque ou — pourquoi pas ? — contre elle-même ? Dès lors, Kitty pensa qu'il était de son devoir d'intervenir : il ne serait pas dit qu'elle aurait laissé s'accomplir un crime quand elle pouvait s'y opposer ! Elle emporta la fiole dans sa chambre, vida un flacon contenant de l'eau de fleur d'oranger qu'elle remplaça par le liquide inconnu, puis remplit la petite bouteille d'eau pure à laquelle elle ajouta un soupçon de laudanum pour l'odeur. Après quoi elle remit tout en ordre, prenant bien soin de replacer l'ancien flacon d'eau de fleur d'oranger dans la boîte où il se trouvait habituellement avec le savon et les objets qu'elle utilisait chaque jour pour la toilette.

Durant des mois, la menue fiasque ne bougea pas. Tous les jours, Kitty s'assurait qu'elle était là et pas une seule fois elle ne la vit entre les mains de sa maîtresse. Or, ce soir où pour la première fois celle-ci souperait en tête à tête avec Guillaume, elle était allée la reprendre. Très certainement, elle comptait s'en servir et la servante remercia Dieu de la lui avoir fait découvrir. Mais, à présent, l'envie lui venait de savoir la nature exacte de son larcin.

Et pour cela une seule solution : le docteur Annebrun. Il était à moitié écossais comme elle.

Même si miss Tremayne faisait preuve d'une outrageante défiance envers lui, Kitty savait que l'on pouvait se confier à cet excellent médecin doublé d'un homme d'honneur. Depuis que Lorna était enceinte, sa chambrière ne cessait de déplorer qu'il n'eût jamais été appelé en consultation. Si Lorna redoutait à présent l'échéance, elle ne pouvait s'en prendre qu'à elle-même, mais, de toute façon, elle n'aurait alors aucun moyen d'empêcher Guillaume d'appeler son ami au chevet de la parturiente... Et Kitty eut soudain très envie de partager son secret avec lui. Mais comment faire ?

Plusieurs jours s'écouleraient sans doute avant qu'elle puisse aborder le médecin et, dans l'immédiat, il y avait plus urgent : Lorna, en proie à une espèce de frénésie, bouleversait tout dans sa chambre, réclamant un bain aux herbes, exigeant qu'on lui lave les cheveux pour composer ensuite la coiffure la plus seyante, ordonnant que l'on repasse son linge le plus fin, la robe qu'elle avait choisie, hésitant entre divers parfums, divers bijoux, ne sachant trop à quoi se résoudre. Kitty allait en avoir jusqu'au soir à s'occuper d'elle.

Se préparer pour une fête où elle entendait être la plus belle avait toujours été l'un des plus grands plaisirs de la belle miss Tremayne. Ce jour-là, elle y mit une sorte d'acharnement : il fallait en quelques heures réparer près de neuf mois de malaises, de fatigue et de laisser-aller. Il fallait qu'elle pût briller de cet éclat chaleureux et sensuel auquel peu d'hommes résistaient, auquel Guillaume avait cédé lui aussi. Elle y mit une volonté farouche. Et le plus étonnant fut qu'elle y réussit.

Lorsque Lisette, la première femme de chambre des Treize Vents, pénétra dans sa chambre pour annoncer que «monsieur Guillaume» attendait Mlle Tremayne dans la bibliothèque où le souper allait être servi, elle eut une exclamation de stupeur, mais retint à temps le signe de croix qui lui venait tout naturellement : la malade défiante et hargneuse à laquelle toute la maisonnée était accoutumée venait de faire place à une créature de lumière, rayonnant de cette beauté de naguère que l'on avait fini par oublier.

La masse rutilante de sa chevelure, coiffée en hauteur et retenue par des rubans de perles, dégageait la pureté de son long cou gracieux et la finesse des épaules, un peu amaigries sans doute mais toujours ravissantes. L'ample robe de satin banc à reflets bleutés, haut ceinturée sous les seins gonflés à demi découverts par l'audacieux décolleté, dérobait la rondeur du ventre mais, fendue sur le côté, dévoilait par instants une jambe digne de servir de modèle à un sculpteur. Des perles, encore des perles s'enroulaient autour des minces bras nus et pendaient en longues girandoles des oreilles délicates. Un maquillage léger estompait les cernes bleuâtres, allongeait le regard vert pailleté et faisait chanter les lèvres artistement dessinées et rougies.

Incapable d'articuler un seul mot, Lisette se contenta d'ouvrir largement la porte devant la jeune femme qui la franchit en maniant avec grâce un petit éventail de nacre et se dirigea vers l'escalier. Kitty et Lisette la regardèrent descendre lentement, accompagnée du froissement soyeux de sa robe.

— Incroyable ! murmura la seconde. Vous avez accompli un vrai miracle. On dirait qu'elle se rend à un bal de cour.

Ce fut aussi le sentiment de Guillaume quand il vit paraître Lorna. Elle était incontestablement superbe, et il pensa que n'importe quel homme eût été fier et heureux d'en faire sa compagne. Singulièrement, sans doute, ce duc de Lenster qui l'attendait depuis si longtemps ! Aussi traduisit-il son sentiment en cinq mots :

— Éblouissante ! Quelle duchesse vous feriez !

— Peut-être... seulement je n'ai plus du tout envie d'être duchesse. Je désire simplement devenir très bientôt madame Guillaume Tremaine.

Sans répondre, il la conduisit à la table dressée devant la cheminée, la fit asseoir, remplit deux flûtes de champagne, lui en offrit une et, levant l'autre avec une légère inclinaison du buste :

— A votre destin... quel qu'il soit !

— J'aurais préféré «à notre destin commun !» mais à défaut je me serais contentée de «santé et bonheur !» C'est l'usage, je crois, lorsque l'on porte un toast ?

— Mais je vous ai toujours souhaité l'une et l'autre.

— A condition que cela ne dépende pas de vous, n'est-ce pas ?

Il ne répondit pas.

Avec un mélange de colère et de chagrin, elle considéra la haute silhouette dressée en face d'elle, l'étroit visage énergique dont les traits semblaient sculptés dans un bois ancien, l'indéchiffrable regard fauve, cette étonnante physionomie enfin à laquelle la légère argenture des tempes n'enlevait aucune séduction. Bien au contraire ! Jusqu'à un âge avancé, cet homme garderait son pouvoir sur les femmes. Soudain, elle eut de lui une envie violente. Oh ! retrouver la folie des Hauvenières, les dures étreintes pimentant les caresses d'une douceur à mourir !... Cependant, elle se garda de manifester ce qu'elle éprouvait. Tout au contraire, elle offrit à Guillaume un rayonnant sourire.

— Si vous vous intéressez à ma santé, auriez-vous la grâce de remettre deux ou trois bûches dans ce feu ? J'ai voulu vous offrir une image agréable qui se serait mal accommodée d'un entassement de châles et de lainages. Or, je sens un peu de frais. Ce mois d'octobre semble choisir l'humidité.

— Octobre ou un autre mois, l'humidité est fréquente ici. Moins que chez vous tout de même, remarqua Guillaume en se levant pour exécuter ce qu'on lui demandait.

Ce faisant, il tourna le dos à la table pendant quelques instants. Très suffisants pour que Lorna, étendant le bras, pût faire tomber dans son verre deux ou trois gouttes du flacon qu'elle tenait caché dans sa ceinture. Elle eut d'ailleurs juste le temps de le remettre en place : Valentin faisait son entrée, portant un grand plat d'huîtres embaumant les algues et la marée fraîche.

Satisfaite, dès lors, elle s'attacha à faire de ce souper une réussite. Mettant résolument de côté tout sujet dangereux, elle fit preuve d'un bel appétit et d'un enjouement qui surprirent Tremaine. Ce repas l'inquiétait et il s'était cuirassé de méfiance, prêt à soutenir une guerre d'escarmouches. Or, il n'en fut rien. Lorna parla littérature et vie mondaine, établissant des comparaisons entre celle que l'on menait à Londres et celle qu'elle avait pu rencontrer à Paris, dont elle gardait d'ailleurs d'excellents souvenirs. Guillaume en profita pour lui transmettre les hommages de M. de Talleyrand.

— Mon ami Lecoulteux du Moley que je désirais consulter pour diverses affaires m'a conduit chez lui. C'est un homme remarquable.

— Mais terriblement dangereux ! fit Lorna en riant. Je crois qu'aucun homme au monde ne connaît les femmes aussi bien que lui.

— Pas toutes, ma chère, et cela à son grand regret. Je peux vous assurer qu'il garde de vous un souvenir... profond.

— Auriez-vous donc parlé de moi ?

— Pourquoi pas ? Ne sommes-nous pas parents ? Et, si ma mémoire est bonne, c'est vous qui l'avez mentionné la première lorsque vous êtes arrivée ici. Je puis vous assurer en tout cas qu'il aimerait beaucoup vous revoir. Il a même insisté pour que je vous amène lors d'un prochain voyage.

— Voilà enfin une proposition séduisante. Aller à Paris avec vous ? Ce serait délicieux !

— Nous verrons cela plus tard.

Y avait-il une espérance dans cette courte phrase ? Lorna, en tout cas, l'interpréta ainsi. A mesure que le repas progressait, Guillaume semblait plus aimable. Elle retrouvait peu à peu le ton de leur dernier dîner en tête à tête, ce jour de tempête. Il lui semblait même qu'il la regardait avec plus de douceur. Était-ce la drogue ou bien était-il en train de succomber au charme qu'elle déployait de plus en plus ouvertement ? Entre ses paupières mi-closes filtrait un regard qu'elle sentait tour à tour sur ses épaules, sa gorge, ses lèvres. Elle en éprouvait une délicieuse chaleur qui avivait son teint, faisait briller ses yeux dans lesquels elle lui permettait de lire.

En fait, Guillaume l'étudiait avec l'attention d'un entomologiste devant un insecte rare. Tout en tenant sa partie dans la conversation, il examinait le joli visage en notant mentalement chacune de ses expressions afin d'essayer d'en demêler la vérité. En fait, il ne la connaissait pas vraiment sinon comme une espèce de catastrophe arrivée un soir de Noël pour perturber sa vie, en détruire la sérénité. Qu'elle fût la fille de Marie-Douce, son amour de toujours, n'y changeait rien. Qu'était-elle au juste ? Une aventurière sans scrupules, digne continuatrice des menées tortueuses de son père, le traître Richard Tremaine, devenu Tremayne pour avoir trop bien servi les Anglais ? Ou alors une pauvre fille victime de sa trop grande beauté dont le cœur ne s'émouvait guère que pour elle-même, pour l'assouvissement de ses caprices, dont très certainement lui-même faisait partie ? Il n'arrivait pas à croire qu'elle pût l'aimer sincèrement. Selon lui, elle n'était mue que par la soif de conquête, le besoin de s'approprier surtout ce que l'on avait tendance à lui refuser.

Lui aussi se souvenait du souper des Hauvenières, de l'orage et de l'émoi insensé qui s'était emparé de lui et l'avait jeté dans les bras de Lorna. Les heures qui avaient suivi étaient de celles que l'on n'oublie pas mais, curieusement, il éprouvait en les évoquant plus de honte et de gêne que de plaisir rétrospectif et si, par moments, Lorna pouvait voir s'adoucir le regard posé sur sa personne, elle était à cent lieues d'imaginer qu'à ces instants-là Guillaume évoquait avec nostalgie un autre visage, un visage à fossettes, des yeux couleur de mer au soleil, un tendre et merveilleux sourire : tout ce qui faisait le charme de Rose de Varanville désormais perdue pour lui. C'était elle qu'il imaginait assise en face de lui.

Vint un moment où la comédie qu'il jouait lui devint insupportable. Grâce à Dieu, Valentin avait servi le café. Guillaume vida sa tasse d'un seul coup, lui qui avait coutume de déguster lentement ce breuvage qu'il aimait, puis se leva :

— Il se fait tard, dit-il sans s'apercevoir qu'il coupait la parole à la jeune femme, et je dois me lever avant l'aurore pour descendre à Saint-Vaast. Vous voudrez bien m'excuser. Je vais vous reconduire chez vous.

— Déjà? Il n'est pas si tard, il me semble?

— Plus qu'il ne convient à une future mère, proche de son terme. En outre, je ne veux pas faire veiller mes serviteurs. Venez-vous?

Avec des gestes pleins de douceur, il l'aidait à quitter son fauteuil, disposait sur les épaules nues l'écharpe de satin blanc qui complétait la toilette, offrait son bras. A nouveau Lorna se méprit : l'effet de la drogue devait commencer à se faire sentir et sans doute Guillaume souhaitait-il que le silence et l'obscurité s'emparent au plus vite de la maison afin de pouvoir la rejoindre dans sa chambre.

— Je crois que vous avez raison, soupira-t-elle en s'appuyant légèrement contre lui. Nous serons mieux là-haut.

Naturellement, la phrase parut sibylline à Guillaume, mais il préféra ne pas chercher à en approfondir le sens. Lentement, lui et sa compagne traversèrent les salons déserts, le grand vestibule, encore éclairés par quelques candélabres, atteignirent l'escalier aux larges et douces marches sans s'apercevoir qu'ils étaient observés : tapis dans l'ombre de la grande ellipse de pierre, Arthur et Adam les regardaient passer avec un égal mécontentement. Ce fut seulement quand le couple eut atteint le palier et se fut éloigné dans la galerie que les deux garçons quittèrent leur cachette.

— Je n'aime pas ça! émit Arthur. Pas du tout, même! Cette robe blanche, cette parure! On dirait qu'ils viennent de célébrer leur repas de noces!

— J'ai bien peur que ce ne soit quelque chose comme ça dans l'esprit de Lorna. Tu as entendu : elle voulait souper seule avec père pour se donner du courage en vue de la naissance. On peut être sûr d'une chose, c'est que le mariage ne tardera guère. C'est pour ça qu'elle s'est habillée comme une fiancée.

— Tu pourrais bien avoir raison. On dirait que père a enterré la hache de guerre. Tu as vu comme ils ont l'air de bien s'entendre ? C'est tout juste si Lorna ne posait pas la tête sur son épaule.

Depuis qu'il le connaissait, Adam le paisible avait appris à apprécier sans les redouter vraiment les colères de son frère. Cette fois, il s'y mêlait une douleur et une rage qui l'inquiétèrent :

— Puisqu'il ne peut pas faire autrement que l'épouser, le mieux est peut-être qu'ils réussissent à vivre à peu près convenablement ?

— En oubliant Elisabeth ? Tu trouves ça normal, toi, qu'elle aille s'enfermer dans un couvent ? Réfléchis un peu ! Elisabeth chez les nonnes ? Elisabeth dans le silence, le froid, la prière, le renoncement, la pénitence ? Et en vertu de quoi ? Pour laisser la place libre à l'élégante putain qu'est ma sœur ? Moi je ne veux pas de ça ! Moi, je refuse !

Adam haussa ses épaules dodues en remontant ses sourcils jusqu'à ce qu'ils rejoignent presque ses boucles couleur d'acajou.

— Et ça t'avance à quoi ? Que ça nous plaise ou non — et je te jure qu'à moi ça ne me plaît pas du tout ! —, il faut bien qu'on l'accepte, ce bébé qui va venir ! On n'a vraiment pas le choix !

— Tu te résignes bien facilement ! Je crois, moi, qu'on peut toujours faire quelque chose. Qu'est-ce que tu dirais d'un enlèvement ?

— Un quoi? souffla Adam, abasourdi.

— Tu as très bien compris, fit Arthur avec sévérité. Et ne me regarde pas de cet œil horrifié! J'ai dit enlèvement, pas assassinat! Tu as de l'argent, je crois? Il doit bien te rester quelque chose de ces pièces d'or dont tu voulais te servir pour fuir à la Martinique, l'automne dernier[1]. J'en ai aussi un peu. Père se montre très généreux avec moi, parce qu'il veut m'habituer à en connaître la valeur. Alors, voilà ce que j'ai pensé : dès que l'enfant sera né, je l'emporte chez une bonne nourrice qu'on paiera suffisamment pour qu'elle se taise.

— Une nourrice, une nourrice! Comme tu y vas! Ça ne se trouve pas comme ça!

— Comme j'y pense déjà depuis un moment, je sais où aller et l'enfant ne sera pas bien loin, et on pourra veiller dessus. Cela fait, on attendra de voir ce qui se passera ici.

— Je peux te le dire, moi, ce qui se passera : un drame affreux! Ta sœur jettera feux et flammes; elle criera si fort que tout le pays l'entendra et, ce qui est plus grave, elle accusera père de s'être débarassé d'un gamin gênant.

— Naturellement! fit Arthur avec une satisfaction qui scandalisa son frère.

— Tu as prévu ça aussi? Mais c'est horrible!

— Pas du tout! Comme père n'y sera pour rien, il ne tolérera pas d'être accusé. Les relations recommenceront à s'envenimer entre eux. Telle que je connais Lorna, elle ne le supportera pas longtemps. Elle partira en claquant les portes.

Adam fit la moue et hocha la tête d'un air pessimiste.

---

1. Voir tome III : *l'Intrus.*

— Tu ne peux pas la connaître sous ce rapport. Les femmes, c'est comme les femelles des animaux : quand elles deviennent mères, ça les change. Je ne dis pas que ton idée ne soit pas bonne, mais j'ai vraiment peur qu'on déchaîne une catastrophe.

Arthur ne répondit pas tout de suite, gardant un silence mécontent mais réfléchi.

— Possible ! admit-il au bout d'un moment, mais si ça tournait trop mal, on aurait toujours la ressource de le faire réapparaître, ce sacré mioche. L'important, vois-tu, c'est d'empêcher le mariage pour qu'Elisabeth puisse revenir.

Sa voix changea d'un seul coup. Elle ne fut plus celle d'un adolescent mais d'un homme plein de douleur :

— Si je savais qu'elle ne reviendra plus jamais ici, je m'en irais, moi aussi. Vivre dans cette maison sans elle, je ne pourrai jamais m'y résoudre !

— C'est pourtant bien ce que tu fais depuis plusieurs mois, remarqua Adam, logique. Et puis, de toute façon, il a toujours été convenu qu'elle épouserait Alexandre de Varanville. Évidemment, ce n'est pas bien loin, Varanville...

— Cette idée-là ne m'a jamais beaucoup tourmenté, fit Arthur avec un petit rire méprisant. Elle n'épousera jamais ce bellâtre.

— Comment peux-tu savoir ça ?

— Je le sais, voilà tout !... Peut-être parce que je ne le veux pas. Il n'est pas digne d'elle. Même un roi, d'ailleurs, ne serait pas digne d'elle ! conclut-il avec un soupir.

Lorsqu'il l'eut ramenée à la porte de sa chambre, Guillaume s'inclina devant Lorna en lui souhaitant une bonne nuit, brusquant un peu leur séparation parce qu'il craignait qu'elle ne lui proposât d'entrer. Il n'en fut rien : elle se contenta de se hausser légèrement sur ses escarpins de satin blanc pour poser sur ses lèvres un baiser léger, trop rapide pour qu'il pût s'en défendre, mais assez savant pour faire couler un petit frisson le long de son dos. Cependant, elle ne le retint pas davantage et rentra chez elle.

Là, tandis que Kitty la déshabillait, elle lui donna quelques instructions précises :

— Lorsque tu m'entendras gémir, tu iras chercher M. Tremaine en évitant d'ameuter les autres. Dis-lui que tu n'arrives pas à me calmer, que je le réclame.

— Mon Dieu ! Que voulez-vous faire encore ?

— Ne t'en inquiète pas ! Fais ce que je te dis ! Cette nuit je vais m'assurer la place qui doit être la mienne... Non, pas cette chemise de nuit : celle en mousseline ! Et n'oublie pas mon parfum... aux bons endroits !

Lorna mise au lit, Kitty rentra dans le cabinet qui lui servait de chambre, attenant à celle de miss Tremayne. Là, elle fit sa toilette de nuit et attendit. Au bout de trois bons quarts d'heure, elle entendit le signal convenu, mit un châle sur sa camisole et alla frapper discrètement à la porte de Guillaume. Celui-ci ouvrit.

— C'est miss Lorna, sir ! Elle est dans un état affreux. Vous ne voudriez pas venir ?

— Appelez Béline ! Elle s'en occupera beaucoup mieux que moi.

— C'est vous qu'elle réclame. Venez, je vous en supplie !

Repris par sa méfiance, Guillaume hésitait, quand le cri éclata. Un véritable hurlement qui emplit la maison et fit dresser les cheveux sur la tête de Kitty. Cette clameur n'était pas prévue au programme et venait incontestablement de chez Lorna. Sans plus réfléchir, Guillaume se précipita. Elle le suivit tandis que des portes s'ouvraient. Les cris venaient de reprendre.

Quand ils firent irruption chez Lorna ils virent celle-ci plaquée contre les rideaux de velours tirés devant la fenêtre, pâle jusqu'aux lèvres, la figure convulsée d'épouvante, hurlant à présent sans arrêt. Comprenant qu'il venait de se passer quelque chose, Kitty courut à elle, vite rejointe par Béline qui ne dormait jamais que d'un œil. A elles deux, elles voulurent entraîner la jeune femme jusqu'à son lit mais elle se débattit furieusement en râlant :

— Pas le lit ! Pas le lit ! Oh ! non ! Pas cette horreur !

Dans le combat qu'elle livrait, sa mince et transparente chemise se déchira, la laissant nue aux mains des deux femmes. S'apercevant que les garçons et Jeremiah Brent venaient d'entrer à leur tour, Guillaume les repoussa vers la porte.

— On n'a pas besoin de vous ici ! Allez vous coucher ! Ah ! monsieur Brent, vous seriez aimable d'aller prendre un cheval aux écuries et de chercher le docteur Annebrun.

— Mais, vous savez bien que miss Tremayne refuse de le voir. Sa présence ne peut qu'aggraver...

— Faites ce que je vous dis ! Et vite !

— J'y vais, moi ! coupa Arthur. Je monte mieux que lui ; j'irai plus vite ! Comme il ne veut pas déplaire à Lorna, il est capable de traîner en route ! ajouta-t-il, goguenard.

A peine cinq minutes plus tard, en effet, le galop d'un cheval éveillait les échos de la nuit. Pendant ce temps et sur l'ordre de Guillaume, Lisette et Mme Bellec préparaient l'une des chambres d'amis dans laquelle on transporta Lorna en proie à une terrible crise de nerfs. Réveillée, elle aussi, Clémence descendit dans sa cuisine pour faire chauffer du lait, souverain remède à ce genre d'affection, et aussi la grande quantité d'eau nécessaire à un accouchement. Celui-ci pouvait très bien avoir commencé. Qui pouvait savoir la part de douleur traduite par les gémissements qui, à présent, succédaient aux hurlements de tout à l'heure? Elle y trouva Potentin, descendu lui aussi de son logis, mais qui s'était contenté d'écouter les bruits du couloir en évitant de s'en mêler.

Tout en attisant le feu tandis que Mme Bellec emplissait le grand coquemar, il se mit à sourire; ce qui intrigua sa vieille amie :

— Vous trouvez quelque chose d'amusant dans tout ce vacarme, Potentin? Je serais volontiers restée dans mon lit, moi. Avec cette pluie, mes douleurs se sont réveillées...

— M'est avis que Mme Agnès aussi! J'avoue que j'étais étonné qu'elle ne se manifeste plus depuis que notre petite a quitté la maison. Ça devait tenir à ce que la belle dame était mise autant dire en quarantaine par monsieur Guillaume et les garçons. Elle devait guetter, attendre pour voir si son ennemie supporterait ça.

Se redressant, Clémence essuya ses mains mouillées à son devantier, puis se frotta les reins avec une grimace :

— Par ma sainte patronne, c'est rudement désagréable de vieillir! On se rouille de l'intérieur... Et qu'est-ce qui vous fait croire que défunte

Mme Agnès est pour quelque chose dans ce qui se passe ce soir ?

À plusieurs reprises, en effet, les Treize Vents avaient été le théâtre de bizarres phénomènes depuis l'arrivée de miss Tremayne. Les premiers bénéficiaires en étaient Potentin et Mme Bellec avec pour cadre la cuisine, comme si la morte s'était attachée à prévenir de sa présence ces deux êtres en qui s'incarnait la garde du foyer[1].

Sans quitter des yeux le feu au-dessus duquel il se frictionnait les doigts, le vieil homme plissa sa figure, déjà patibulaire à l'état normal, jusqu'à lui donner une expression franchement démoniaque.

— Vous n'avez pas entendu ce que la belle dame bredouillait entre deux geignements ? Elle parlait d'une main glacée qui lui a pris les jambes dans son lit et aussi d'une odeur affreuse. L'a pas dû beaucoup aimer le petit souper de ce soir, Mme Agnès. Peut-être qu'elle a dans l'idée de la faire mourir de peur avant qu'elle ait mis bas ?

La voix basse de Potentin suait une joie haineuse qui fit trembler Clémence. Elle se signa précipitamment :

— Vous ne devriez pas dire des choses comme ça, Potentin ! D'abord ce n'est pas chrétien et ensuite ça ne vous ressemble pas ! Moi aussi je la déteste, moi aussi je voudrais qu'elle parte, mais si elle mourait ici, que Dieu protège cette maison ! Il ne serait plus possible d'y vivre si deux « revenantes » se la disputaient.

Potentin ferma les yeux un instant, ce qui lui permit de reprendre son expression habituelle, puis se releva.

---

1. Voir tome III : *l'Intrus.*

— Vous avez sûrement raison, Clémence ! Peut-être que je suis en train de devenir fou. Mais j'ai tellement peur pour notre Elisabeth ! Je voudrais tellement qu'elle revienne !

Brusquement, il éclata en sanglots, courut à la porte donnant sur le jardin, l'ouvrit et se jeta dans la nuit. Mme Bellec hocha la tête, essuya une larme, soupira et alla chercher du tilleul et de la camomille pour préparer un pot de tisane calmante.

Arthur ne perdit pas de temps, en effet. Une demi-heure environ après son départ, Pierre Annebrun, à cheval lui aussi, arrivait en trombe devant le perron de la maison où il trouva Potentin armé d'une lanterne et d'un parapluie.

— Où en est-on à présent ? demanda-t-il en escaladant les marches à grandes enjambées.

— La frayeur s'est apaisée si j'en crois le fait qu'elle ne hurle plus, mais elle se plaint toujours. On l'a mise dans la chambre aux fleurs.

— D'après les dates, l'accouchement commence peut-être. Pas fâché de pouvoir enfin l'examiner ! Cette femme doit être folle : neuf mois sans voir un médecin !

L'entrée de celui-ci dans le nouvel appartement de Lorna fit s'écarter les femmes qui s'efforçaient de calmer la malade. Annebrun ôta son habit, retroussa les manches de sa chemise, se lava les mains dans la cuvette que Béline, habituée à le voir travailler, lui tendait, puis s'approcha du lit où Lorna s'agitait continuellement, pleurant et gémissant tout à la fois. Il rabattit les draps et se mit à examiner le corps que l'on avait revêtu de batiste blanche déjà mouillée de sueur. Debout à la tête du lit, Guillaume, armé d'un chandelier, l'éclairait.

Comme si elle sentait une présence rassurante, miss Tremayne avait cessé de s'agiter, mais les larmes continuaient à couler, pressées, de ses yeux clos. Elle haletait un peu comme un animal qui fait un cauchemar.

L'examen, qui se déroula dans le plus grand silence, dura plusieurs minutes. Ce fut seulement quand le médecin se redressa et, les mains aux hanches, il considéra sa malade d'un œil un peu perplexe, que Béline osa demander :

— Est-ce que l'enfant arrive, monsieur ?

— Non, Béline. Miss Tremayne n'est pas en train d'accoucher. Il s'agit d'une simple crise nerveuse consécutive à une sévère frayeur.

— Mais, en dehors de cela, son état général te paraît satisfaisant ? fit Guillaume.

— Autant que peut l'être celui d'une femme dont les nerfs sont atteints.

— Est-ce que cela ne va pas poser un trop gros problème au moment de la délivrance ?

Calmement, Pierre Annebrun redescendit ses manches, remit son habit, aidé par Lisette.

— Rien à craindre, fit-il avec une grande douceur. Il n'y aura pas d'accouchement. Miss Tremayne n'a jamais été enceinte... sinon dans son esprit. Viens ! Allons causer en bas ! Il vaut mieux qu'elle ne nous entende pas.

CHAPITRE VII

OÙ ARTHUR PREND UNE DÉCISION

A genoux devant la cheminée de la bibliothèque, Guillaume tisonnait cendres et braises comme s'il leur en voulait personnellement.

— Pas enceinte ! mâchonna-t-il. Tu es sûr de ne pas te tromper ? Enfin... elle en a eu et en a encore tous les signes. Tu as vu son ventre ?

— Pas énorme pour une fin de grossesse ! Je sais que certaines femmes peuvent rester presque minces en se serrant beaucoup mais de toute façon il n'y a rien dedans !

— Alors, comment expliques-tu son état ? J'ai interrogé sa femme de chambre : Lorna a eu des nausées, des dégoûts, les menstruations ont disparu, le corps s'est épaissi...

— Elle a surtout éprouvé un choc nerveux terrible lors de la fameuse nuit où les Treize Vents ont pris feu. Joint à cela un désir forcené d'être enceinte de toi. Jamais entendu parler de grossesse nerveuse ?

— Si. Pour des animaux...

— Ça peut arriver aussi aux femmes. La preuve ! Remarque, je ne t'oblige pas à me croire, mais tu sauras bientôt à quoi t'en tenir : tu pourras monter la garde devant sa porte jusqu'à Pâques ou la Trinité sans que le cri d'aucun bébé vienne te déranger...

Le médecin dégusta la tasse de café que Clémence venait de lui apporter, tout en considérant son ami occupé à se verser une solide ration d'eau-de-vie de pomme. Puis il se mit à rire.

— Tu as vraiment besoin d'un remontant pour faire passer la nouvelle? Tu devrais être tout content! Te voilà libéré!

— Oh! je le suis! Seulement j'ai besoin de cette eau-de-vie, pour arriver à y croire, et me prouver que je ne rêve pas. Et aussi pour supporter le choc : il y a des joies qui tuent!

— Je te crois assez solide pour surmonter celle-là. D'autant que tu n'es plus obligé d'épouser. Évidemment, tu vas devoir la garder pendant quelque temps encore : elle a grand besoin de soins... sans compter que la guerre ne facilite pas les voyages vers l'Angleterre.

— Oh! ce n'est pas ça qui m'inquiète le plus : il existe des moyens pour traverser sans trop de risques et tu penses bien que, si elle se résout à rentrer chez elle, je l'accompagnerai moi-même.

— Prends garde! Tu pourrais te retrouver prisonnier. Elle va t'en vouloir.

— C'est certain. Cependant, je saurai me garder. Mais, dis-moi : comment penses-tu lui rendre et la santé et un aspect normal?

— Il faut agir sur les nerfs, uniquement sur les nerfs. Je vais lui donner de la valériane, du crataegus, un peu d'opium aussi. Je viens d'ailleurs de lui en faire prendre. Le mieux, vois-tu, est de la faire dormir. J'envisagerais une sorte de... cure de sommeil coupée uniquement par une nourriture reconstituante. Je me demande même s'il ne serait pas préférable de la transporter chez moi...

— Peut-être, mais il vaut mieux ne pas y penser. Si elle se réveille ailleurs qu'ici, elle est capable d'ameuter tout Saint-Vaast en clamant que je me suis débarrassé d'elle.

— Tu as sans doute raison, fit Annebrun après réflexion. Je viendrai donc l'examiner tous les jours et entre-temps je t'enverrai Gatien, mon jeune assistant, qui apprend vite et sait faire beaucoup de choses : un traitement comme celui-là doit être surveillé.

Annebrun quitta son siège, étira son immense carcasse et grogna :

— Maintenant, allons lui jeter un coup d'œil avant de partir ! J'en profiterai pour délivrer un petit discours à ta maisonnée afin de leur expliquer la situation. Veux-tu rassembler ton monde tandis que je vais là-haut ?

— Je peux le leur dire.

— Non. Il vaut mieux que ce soit moi. Il y a déjà des bruits qui courent dans le pays au sujet de cette grossesse. Tous les habitants de cette maison doivent savoir quoi répondre. Demain matin, je passerai chez Mlle Le Houssois pour la mettre au courant. En tous cas, je ne te cache pas que je suis heureux de cette conclusion inattendue... même si cela ne change pas grand-chose pour Elisabeth... ni pour Mme de Varanville !

— Cela change beaucoup au contraire ! Elisabeth saura que celle qu'elle déteste ne deviendra jamais la maîtresse ici. Quant à Rose...

— Si tu espères qu'elle te tombe dans les bras en criant «Mon Dieu, quel bonheur !», c'est que tu ne la connais pas. Elle est trop fière, trop pure, trop droite pour ça ! Ce qui est important, pour elle, au fond, c'est que tu aies fait le nécessaire pour que Lorna soit enceinte. Et ça, tu n'y peux rien ! Alors ne te précipite pas pour chanter victoire !

— Je te croyais mon ami ? murmura Guillaume avec amertume.

— Qui d'autre qu'un ami pourrait parler ainsi ? Laisse faire le temps et songe qu'il te faut d'abord convaincre miss Tremayne de rentrer en Angleterre. Telle que nous la connaissons tous deux, ce n'est pas pour demain !

Pris par leur discussion, ils n'avaient pas entendu gratter à la porte de la bibliothèque. Ce fut quand ils se dirigèrent vers elle qu'ils virent Kitty sur le seuil. Elle rougit sous le double regard des hommes :

— Veuillez me pardonner, murmura-t-elle, mais je voudrais un instant d'entretien avec M. le docteur.

— Bien sûr, Kitty ! Entrez ! fit Guillaume. Pendant ce temps je vais réunir tous ceux de la maison. Vous nous rejoindrez dans le vestibule.

Il sortit en refermant derrière lui.

— Eh bien, miss ? dit Annebrun en désignant un siège à la femme de chambre. Qu'avez-vous à me dire ?

— Je voudrais que vous m'appreniez ce qu'il y a là-dedans, fit-elle en sortant un flacon de sa poche de tablier.

— Si j'en crois ce qui est écrit, c'est de la fleur d'oranger.

— Justement, ce n'en est pas.

Rapidement, elle raconta l'histoire de la fiole habillée d'argent, ses propres inquiétudes allant jusqu'au soupçon, comment elle en était venue à transvaser le contenu et, finalement, l'histoire de la soirée qui venait de s'écouler.

— J'ai eu peur, conclut-elle. Une peur affreuse que ce ne soit une liqueur dangereuse. Peut-être un poison...

— De toute façon, vous avez bien fait, dit le médecin en promenant son nez au-dessus du goulot. Je vous dirai ce qu'il en est mais j'ai une petite idée...

Une heure plus tard, la maison était retournée au silence. Lorna dormait profondément, veillée par Kitty que Béline relayerait au petit matin. Tous les autres avaient regagné leur chambre pour prendre quelques heures de sommeil, ce bon sommeil que donne le soulagement après des mois d'inquiétude et de contrainte. Les plus joyeux étaient Potentin, Clémence et les deux garçons, ceux-là surtout, délivrés des sombres projets d'enlèvement concoctés par Arthur. L'aube qui allait venir serait une aube de joie puisqu'elle laisserait présager le retour d'Elisabeth. Peut-être au printemps, quand seraient apaisées les grandes tempêtes de la mauvaise saison rendant difficile un voyage par mer? Pour Arthur comme pour Adam, la suite des événements débarrassée de ce gros nuage en forme de bébé ne faisait aucun doute: Lorna une fois remise d'aplomb n'aurait plus de raisons de s'accrocher aux Treize Vents. Elle pourrait retourner en Angleterre, épouser son duc... et le bonheur reviendrait avec Elisabeth s'asseoir au foyer des Tremaine.

Cependant, deux des habitants de la maison ne se couchèrent pas, sachant bien qu'il leur serait impossible de trouver le repos à cause du tumulte de leurs sensations : Guillaume lui-même et Jeremiah Brent.

Le précepteur était sans doute le seul dans toute la maison à ne pas se réjouir. Profondément, désespérément amoureux de Lorna, il l'aimait assez pour souhaiter avant tout son bonheur, dût-il, ce bonheur, dépendre de Guillaume Tremaine. Durant ces semaines où elle croyait porter un enfant, où elle vivait en réprouvée murée dans ce qu'elle considérait comme son bon droit, il s'était efforcé d'adoucir l'humeur de ses élèves et surtout d'apporter à la jeune femme tout ce qu'elle pouvait accepter d'attentions, de tendres soins. Peu à peu, il s'était fait à l'idée de la voir devenir l'épouse de Guillaume, la maîtresse des Treize Vents et, faute de mieux, de se trouver lui-même chargé d'éduquer celui qui allait arriver et qui réclamerait toute son attention quand Arthur et Adam seraient trop grands et gagneraient une école parisienne afin d'y conquérir des grades. Cela représentait de nombreuses années à vivre dans ce coin du Cotentin, à l'ombre de celle qu'il adorait. Sans compter les autres bambins qu'une toute naturelle réconciliation ferait peut-être venir au monde.

En cette nuit d'octobre, tout ce château de rêves s'écroulait. Le foudroyant diagnostic du docteur Annebrun était tombé avec la brutalité d'une sentence : celle qui, un jour ou l'autre, chasserait Lorna des Treize Vents l'obligerait, lui Jeremiah, à un choix cruel : être à jamais séparé de son enchanteresse ou renoncer, pour la suivre, à un poste qui lui convenait à tous points de vue parce que, depuis son arrivée avec Arthur, il s'était senti chez lui dans cette maison chaleureuse où choses et gens correspondaient à ses goûts... Et, tout au long de cette nuit, le jeune Anglais pleura parce que d'une façon ou d'une autre, il lui faudrait déchirer un morceau de son cœur.

Bien différentes étaient les pensées de Guillaume. Debout bras croisés devant sa fenêtre ouverte au chambranle de laquelle il s'accotait, insoucieux des assauts de la pluie et du vent qui le flagellaient, il se laissait inonder avec une sorte de jubilation. Il lui semblait que l'eau du ciel lavait son âme de toutes ses rancœurs, de tous ses doutes, de toutes les pensées malsaines qu'elle exsudait depuis le départ de sa fille bien-aimée. Il ne haïssait plus Lorna ; il ne voyait plus en elle une ennemie particulièrement rouée, mais une victime. Plus que lui-même, elle s'était trouvée prise au piège de la nature puisqu'elle n'avait aucune raison de ne pas se croire enceinte. Aussi souhaitait-il à présent l'aider à franchir un cap dont il devinait qu'il serait aussi douloureux qu'humiliant et, avec la féroce naïveté de l'homme qui n'aime pas, il se proposait de l'entourer d'une attention quasi fraternelle, d'une affection familiale, sans imaginer un seul instant qu'une femme aussi orgueilleuse, aussi passionnée n'y verrait qu'une insultante pitié... Mais c'était tellement agréable de se dire qu'on allait pouvoir déposer les armes et — comble de délices pour ce bâtisseur-né ! — reconstruire enfin une famille tournée vers l'avenir.

Un coq qui lança son défi au jour quelque part vers l'ouest ramena sa pensée à celle à laquelle le devoir et l'honneur lui interdisaient de songer jusqu'à cette nuit de délivrance. Le coq était enroué, la nuit noire comme jus de seiche mais, derrière ce maelström de nuées fuligineuses, d'arbres suppliciés et de rafales furieuses, il croyait voir se lever une flamboyante et radieuse aurore, chatoyante comme la chevelure de Rose, éclairant un jeune printemps aussi vert que ses yeux... Rose ! Comme il allait être doux de la revoir sans qu'aucune arrière-pensée vînt mettre entre eux une barrière, de renouer les liens tranchés, d'essayer tout doucement, avec d'infinies précautions, de la reconquérir, car elle avait été bien près de devenir sienne ce Noël dernier où l'arrivée de Lorna avait tout bouleversé... Évidemment, il allait falloir attendre. Pierre Annebrun avait raison, mais espérer, rêver de nouveau était déjà tellement merveilleux !

A son retour de Paris, il ne l'avait pas vue. Pourtant, il était allé droit à Varanville, avant même de rentrer chez lui, afin d'apaiser au plus vite l'angoisse et les remords que Rose éprouvait depuis la fuite d'Elisabeth mais, à son grand désappointement, il n'avait trouvé au château que Marie et Félicien Gohel : la baronne, ses filles et même la vieille Mme de Chanteloup venaient de partir pour Coutances où les appelait un parent qui ne voulait pas mourir sans les avoir revues.

— Elles y resteront sans doute un peu de temps, dit alors Marie. Il y a si longtemps que Mme la baronne n'est allée là-bas ! C'est toujours agréable de revoir les amis d'autrefois...

Cette histoire d'amis d'autrefois n'enchantait guère Tremaine. Il se souvenait, en effet, d'avoir entendu jadis, au temps des fiançailles de Rose avec Félix de Varanville, Mme de Chanteloup plaindre sur le mode plaisant « ce pauvre baron de La Morinière » qui, à l'entendre, soupirait pour Mlle de Montendre depuis l'adolescence, bien que « toutes les demoiselles de Coutances fussent toquées de lui ». Payé pour connaître la puissance des amours d'enfance quand on les retrouve à l'âge adulte, Guillaume aurait donné cher pour savoir si ce La Morinière habitait toujours la ville épiscopale, s'il était marié, ou veuf, ou Dieu sait quoi. Mais, dans la situation qui était alors la sienne, il ne se reconnaissait pas le droit de poser des questions. A présent, il en ressentait la brûlure et, soudain, sa décision fut prise : au diable les conseils ! au diable la sagesse et les convenances ! Dans la matinée, il irait à Varanville sans rien dire à personne, bien sûr, mais il lui fallait voir Rose, l'entendre aussi pour tenter de deviner si ce séjour avait changé quelque chose dans son cœur. Après tout, il était important pour elle d'apprendre ce qu'il était advenu d'Elisabeth ! Comme lui-même, elle n'en serait pas plus rassurée, mais la grandeur de l'aventure courue par la jeune fille trouverait sans doute un écho dans ce cœur à la fois noble, fier et tendre.

Avec le jour se leva un fort vent de galerne balayant les nuages de pluie, débarbouillant le ciel qui apparut clair, bleuté, tout ponctué par les feuilles jaunies voltigeant joyeusement au souffle de soudaines rafales. Guillaume adorait ce temps-là. Ce fut en sifflotant un petit air qu'il alla seller lui-même Sahib, l'enfourcha et partit d'un trot allègre en direction du Val de Saire. La promenade jusqu'à Varanville était charmante ; elle rafraîchit comme un bain de jouvence l'âme tourmentée de Tremaine qui eut soudain l'impression qu'une bonne dizaine d'années venaient de s'envoler de ses épaules. Et que c'était donc délicieux !

Quand le petit château apparut, familier et accueillant dans le cadre de verdure roussissante si bien accordé à ses pierres vénérables, il mit le grand cheval noir au galop pour franchir, comme il en avait toujours eu l'habitude, le saut-de-loup puis la haie touffue mêlant mûriers, coudriers et jeunes acacias derrière laquelle s'étendait une pelouse encore verte. C'était tellement plus amusant que de passer par la grille et la grande allée ! Sahib et lui-même adoraient cet exercice un rien périlleux. Et puis c'était leur façon à eux de s'annoncer et d'attirer au-dehors, soit les petites et leur gouvernante, soit Rose elle-même.

En le voyant reprendre l'habitude des temps joyeux, elle devinerait que quelque chose était arrivé, quelque chose d'heureux... Alors elle accourait !

Mais personne ne se montra, sinon, appuyé sur une canne et sa longue pipe au bec, le vieux Félicien Gohel, le régisseur des Varanville. Bien sûr, il vint au-devant du cavalier avec empressement.

— Ça fait plaisir, monsieur Guillaume, de vous voir arriver comme autrefois. on dirait que ça va mieux, chez vous ?

— Oui, Félicien, beaucoup mieux même si tout n'est pas parfait. Mais comment se fait-il que je ne voie personne ? Madame la baronne est rentrée, j'espère ?

— Eh non ! Nous avons eu, avant-hier, une lettre disant qu'elle prolongeait son séjour à Coutances afin de répondre à toutes les invitations qui lui arrivent. Mais venez donc jusqu'à la cuisine ! Marie ne me pardonnerait pas de vous recevoir comme ça, debout dans l'herbe.

Pour ne pas contrister ces braves gens — de vieux amis pour lui ! — Guillaume accepta mais le cœur n'y était pas. Sans Rose, le château, si agréable fût-il, ne représentait qu'une coquille vide. La seule envie qu'il éprouvât du fond de sa déception, fut de tourner bride et de repartir au grand galop pour l'une de ces grandes chevauchées qui étaient pour lui le meilleur moyen de se calmer quand il était en colère, mécontent ou simplement contrarié. Cette fois, il se sentait franchement malheureux, bien qu'il s'efforçât de se raisonner : Rose n'était pas là, c'était désolant, cependant elle allait bien revenir un jour... Hélas ! il y avait en lui une toute petite voix, perfide, cruelle, en train d'insinuer que les amis de Coutances prenaient tout à coup bien de l'importance, que peut-être le pluriel n'était pas de mise, qu'il pouvait s'agir d'un seul ami...

Tout en lui servant un bol de cidre chaud accompagné de roties, Marie Gohel remua le couteau dans la plaie en déclarant que c'était une bonne chose de voir «madame Rose prendre enfin un peu de bon temps».

— Pensez-vous donc celui d'ici tellement désagréable ? ne put-il s'empêcher de remarquer. Jusqu'à présent votre maîtresse avait l'air de s'en accommoder.

— Elle ne pense qu'aux autres, la pauvre chère âme ! Et depuis la mort de M. Félix, il lui est venu plus de peine que de joie. Surtout l'hiver dernier, quand nous avons eu si peur pour notre Alexandre[1]. Bien sûr, elle aime sa maisonnée, et son domaine et nous tous, mais il y a des jours où je me demande si ça peut suffire toujours à une jeune dame.

— Plus si jeune ! coupa son mari avec un clin d'œil à Guillaume. Elle a trente cinq ans, Mme la baronne, si je compte bien !

— Non, tu ne comptes pas bien ! Trente-cinq

1. Voir tome III : *l'Intrus.*

ans ! D'abord, ce n'est pas beaucoup et, surtout, c'est sans importance quand il s'agit de Mme Rose. Elle sera toujours jeune, elle... et, en plus, il me semble qu'elle devient plus jolie chaque année.

— Bah ! Tu l'aimes comme si elle était ta fille, ma vieille Marie. Tu as les yeux de l'amour.

— Ce sont peut-être les plus clairvoyants, fit Guillaume, songeur. Et c'est vous qui avez raison, Marie. Chaque fois que je revois Mme de Varanville, je la trouve plus belle. Elle irradie.

— C'est d'accord, déclara Félicien en se levant pour aller taper sa pipe contre le manteau de la cheminée. Seulement moi, je préfère qu'elle... ir... comme vous dites, chez nous et pas à la ville. Ça te ferait tellement plaisir, Marie, si elle nous revenait avec un soupirant, un de ces beaux messieurs, qui ne nous serait rien ? Déjà y a M. François, votre ami de chez les sauvages, monsieur Guillaume, qu'est tout assoté d'elle au point qu'on a cru un moment qu'il retournerait jamais dans son pays. Alors moi, je dis que ces longues visites, ces fêtes, ces réjouissances citadines, ça ne lui vaut rien.

— Si c'est permis, gronda Marie, d'arriver à cet âge pour dire de si grosses bêtises ! C'est pas parce que madame Rose se distrait un peu qu'elle va se remarier ! C'est une chose qu'elle est incapable de faire, à moins que...

Elle s'arrêta brusquement, devint très rouge et, pour échapper au regard des deux hommes, se mit à débarrasser la table, mais ni son époux ni Guillaume ne songeaient à lui demander de finir sa phrase. Felicien étouffa un sourire sous sa moustache, tandis que le visiteur se levait pour prendre congé. Il se sentait un peu réconforté. Il y a comme cela des mots qu'on ne dit pas et qui font plus de bien qu'un long discours. Ou il était complètement idiot, ou bien ce que Marie avait failli dire c'était que seul Guillaume Tremaine possédait le pouvoir de faire renoncer la veuve de son meilleur ami à la solitude; mais c'était seulement l'avis de Marie Gohel. Rose le partageait-elle toujours, ou bien ce La Morinière était-il capable de l'amener à changer d'avis?

A force d'essayer de trouver d'impossibles réponses à ses questions, Guillaume jugea utile de ne pas rentrer directement aux Treize Vents. Un souci étant encore le meilleur moyen d'en chasser un autre, il choisit un grand détour par les hauts de Morsalines afin de voir où en étaient les travaux de la maison du Galérien. Il y avait une dizaine de jours à présent que les ouvriers y étaient entrés. Non sans quelque répugnance, d'ailleurs : depuis l'affaire des demoiselles Mauger — vraie et fausse ! — et de la fin tragique de la «bande à Mariage», la bâtisse jouissait d'une assez mauvaise réputation. Il est vrai que, depuis plus de quarante ans, le sort tragique de ses habitants successifs ne plaidait guère en sa faveur : Albin Périgaud d'abord, l'amoureux de la jeune Mathilde Hamel qui serait un jour la mère de Guillaume, condamné aux galères pour un crime dont il était innocent, le solitaire qui, pour abattre le véritable assassin, avait choisi de s'enliser avec lui dans les sables mouvants. C'était lui qui sans le vouloir avait baptisé la maison. Ensuite Agnès de Nerville avant que Guillaume ne l'épouse et au temps où elle faisait abattre le château paternel. Puis ce fut Gabriel, le dernier serviteur de Nerville à qui Agnès et son époux proposèrent d'habiter là. Gabriel, passionnément, douloureusement épris de la jeune femme au point de la suivre sur l'échafaud révolutionnaire. Enfin Adèle Hamel, cousine de Guillaume, cachée sous l'identité d'Eulalie Mauger, traînant après elle ses voiles noirs dégoûtants du sang de ses victimes.

Non, il n'avait pas été facile d'obtenir que la vieille maison soit remise en état ! Il fallut de l'obstination, des palabres, quelques pièces d'or et même l'eau bénite que le curé de Morsalines fut bien obligé de venir distribuer sur les murs extérieurs et intérieurs afin de ne pas contrarier un homme à la générosité duquel il savait pouvoir faire appel en cas de nécessité. Depuis, tout allait plutôt rondement, les hommes étant habités par une hâte égale de toucher un bon salaire et de vider les lieux. Le toit avait été revu, on refaisait huisseries et boiseries assez malmenées par les perquisitions, en attendant la peinture. On allait aussi changer les tentures, remettre des meubles, enfin rendre habitable le vieux logis.

Quand il y arriva, Guillaume trouva Barbanchon, le maître charpentier de Saint-Vaast, qui soufflait un peu en mangeant un quignon de pain et un morceau de jambon arrosés d'un cidre qu'il offrit obligeamment de partager.

— Même si je le voulais, je ne pourrais pas avaler une noisette, refusa Tremaine. Je viens de Varanville où Marie Gohel m'a bourré.

— Pas facile de lui dire non, à celle-là, rit Barbanchon. Et puis si vous rentrez chez vous sans avoir une p'tite faim, c'est la Clémence qui s'fâchera !

— C'est on ne peut plus vrai ! Dites-moi, on dirait que ça avance bien, le travail ? fit Guillaume, écoutant la symphonie pour rabots, scies et haches qui emplissait l'espace.

— Faut dire que vous faites c'qu'il faut pour ça, m'sieur Guillaume. Du travail aussi bien payé, ça n'se trouve pas si aisément... mais, vu qu'on s'connaît depuis longtemps, est-ce que vous m'permettez une question ?

— Si je pariais sur votre question, je serais sûr de gagner : vous voulez savoir pourquoi je me donne tant de mal pour une vieille bâtisse aussi mal famée ?

— C'est ça tout juste ! Ça brûle la langue de tout l'monde icitte, mais personne ose vous d'mander.

— On a bien tort ! Voyez-vous, maître Barbanchon, j'ai toujours aimé cette maison. Ma défunte épouse l'aimait aussi et mes enfants pensent comme nous deux. C'est la raison pour laquelle elle appartient maintenant à ma fille. Ce que je voudrais, c'est que l'on oublie au plus vite le triste épisode Mauger. En revanche, je voudrais qu'on se souvienne des anciens habitants : ils y vivaient avec honneur et dans le respect de tous.

— Vous voulez parler des Périgaud, les anciens régisseurs de Nerville ? Vous avez raison : c'étaient des gens de bien !

— Heureux de vous l'entendre dire ! Je n'ai connu qu'Albin, la dernière des victimes des châtelains et encore, pas bien longtemps, mais, outre le fait qu'il m'a peut-être sauvé la vie en entraînant le comte dans la mort, il était cher au cœur de Mathilde, ma sainte femme de mère. Alors, je répare ! A présent, quand on vous en parlera, vous pourrez répondre.

— Oh ! j'avais bien pensé quéqu'chose comme ça, mais tout d'même ! Vous faites bien plus qu'il n'y avait avant alors, si j'peux vous donner l'fond de ma pensée... qu'est d'ailleurs pas ma pensée à moi tout seul.

— Qu'est-ce que vous voulez dire par là ?

— Oh ! c'est pas compliqué ! On en causait l'autre dimanche après la messe, moi et Louis Quentin, en mangeant des crèpes à l'auberge avec Jean Calas. On était juste tous les trois et c'est pour ça qu'on a un peu échangé nos façons d'penser...

— Et alors ? émit Tremaine, qui commençait à se sentir intrigué.

— Voilà ! On est vos amis et vous l's'avez depuis longtemps. Tous ces temps derniers les langues ont marché dru rapport à vot'nièce l'Anglaise qui habite chez vous... et aussi à votre Elisabeth. On dit qu'si elle est partie, c'est à cause de la belle dame qu'elle peut pas voir.

— Il y a du vrai ! admit Guillaume, qui se doutait bien que les événements des Treize Vents avaient dû transpirer peu ou prou en dépit des précautions prises. Vous savez tous qu'Elisabeth a du caractère. Elle ne voulait plus vivre avec miss Tremayne et comme, avec la guerre, c'est un peu difficile de renvoyer celle-ci en Angleterre, j'ai bien été obligé de laisser ma fille aller attendre des jours meilleurs dans un couvent.

Un large sourire, un rien triomphant, illumina le visage chevalin du maître charpentier :

— Et comme vous n'supportez pas qu'elle reste loin d'vous, vous lui avez donné la maison du Galérien et vous la bichonnez pour qu'elle s'y installe quand elle voudra avec du monde des Treize Vents, bien sûr... ou peut-être Mlle Anne-Marie ! C'est pas ça ?

Tremaine saisit la perche si naïvement tendue avec empressement.

— Si. C'est ça ! Mais gardez-le pour vous trois !

— Marchez, m'sieur Guillaume ! Vous avez eu raison d'me faire confiance ! A nous trois, on saura bien boucler le bec aux commères si l'occasion s'en présentait ! Quant à moi, j'vais vous fignoler c'te bâtisse qu'elle s'ra aussi belle qu'un vrai manoir. Digne d'une duchesse de Normandie qu'elle s'ra, la maison du Galérien !

Le mot frappa Tremaine qui, troublé, hâta son départ. Les gens de ce pays l'étonneraient toujours avec leur sens de la dignité, des convenances, leur générosité naturelle et aussi cette étrange façon qu'ils avaient d'énoncer des comparaisons pharamineuses sans imaginer un seul instant qu'il pouvait s'agir d'une vérité. Duchesse de Normandie ! Dire que son mariage donnait à Elisabeth droit à ce titre prestigieux ! Pas une seconde jusqu'à présent, il ne s'en était rendu compte et, pourtant, c'était la réalité ! Dans les échos de sa mémoire, il entendit soudain, portée par le vent qui forcissait après une accalmie, la voix du prince dans les jardins de l'hôtel Matignon :

— Quatre témoins peuvent attester que moi, Louis-Charles de France, duc de Normandie... j'ai épousé Elisabeth-Mathilde Tremaine devant Dieu et devant les hommes.

Un moment, Guillaume se sentit tellement étourdi qu'il ralentit la course de Sahib, le mit au pas et flatta de la main l'encolure soyeuse. Son regard songeur alla chercher, par-dessus l'anse du Cul-de-Loup l'église de Saint-Vaast et le vieux cimetière où reposaient ses ancêtres maternels. Il y avait là son grand-père, Mathieu Hamel, qu'il n'avait jamais connu sinon par les récits de sa mère. Que pouvait-il penser, là où il vivait son éternité, le vieux saulnier, en voyant que son sang d'honnête homme droit et courageux, fidèle à Dieu et au roi, venait de s'unir à celui de ce même roi? Les titres conférés par une alliance aussi inattendue avaient de quoi donner le vertige même depuis le Paradis. Mais sans doute pensait-il, comme Guillaume lui-même, que le plus important, ce n'était ni le titre de roi ni celui de Dauphin, mais celui de duc de Normandie, sans rival pour ceux de l'antique solage, celui qu'avaient porté, bons premiers, les ancêtres vikings, les Rollon, les Robert, jusqu'à ce Guillaume qu'on appelait le Bâtard mais sous l'étrier duquel s'était courbée l'Angleterre, vaincue au point de ne jamais se reprendre.

Il s'agissait évidemment d'une certitude purement morale. Officiellement, le jeune Louis-Charles était mort. Sa reconnaissance par un peuple entier risquait de présenter quelques difficultés mais, au fond, Guillaume ne souhaitait pas, pour le bonheur de sa fille, que le trône vînt se mettre en tiers dans le couple. Mieux vaudrait que celui-ci vive caché dans un coin tranquille, sous un nom moins ronflant. Bonaparte n'avait pas fini de faire parler de lui ; la France l'adorait et, pour le prétendant, l'obscurité confortable d'un quelconque château campagnard serait bien préférable, surtout s'il venait des enfants. Pour sa part, Guillaume était tout prêt à rechercher l'endroit idéal, à le payer de ses propres deniers, la maison du Galérien ne constituant qu'un pis-aller, une halte sur le chemin tellement aléatoire que suivaient ces deux innocents. En fait, c'était au jeune homme qu'il destinait le vieux logis rénové pour qu'il y trouve un abri en cas de besoin, sans que Guillaume manque à la parole donnée au Premier Consul. Quant à Elisabeth elle-même, elle pourrait peut-être — grâce à Dieu! — retrouver bientôt le foyer paternel.

En rentrant aux Treize Vents, Guillaume vit Pierre Annebrun au chevet de Lorna. A demi-consciente, celle-ci prenait docilement le léger repas que Kitty lui faisait absorber sous la surveillance du médecin. La jeune femme semblait détendue, presque souriante, se plaignant seulement qu'on tînt à la nourrir alors qu'elle avait tellement sommeil.

— Il le faut si vous voulez recouvrer votre belle santé, répondait le médecin. Quand vous aurez fini nous vous laisserons dormir... jusqu'à ce soir, tout au moins!

— Tu penses la maintenir dans le sommeil encore longtemps? s'inquiéta Guillaume, tandis qu'ils redescendaient ensemble au rez-de-chaussée.

— Une dizaine de jours environ, afin que ses nerfs surchauffés s'apaisent et se reposent entièrement. Je ne sais pas si tu as remarqué, mais son ventre est déjà moins enflé.

— En effet. Cependant, est-ce que ce sommeil artificiel ne présente pas de danger à la longue?

— A la longue sans doute, mais je n'ai pas l'intention d'aller trop loin. D'ailleurs, je ne lui donne que des doses assez légères : tout juste ce qu'il faut pour la maintenir dans un état agréable, je l'espère, de repos, de détente, entre les périodes où elle dort profondément. A présent, j'ai quelque chose à te montrer. Allons chez toi, si tu le veux bien.

Ce «chez toi» indiquait la bibliothèque où Guillaume se tenait la majeure partie du temps, quand il était à la maison. Celui-ci tira sa montre.

— On va bientôt passer à table : tu dînes avec nous ?

— Volontiers, mais je veux tout de même parler un instant avec toi. Ce que j'ai à te dire n'est pas fait pour les oreilles des garçons ni de ce cher M. Brent.

Le ton un peu sec des derniers mots fit dresser l'oreille de Tremaine.

— Tiens ! On dirait que notre précepteur ne te convient plus. C'est l'Écossais qui se réveille en toi face à l'Anglais ?

— Pas du tout. Je l'ai toujours trouvé plutôt sympathique, seulement je me demande s'il est toujours à ton service.

— On ne peut guère l'assimiler à un serviteur.

— Disons, s'il est toujours de ton côté. Selon moi... et quelques autres, il est devenu le dévotieux esclave de miss Tremayne.

— Il l'a toujours été, je crois. Déjà, à Astwell Park, lorsqu'il est devenu le précepteur d'Arthur, il était follement amoureux d'elle. Je crois même que s'il a demandé à suivre son élève, c'était autant pour échapper à l'enchantement que par affection pour la garçon. Il ne pouvait pas deviner qu'elle viendrait s'incruster ici.

— Ni que tu coucherais avec elle ! fit le médecin avec une brutalité calculée. Est-ce que tu te rends compte qu'il doit à présent te détester ?

— Tant qu'il reste correct et qu'il fait bien son travail, c'est sans importance. S'il veut suivre Lorna lorsqu'elle partira, je le regretterai en tant que pédagogue, mais je ne le retiendrai pas. C'est ça que tu voulais me dire ?

— Non, mais c'est assez voisin. Guillaume, cette fameuse nuit des Hauvenières, cause de tout le mal, te souviens-tu de ce que tu as ressenti avant de rejoindre miss Tremayne? Il n'est pas question de tes sentiments : c'est le médecin qui parle. As-tu, à certain moment, éprouvé une violente, une irrésistible envie de faire l'amour?

Guillaume n'eut pas besoin d'un grand effort de mémoire pour se souvenir : une nuit comme celle-là laisse toujours des traces. Il revit le souper à deux devant le feu dans la gentilhommière battue par la tempête, la beauté chaleureuse de Lorna dans la lumière des chandelles, leur séparation quand elle s'était sentie lasse. Elle était allée se coucher tandis qu'il restait en bas à se chauffer. Il se sentait nerveux, mais ce fut pis encore lorsque monta en lui une bouffée de désir. Un désir qu'il tenta d'apaiser en se précipitant dehors, sous les rafales de pluie qui le trempèrent en un instant. Et puis le cri de Lorna sortant sans doute d'un cauchemar qui l'avait jeté dans sa chambre où elle tremblait dans son lit, à demi nue. Et ce qui suivit.

Avec un ami comme Pierre il était possible de tout dire, aussi ne cacha-t-il rien. Assez surpris, d'ailleurs, de voir que ledit ami l'écoutait avec un sourire goguenard.

— Je ne vois pas ce qu'il y a de drôle dans mon histoire, grogna-t-il. J'ai eu beaucoup de mal à rompre cette espèce d'envoûtement. Même sur la route, lorsque je suis rentré, j'ai dû lutter contre une terrible envie de la rejoindre.

— Tu as su résister, et c'est ça l'important. Tu n'as pas eu trop de mal à garder la sagesse?

— Non. La... l'effervescence s'est calmée à mesure que je m'éloignais, laissant la place à la honte, au remords. Je me dégoûtais d'être tombé dans un piège dont pourtant je mesurais la puissance. Tu ne peux imaginer ce qu'est la beauté de cette femme dans l'amour ! Oh ! je ne cherche pas d'excuses. J'ai seulement compris qu'un homme n'est pas grand-chose en face d'une sirène.

— Que s'est-il passé quand tu es allé la rechercher ?

— Rien... sinon une scène un peu désagréable. Je suis allé coucher à l'auberge de Port-Bail et le lendemain nous sommes rentrés avec, au bout du chemin, l'horrible aventure qui nous attendait.

— Tu as donc très bien résisté à... la sirène ?

— Oui. Et sans peine : je pensais à Rose.

— Et tu y penses toujours. Pourtant, laisse-moi te dire ceci : sans l'intervention d'une brave femme, tu serais retombé dans le même piège hier soir au cours de ce petit souper que l'on t'a demandé comme une dernière faveur.

— Moi ? Avec une femme près d'accoucher ? s'indigna Guillaume.

— Tu ne t'en serais même pas soucié. Tu sais ce que c'est que ça ?

De sa poche, Annebrun tira le flacon remis par Kitty.

— De l'eau de fleur d'oranger, dit Guillaume, se fiant à l'étiquette.

— Il y en a eu, mais ce qui est là-dedans est infiniment moins innocent. Je n'ai pas encore réussi l'analyse complète, mais je peux t'assurer en tous cas qu'il contient une jolie dose de cantharide. De quoi transformer un bedeau en satyre. J'ajoute qu'en trop forte quantité, c'est très dangereux. La belle Lorna s'était juré de t'avoir : elle t'a eu grâce à ceci !

— Ce n'est pas vrai ! Ce n'est pas possible ! Une femme aussi belle... la fille de Marie, avoir recours à de tels procédés ?

— Tu oublies qu'elle a eu aussi un père.

— Mon Dieu ! Mais toi, comment t'es-tu procuré ce... cette chose? Qui est ta «brave femme»?

— Kitty, bien sûr.

Et Annebrun raconta comment, dans une poche secrète du manteau de sa maîtresse, de retour des Hauvenières, la camériste avait découvert un petit flacon d'argent timbré aux armes du prince de Galles et ce qui s'en était suivi : comment, craignant le pire — aussi bien pour Lorna d'ailleurs ! —, elle avait opéré la substitution, puis fini par n'y plus penser jusqu'à ce que, la veille, elle ait vu miss Tremayne reprendre le mystérieux flacon tandis qu'elle l'aidait à se préparer pour le souper.

— Quand elle l'a mise au lit, après le repas, elle avait ordre d'aller te chercher quand elle l'entendrait gémir. Toi et personne d'autre. En fait, la scène des Hauvenières aurait dû se reproduire...

— C'est insensé ! Les circonstances n'étaient plus du tout les mêmes ! j'aurais pu la blesser gravement, léser l'enfant...

— Difficile de savoir ce qui a pu se passer dans cette tête ! Peut-être s'était elle rendu compte d'une certaine anomalie durant sa pseudo-grossesse, et tu exigeais un enfant viable ! Si elle t'avait amené où elle voulait, il était possible de t'accuser au cas où l'accouchement donnerait un résultat décevant. Et surtout, surtout, elle affirmait sa puissance sur toi. Tu te serais probablement réveillé dans son lit, peut-être pas au vu mais certainement au su de toute ta maisonnée. Tu n'avais plus qu'à épouser sur-le-champ à moins de passer pour le pire tartuffe. Seulement, rien ne s'est passé comme elle l'espérait : tu n'as bu qu'un peu d'eau avec une goutte de laudanum et si le gémissement discret destiné à appeler Kitty s'est bien fait entendre, il s'est changé presque aussitôt en hurlement de terreur... pas du tout prévu au programme de ta nièce. Quelqu'un est intervenu pendant qu'elle t'attendait.

— Quelqu'un ?

— Allons, Guillaume, tu dois bien te douter de qui il s'agit ? fit Annebrun soudain mélancolique. Souviens-toi de la nuit de l'incendie, de la raison pour laquelle Arthur voulait la passer dans la chambre de sa sœur, ce qui lui a permis de sauver la maison ! Il y a ici une âme inquiète incapable de trouver le repos tant que l'intruse, la fille de l'autre, habitera la demeure qu'elle aimait tant et cherchera à se l'approprier.

— Agnès ? Tu crois...

— Oui. Et toi aussi tu y crois.

— Le moyen de faire autrement !

Il se souvenait, en effet, des récits de Potentin, de Clémence, au lendemain du drame et de la mise en garde d'Anne-Marie Le Houssois. Celle-ci ne plaisantait pas lorsqu'elle avait dit : « L'esprit d'Agnès morte sans repentir et de mort violente s'attache à ces murs... Elle haïssait trop Marie pour que sa haine ne s'attache pas aussi à cette Lorna... »

— Je vais demander à l'abbé Gonin de dire des messes pour le repos de son âme, soupira-t-il enfin.

— Ça ne peut pas faire de mal, mais je croirais plus volontiers que tout rentrera dans l'ordre quand l'indésirable sera partie...

— Je m'en occuperai dès qu'elle aura recouvré ses forces. Pas question, évidemment, de l'expédier outre-Manche en plein hiver et en pleine guerre, mais je compte l'installer à Paris, au moins pour quelque temps. Elle y retrouvera des amis, une vie mondaine agréable. En outre, M. de Talleyrand est tout disposé à s'occuper d'elle. Comme il a l'oreille de Bonaparte, il aura certainement un moyen de faciliter un retour vers le fiancé ducal !

On frappa à la porte et, presque aussitôt, la tête d'Arthur se glissa dans l'entrebâillement :

— Mme Bellec vous prévient que si vous aimez le rôti brûlé, elle se refuse à en servir. Alors, par pitié, venez à table !

— Elle a raison, sourit Guillaume. Ne la faisons pas attendre plus longtemps !

Posant une main affectueuse sur l'épaule de son fils, il se dirigea avec lui vers la salle à manger, tandis que le médecin se rappelait soudain qu'il devait se laver les mains. Arthur en profita pour poser la question qui lui brûlait la langue depuis le matin :

— Père... irez-vous bientôt chercher Elisabeth ?

Il y avait une attente, une angoisse dans ces simples mots. Guillaume les ressentit avec un certain attendrissement.

— On dirait que tu n'hésites guère entre tes deux sœurs ?

— Non. Parce que Lorna installée ici tandis qu'Elisabeth s'en était allée, nous subissons une injustice ; le monde à l'envers, quoi ! Lorna est une femme ; elle a sa vie toute tracée en Angleterre. Notre Elisabeth n'est qu'une toute jeune fille et elle n'a que cette maison...

— Je sais. Il faut cependant accorder à Lorna un peu de temps pour se remettre. En outre, il y a la guerre.

Brusquement, l'adolescent fit un écart comme un poulain rétif, échappant ainsi à la main paternelle soudain privée d'appui.

— Répondez-moi, père! Vous avez vraiment envie qu'elle s'en aille?

— En voilà une question! Tu le sais très bien. Pourquoi aurais-je changé d'avis?

— Je vous demande une réponse et j'ai eu trois questions. Vous ne seriez pas le premier à vous laisser... entortiller par ma sœur. Je vous ai vus quand vous remontiez avec elle après votre souper... intime. Vous n'aviez pas l'air de la trouver désagréable, loin s'en faut!

Guillaume fronça les sourcils : le sous-entendu d'Arthur lui déplaisait souverainement.

— Prends garde, Arthur! Tu te montres insolent et tu sais que je ne le tolère pas.

— Je n'ai pas l'intention de vous manquer de respect. J'attends seulement que vous m'appreniez quand vous irez chercher Elisabeth.

— Comment veux-tu que je le sache? Nous devons au moins attendre que ta sœur soit rétablie. J'ai des projets pour son départ. Quant à Elisabeth, tu devrais savoir qu'elle ne se laisse pas manœuvrer aisément. Elle voudra l'assurance que Lorna a quitté définitivement les Treize Vents.

— Il faut au moins lui écrire, lui apprendre ce qui vient de se passer. Donnez-moi l'adresse de son couvent! Il y a des jours, déjà, que j'ai envie de vous la demander. Moi, je vais lui écrire... Soyez tranquille, je saurai trouver les mots! Au moins lui dire qu'elle reprendra bientôt sa place, que nous l'attendons, qu'elle nous manque.

Tremaine considéra un instant l'étroit visage où l'homme en train de naître s'affirmait de plus en plus : un peu de rouge marquait les pommettes et les yeux flambaient.

— Non, Arthur! dit-il avec une ferme douceur, je

ne te donnerai pas cette adresse et tu dois le comprendre : c'est à cause de moi qu'elle est partie, c'est donc à moi de la ramener, et je ne veux pas d'intermédiaires entre nous.

— Je ne suis pas un intermédiaire : je suis son frère !

— Nous le savons tous les deux ! Allons, viens ! Nous en reparlerons. Pour l'instant, il me semble que les grondements de Clémence font déjà trembler la maison.

En réalité, on n'en reparla pas. Durant les jours qui suivirent la maison plongea dans un silence inhabituel. Le sommeil, d'où Lorna ne sortait guère, pesait sur l'atmosphère, donnant aux Treize Vents un air de château pour Belle au bois dormant. Chacun s'efforçait de faire le moins de bruit possible. Les garçons partageaient leurs journées entre les études avec Mr. Brent et des activités extérieures. Adam, toujours aussi attaché à ses «recherches scientifiques», rejoignait volontiers son ami Julien de Rondelaire et le savant abbé Landier, précepteur de celui-ci, pour plonger avec délices dans l'archéologie de la région, dada favori du digne ecclésiastique. Le mauvais temps n'était guère favorable aux fouilles destinées à déterrer d'antiques sépultures, mais on avait beaucoup à classer, ranger, étiqueter ce que l'on avait trouvé pendant l'été, et surtout à en parler. Cela donnait lieu à des palabres sans fin qui assommaient Arthur : après avoir accompagné son frère une ou deux fois pour lui faire plaisir, il abandonna, préférant de beaucoup les longues galopades le long de la côte ou encore embarquer sur le lougre des Calas pour la pêche en mer. Mais chaque fois qu'il descendait à Saint-Vaast, il rendait une petite visite à Mlle Le Houssois à laquelle il s'était attaché depuis qu'elle l'avait soigné avec tant d'attention. Elle était devenue pour lui une grand-mère, un don du Ciel inappréciable pour ce garçon rejeté avec une espèce de dégoût par celle que la nature lui avait donné. Il aimait bien s'installer sur la pierre de son âtre pour bavarder avec elle en mangeant des châtaignes rôties ou des crèpes accompagnées de cidre chaud.

Il essaya, naturellement, d'obtenir d'elle le nom du couvent où il croyait Elisabeth retirée, mais n'eut pas plus de succès qu'auprès de son père. Et pour cause ! La vieille demoiselle n'ignorait rien de la situation réelle de la jeune fille. Elle se contenta d'exhorter le jeune garçon à la patience.

— Il faut s'estimer heureux que la naissance annoncée n'ait été qu'une fausse alerte. Remercions Dieu et n'en demandons pas plus pour l'instant ! J'irai aux Treize Vents quand mes rhumatismes se calmeront un peu.

Remercier Dieu ? Arthur voulait bien mais, selon son éthique personnelle, le Très-Haut ne mériterait son action de grâces que lorsque Elisabeth serait rendue à l'affection des siens. Pour l'instant, Il la gardait pour lui et Arthur espérait bien qu'Il n'essayerait pas de s'en faire une moniale de plus ! En attendant, l'adolescent rongeait son frein; lequel s'amenuisait d'inquiétante façon. La rupture n'était pas loin. Quant à Guillaume, éprouvant beaucoup de mal à tenir en place, il fuyait sa maison autant que possible. Chaque matin, pris d'une hâte presque douloureuse, il galopait jusqu'à Varanville dans l'espoir d'y trouver Rose, et en revenait d'autant plus sombre qu'il était plus déçu. Il fit un saut à Cherbourg, un autre à Valognes, bien mélancolique à présent mais où rentraient peu à peu certains habitants d'autrefois emportés par l'émigration. Le reste de son temps, il le passait aux écuries, la compagnie de Daguet et de ses chevaux lui paraissant la seule vraiment souhaitable, vraiment apaisante. Il ne recherchait même pas ses fils, surtout Arthur dans le regard duquel il croyait lire une interrogation douloureuse chaque fois qu'il le croisait.

Vint un soir où le docteur Annebrun déclara qu'il était temps, selon lui, de laisser miss Tremayne revenir entièrement à la conscience. Elle allait visiblement mieux.

— Demain matin nous la laisserons se réveiller tout à fait. Je m'arrangerai pour être là. Ce sera, je pense, vers dix heures.

— Quand pourra-t-elle reprendre une vie normale ? demanda Guillaume.

— Ce sera l'affaire de quelques jours, si vous continuez à bien la nourrir. Il lui faudra aussi un peu d'exercice. Il est temps qu'elle se rappelle que le grand air est une excellente médecine.

Toute la famille considéra que c'était là une bonne nouvelle. Aussi, pendant le souper, Arthur en profita-t-il pour relancer son père :

— Ne pensez-vous pas qu'il serait temps de prévenir enfin Elisabeth ? Ce serait une telle joie si elle pouvait être de retour pour Noël ! Souvenez-vous, père, vous m'aviez dit que nous en reparlerions.

— Je sais que tu as une excellente mémoire, Arthur. Tu n'as certainement pas oublié non plus que je t'ai demandé de me laisser m'occuper de ta sœur.

Cette fois, ce fut au tour d'Adam d'entrer en lice.

— On dirait qu'il s'agit d'un secret d'État, fit-il avec un bon sourire qui corrigeait la raideur de sa remarque. Arthur a raison, père ! Noël est le moment rêvé pour une réconciliation et pour se retrouver tous en famille ! C'est notre fête préférée à tous et, sans Elisabeth...

Agacé — un peu à court d'arguments aussi —, Tremaine choisit la mauvaise humeur.

— C'est une conspiration à ce que l'on dirait ? Si vous voulez tout savoir, j'estime que c'est à votre sœur et à personne d'autre de choisir le moment où elle désire revenir ! Ne comptez pas sur moi pour aller me traîner à ses pieds !

— Il ne s'agit pas de ça ! s'écria Arthur. Ou alors, c'est que vous êtes toujours brouillés et qu'à votre retour de Paris vous ne nous avez pas dit la vérité !

— En voilà assez !

Guillaume se leva brusquement de table, jeta sa serviette et se dirigea vers la porte à grandes enjambées furieuses, laissant Mr. Brent et ses élèves attaquer sans lui leur dessert. Le précepteur jugea qu'il se devait de réprimander les deux garçons.

— Il est très choquant de vous entendre employer un ton aussi peu respectueux pour vous adresser à votre père. Vous surtout, Arthur ! Vous devriez comprendre qu'il était maladroit de l'attaquer justement ce soir où nous nous réjouissons tous du retour à la santé de Miss Lorna ! Comme nous, il en éprouve sans doute une grande joie... Pourquoi lui rappeler les mauvais souvenirs ?

Il n'avait pas fini de parler qu'Arthur était debout, pâle jusqu'aux lèvres et les yeux pleins d'éclairs :

— C'est Elisabeth que vous traitez de mauvais souvenir ? Je savais déjà que Lorna a fait de vous son dévotieux courtisan, mais je ne supposais pas qu'elle vous avait rendu stupide ! Si vous l'aimez à ce point, vous n'aurez qu'à rentrer en Angleterre avec elle ! Ce n'est pas moi qui vous en empêcherai. Mais avant Noël, s'il vous plaît ! L'arrivée de ma chère sœur nous a gâché le dernier et moi je veux passer celui qui vient avec Elisabeth !

A son tour, il quitta la salle, sous l'œil consterné de Jeremiah Brent et celui plutôt amusé d'Adam qui conclut en demandant au jeune homme de lui passer l'assiette de son frère.

— Si Arthur ne veut pas de son dessert, ça le regarde, mais moi je considérerais comme un crime de laisser perdre une si belle pomme meringuée.

Et il entreprit de déguster la part d'Arthur aussi paisiblement que si la tempête ne venait pas de s'abattre sur les Treize Vents.

Comme si le Ciel entendait encourager Lorna pour son retour à la vie, un joli vent d'est l'avait nettoyé et le soleil brillait lorsque Kitty ouvrit les rideaux de la chambre où le médecin venait de pénétrer, tandis que Béline, qui gardait le malade depuis une heure du matin, descendait à la cuisine pour y prendre son petit déjeuner.

La lumière éveilla la jeune femme qui bâilla à plusieurs reprises en s'étirant longuement. N'ayant pas encore aperçu Annebrun, elle sourit à Kitty.

— J'ai faim ! déclara-t-elle. Je voudrais beaucoup de thé, des toasts, de la confiture, du jambon.

— Eh bien ! fit le docteur, je constate que l'appétit revient ! C'est un très bon signe.

Aussitôt, le visage aimable de miss Tremayne s'assombrit.

— Que faites-vous ici ? Je ne vous ai pas appelé, que je sache ?

— Vous en auriez été bien incapable, l'autre soir. Il vous fallait un médecin d'urgence, mais si vous vous sentez bien, c'est que je ne vous ai pas si mal soignée !

— L'autre soir ? Quand était-ce ?

— Il y a eu huit jours mardi et nous sommes jeudi.

Il lui prit le poignet avec autorité, chercha le pouls, mais elle lui arracha sa main pour palper son ventre... et, soudain, poussa un cri de joie !

— Mon enfant ! Il est né ! Vite ! que l'on aille me le chercher ! J'espère que c'est un garçon ?

Le médecin échangea avec Kitty un coup d'œil inquiet. Ni l'un ni l'autre ne prévoyaient une réaction semblable. Avec beaucoup de douceur, il demanda :

— Vous ne gardez aucun souvenir de ce qui s'est passé ?

— Je sais que j'ai eu très peur... et que j'ai souffert, beaucoup souffert, mais c'est normal quand on accouche. Répondez-moi donc, au lieu de faire des questions stupides : c'est une fille ou un garçon ?

— Ni l'un ni l'autre. Vous n'avez pas accouché, pour la bonne raison que vous n'étiez pas réellement enceinte. Je sais que c'est difficile à admettre puisque vous présentiez certains symptômes, mais vous avez fait ce que l'on appelle une grossesse nerveuse. Est-ce que vous comprenez ce que je vous dis ? ajouta-t-il en constatant qu'elle semblait tout à coup changée en statue de Méduse. Les yeux fixes, la bouche béante, elle respirait à petits coups de plus en plus rapides et, soudain, ce fut l'explosion : les griffes en avant, Lorna jaillit littéralement de son lit et se jeta à la gorge d'Annebrun.

— Pas enceinte ! hurlait-elle au paroxysme de la fureur. Vous voulez dire que vous avez profité de mon inconscience pour m'enlever cet enfant dont personne ne voulait ici ! Assassin ! Bandit !

Kitty se précipita pour refermer la fenêtre qu'elle avait entrouverte afin de renouveler l'air de la chambre. Les imprécations de Lorna devaient s'entendre jusqu'au hameau. Ensuite, elle revint prêter main-forte au médecin ainsi agressé, bien qu'il fût de taille à se défendre seul. Il maîtrisait en effet la jeune femme en furie qu'il maintenait clouée à ses oreillers.

— Allez chercher Béline, Lisette... du monde enfin ! ordonna-t-il. Il va falloir la faire tenir tranquille et ça ne va pas être facile. Où est M. Tremaine ?

— Aux écuries, je crois. Je ne l'en ai pas vu ressortir, répondit Kitty. Voulez-vous que j'aille le chercher ?

— Non. J'irai moi-même. Nous avons là... Tenez-vous en repos, miss !... un incident que nous devons examiner ensemble. Faites ce que je vous ai dit !

La camériste n'eut pas à aller bien loin. Lisette, Potentin et Valentin accouraient, attirés par le vacarme. Avec leur aide Annebrun put lâcher Lorna, qui continuait à l'insulter, et se mettre en quête de son ami.

Aux écuries, cependant, Guillaume se trouvait confronté à un petit problème posé par Nicolas, le premier valet : Arthur était venu, environ une heure plus tôt, demander un cheval en annonçant bien haut son intention de se rendre à Varanville.

— C'est pas qu'y ait là-d'dans quéqu'chose d'estraordinaire, expliquait l'homme, mais c'que j'comprends pas, c'est qu'il ait pas pris Selim !

Cadeau de Guillaume, Selim, un bel alezan doré, était le précieux trésor d'Arthur. Il adorait cette jolie bête nerveuse avec laquelle il s'entendait à merveille.

— Même, ajouta Nicolas, que Selim il est pas content du tout ! Il a fait du boucan pendant au moins un quart d'heure.

— Il a pris lequel, alors ?

— Rollon !

— Rollon ? En voilà une idée ! L'un de nos animaux les plus endurants pour faire deux lieues en tout ? Qu'a-t-il donné comme explication ?

— Pas grand-chose ! Il a simplement dit qu'il avait dans l'idée que Rollon avait besoin de se dégourdir les jambes.

L'arrivée soucieuse du docteur Annebrun coupa court à ce dialogue sans issue en apportant à Guillaume un tracas beaucoup plus sérieux qu'une lubie de son fils. Mis au courant de la scène que le médecin venait d'essuyer chez Lorna, il commença par s'offrir l'exutoire d'une verte colère, bourrant de coups de pied le mur de l'écurie et jurant comme un Templier. Pierre jugea plus prudent de laisser passer cet orage inattendu. Il se contenta de faire signe à Nicolas de vider les lieux, les vociférations de Guillaume accolées au nom d'une femme n'étant certainement pas pour ses oreilles.

— Je vais la tuer ! hurlait Tremaine. Si c'est le seul moyen de m'en débarrasser, je l'étranglerai.

— Et tu iras finir tes jours en prison, si toutefois tu échappes à l'exécution capitale, fit tranquillement le médecin. Si tu veux bien te calmer, nous pourrions essayer de parler sérieusement.

— Et de quoi, mon Dieu? Si tu veux mon avis, elle sait très bien qu'elle n'a pas accouché, mais elle a décidé de s'incruster ici par tous les moyens possibles!

— Détrompe-toi! je la crois sincère. Une femme atteinte d'une grossesse nerveuse est persuadée qu'elle va avoir un enfant et tu sais à quel point celle-ci se méfiait de nous. Elle croit dur comme fer être victime d'un complot.

— Elle a tout de même confiance en Kitty? Est-ce que celle-ci ne lui a rien dit?

— Si... mais ça n'a servi à rien. Selon miss Tremayne, Kitty l'a trahie en rejoignant la conspiration générale. Je ne vois pas comment nous pourrions la convaincre. A moins que tu n'y réussisses?

— Çà m'étonnerait beaucoup...

— Ressaisis-toi d'abord! Et surtout, évite de l'étrangler.

Mais les craintes du médecin étaient vaines: Lorna refusa de recevoir Guillaume, et celui-ci jugea plus prudent de ne pas forcer sa décision pour le moment. Il devinait qu'un nouveau combat s'annonçait et que celui-ci serait long.

Pendant ce temps, après avoir repris dans un massif le sac de voyage qu'il y avait caché avant de se rendre aux écuries, Arthur galopait en direction du sud. Vingt lieues environ séparaient les Treize Vents de Bayeux. Pas une affaire pour un cavalier aussi bien entraîné que lui! Il y serait le lendemain soir.

CHAPITRE VIII

LES RUES DE BAYEUX

Comme beaucoup de villes normandes, Bayeux possédait son auberge du Lion d'or — armoiries obligent ! —, la plus belle et la mieux achalandée de l'endroit. Elle se trouvait dans la rue Saint-Jean qui, avec Saint-Patrice, Saint-Malo et Saint-Martin, composait l'artère principale. Proche de la cathédrale, elle bénéficiait de la clientèle aisée de la région ; gros fermiers, notables et voyageurs de quelque importance venaient volontiers s'y régaler d'andouilles, d'andouillettes et de tripes cuites comme il convenait, au vin blanc et à l'eau-de-vie, en jouant aux cartes ou aux dames dans l'atmosphère enfumée des deux grandes salles aux poutres noircies.

C'était en réalité le seul endroit un peu gai d'une ville qui, vouée en majorité au monde ecclésiastique avant la Révolution, retrouvait rapidement sa paix ouatée d'autrefois que ne troublait guère le pas mesuré des hommes en soutane, dont la plupart assuraient le service de la superbe cathédrale Notre-Dame, l'un des types les plus achevés du grand gothique normand. Quelques couvents étaient revenus à la vie ainsi que de vieux hôtels où l'aristocratie locale apprenait à revivre, bercée par les sonneries de cloches qui découpaient le temps, comme au moyen âge.

Victor Guimard, pour sa part, voyait dans le Lion d'Or une sorte de bénédiction. Il représentait un havre chaleureux dans l'existence austère qu'il s'imposait depuis plus de deux mois, depuis qu'il s'était donné pour tâche de veiller sur Elisabeth. Par amour beaucoup plus que par devoir, d'ailleurs! Mettre la main au collet du prince n'était pas ce qu'il souhaitait le plus, même s'il avait obtenu de Fouché d'être investi de cette mission — ô combien délicate ! — sur cette terre normande dont il portait le titre et où la fidélité à l'Ancien Régime demeurait profonde. Bien au contraire! Il savait que la «duchesse», comme il l'appelait dans ses moments de mauvaise humeur, le haïrait à jamais si elle devait le voir procéder à l'arrestation de son époux. Ce qu'il espérait réussir quand Louis-Charles ferait enfin son apparition à Bayeux, c'était le convaincre de fuir à l'étranger et de fuir seul afin de pouvoir ramener Elisabeth à la maison familiale, parce que plus le temps passait et plus grandissait son amour pour elle. Il fallait bien qu'il en fût ainsi, d'ailleurs, pour que cet homme d'action, jeune, débordant d'énergie et de vitalité, se soit plié à la vie morne et larvée qui était alors la sienne.

En arrivant à Bayeux, il s'était présenté aux autorités sous son nom réel : baron Victor de Clacy, historien d'art, venu se documenter en vue d'un ouvrage qu'il disait vouloir consacrer au trésor des évêques de Bayeux et surtout à la fameuse *Toile de la Conquête* attribuée à la reine Mathilde, que les mains pieuses des dentellières de la ville avaient mise à l'abri pendant les troubles pour la restituer finalement à la municipalité. Ce qui lui avait ouvert quelques portes de vénérables hôtels, parmi lesquels ne figurait pas celui de Vaubadon. Il ne chercha pas à s'y faire admettre, bien au contraire. En effet, il n'avait pas fallu longtemps à ce limier chevronné pour deviner qu'il abritait Elisabeth : la ville était assez petite, les rues étaient plutôt silencieuses en dehors des jours de marché, les yeux facilement aux aguets derrière les fenêtres closes et, bien que les Bajocasses, ainsi que la plupart des Normands, d'ailleurs, considérassent les cancans comme un manque de dignité, l'arrivée d'une jeune et belle cavalière toute vêtue de noir et d'un type aussi original que celui d'Elisabeth pouvait difficilement passer inaperçue. Victor n'eut donc aucune peine à savoir le lieu de sa retraite. On sut que Mme de Vaubadon accueillait chez elle une jeune cousine en grand deuil, ce qui la dispensait de recevoir d'autres gens que d'intimes amis. En outre, sa pensionnaire ne sortait que pour se rendre aux offices de la cathédrale.

Ainsi rassuré, le fils de la danseuse se contenta d'une surveillance discrète, préférant de beaucoup éviter une rencontre qui l'eût mis peut-être en difficulté : la dame de ses pensées possédait de bons yeux. Elle l'eût vite reconnu pour ce qu'il était : un policier, c'est-à-dire la dernière personne au monde qu'elle souhaitât fréquenter, même si elle trouvait celui-là sympathique.

Ayant tout de même modifié, pour plus de sûreté, l'aspect de son visage au moyen d'une moustache et d'une barbiche qui lui donnaient assez l'air d'un mousquetaire attardé, il eut la chance de trouver à se loger presque en face de la maison qui l'intéressait, chez la veuve d'un notaire, femme respectable et à demi impotente qui vivait assez chichement — avarice oblige ! — avec une servante dévouée; un hôte payant, baron et homme de lettres, lui parut une forme de la bénédiction divine, bien qu'elle craignît qu'il n'usât, la nuit, trop de chandelle pour ses travaux.

Elle fut vite rassurée : le «baron» devait se coucher tôt quand il était chez lui, car il s'éclairait très peu. Elle n'avait, bien sûr, aucun besoin de savoir que son locataire préférait de beaucoup l'obscurité pour observer ce qui se passait en face, mais le logis, si commode fût-il, étant de ceux qui portent vite à la mélancolie, Victor choisit de prendre ses repas au Lion d'Or où il fut vite traité en habitué. La chaleureuse atmosphère le dédommageait un peu des longues heures passées dans sa chambre silencieuse, armé d'une patience de chat et d'une lunette marine. En outre c'était là qu'arrivaient les nouvelles les plus intéressantes.

Il s'y trouvait ce matin-là, qui était un vendredi — jour de marché ! —, quand un tout jeune homme descendit les deux marches donnant accès à la grande salle et, refusant la table d'hôtes, indiqua près de la cheminée une espèce de guéridon dans un coin tranquille. Grand et maigre, il pouvait avoir seize ou dix-sept ans. Habillé avec une certaine élégance, il n'appartenait visiblement pas au commun des mortels, mais ce fut son visage qui attira surtout l'attention du policier au point d'interrompre l'épluchage minutieux de la belle sole à la crème qu'on venait de lui servir : ce garçon était le vivant portrait, en plus jeune et en plus réduit, du père d'Elisabeth, cet étonnant Guillaume Tremaine dont l'irruption dans sa vie, à lui, venait d'en changer le cours.

Il se crut d'abord victime d'une illusion, voulut s'en libérer : en vérité, il pensait trop à sa «duchesse» ! S'il commençait à voir des Tremaine partout, il serait bientôt bon pour la Salpêtrière ! Pourtant, il éprouva toutes les peines du monde à détacher son regard de l'endroit où se tenait le nouveau venu, même quand la salle s'emplit des voyageurs d'une diligence qui établirent entre eux un rideau bruyant. Le garçon ayant disparu, il fallut bien se résigner à s'occuper davantage de son assiette. Victor poursuivit donc son repas, mais en gardant un œil dans cette direction. En même temps, il réfléchissait, cherchant à deviner quel lien pouvait rattacher le jeune inconnu au maître des Treize Vents. Celui-ci lui avait parlé de ses fils, âgés tous deux de près de quatorze ans : le nouveau venu en paraissait aisément deux ou trois de plus. Alors, un cousin ? Mais, en ce cas, que venait-il faire là puisque Guillaume lui avait dit vouloir cacher aux siens l'étrange destinée choisie par sa fille ?

Las de discuter avec lui-même, il se leva, son repas terminé, et alla trouver la belle Madeleine, la femme du patron alors occupé en cuisine, et dont il pouvait apercevoir l'obélisque de blanches dentelles en train de s'agiter aimablement au-dessus de chapeaux féminins emplumés.

La belle Madeleine avait un faible pour lui et, quand elle le vit approcher, elle se hâta d'abandonner les deux voyageuses avec qui elle s'entretenait.

— Vous n'avez pas l'air content, monsieur le baron ! Auriez-vous mal mangé ?

— Pas du tout, ma chère hôtesse ! Bien au contraire, mais il vient de vous arriver un jeune voyageur que je crois bien reconnaître. Il a des cheveux roux et il est installé dans le coin droit de la cheminée.

— Je vois qui vous voulez dire, mais si vous le connaissez, vous devriez aller lui parler. C'est un jeune gentilhomme, à coup sûr ! Ça se voit à son allure, à son parler... à son cheval aussi.

— Je ne l'ai pas vu depuis longtemps et l'on peut toujours se tromper. Or, j'ai une sainte horreur d'être ridicule.

— Mais c'est que moi, je ne le connais pas du tout, monsieur le baron ! Comment est-ce que je peux vous renseigner ?

— Facile ! Vous pouvez au moins me dire s'il ne s'appellerait pas Tremaine.

Le blond visage de l'aubergiste, rougi par l'agitation du coup de feu, se creusa de fossettes ravies.

— C'est ça tout juste ! Attendez ! Arthur Tremaine, voilà ! C'est ça ! Et il vient de Valognes. Je lui ai demandé son nom parce qu'il a demandé une chambre, et vous savez que la gendarmerie veut que nous dressions la liste des gens qui prennent logis chez nous. Vous voyez que vous ne vous êtes pas trompé.

— En effet. Il ne vous aurait pas dit, par hasard, ce qu'il vient faire ici ?

— Non, mais il m'a posé une question bizarre : il m'a demandé combien il y avait de couvents de nonnes dans la ville et où ils se trouvaient. Vous avez idée de ce que ça veut dire ?

Oh ! oui ! Guimard en avait une bonne idée mais, peu désireux de confier à Madeleine, si brave soit-elle, les secrets de la famille d'Elisabeth, il trouva une échappatoire :

— J'en ai peur ! fit-il en baissant la voix de

plusieurs tons et en entraînant son hôtesse hors de la salle. Ce malheureux enfant est amoureux fou d'une de ses cousines, une jolie petite fille que les siens veulent faire religieuse. C'est une triste histoire et votre jeune voyageur est bien à plaindre.

Une histoire d'amour trouve toujours le chemin du cœur d'une femme. Madeleine compatit aussitôt.

— Hélas ! Un si beau garçon ! Et... la petite, est-ce qu'elle l'aime aussi ?

— Je crois que oui. Tous deux espéraient bien se marier un jour, mais la famille de la jeune fille, pour donner une plus grosse dot à sa sœur aînée, a décidé qu'elle entrerait au couvent et ce ne sont pas des gens commodes.

— Sainte Vierge bénie ! Mais ça va se terminer par un drame si je lui donne ce qu'il demande ?

— Non... parce que je suis là et que je compte le surveiller. A ce propos... renseignez-le, mais ne lui parlez pas de moi. Il ne me connaît qu'à peine, d'ailleurs, pour m'avoir seulement aperçu et j'aurai ainsi les coudées plus franches.

— Dans ce cas, vous feriez mieux de revenir vous installer ici, monsieur le baron. Pour avoir l'œil sur votre protégé, ce serait beaucoup plus commode que chez la veuve Villers, suggéra l'hôtesse qui n'avait pas vu sans regrets ce client aimable quitter sa maison pour s'installer hors de sa zone d'influence immédiate.

Victor offrit à son hôtesse le sourire incroyablement séduisant qu'il tenait de sa mère :

— Oh ! que non, belle Madeleine ! Je suis un homme sérieux, moi, un homme qui travaille, et ici je serais trop sujet à d'aimables distractions. Et ce n'est pas le cas chez Mme Villers !

Soudain rouge comme une cerise, l'aubergiste battit des cils en marmottant que M. le baron était un grand coquin, et s'enfuit dans un envol de jupe bleue et de jupons blancs bien amidonnés. Victor planta son chapeau sur sa tête et, sa canne à la main, sortit dans la rue pour y reprendre le cours de ses pensées.

Ainsi donc, le garçon n'avait même pas quatorze ans! Plutôt en avance pour son âge mais, en évoquant la haute silhouette maigre et musclée du père, le policier pensa qu'au fond c'était assez normal. Au même âge, Guillaume Tremaine devait paraître plus vieux que nature, lui aussi, mais qu'est-ce que son fils venait faire à Bayeux? Chercher sa sœur sans doute. De là, ce grand besoin de visiter les couvents. Il y avait gros à parier qu'il s'agissait là d'une escapade pour laquelle il se passait de l'approbation paternelle. Il fallait voir!

Négligeant momentanément l'hôtel de Vaubadon où continuait de régner un calme désespérant, Guimard choisit de consacrer son après-midi à cet interéssant gamin et de le guetter. Ensuite on aviserait!

La diligence de Saint-Lô, qui après changement d'attelage venait reprendre ses passagers, emplit momentanément la rue de son vacarme, du roulement métallique de ses roues, des plaisanteries de ses postillons, sans compter la sortie des voyageurs, mis en belle humeur par leur bon repas. Tout ce joyeux brouhaha permit au policier de rester planté de l'autre côté de la chaussée comme certains autres curieux, sans attirer autrement l'attention mais, quand la diligence eut disparu avec ses sonnailles et son crépitement de sabots, il fallut chercher une position de repli. Le dieu des policiers avait bienheureusement placé presque en face du Lion d'Or, une petite boutique de livres, genre brocante beaucoup plus que librairie, et consacrée presque exclusivement aux ouvrages religieux. L'endroit était obscur, poussiéreux et fréquenté surtout par de vieux chanoines. Guimard n'y était venu qu'une seule fois en se jurant de n'y revenir jamais pour ne pas avoir à supporter le verbiage du propriétaire, un personnage sans âge que ses grosses lunettes et son long nez apparentaient curieusement à un héron et qui, lorsqu'un client s'aventurait chez lui, s'amarrait fermement à son bras et commençait à lui raconter l'histoire de la cathédrale agrémentée de celle, minutieuse, du plus petit bas-relief et du moindre écoinçon... Seulement, à travers sa vitrine crasseuse, on jouissait d'une vue imprenable sur l'entrée de l'auberge.

Résigné au pire, Victor entra, déclara qu'il recherchait un ouvrage sur l'évêque Robert des Ableiges qui, au XIIIe siècle, avait rhabillé en gothique ce qui restait du bâtiment initial en partie détruit par un incendie en 1105. Cela fait, il n'eut plus qu'à attendre : la mécanique était en marche et le libraire entamait sa conférence...

Cependant, Arthur, qui avait achevé son repas et pris possession de sa chambre, résistait courageusement à l'envie de se jeter sur le lit dont les oreillers bien blancs et le gros édredon bien rouge attiraient son corps passablement moulu. En fait, c'était la première fois qu'il effectuait une aussi longue course et l'arrêt qu'il s'était accordé la veille au soir dans une mauvaise auberge de campagne pour reposer Rollon ne l'avait pas reposé du tout, lui. Le logement était exécrable...

Mais, sachant bien qu'aux Treize Vents, on

devait déjà se mettre à sa recherche, si ce n'était déjà fait, il jugea préférable de remplir au plus vite la mission qu'il s'était donnée. S'il pouvait voir Elisabeth dès l'après-midi, il lui serait peut-être possible de prendre la route du retour le lendemain matin. Et pourquoi pas avec elle ?

A cette idée, l'adolescent éprouva une joie si forte qu'elle balaya sa fatigue. Rien que pour le bonheur de la revoir, il se sentait prêt à en endurer bien davantage ! Aussi, après avoir procédé à une toilette rapide, il descendit, écouta les explications que la belle Madeleine lui dispensa avec une sorte de tendresse à laquelle il ne comprit rien, remercia, salua et commença sa quête.

Avant la Révolution, il y aurait fallu beaucoup de temps : nombreux, en effet, étaient les pieux asiles autour de l'énorme et somptueuse cathédrale, digne du sacre d'un roi, qui semblait cependant, pour qui la découvrait de l'extérieur, simplement posée sur les herbages et les pâtures environnant la ville. Mais il en était beaucoup moins la tourmente passée. Deux ou trois maisons où les saintes filles se rassemblaient peu à peu venaient de rouvrir frileusement leurs portes : les Augustines, les Filles de la Charité, celles de la Sainte Sagesse mais, le plus important, celui des Dames bénédictines, trop malmené, tardait encore. Le parcours d'Arthur serait assez court.

En dépit de son anxiété, Arthur prit un certain plaisir à marcher au long des rues calmes, nouant et dénouant leurs rubans autour de la grande église avec pour compagnon un vent léger soufflant de la mer proche. Il vit beaucoup de maisons nobles, parfois modestes mais toujours empreintes d'un charme et d'une grâce venus d'un temps révolu. Certaines remontaient même aux Valois...

Deux heures plus tard, tout à fait découragé, il regagnait le Lion d'Or sans s'être aperçu un seul instant qu'il était suivi. Une meute d'ailleurs eût pu se lancer sur sa trace qu'il s'en serait peu soucié : Elisabeth ne séjournait dans aucun des établissements visités, dont il avait pu rencontrer chaque fois la mère supérieure. Ce qui rendait impossible d'imaginer le recours au mensonge. En ce cas, où était-elle ? Où la chercher dans cette ville ? Et, d'ailleurs, s'y trouvait-elle encore en admettant qu'elle y soit vraiment venue ? Leur père, tout de même, ne pouvait pas avoir menti à ce point-là, parlé de Bayeux s'il s'agissait de Coutances, de Saint-Lô ou de Caen ! Mais, après tout, pourquoi pas ?

Le pauvre garçon arrivait en vue de l'auberge quand il se sentit soudain submergé par la fatigue. Cependant, ne pouvant se résigner à y rentrer, il s'assit sur un montoir pour réfléchir encore, chercher à rassembler les moindres bribes d'informations données par Guillaume.

— Vous vous appelez bien Arthur Tremaine ? articula derrière lui une voix inconnue.

Levant la tête, il vit un homme jeune vêtu d'un grand manteau sombre et d'un chapeau rond sous lequel il arborait une moustache conquérante et une barbiche à la Louis XIII. Sans compter des yeux qui, au fond de leur orbites profondes, ressemblaient à de durs saphirs sous des algues noires.

Fidèle à une tactique plutôt satisfaisante d'habitude, il répondit par une autre question :

— Je ne crois pas vous avoir déjà vu ? Comment me connaissez-vous ?

— Je connais votre père et vous lui ressemblez d'étonnante façon. Tout à l'heure, je déjeunais à l'auberge quand vous êtes entré dans la salle et je n'ai eu aucune peine à vous situer. J'ajoute que je connais aussi votre sœur. C'est elle, n'est-ce pas, que vous êtes allé chercher dans ces trois couvents?

— Vous m'avez suivi? fit Arthur tout de suite sur la défensive.

— Bien entendu. J'avoue qu'en vous voyant je me suis demandé ce que vous veniez faire ici et tout seul. Un long voyage depuis Saint-Vaast pour un garçon aussi jeune! Je n'avais rien d'autre à faire que vous suivre.

— Puis-je vous demander d'où vous nous connaissez?

— Pour votre père c'est un peu compliqué mais, en ce qui concerne votre sœur, j'ai eu l'honneur d'aller la chercher à la prison du Temple, à Paris, où elle venait d'être enfermée, et de la remettre à M. Tremaine.

Arthur bondit :

— Ma sœur en prison? Vous devez être fou, monsieur!

— Rien n'est plus vrai, cependant! soupira Victor en renfonçant son chapeau que le vent manquait d'enlever. Je vois que vous ne savez rien du tout de ce qui s'est passé à Paris, il y a deux mois et, en vérité, je ne blâme pas votre père de vous avoir tenu dans l'ignorance. Je suppose qu'il ne sait pas que vous êtes ici?

— Non... non, bien entendu! Depuis plusieurs jours, je lui demandais de venir la retirer du couvent afin qu'elle passe avec nous les fêtes de Noël, mais il éludait toujours.

— Alors vous avez décidé de vous en charger? Il

doit se faire un sang d'encre à l'heure qu'il est, constata Victor qui jugea utile alors de dépenser l'un de ses rares sourires.

Lequel ne manqua pas son effet : Arthur, que cet inconnu trop bien renseigné commençait à agacer, sentit ses préventions fondre sans pourtant disparaître tout à fait.

— Me direz-vous enfin qui vous êtes? émit-il.

— Mais bien sûr! J'ai nom Victor, baron de Clacy... plus connu dans la police du Premier Consul sous celui de Victor Guimard, qui me vient de ma mère, mais ici...

— Un policier? gronda Arthur, c'est à un policier que je suis en train de me confier?

— Et alors? Il en faut, vous savez? Votre père, avec qui j'ai fini par m'entendre parfaitement, m'apprécie assez pour s'en remettre à moi de la surveillance de votre sœur Elisabeth. Et cessez de vous pincer le nez d'un air dégoûté : je suis aussi bien né que vous, mieux élevé peut-être et j'accomplis mon métier avec conscience... et un certain sens de l'honneur!

L'adolescent accepta la mercuriale assenée avec rudesse mais dont il retint surtout deux mots : ce curieux garçon était là pour surveiller Elisabeth; il savait donc où elle était. Il posa aussitôt la question.

— Venez avec moi, dit Victor en guise de réponse. J'habite juste en face de sa maison chez la veuve d'un notaire. Mais n'oubliez pas que je suis ici sous mon nom véritable et sous l'avatar d'un homme de lettres quelque peu historien à la recherche de documents... Et ne me créez pas d'ennuis avec ma logeuse!

Ils eurent vite atteint la maison Villers. Arthur, à présent, frémissait d'impatience et ouvrait grands ses yeux comme s'il cherchait à percer plus vite un secret qu'il devinait dangereux mais, lorsqu'ils furent à destination, il fallut que Victor le tire par le bras pour le faire entrer. Il dévorait des yeux la maison d'en face.

— Qui habite là ?

— Mme de Vaubadon. Elle est originaire de Valognes et vous la connaissez peut-être. Maintenant, allons nous expliquer !

Arrivé dans le petit appartement du policier, Arthur courut à la fenêtre. Victor le suivit et même lui tendit sa longue-vue.

— Vous ne verrez pas grand-chose. Il est trop tôt pour qu'on allume, en face, et quand vient la nuit on commence par fermer les volets.

— Si on ne voit jamais rien, comment pouvez-vous savoir que ma sœur est là ?

— Observer les allées et venues est plein d'intérêt. Ainsi, je peux la voir chaque matin quand elle se rend, voilée et suivie d'une servante, à la première messe de la cathédrale.

— A la messe tous les matins ? Elisabeth ? Vous devez vous tromper : ce ne peut pas être elle !

— Vous admettiez bien qu'elle ait choisi un couvent ! Je vous assure que c'est elle !

— Je veux bien vous croire, mais ça lui ressemble tellement peu !

— Peut-être la trouverez-vous fort changée. A présent, laissez cette lorgnette et venez vous asseoir : il faut que j'allume. Si je connais bien ma propriétaire, elle va nous envoyer du thé dans un instant.

Tout en parlant, il tirait les rideaux puis, à l'aide d'un tison pris à la cheminée, enflammait la mèche d'une lampe à huile. Juste à temps, d'ailleurs : on grattait à la porte et la servante paraissait avec un plateau.

— Madame a pensé que vous aimeriez...

— Très bonne idée! Vous la remercierez, fit Victor en s'emparant du plateau pour refermer plus vite la porte sur une figure déçue.

Arthur but avec plaisir le breuvage brûlant. Il se sentait transi jusqu'aux os. Moins par le vent subi dans les rues que par le froid dont il sentait son cœur enveloppé. Le trop grand amour qu'il portait à sa demi-sœur et qui le tourmentait depuis sa disparition lui faisait pressentir une terrible histoire. Une histoire qu'il allait devoir affronter en homme.

— Bien! soupira-t-il en reposant sa tasse. Me direz-vous à présent pourquoi ma sœur était en prison?

— Oui. Et votre père, je pense, m'approuverait de vous mettre au courant; même s'il n'a pas jugé utile de s'en charger lui-même jusqu'ici. Les circonstances que vous avez créées m'y obligent.

— Pas tant de circonlocutions, monsieur! Allez au fait!

— Pour que vous compreniez, il me faut revenir plusieurs années en arrière et je crois qu'à cette époque vous n'habitiez pas encore chez votre père. Avez-vous entendu parler d'un enfant, un jeune garçon venu, dans l'hiver 1794, passer quelques semaines dans votre demeure?

— Oui. Par mon frère Adam. Il était encore bien petit à l'époque, mais il s'en souvient. J'ai aussi questionné Elisabeth à son sujet, mais elle m'a répondu qu'il s'agissait du jeune parent d'un de nos vieux amis en route pour l'émigration. Ce garçon venait de perdre ses parents morts sur l'échafaud; il n'avait plus personne que ce vieil ami que je n'ai d'ailleurs jamais rencontré : un bailli de l'ordre de Malte, je crois. Tous deux sont repartis et, comme Elisabeth n'avait pas l'air d'y attacher beaucoup d'importance, je l'ai oublié. Une triste histoire comme il en existait beaucoup d'autres à cette horrible époque...

— Et pourtant, votre sœur n'a jamais oublié ce garçon. Ils ont été tout de suite très amis, très proches. Elle a eu beaucoup de chagrin quand il a quitté les Treize Vents pour n'y plus revenir.

— C'est pour ça qu'elle ne voulait pas en parler? Parce qu'elle avait de la peine?

— Non. Parce qu'il s'agissait d'un secret d'État. Ce petit garçon était le roi Louis XVII, celui que l'on appelait l'Enfant du Temple, que des fidèles venaient d'arracher à sa prison. Vous comprenez bien qu'une parole inconsidérée aurait pu avoir pour les vôtres les plus graves conséquences.

— Je comprends, mais êtes-vous en train de me dire que cette vieille histoire joue un rôle dans la vie de ma sœur? Aurait-elle reçu de ses nouvelles?

— Je vais vous dire ce que j'en sais et, surtout, comment je les ai rencontrés, elle et votre père.

Et Victor raconta le peu que lui avait confié Guillaume touchant le départ brusqué d'Elisabeth, suivi des événements parisiens et du voyage à Bayeux. Arthur mit à l'écouter une extrême attention sans se permettre de l'interrompre, mais lorsque le baron policier acheva son récit, il put voir qu'une larme glissait sur le visage du jeune garçon devenu l'image même de la douleur.

— Mariée! murmura-t-il avec une si poignante amertume que Victor éprouva un vague remords de lui avoir tout dit (mais le moyen de faire autrement?). Elle a suivi cet homme venu on ne sait d'où et elle l'a épousé!

Pour un peu, il aurait dit un vagabond!

— Je sais, dit Guimard avec douceur, que vous avez été élevé en Angleterre, mais ce n'est pas une raison pour traiter avec tant de dédain le sang des rois de France. Le prince n'a pas épousé votre sœur sous un nom d'emprunt mais bien sous le sien. Devant Dieu, elle est duchesse de Normandie et pourrait devenir reine de France si le trône est reconquis... De là sans doute la messe quotidienne : c'est une tradition qu'elle se doit d'observer.

— Ne me dites pas que mon père et vous, gens sérieux, croyez cette fable? Qu'il redevienne roi, ce voleur, et il se hâtera de faire casser un mariage devenu gênant! Les papes ont de grandes indulgences pour les têtes couronnées!

— Pas toujours. Si vous connaissez l'histoire d'Angleterre, souvenez-vous d'Henri VIII. Il est allé jusqu'au schisme pour épouser la femme qu'il aimait.

— Après quoi, il s'est dépêché de la faire décapiter! lança Arthur qui, en effet connaissait le sujet. Ce n'est pas le sort que j'ambitionne pour ma sœur. (Puis, se levant soudain :) Merci d'avoir bien voulu m'apprendre tout cela, baron. Permettez-moi de me retirer à présent!

— Puis-je demander ce que vous comptez faire? fit Guimard qui n'aimait pas beaucoup la lueur combative apparue dans l'œil de son jeune compagnon. Le mieux serait, il me semble, de rentrer chez vous après une bonne nuit... et un bon souper que je serais heureux de vous offrir, ajouta-t-il avec un sourire engageant.

Sans allumer d'ailleurs le moindre reflet sur le visage d'Arthur.

— Je ne refuse ni l'un ni l'autre, répondit-il, mais, avant, je veux voir ma sœur, lui parler. Aussi vais-je traverser la rue et me rendre dans cette maison. Si cette dame Vaubadon est de Valognes, elle connaît mon nom. Je vous préviens tout de suite que rien ne me fera renoncer. La seule chose que je puisse promettre est de ne pas parler de vous.

— J'allais vous en prier, grimaça Guimard, mi-inquiet mi-amusé.

Cette visite impromptu pouvait peut-être, après tout, se révéler intéressante. Avant de laisser partir Arthur, cependant, il le retint encore un instant :

— Qu'espérez-vous obtenir d'elle?

— Qu'elle revienne à la maison! Elle attendra aussi bien son couronnement chez nous que chez une étrangère. Ce serait même à mon avis beaucoup plus convenable.

Guimard salua moralement. Ce gamin ne manquait ni de courage ni de décision. Il avait fort peu de chance de réussir, mais le policier ne se sentit pas le cœur de l'en informer.

Abrité derrière ses rideaux tirés, il le regarda traverser la rue, dédaigner la grande porte cochère et s'arrêter devant une autre, plus petite et plus basse, donnant directement accès à une aile de la maison. Il le vit lever le heurtoir de bronze et le laisser retomber. Au bout de quelques instants, une servante portant un chandelier s'encadra dans le chambranle. Le visiteur et elle échangèrent quelques mots, après quoi elle livra le passage avec un petit salut. La porte se referma.

Laissant son luminaire sur l'étroite console surmontée d'une glace qui décorait le vestibule, la soubrette — elle en avait la grâce et la tournure ! — pria Arthur d'attendre quelques instants et pénétra dans une pièce éclairée de l'intérieur. Un léger murmure se fit entendre puis la jeune fille revint.

— Veuillez me suivre ! dit-elle seulement.

Le petit salon aux lambris gris trianon relevés de minces filets d'or parut à Arthur illuminé par la jeune femme qui s'y trouvait assise sur une chauffeuse près de la cheminée, un livre au bout des doigts. Ses abondants cheveux roux flambaient littéralement autour d'un visage d'une blancheur éclatante que faisaient vivre de magnifiques yeux noirs ; le tout rachetant avec générosité le manque de régularité des traits. Cette femme n'était pas jolie, mais elle possédait beaucoup de charme, ainsi que put s'en convaincre le jeune garçon lorsqu'elle lui sourit.

— On me dit que vous êtes le fils de M. Guillaume Tremaine ?

— En effet, madame, et je vous demande pardon d'oser me présenter chez vous sans vous en avoir demandé permission, mais il s'agit d'une nouvelle extrêmement importante que je dois annoncer à ma sœur Elisabeth. J'ai parcouru pour cela une longue route...

Les beaux yeux noirs se plissèrent jusqu'à ne plus laisser voir qu'une ligne scintillante :

— Qu'est-ce qui peut vous faire croire que votre sœur est chez moi ? demanda Mme de Vaubadon.

— Rien, madame. Je le sais, c'est tout, fit Guillaume avec simplicité.

— Et savez-vous encore d'autres choses ?

— Oui, madame... mais je vous demande, de grâce, de ne pas me prendre pour un étourdi ou un curieux. Il s'est passé chez nous, aux Treize Vents, un événement d'une grande importance pour notre famille. Ma sœur serait sûrement fâchée de n'en être pas prévenue.

— Vraiment? Quel âge avez-vous?

— Mon âge ne fait rien à la chose, madame. Je m'appelle Arthur, et je suis l'un des fils de Guillaume Tremaine.

— C'est l'évidence même! Vous lui ressemblez d'étrange façon... jusque dans vos manières. D'où vient qu'il ne se soit pas dérangé lui-même?

— Il ne le pouvait pas. On ne fait pas toujours ce que l'on veut. En outre, je crois qu'il a confiance en moi.

Il n'eut pas à en dire davantage : une porte prise dans la boiserie venait de s'ouvrir. Elisabeth s'élança dans le salon, suivie d'une dame d'un certain âge dont l'allure évoquait un peu une duègne espagnole.

— Arthur! s'écria-t-elle avec une joie qui fit vibrer sa voix. C'est bien toi? Je t'ai aperçu par la fenêtre. Je n'étais pas certaine de te reconnaître mais quand Aurélie m'a dit ton nom... Quel bonheur, mon Dieu!

Elle se jeta dans ses bras avec l'impétuosité d'autrefois, et le cœur d'Arthur se réchauffa. C'était si bon de l'embrasser, de respirer de nouveau le frais et familier parfum de ses cheveux et de sa figure en fleur! Cependant, il l'écarta de lui avec douceur pour la regarder, s'étonnant de la trouver si semblable à son souvenir et si différente! Cela tenait moins à la sévère robe de soie noire à peine relevée d'une guimpe et de manchettes de mousseline blanche qu'à une certaine façon d'être, de redresser sa tête fière couronnée d'or rouge, à un certain maintien...

Elle aussi le regardait mais, soudain, elle se mit à rire :

— Comme tu as grandi en quelques mois ! Tu me dépasses nettement à présent. Est-ce qu'Adam a fait de même ?

— Non. J'ai l'air d'être son aîné. A tous les points de vue, je pense.

— En effet ! Tu as une voix affreuse ! La mue sans doute ?

Elle l'entraînait vers un petit canapé couvert de tapisserie à fleurs. En même temps, son regard passait sur Mme de Vaudabon et l'autre femme.

— Nous vous laissons, madame ! dit la première. Je suppose que vous avez à parler.

Elisabeth acquiesça d'un sourire. Alors il se passa quelque chose qui frappa vivement l'adolescent : avant de franchir la porte, les deux dames plongèrent dans une rapide révérence. Mais Elisabeth ne lui accorda pas le temps de s'étonner.

— Dis-moi comment tu es venu.

— A cheval, bien entendu. J'ai pris Rollon hier matin et ici je suis descendu à l'auberge du Lion d'Or. Autant te l'apprendre tout de suite : je suis parti sans permission. Père ignore tout de cette... escapade. Mais il fallait que je vienne. Ce que j'ai à dire est trop important !

Elisabeth eut un rire joyeux qui lui rendit ses seize ans.

— Il faut que cela le soit pour avoir pris pareil risque ! Est-ce que tu imagines ce qui t'attend au retour ?

— Je m'en doute un peu, bien que père ne m'ait jamais touché. Cependant, il peut me battre comme plâtre, je serai tout de même content : il fallait que je vienne te dire qu'il n'épousera jamais Lorna. Jamais, tu entends !

— Pourquoi ? Elle a perdu son enfant ?

— Mieux que cela ! Elle n'a jamais été enceinte. Elle l'a peut-être cru de bonne foi, car le docteur Annebrun a parlé d'une grossesse nerveuse, mais aucun bébé ne va naître aux Treize Vents et, quand elle sera remise, père s'arrangera pour la faire partir.

— Quand elle sera remise ? Est-elle donc malade ?

— Peut-être même assez sérieusement.

En peu de mots, Arthur raconta les derniers événements de la maison puis conclut :

— Voilà pourquoi je suis venu : pour te chercher ! Je voudrais tant que tu sois chez nous pour la Nativité ! Souviens-toi de ce que disait père. Nous sommes les feuilles du trèfle dont il est la tige[1]. Si l'une est arrachée, les autres ne peuvent vivre longtemps.

— Crois-tu que je n'y pense pas ? Mais, Arthur, je ne peux revenir sur ma parole : tant qu'elle sera là, je ne vivrai pas aux Treize Vents. Tu dois me trouver intransigeante, mais Lorna est ta sœur autant que je le suis moi-même... et je crois qu'il va te falloir prendre patience : je ne pourrai passer Noël avec vous. Cette année tout au moins.

— Pourquoi ne pas me dire la vérité ? Même si Lorna n'était plus là, tu ne reviendrais pas ? A cause de ton époux ? Nous ne sommes plus dignes de toi ?

Tant d'amertume vibrait dans la voix enrouée d'Arthur que la jeune femme laissa déborder sa tendresse. Tendant les bras, elle l'attira contre elle :

— Ainsi tu sais cela aussi ? Mais que tu es donc stupide ! Imaginer que je puisse ne plus vous aimer

1. Tremaine veut dire « trèfle ».

comme naguère toi, père, et Adam, et tous les autres? Je donnerais une de mes mains pour pouvoir retourner vers vous, mais tu dois comprendre qu'il est des devoirs auxquels on ne peut échapper.

Avec une brusque colère, Arthur se dégagea de la douce étreinte.

— Tu dis devoir mais tu penses amour! Tu l'aimes ce... ce...

— Ne cherche pas d'insultes que tu regretterais! Bien sûr, je l'aime. Sinon, pourquoi tous ces mois d'errance qui, d'ailleurs, ne sont pas près de s'achever? Tu n'imagines pas à quel point je bénis ta présence aujourd'hui.

— Pourquoi aujourd'hui?

Elisabeth quitta le canapé et, les bras croisés, fit deux ou trois tours dans la pièce en baissant la tête comme si elle cherchait les mots convenables ou, tout au moins, ceux qui ne seraient pas trop pénibles à entendre.

— Parce que... j'ai promis à père de le prévenir si je quittais Bayeux. Tu le lui diras pour moi : les paroles sont toujours moins dangereuses que les écrits.

— Tu vas partir?

— Nous allons partir... et je te prie de croire qu'il ne s'agit pas là du pluriel de majesté! ajouta Elisabeth avec un demi-sourire.

— Cela veut dire qu'il est ici? ton... époux?

— Non. Pas pour le moment. Il m'a rejointe il y a un mois, après avoir manqué être pris trois fois. Il s'est donc replié sur sa Normandie et, depuis, il court le pays pour tenter d'y rassembler ses partisans mais c'est, je crois, beaucoup plus difficile qu'on le lui avait laissé entendre. Il y a les incrédules, ceux qui le croient mort au Temple, ceux qui sont las des combats, ceux enfin qui ne sont pas certains de sa naissance royale et qui, par lâcheté, se font l'écho des infâmies colportées par le comte de Provence lorsque sa mère le portait en elle... Ce sont les pires! Ceux qu'il a le plus de peine à supporter, ceux qui lui font le plus de mal. La dernière fois que je l'ai vu, il était las... découragé. Je sais qu'il revient bientôt et, très certainement, ce sera pour reprendre la mer, rejoindre ceux d'Angleterre qui l'ont aidé à passer en France... et puis attendre des circonstances plus favorables.

— Qu'appelles-tu des circonstances plus favorables? La mort de Bonaparte? Il est jeune à ce que l'on dit.

— Mais entouré de tant d'ennemis! L'étoile de Louis-Charles brillera peut-être plus tard.

L'écho du heurtoir de bronze, suivi des pas rapides de la camériste, se fit entendre. Tout de suite aux aguets, Elisabeth tendit l'oreille mais, presque aussitôt, Mme de Vaubadon reparut.

— Nous avons des nouvelles, madame! Puis-je me permettre de suggérer que votre visiteur vous quitte?

Aussitôt Arthur fut debout avec pour la jeune femme un regard de défi.

— Je ne veux pas être importun... mais je reviendrai demain!

— Non! s'écria vivement Elisabeth. Attends que je t'appelle! Je te ferai porter un mot au Lion d'Or...

Elle l'embrassait maintenant avec une sorte de hâte tout en le menant vers la porte. Son hôtesse prit le relais.

— Je vous raccompagne, dit-elle en caressant le

jeune homme de son regard souriant. Soyez en repos : nous ne vous oublierons pas !

Arthur se retrouva dehors sans presque avoir eu le temps de se reconnaître. La nuit était complète à présent et la rue obscure, à peine éclairée par de faibles traces lumineuses tombées d'une fenêtre ou filtrant sous une porte. Il hésita sur ce qu'il devait faire. Retourner auprès de Guimard serait une sottise. D'autant qu'il le verrait certainement à l'auberge tout à l'heure puisqu'il y prenait ses repas. Aussi se mit-il en route sans plus tarder, content d'ailleurs de ce laps de temps qui allait lui permettre de décider de ce qu'il entendait dire ou ne pas dire. Pas question de parler du prince, de ses projets ou de ses déceptions ! Même s'il le détestait d'avoir pris Elisabeth, Arthur se faisait de l'honneur une trop haute idée pour livrer un ennemi malheureux. Tout dans son caractère se révoltait contre ce qui eût été une vilenie et c'en serait une que renseigner Guimard. Ce n'était malgré tout qu'un policier... et peut-être moins bon qu'il le croyait puisque, en dépit de sa surveillance, les allées et venues du prince semblaient lui avoir totalement échappé. Il valait beaucoup mieux que ça continue ! Et, dans cet ordre d'idées, le mieux serait encore de se faire servir dans sa chambre ! Il avait bien le droit d'être fatigué. Et, en fait, il l'était... horriblement ! Il ne sentait plus ses jambes, au point que le parcours dans les rues balayées par le vent lui fut pénible.

En entrant au Lion d'Or, il fit part à dame Madeleine de son intention de souper chez lui afin de pouvoir se coucher tôt. Elle l'approuva chaleureusement, ajoutant même qu'elle se chargeait en personne de lui préparer un plateau copieux.

— Il y en aura assez pour deux! conclut-elle en disparaissant dans la cuisine avant qu'il ait eu le temps de lui dire qu'une seule ration serait suffisante, mais, comme il n'avait pas la moindre envie de discuter, il abandonna le sujet et monta dans sa chambre en traînant un peu les pieds, songeant, avec une délectation anticipée, au lit confortable qui l'y attendait.

Hélas! entre lui et l'objet de ses désirs se dressa soudain la haute silhouette menaçante de Guillaume Tremaine!

— Par quoi préfères-tu commencer? tonna la voix paternelle. La correction ou la confession?

— La confession, si vous voulez bien, bâilla Arthur en levant sur son père un regard exténué. J'ai tellement sommeil que je n'en viendrai pas à bout si vous me battez avant. Vous aurez tout le temps pendant que je dormirai!

La colère de Guillaume tomba d'un seul coup. Il éclata de rire, fit asseoir son fils sur le lit tant convoité et prit place à son côté.

— Raconte! fit-il sobrement.

Ce fut vite fait. Arthur n'avait qu'une envie: plonger dans le gros édredon séduisant comme une fraise pour s'y engloutir, mais il était écrit que ce ne serait pas encore pour tout de suite. Il commençait tout juste à se déshabiller quand une main nerveuse mais discrète frappa à la porte. Guillaume alla ouvrir, découvrant une femme vêtue et coiffée à la fois d'une ample mante noire à capuchon, qui entra vivement. A la vue de celui qui l'accueillait, elle retint avec peine un cri de joie:

— Vous êtes là vous aussi? Dieu soit loué! Je venais parler à votre fils mais c'est une vraie bénédiction que vous soyez venu!

Tremaine s'inclina sur la main gantée d'une mitaine de dentelle que l'on offrait à ses lèvres.

— Madame de Vaubadon? C'est une véritable joie de vous revoir, dit-il avec une parfaite hypocrisie, car il n'aimait guère la jeune femme.

— Pas de noms, s'il vous plaît! Ce n'est pas moi qui aurais dû venir, mais ce jeune homme m'avait déjà rencontrée et nous avons pensé qu'il m'écouterait plus volontiers qu'un inconnu. Nous avons à parler d'affaires graves.

Visiblements émue, elle adressait un rapide sourire à Arthur occupé à renouer sa cravate, avant d'aller prendre place sur la chaise laissée libre par Tremaine.

— Un instant! dit celui-ci. Vous ignoriez ma présence et cependant vous veniez parler d'affaires graves, pour vous citer, à un garçon de quatorze ans?

— Peu importe l'âge! Il se comporte en homme et je n'avais pas le choix!

— N'est-ce pas cependant un peu soudain? Si je compte bien, ma fille est chez vous depuis deux mois : pourquoi ne m'avez-vous pas écrit?

— On ne sait jamais entre quelles mains peut tomber un billet. En outre, il n'y avait pas urgence. Aujourd'hui, nous sommes pressés. La situation qu'au début de l'été nous avions tout lieu de juger favorable n'a fait que se dégrader. S'il demeure plus longtemps, le prince va se trouver en grand danger... et nous aussi! Il faut...

— La vie de conspirateur n'a jamais été de tout repos, interrompit vivement Guillaume. Je m'étonne que vous ne le sachiez pas encore : il m'est revenu que durant la tourmente vous vous êtes beaucoup dévouée à la cause royale.

— Et je suis prête à m'y dévouer encore, mais cette fois cela devient trop difficile : le prince doit repartir.

— Vous ne m'apprenez rien : Elisabeth l'a dit à son frère tout à l'heure. Croyez que je le déplore... mais qu'y puis-je?

La jeune femme frémit d'impatience et, sous la mèche rousse rejetée par le capuchon, ses yeux noirs flambèrent.

— Vous ne comprenez pas. Il faut qu'il parte seul ! Et c'est pourquoi votre présence est une telle chance !

— Je ne comprends toujours pas. Ce ne serait pas la première séparation que ma fille accepterait.

— Elle n'acceptera pas celle-là. Lui non plus d'ailleurs, et c'est pourtant leur seule chance de vivre à l'un comme à l'autre.

Après un coup d'œil rapide à son fils qui, dans l'ombre des rideaux du lit, écoutait de tout son âme, Guillaume dit sèchement :

— Et si vous m'expliquiez ce nouveau mystère?

— Volontiers, mais il me faut revenir en arrière. Lorsque le prince à quitté l'Angleterre en compagnie du baron de Sainte-Aline et de deux autres fidèles, il avait pour première destination... officielle Valognes où, chez Mlle Dotteville, la poétesse, il devait rencontrer le chevalier de Bruslart.

Mme de Vaubadon chuchotait presque, pourtant Guillaume ne résista pas au malin plaisir de lui faire remarquer qu'elle prononçait des noms.

— C'est pour que vous puissiez mieux situer tout ce monde ! répliqua-t-elle. Si vous ne connaissez pas l'auteur du *Solitaire de la vallée de la Drôme* vous êtes trop bon Cotentinois pour ignorer Bruslart.

Qui ne connaissait, en effet, ce personnage bouillonnant, turbulent, batailleur et obstiné dans lequel toute la Normandie royaliste voyait son plus ardent champion et dont le seul nom possédait le rare talent de mettre la police parisienne en émoi et de donner des sueurs froides à l'impassible Fouché lui-même ? Agé alors d'une cinquantaine d'années, c'était un chouan redoutable, ancien confident et lieutenant du marquis de Frotté, le fameux chef de l'insurrection normande attiré dans un guet-apens à Verneuil en 1800 et fusillé, au mépris de la parole donnée, après un simulacre de jugement. Depuis ce drame, Bruslart, disait-on, avait juré de venger sur Bonaparte la mort de son ami et menait la vie aventureuse, folle, téméraire et même héroïque des anciens chevaliers errants, changeant sans cesse de gîte, ce qui donnait l'impression qu'il possédait le don d'ubiquité.

Cette grande facilité de mouvement, il la devait surtout à sa séduction personnelle qui lui valait de nombreuses maîtresses... et tout autant de caches : chez Rose Banville que l'on surnommait Jeanne d'Arc, près de Caen, chez Mlle Dotteville à Valognes, Mme de Thalleivaude à Bayeux, entre autres, sans compter ses belles amies de Paris... et Mme de Vaubadon par-dessus le marché. Toujours chevauchant, se battant, se cachant ou apparaissant à l'endroit où on l'attendait le moins, toujours armé comme un vaisseau de ligne mais d'une inaltérable gaieté, il avait tout ce qu'il fallait pour donner des sueurs froides au plus chevronné des argousins. Pourtant, s'il voulait venger Frotté, l'assassinat pur et simple lui répugnait. Son rêve était d'enlever le Premier Consul afin de le contraindre à se battre en duel avec lui. Pas de tyrannicide pour ce boute-feu d'un autre âge ! Un combat loyal mais sans merci.

C'est donc à ce Bruslart, dont le nom claquait comme un coup de feu, que le cabinet anglais adressait le duc de Normandie parce qu'il était tout à fait capable de concocter une bonne conspiration qui, lancée en même temps que celle de Cadoudal, doublerait les chances d'en finir avec le Premier Consul et de renvoyer la France au chaos. Seulement, quand il se rendit à Volognes, Louis-Charles ne trouva pas Bruslart. Celui-ci en était parti depuis deux jours et nul ne savait, bien entendu, ce qu'il était devenu.

— Pourquoi avez-vous dit «première destination officielle» en parlant de cet homme? coupa Guillaume.

— Parce que le prince avait derrière la tête une idée dont il n'avait pas jugé utile de faire part à ses protecteurs britanniques. Il se rappelait que Valognes n'était pas bien loin des Treize Vents et, avant de se lancer dans l'aventure, il voulait revoir Elisabeth dont le souvenir lui était plus cher que jamais. Le destin voulut qu'ils se rencontrent dans la crique où l'on avait décidé de débarquer. Vous savez ce qui s'en est suivi : l'amour emporta tout, mais, puisque l'on emmenait une jeune fille tout à fait imprévue, Sainte-Aline, qui connaît bien la région, décida que l'on irait toucher terre ailleurs : les traces auraient été trop faciles à relever. Je ne saurais vous dire où ils ont finalement débarqué mais cela leur prit du temps, et Bruslart avait disparu. Dans l'espoir de le rejoindre, Mlle Dotteville, pensant qu'il avait peut-être gagné les îles Saint-Marcouf où il se terrait volontiers, les envoya alors chez l'un des nôtres près de Vierville où je me trouvais moi-même. C'est là qu'ils ont commis la folie de se marier...

— Je pense aussi que c'en fut une mais votre sentiment m'étonne. N'avez-vous pas été témoin ?

— Oui. Nous étions quatre, tout à la fois inquiets et éblouis par un amour vraiment rayonnant. Un amour comme toute femme rêve de le rencontrer un jour ! Bruslart peut-être aurait trouvé les mots pour convaincre, retarder au moins, mais il n'était pas aux îles Saint-Marcouf et pas davantage ici, ni à Caen. On le pensait à Paris et, comme le prince souhaitait rejoindre au plus vite ceux qu'on lui avait dits sûrs, il brûlait de s'y rendre. Vous savez, je crois, une partie de ce qui s'y est passé.

— J'ai ramené ma fille jusqu'aux abords de Bayeux mais lui, qu'est-il advenu de lui ?

— Ce serait trop long de tout vous raconter. D'ailleurs Sainte-Aline, qui est fermé comme un coffre-fort, ne m'a pas tout dit. Pas mal de déboires, je pense, jusqu'au retour en Normandie pour s'y retrancher en rassemblant le plus possible de partisans.

— A-t-il enfin rejoint votre Bruslart ?

— Ce n'est pas vraiment le mien ! fit la jeune femme avec un sourire un peu mélancolique. Nous sommes nombreuses à nous le partager ! Mais pour répondre à votre question : oui, la rencontre a eu lieu. Malheureusement à Paris et dans un lieu peu favorable : chez une Mme d'Anjou, encore une amie du chevalier mais qui se trouve être surtout l'agent des Princes : Artois et Provence. Et Bruslart, poussé par cette femme, a mis en doute la qualité de notre jeune duc. Il y avait bien quelques excuses, d'ailleurs. Son défunt ami Frotté, cependant associé à cette Mrs. Atkyns qui s'est tant dévouée pour la famille royale et a financé l'évasion de Louis XVII, est mort en croyant que la fuite ne s'était pas réalisée. En outre, le mariage avec votre fille a eu sur lui un effet détestable. Que le premier geste du fils de Louis XVI ait été de se mésallier lui est apparu tout à fait insensé... ou alors trop naturel venant d'un imposteur. Cependant, Sainte-Aline et aussi la noblesse naturelle du prince ont réussi à l'ébranler. Il est alors parti pour l'Angleterre afin de s'y renseigner. Il vient de revenir.

— Et alors?

— Il y croit à présent. Seulement, devant la tournure prise par les événements, Londres veut que Louis-Charles revienne, mais seul! S'il ramène Elisabeth, je crains qu'elle ne vive pas longtemps.

— Ces faillis chiens d'Anglais auraient-ils quelque chose à reprocher à ma fille? gronda Tremaine en qui se réveillait la vieille haine contractée pendant le siège de Québec.

— Non, mais elle serait particulièrement gênante. Si vous voulez tout savoir, il y a là-bas une jeune lady... de sang royal, d'ailleurs, qui s'est prise pour le prince d'une vraie passion. S'il a obtenu de l'aide, c'est surtout grâce à elle. Qu'il s'annonce marié et sa femme aura tout à craindre d'une rivale puissante. Au mieux, elle disparaîtra dans quelque prison bien cachée.

— Et, sachant cela, ce garçon a osé lui faire courir un pareil danger? Mais c'est un monstre.

— Non... C'est un enfant qui tient de sa mère un grand orgueil. Né près du trône, il se croit tous les droits. J'ajoute qu'il espérait bien ne jamais remettre les pieds en Angleterre. Il est probable qu'il renâclera quand on va lui parler de rembarquer. Pourtant, s'il veut garder une autre chance, il doit y retourner.

— Dans ce cas, il me semble que les choses sont

simples : vous embarquez votre prince et vous me laissez Elisabeth ! C'est bien ça, au fond, que vous attendez de moi ?

— C'est à peu près cela, mais nous allons devoir y mettre certaines formes. Bruslart pense — et je crois qu'il a raison — diriger une nuit prochaine notre jeune couple jusqu'à une plage voisine sous prétexte de le conduire aux îles Saint-Marcouf pour s'y embarquer sur un corsaire hollandais. Le bruit court, en effet, ici, que des espions de Fouché sont à l'œuvre... Une fois au large, leur bateau sera abordé, le prince enlevé, porté sur une frégate anglaise qui croise à l'abri des îles. Il ne restera plus qu'à ramener Elisabeth à terre. Sachant son frère à Bayeux, elle ne sera guère surprise d'y voir aussi son père... et j'espère sincèrement qu'avec le temps elle oubliera.

— Comme c'est facile ! s'écria Arthur, outré. Est-ce que vous n'oubliez pas, vous, qu'elle est mariée devant Dieu et qu'il doit bien exister quelque part des traces de ce mariage ?

— Naturellement. Les registres paroissiaux de Vierville en font foi et aussi les extraits que possèdent chacun des époux, mais, aux yeux de la politique, ce ne sont que chiffons de papier.

— Pas aux nôtres ni à ceux de ma sœur !

— Je le sais et, croyez-moi, je l'aime beaucoup. C'est pour cela d'ailleurs que je lui souhaite assez de sagesse pour accepter plus tard une répudiation. Le temps peut, à la longue, devenir un allié : elle est si jeune ! Elle aimera encore, même si elle croit que c'est la dernière fois, et — grâce à Dieu ! — aucun enfant n'est en vue ! Ce serait un malheur. A présent essayons de nous mettre d'accord. J'ai peu de temps.

La visite de la jeune femme se prolongea cependant encore un bon moment. L'idée de reprendre Elisabeth souriait assez aux deux Tremaine, encore qu'ils se la reprochassent. Ils savaient si bien que, loin de son époux, celle qui leur était si chère serait malheureuse! La pensée de la voir souffrir leur était pénible. D'autant que le vieux problème — Lorna — se posait toujours et que, dans l'immédiat, il était impossible de ramener son ennemie aux Treize Vents.

Quand leur visiteuse se fut enfin éloignée, Arthur donna là-dessus son sentiment :

— Quand nous serons de retour, le mieux sera peut-être de confier Elisabeth à Mlle Anne-Marie? Pour quelques jours tout au moins. Pendant ce temps il faudra faire comprendre à Lorna qu'elle ne peut plus rester chez nous. Et nous montrer fermes. Avec un peu de chance l'un de vos bricks devrait pouvoir la conduire en Angleterre.

— Outre que la Manche en décembre est rarement agréable, il serait peut-être dangereux de l'exposer au feu des croisières anglaises?

Repris par ses soupçons, Arthur frappa du pied.

— Père! Vous finirez par me faire croire que vous tenez à la garder! Si vous l'aimez...

— Je ne l'aime pas, et il n'y a pas à revenir là-dessus. Seulement, tu ignores ce qui s'est passé hier matin après ton départ si discret entre elle et le docteur Annebrun. Une scène plutôt pénible! Elle est persuadée avoir mis un enfant au monde pendant qu'elle était inconsciente et elle nous accuse de l'avoir subtilisé... ou pire!

— Elle est folle!

— Pas encore, mais cela pourrait venir. Toujours est-il qu'elle exige son enfant... et, bien sûr, le mariage ! Tu vois que nous n'en avons pas fini avec elle !

— Miséricorde ! gémit Arthur. Il ne nous manquait plus que ça ! Mais je lui parlerai, moi ! Je lui dirai ce qui s'est passé. Elle a toujours eu confiance en moi.

— Plus maintenant, tu peux en être sûr. Elle se croit victime d'une vaste conspiration.

Le jeune garçon réfléchit un instant, puis :

— Oublions Lorna, père ! Nous avons assez de tourment avec ce qui nous attend ici. Et, à ce propos, qu'allons-nous faire de M. Guimard ? Le mettre au courant du prochain départ ?

— Surtout pas ! Il aime ta sœur — si tu ne le savais pas, je te l'apprends ! —, mais il désire vivement, bien qu'il dise le contraire, s'emparer d'un homme qui peut représenter un obstacle sur la route de son idole : le Premier Consul. Et s'il savait que Bruslart est à Bayeux, rien ne pourrait le retenir, parce que c'est un policier dans l'âme. Crois-moi : il vaut beaucoup mieux ne pas tenter le diable.

— Il faut pourtant bien lui dire quelque chose !

— Bien entendu. Nous le verrons avant de quitter la ville et notre version sera celle-ci : je suis venu te chercher en dépit d'une affaire importante que j'ai dû laisser en souffrance et qui me rappelle d'urgence. Et on s'en va !

— Vous pensez qu'il va croire ça ?

— Pourquoi pas ? Il m'arrive d'être convainquant, tu sais ! Au fait, on va voir ça tout de suite ! Je vais descendre souper tandis qu'on te montera ton repas. S'il est là, je l'invite et je lui parle. Toi, pour ce soir, tu n'as plus rien d'autre à faire que manger et dormir.

Après une tape affectueuse sur la tête de son fils, Guillaume jeta un coup d'œil à sa tenue, se lava les mains et sortit de la chambre en priant le bon Dieu que Guimard n'ait pas rencontré Mme de Vaubadon.

CHAPITRE IX

UNE VOILE SUR LA MER

Le lendemain, les deux Tremaine quittaient Bayeux, vivement regrettés par Madeleine Le Provost, qui avait espéré garder quelque temps des messieurs d'un type assez différent de celui qu'elle côtoyait d'habitude. Cœur tendre, elle plaignait beaucoup le jeune Arthur dont la mine contrite et les yeux fixés au sol laissaient deviner qu'il avait eu de gros ennuis avec son père. A l'air sévère de celui-ci on pouvait conjecturer qu'il entendait faire passer à son rejeton le goût des grandes aventures courues sans autorisation. Mais, comme elle croyait à une histoire d'amour, elle trouva tout de même le courage de murmurer, tandis que Guillaume payait leur écot à tous deux :

— Puis-je espérer, monsieur, que vous ne montrerez pas trop de rigueur à ce charmant jeune homme ? Ma défunte mère — Dieu ait son âme ! — disait volontiers que le cœur a des raisons que la raison ne connaît pas.

S'il fut surpris d'entendre une plantureuse aubergiste bajocasse citer Pascal, Guillaume n'en montra rien, se contentant de prendre la main potelée de son hôtesse pour un rapide baiser avec un sourire qui aviva les regrets de celle-ci :

— Puisque vous plaidez sa défense, belle dame, la pénitence ne sera pas trop rude. Ce vaurien a de la chance.

En rejoignant son fils, Guillaume le félicita de son talent de comédien.

— Notre hôtelière est persuadée que je t'ai battu comme plâtre. Elle m'a demandé de me montrer clément.

— C'est très gentil à elle, mais je n'ai pas vraiment joué, père. En vérité, je suis malade d'angoisse. Le plan de cette Mme de Vaubadon ne m'inspire pas vraiment confiance. Et puis, il y a ce vent qui s'est renforcé dans la nuit. La mer doit être mauvaise et s'il faut laisser Elisabeth s'embarquer, même pour être ensuite ramenée...

Le vent semblait, en effet, souffler des quatre horizons, écartelant le pays dont les arbres dépouillés se tordaient sous un ciel fuligineux. Pourtant, c'étaient de grandes rafales qui ne duraient pas. Elles accouraient d'un côté ou de l'autre, courbant tout sur leur passage puis passaient leur chemin.

— Crois-tu que je n'y pense pas? grogna Tremaine en assurant son chapeau sur sa tête. Le prêtre qui doit les conduire est, paraît-il, le meilleur marin de toute la côte. Cela veut dire qu'il est sans doute respectueux de la vie humaine. De toute façon, nous serons chez lui avant eux et je te jure que nous veillerons au grain.

Pour ne pas trop fatiguer leurs montures, les deux cavaliers partirent au petit galop. Moins rapide que le superbe Sahib, Rollon était aussi plus lourd et son poids lui permettait de mieux résister aux bourrasques. La route qui se rapprochait peu à peu d'une côte faite de grandes dunes herbeuses était bosselée, assez difficile et il fallut plus de deux heures pour atteindre Vierville, un village de pêcheurs au bord d'une longue étendue de sable reliant les falaises de la pointe de la Percée à celles de Port-en-Bessin. Un château, à l'entrée, et la tour carrée d'une église romane s'élevaient au-dessus d'une poignée de chaumières qui avaient l'air de faire le gros dos sous l'averse diluvienne que le vent en s'éloignant laissait derrière lui. La mer était grise, crêtée d'écume jaunâtre, mais moins forte que les deux voyageurs ne le craignaient; ce qui les rassura un peu.

Ils n'eurent guère de peine à trouver le presbytère : une maison à peine plus importante que les autres mais faite de pierres mieux taillées et coiffée de schiste. Un enclos comportant un petit commun la complétait. Le temps y était peut-être pour quelque chose, mais on ne voyait pas âme qui vive et sous ce ciel brouillasseux l'endroit donnait une impression de tristesse et d'abandon. On pouvait se croire au bout du monde.

Attachant leurs chevaux à l'abri d'un contrefort de l'église, Guillaume et son fils allèrent frapper à la porte étroite et haute, marquée d'une croix. Un prêtre, dont la soutane semblait posée sur ses épaules musculeuses depuis des siècles tant elle arborait de teintes variées, vint ouvrir. C'était l'abbé Nicolas, curé de Vierville, celui-là même qui le 8 juillet précédent avait marié Elisabeth et son prince. Un étonnant personnage par-dessus le marché.

Dans tout le pays, sa réputation de charité était passée à l'état de proverbe, mais il ne cherchait pas seulement à soulager la misère humaine. L'immense générosité de l'abbé cachait aussi une activité occulte et politique en parfaite harmonie avec ses convictions profondes; c'était le plus hardi et le plus endurant des courriers royalistes.

Un loup de mer endurci, ne craignant personne pour le courage et l'énergie! Trois fois la semaine environ, le curé, sa messe dite et son bréviaire récité, s'embarquait par tous les temps dans un canot qu'il dirigeait seul et gagnait ainsi les îles Saint-Marcouf, rendues à la France, mais pratiquement désertes et où les navires anglais s'aventuraient toujours. Là s'opérait l'échange des lettres et la remise des paquets que le brave prêtre apportait à ceux de Bayeux sous couleur de visiter sa vieille amie Mme Amfrye qu'il confessait depuis de longues années, ce qui ne choquait en rien les desservants de la paroisse Saint-Patrice où résidait cette pieuse dame, en fait une des plus militantes des royalistes de la région. Elle tenait le dépôt des fonds que les émigrés d'Angleterre envoyaient au parti et se chargeait en outre de leur correspondance. Enfin, comme l'abbé lui-même, elle était de ceux que le retour du roi errant avait profondément troublés. Non qu'elle eût mis en doute sa qualité, mais sa tentative n'allait pas sans l'inquiéter et, si elle avait été le témoin attendri du mariage, elle ne l'avait pas vraiment approuvé.

En découvrant sur son seuil ces parfaits inconnus, l'abbé Nicolas eu un froncement de sourcils que le plus grand des deux visiteurs effaça rapidement :

— Je suis Guillaume Tremaine, dit-il, le père de cette jeune Elisabeth que vous avez mariée le 8 juillet dernier. Et voici mon fils Arthur.

— C'est un peu tard pour la cérémonie, mais je suis tout de même heureux de vous voir, monsieur... sauf si vous songez à contester !

— Pas le moins du monde ! J'aime trop ma fille pour la vouloir malheureuse. C'est pourquoi le rôle que nous venons jouer ici est un peu délicat, mais Mme de Vaubadon que nous avons rencontrée hier nous a dit que vous comprendriez. Pouvons-nous entrer ?

— Mais je vous en prie ! Je vous tiens là en plein courant d'air. Installez-vous près du feu et mettez-vous à l'aise.

Plus pauvre intérieur ne se pouvait concevoir que celui de ce prêtre marin entre les mains duquel passaient souvent de fortes sommes : des murs lépreux, quelques meubles indispensables, mais sans valeur, un sol carrelé de rouge sans tapis, des fenêtres sans rideaux... Pourtant, tout cela rayonnait de propreté au point de donner une impression de simple élégance grâce au grand feu d'ajoncs dont s'illuminait la cheminée et à l'admirable crucifix d'ivoire, d'une sévérité janséniste, qui régnait sur le manteau de pierre.

Même contraste chez l'homme : avec son visage aux traits rudes, tanné et recuit par les intempéries, il ne devait guère se distinguer des pêcheurs de cette côte sauvage mais son regard, sous le chaume grisonnant des cheveux trop longs, irradiait la lumière pure d'un ciel d'été. Un regard qui inspirait une immédiate confiance. Aussi, n'ayant aucune raison d'essayer de jouer au plus fin, Guillaume lui raconta les événements des derniers jours et la raison de sa présence à Vierville. L'abbé ayant, pour sa part, ramené la veille Bruslart des Saint-Marcouf savait déjà qu'il venait chercher le prince et qu'une cruelle déception attendait sa jeune femme. Ce qu'il désapprouvait d'ailleurs fermement :

— L'homme ne doit pas séparer ceux que Dieu à unis, déclara-t-il. Malheureusement la politique n'a rien d'humain avec sa manie de régenter, contre vents et marées, l'existence de gens de quelque importance. Au mépris de toute logique, on a encouragé cet enfant à venir, sans armes, sans assistance militaire et presque sans argent, souffler le feu chez un ennemi infiniment plus puissant que lui. Il s'est trouvé qu'il a pu rencontrer la jeune fille qu'il aimait et qui était pour beaucoup dans son désir de revoir la France. Tous deux s'aiment infiniment et moi je ne me suis pas senti le courage de leur refuser de vivre un vrai bonheur la tête haute. Qu'il ait au moins ça, ce malheureux garçon si cruellement éprouvé : la chaleur d'une femme dans sa vie errante ! Et voilà que, maintenant, la politique décide qu'il doit s'en séparer pour ne pas déplaire à une péronnelle anglaise titrée qui se verrait bien reine de France en exil ! Oh ! c'est indigne ! Indigne !

— Est-ce à dire, l'abbé, que vous me désapprouvez d'avoir accepté ce que m'a proposé Mme de Vaubadon au nom de ses amis ? fit Tremaine, soudain inquiet.

— Bien sûr que non ! Vous êtes père et je connais trop les Anglais pour ne pas les savoir capables de tout. Nous pensons tous deux qu'il arriverait malheur à cette mignonne si elle partait avec lui et c'est la raison pour laquelle je vais vous aider à lui faire ce chagrin, parce que c'est la seule façon de la sauver. Cependant, je prierai Dieu qu'il permette un jour la réunion de ces deux enfants. Mais vous devez avoir faim ?

— Nous ne voulons pas vous déranger. Il doit bien y avoir une auberge, ici.

— Oui, mais vous y détonneriez comme un coq chez des canards. Votre aspect est un peu trop remarquable, monsieur Tremaine, aussi vais-je vous garder ici jusqu'à ce soir. Il serait même souhaitable que votre fils aille chercher vos chevaux pour les mettre à l'écurie. Elle n'est pas grande mais elle suffira, ma monture à moi étant partie hier entre les jambes impatientes de M. de Bruslart.

Le repas, composé de « graisse de Cherbourg[1] » et de fromage, accompagnés de pain croûteux fraîchement cuit, fut modeste mais excellent. L'appétit creusé par leur course, les deux voyageurs se régalèrent, puis, à l'invitation de l'abbé, ils s'établirent dans la chambre du prêtre, pour y prendre un peu de repos. La nuit à venir risquait, en effet, d'être longue et rude. La pièce était sans feu mais, enveloppés de leurs manteaux, ils s'endormirent rapidement. L'abbé, lui, resta dans la salle commune pour lire son bréviaire.

L'arrivée des Tremaine lui apportait un certain apaisement, calmait l'inquiétude qu'il ressentait depuis qu'à l'île du Large, il avait embarqué Bruslart, mis à terre quelques heures plus tôt par un canot de la frégate anglaise ancrée dans les brumes non loin des trois îlots dont se composaient les Saint-Marcouf. En dépit des rochers qui les entouraient, en effet, des bâtiments d'une certaine importance pouvaient approcher sans risque d'environ cent cinquante mètres. A condition de connaître les

1. Mélange de saindoux et de graisse de rognons de porc longuement mijotés avec une carotte, un navet, un bouquet d'herbes, un oignon piqué de clous de girofle et une gousse d'ail.

passes, bien entendu. Or, les nouvelles que Bruslart rapportait ne lui avaient pas plu. Elles rejoignaient trop celles entendues chez Mme Amfrye : la noblesse de la région, mal convaincue de la légitimité du prince, préférait garder espoir en celui qui se faisait appeler Louis XVIII. Depuis, l'abbé se tourmentait pour la belle jeune femme que l'on allait abandonner ainsi. Pas seule, bien sûr : Mme de Vaubadon serait là pour la recueillir, la ramener à Bayeux où Mme Amfrye, cette fois, se chargerait d'elle afin de mieux préserver sa réputation; celle de la belle Charlotte n'étant pas des meilleures en dépit de son dévouement. En fait l'idée que la jeune «duchesse» allait pouvoir reprendre place au sein de sa famille soulageait beaucoup l'abbé Nicolas. Il aurait cependant préféré que son bateau à lui ne soit pas le théâtre de ce qu'il considérait comme une mauvaise action... Et puis, en mer, un accident est vite arrivé. Non, décidément, il n'aimait pas du tout le projet du chevalier de Bruslart, mais comment faire pour empêcher la jeune femme d'embarquer?

Ce problème tourmentait aussi Guillaume et Arthur tandis que vers minuit — c'était l'heure de la marée — ils attendaient tapis dans la chambre obscure que le signal de l'arrivée des voyageurs soit frappé à la porte du prêtre. A présent que l'instant approchait le plan conçu pour l'enlèvement du prince leur semblait insensé, inutilement cruel et, tout à coup, Guillaume entendit :

— Si seulement nous pouvions trouver les rames, nous prendrions l'une des barques de la plage et nous les suivrions. Ce serait un jeu d'enfant pour nous.

Les ténèbres cachèrent son sourire : il éprouvait toujours une joie profonde à voir se manifester le courage de son fils. Il comprit qu'Arthur était prêt à tout et que lui-même ne pouvait le décevoir. De toute façon, il acceptait de moins en moins ce rôle d'observateur passif.

— Ce serait peut-être difficile ! Cependant sois en repos ! Je te promets de ne pas les laisser emmener Elisabeth. J'ai trop peur d'un accident !

— Si c'est vous qui l'empêchez de partir, elle vous détestera.

— J'aime mieux courir ce risque-là qu'aucun autre.

Il se tut brusquement. Des coups frappés sur le bois d'une porte par un poing vigoureux se faisaient entendre, des coups frappés selon le rythme annoncé par l'abbé.

— Chut ! Les voilà ! souffla-t-il.

L'oreille collée au vantail, ils retinrent leur souffle. Deux voix leur parvenaient : celle du prêtre et celle d'un autre homme, mais ils ne pouvaient entendre ce qu'elles disaient. Il y eut ensuite des raclements de pieds puis le bruit de la porte qui se refermait. En même temps le mince pinceau lumineux qui glissait sous la porte s'atténua considérablement : l'abbé avait dû souffler les chandelles. La salle, en effet, n'était plus éclairée que par le feu quand ils la traversèrent pour sortir à leur tour.

La lune en son dernier quartier éclairait d'autant moins que des nuages la couvraient la plupart du temps mais les deux Tremaine possédaient des yeux de chat. Ils aperçurent à quelque distance un groupe confus se dirigeant dans la direction indiquée par le curé : la pointe de la Percée, dans le voisinage immédiat de laquelle il laissait toujours son bateau. Le village, d'ailleurs, n'en était distant que d'une centaine de mètres. On n'entendait aucun bruit, sinon celui du ressac, le sol sableux étouffant les pas. Ce qui permit aux Tremaine de presser l'allure.

Bientôt ils distinguèrent cinq personnes : trois hommes et deux femmes. L'une d'elles semblait soutenue par sa compagne et le plus grand et le plus mince aussi des hommes, ce qui parut bizarre aux suiveurs. Ce ne pouvait être qu'Elisabeth et, pourtant, elle n'était pas de celles qui ont besoin d'appui : qu'elle marchât au bras de son époux, rien de plus naturel, mais pourquoi Mme de Vaubadon — c'était elle sans doute ! — l'étayait-elle de l'autre côté? Était-elle souffrante tout à coup? Guillaume retint une exclamation d'inquiétude : là-bas, la femme venait de trébucher. Elle fut tombée sans ses compagnons et d'un seul coup l'inquiétude devint une angoisse qu'Arthur traduisit aussitôt :

— On ne lui aurait pas fait boire quelque chose pour l'endormir à moitié? murmura-t-il. Elle se portait à merveille quand je l'ai vue hier.

— S'ils ont fait ça...

Le groupe descendait à présent vers les rochers qui formaient une petite crique au bout de cette grève lugubre. L'abbé avait dit que son bateau attendait là tourné vers le large, près de grosses pierres formant embarcadère. Il faisait vraiment froid à présent et, bien qu'on ne fût pas encore à la mi-décembre, le ciel tout à coup fit voltiger des mouches blanches sur l'eau couleur d'ardoise.

— La neige à présent, mâchonna Guillaume. Il ne nous manquait plus que ça !

D'un même mouvement, son fils et lui s'élancèrent pour s'abriter derrière les roches et approcher suffisamment afin de pouvoir intervenir facilement et surtout entendre ce qui se dirait : l'endroit était tellement désert qu'il était bien inutile de chuchoter.

— Curieux! souffla Arthur. On dirait qu'ils attendent quelque chose ou quelqu'un.

— Plutôt quelqu'un : je ne vois pas Sainte-Aline, souffla Guillaume qui distinguait assez bien les personnages à présent, grâce au croissant lunaire momentanément dégagé. C'est le mentor du prince... ce grand jeune homme sur qui s'appuie Elisabeth.

— J'aurais deviné tout seul! grogna le frère, furieux de constater l'extrême harmonie de ce couple juvénile et la tendresse avec laquelle Louis-Charles enveloppait sa compagne d'un pan de son propre manteau pour l'abriter encore mieux.

La tête de la jeune femme reposait sur l'épaule de son époux qui, à cet instant, posait ses lèvres sur le front découvert par le capuchon.

Guillaume ne releva pas l'insolence, occupé qu'il était à observer le seul personnage qu'il ne connaissait pas : un homme barbu, assez court de taille mais solidement charpenté et qui portait sur lui tout un arsenal de pistolets et de poignards. Sans aucun doute le fameux Bruslart. Il discutait avec l'abbé, trop bas pour qu'on pût surprendre leurs paroles, mais assez véhémentement pour laisser supposer un désaccord. Et soudain Guillaume entendit :

— C'est de la folie! Madame la duchesse est malade! En l'embarquant vous la condamnez au supplice.

— Dites que je m'y condamne moi-même, l'abbé! coupa Elisabeth. Même si j'étais mourante, je suivrais mon époux. Et ce n'est qu'un malaise.

La discussion s'arrêta là : venant du chemin côtier deux hommes arrivaient, traînant après eux un troisième qui se débattait sans pouvoir leur échapper : Sainte-Aline et une espèce de rustre taillé comme une armoire, qui devait être son valet à tout faire. Guillaume reconnut tout de suite le prisonnier dont la barbe et la moustache postiches avaient dû s'évanouir dans la bagarre :

— Sacrebleu ! Ils ont pris Victor Guimard ! Cet imbécile a dû les suivre.

— Vous êtes sûr que c'est lui ? fit Arthur.

— Tout à fait. Tu l'as connu avec des postiches, mais regarde mieux !

— Vous ne croyez pas qu'on aurait mieux fait de l'emmener ? Après tout, il pouvait nous être utile...

— Je t'ai dit mes raisons mais, chut ! Écoutons !

En effet, ses deux gardiens venaient de jeter Guimard aux pieds de Bruslart, le nez dans le sable, en déclarant que c'était un espion.

— Il nous suit depuis Bayeux, dit Sainte-Aline, mais j'ai préféré le laisser venir jusqu'ici, sachant bien qu'il serait plus facile d'en disposer dans ce coin désert.

En dépit de sa situation précaire, le policier tentait cependant se défendre :

— Vous êtes fou, mon bonhomme ! On a tout le même bien le droit d'aller de Bayeux à Vierville ? Le chemin n'est pas à vous tout seul... ou alors, c'est que vous êtes des brigands ! Prenez ma bourse et laissez-moi tranquille !

— Nous n'avons que faire de votre argent. Qui êtes-vous ?

— Qu'est-ce que ça peut bien vous faire ? Vous êtes en force et je suis tout seul, alors qu'attendez-vous de moi ?

— La vérité. Pourquoi nous suiviez-vous ?

— Encore une fois, je ne vous suivais pas, mais

il est probable que je perds mon temps à vous le répéter.

— Justement, vous n'en avez plus beaucoup, de temps, alors dépêchons ! Si vous ne répondez pas, je vous abats sur-le-champ.

Une arme, dirigée contre le tempe de Guimard, venait d'apparaître au poing de Sainte-Aline, suscitant aussitôt la protestation du prince :

— Rangez ça, baron ! Je n'admettrai jamais que l'on tue un homme de sang-froid.

— Même un suppôt de Fouché, et je parierais que c'en est un? Le laisser derrière nous, c'est risquer beaucoup.

— Je préfère risquer plus encore ! Ficelez cet homme, bâillonnez-le et abandonnez-le dans quelque coin. Avant une heure nous serons hors d'atteinte.

Du bout de son arme, le baron adressa au prince un salut dérisoire :

— Votre sécurité avant tout ! Je me considère responsable de vous et vous obéirai mieux quand nous serons loin.

Le pistolet redevenant menaçant, Louis-Charles allait s'élancer au risque de se faire blesser quand une voix froide se fit entendre :

— Baissez ce pistolet, baron ! Si vous tirez, je vous loge une balle en pleine tête et, soyez-en certain, je tire juste ! Vous serez mort avant d'avoir eu le temps de dire ouf !

Quittant son abri rocheux, Tremaine s'avança calmement, une arme à chaque poing.

— Quel luxe de précautions, ricana Sainte-Aline. Je n'ai qu'une tête à vous offrir et si vous êtes si habile...

— Je le suis, fit Guillaume, gravement. Mais

M. de Bruslart ici présent pourrait être tenté de vous prêter main-forte.

Un glapissement alourdi de sable se fit entendre, poussé par Guimard.

— Bruslart? Vous avez dit Bruslart? Dieu du Ciel! Dire que je n'en savais rien et que j'aurais pu débarrasser le Premier Consul de ce furoncle enragé!

— Remettez-vous, baron! fit Guillaume avec indulgence. Vous aurez votre chance plus tard.

Pendant cet échange de civilités, Sainte-Aline détourna vivement son pistolet pour viser Guillaume mais, cette fois, le prince s'élança, dévia le coup qui alla se perdre dans la mer. Le double cri des deux femmes lui fit écho.

— En voilà assez, Sainte-Aline! gronda le prince. Je vous ai déjà dit que je ne voulais pas de sang! Si vous tuez mon beau-père, je ne vous pardonnerai jamais... Faites ce que je vous ai ordonné. Ficelez cet homme et qu'on en finisse! La marée n'attend pas.

Sûr d'être obéi cette fois, il retourna vers sa jeune femme que Mme de Vaubadon venait de faire asseoir sur une roche habillée d'algues avant de lui donner à respirer un flacon : elle était en effet en train de s'évanouir. Cependant, elle repoussa les sels d'alcali, tendant vers Tremaine une main qui l'appelait.

— Père! balbutia-t-elle. Que faites-vous ici? Pourquoi êtes-vous venu? Arthur ne m'avait pas dit...

— Je ne savais pas qu'il m'avait suivi, répondit l'interpellé qui, armé lui aussi, ne quittait des yeux ni Sainte-Aline ni Bruslart. Je l'ai trouvé dans ma chambre en rentrant à l'hôtel hier soir.

Devant l'attitude résolue de son fils, Tremaine

abaissa un peu ses pistolets pour s'approcher de sa fille.

— Hier je venais chercher Arthur, mais ce soir c'est toi que je veux emmener. Tu es malade, Elisabeth ! Tu ne peux pas partir.

— Elle était en parfaite santé il y a quelques heures et je saurai bien prendre soin d'elle, affirma Louis-Charles en s'agenouillant près de sa jeune femme. Ne vous l'ai-je pas promis ?

— Sans doute, mais vous en serez incapable parce que ceux qui sont avec vous ne vont pas vous permettre de l'emmener. Cet embarquement est un coup monté : quand vous serez en mer, vous serez abordé et l'on vous enlèvera de force en la laissant aux soins de l'abbé.

— Où avez-vous pris pareille fable ? gronda le jeune homme indigné. Mes amis sont assez rudes sans doute mais n'aventureraient jamais leur honneur dans une telle comédie.

— C'est pourtant vrai, mon prince, émit tristement l'abbé Nicolas qui avait fini par abandonner ses manœuvres d'appareillage pour aider Sainte-Aline à ficeler le policier. Je ne vous cache pas que cette duperie me pesait. Voyez-vous, beaucoup de vos partisans n'ont pas admis votre mariage et les Anglais ne l'accepteront pas davantage. Si votre jeune duchesse part avec vous, il se peut que vous la perdiez en chemin...

— Vous avez accepté ça ? Vous, un homme de Dieu ?

— Oui, Monseigneur. Parce que c'était la seule façon de la sauver.

— Je crois que vous en avez la preuve, gronda Tremaine. Vous ne trouvez pas étrange qu'elle tienne à peine debout ? Allez à vos affaires et cette fois laissez-moi l'emmener! Vous viendrez la rechercher plus tard.

— Non, père, je vous en supplie! Ne lui demandez pas de me quitter! balbutia Elisabeth d'une voix faible et embrumée qui fendit le cœur de Tremaine.

Mais déjà son époux l'entourait de ses bras en s'asseyant auprès d'elle.

— Aussi ne vous quitterai-je pas, mon cœur. Je reste avec vous. Partez sans moi, messieurs! Je n'ai que faire de l'Angleterre... ni même de la couronne! Je m'en remets à M. Tremaine: il nous trouvera bien, en notre beau duché, un coin pour y vivre tranquilles!

— D'autant qu'il est tout trouvé, dit Guillaume, pensant à la maison du Galérien. J'ai fait don à ma fille d'un petit bien que je viens de restaurer et, en attendant mieux...

Une exclamation du chevalier de Bruslart l'interrompit. Depuis un instant celui-ci s'était écarté pour observer la mer.

— Regardez ça! On dirait que ces faillis chiens d'Anglais ne nous font guère confiance. Alors qu'ils avaient ma parole!

En effet, un navire sous voile venait d'apparaître, sortant du léger rideau de neige, aussi tranquille que s'il s'apprêtait à mouiller dans quelque port britannique. En même temps, une chaloupe débordait la pointe de la Percée: huit marins aux rames, un au gouvernail et une dizaine de soldats de marine armés de fusils, tous pointés vers la plage. Plus un officier nanti d'un porte-voix.

— Préparez-vous à embarquer, gentlemen! Nous ne pouvons nous attarder plus longtemps dans ces parages et j'ai reçu l'ordre de venir vous chercher. Au cas où vous auriez changé d'avis, je ne vous conseille pas de résister : nous tirons au moindre geste suspect.

— C'est ce qui s'appelle avoir de bons amis, ironisa Tremaine. Que faisons-nous, Monseigneur ? C'est à vous d'ordonner. Nous vous défendrons jusqu'au bout s'il le faut.

— Parlez pour vous ! protesta Guimard que le couteau d'Arthur venait de libérer et qui se secouait. Moi, je n'ai pas de roi.

— Cela veut-il dire que vous aideriez ces foutus Anglais si nous décidions de résister ?

— Tout de même pas, mais ce serait vraiment de la folie. Et ça m'étonnerait que vos joyeux compagnons aient envie de se faire tuer. Regardez donc celui-là ! ajouta-t-il en montrant Sainte-Aline qui barbotait déjà dans la vague au-devant de la chaloupe en conseillant à ses occupants d'aborder.

— Décidément, je n'ai jamais aimé cet homme ! grogna Bruslart. Voulez-vous que je le tue, Monseigneur ?

— J'ai peur que cela ne serve à rien, murmura l'abbé d'une voix navrée. Nous ne sommes vraiment pas en force...

Avec un soupir, le prince se releva, laissant encore une main posée sur l'épaule de sa femme.

— Vous avez raison, l'abbé ! Personne ne mourra ! Le roi mon père, dont Dieu ait l'âme, est mort d'avoir refusé de faire couler le sang de ses sujets rebelles et je veux l'imiter. Si je permettais de tirer, les conséquences pourraient être tragiques et nous avons des dames avec nous. Puisque ces gens sont venus me chercher, il vaut mieux que je les suive.

— Non ! gémit Elisabeth, non ! Je ne veux pas !

— Soyez courageuse, Elisabeth, je vous le

demande. Nous allons être séparés pour quelque temps encore.

— Vous voulez partir ? Sans moi ?

— Il le faut. Je tiens trop à vous pour aventurer votre existence, mais si je vis soyez certaine que nous nous retrouverons. Je vous aime infiniment et vous le savez.

La chaloupe touchait terre à présent. La lune faisait briller les hauts chapeaux vernis des soldats qui accouraient déjà, conduits par le baron de Sainte-Aline. Le prince les retint loin de lui d'un geste tellement royal qu'ils reculèrent.

— Je n'en ai pas encore fini !... Sainte-Aline, vous me paierez cela un jour ! Monsieur Tremaine, je vous confie la duchesse jusqu'au jour où je vous la réclamerai. Quant à vous, monsieur le curé, merci de ce que vous avez fait... de ce que vous faites inlassablement. À vous, mon amour, je vous dis au revoir... Un jour viendra où nous oublierons cette mauvaise habitude que j'ai de vous laisser derrière moi sur une plage normande.

Se courbant rapidement, il enfouit un instant son visage dans les deux mains tremblantes de sa jeune femme puis les déposa dans celles de Guillaume, bouleversé.

— Allons, messieurs !

Il rejoignit la ligne d'écume du flot. Sur l'ordre de leur officier, deux soldat le soulevèrent pour lui éviter de se mouiller les pieds. A cet instant, Bruslart s'inclina brièvement devant Elisabeth qui sanglotait sur l'épaule de son père et planta son regard flamboyant dans celui de Tremaine :

— Je n'aime pas que l'on bouleverse mes plans et j'ai des comptes à régler à Londres. Alors je vais avec eux... De toute façon, notre jeune roi pourrait bien avoir besoin de moi.

— Vous y croyez donc, à présent? fit l'abbé Nicolas, sarcastique.

— Oui. Il est bien le fils de Louis XVI et je le proclamerai. Bénissez-le, l'abbé et bénissez-moi! Nous aurons grand besoin, je crois, du secours de Dieu.

— S'il ne tient qu'à moi vous l'aurez. Je n'ai pas attendu votre permission pour prier, Bruslart!

Le chevalier partit en courant tandis que, face à la mer, le prêtre traçait un ample signe de croix. On le vit sauter dans la barque au moment où les soldats la poussaient vers la vague. Un commandement bref et les rames plongèrent, entraînant la chaloupe qui s'effaça bientôt dans la nuit, suivie des yeux autant qu'il fut possible par ceux qui restaient. Elisabeth pleurait doucement dans les bras de son père. Debout auprès d'eux, Mme de Vaubadon, qui n'osait plus consoler la jeune femme, serrait sa grande mante autour d'elle sans cesser de regarder le vide. Il y avait des larmes dans ses yeux et, de temps en temps, elle chassait d'une main distraite les flocons de neige qui commençaient à s'espacer. Mais le froid se faisait plus vif tout à coup.

— Il faut ramener votre fille chez moi, dit l'abbé à Tremaine, sinon elle va prendre mal!

— Merci. Viens, mon enfant chérie! Encore un peu de courage!

Mais quand il voulut l'aider à se relever, les jambes d'Elisabeth se dérobèrent et elle glissa sur le sable. Arthur, qui s'expliquait un peu plus loin sur le mode aigre-doux avec Guimard, accourut, prit sa main en levant vers Mme de Vaubadon un regard accusateur.

— Elle est toute froide ! Que lui a-t-on fait chez vous ? Elle se portait à merveille quand je l'ai quittée hier soir.

— Je vous jure que je n'en sais rien ! Elle allait au mieux jusqu'à ce que nous montions dans la voiture qui nous emmenait rejoidre le chevalier sur la route de Vierville. M. de Sainte-Aline nous accompagnait. Quant au prince et au valet du baron, ils étaient partis à pied deux heures avant nous, comme des visiteurs. Nous les avons repris dans une chapelle de campagne... Elle s'est sentie tout à coup somnolente, un peu nauséeuse.

Guimard, qui avait suivi Arthur, interrogea brutalement :

— Elle a mangé quelque chose avant de partir ?

— Nous n'avions faim ni l'une ni l'autre. Cependant, nous avons pris une collation. M. de Sainte-Aline a insisté dans ce sens pour que nous ne risquions pas une faiblesse...

— C'est un succès ! Votre Sainte-Aline ne me dit rien qui vaille : il ne lui aurait pas fait avaler une drogue quelconque ?

— Une drogue ? Mais pourquoi ?

— Pour rendre la séparation plus facile ! gronda Guillaume qui essayait de ranimer sa fille en frappant de petites tapes sèches sur ses joues. Ou peut-être pour pouvoir la jeter à l'eau plus commodément ! Donnez-moi donc votre flacon de sels !

— Nous la transporterons au presbytère, coupa l'abbé Nicolas. Je vais chercher un brancard. Venez avec moi, vous ! ajouta-t-il en tirant Guimard par la manche. Je ne sais pas qui vous êtes au juste, mais vous avez l'air solide.

— Assez solide pour l'emporter sans l'aide de personne.

Il voulut se pencher pour enlever Elisabeth dans ses bras, mais Guillaume s'y opposa ;

— Non. Elle semble avoir peine à respirer. Mieux vaut l'emmener étendue. Faites vite !

Les deux hommes prirent leur course en direction de l'église et n'échangèrent pas un mot pendant le trajet mais, à peine rentré chez lui, l'abbé Nicolas ouvrit un placard, y prit un fusil et coucha en joue Victor stupéfait.

— Et maintenant, mon garçon, dites-moi un peu qui vous êtes ! Vous ne m'avez pas l'air très catholique !

— Je le suis presque autant que vous. Qu'est-ce qui peut vous faire croire le contraire ?

— De petits détails ! Certes, M. Tremaine a l'air de vous connaître : il vous appelle baron et son fils coupe vos liens pendant qu'on a le dos tourné, mais on vous a tout de même bien pris en flagrant délit d'espionnage et, en outre, j'ai tendance à trouver bizarre un homme qui traite M. de Bruslart de furoncle enragé, mais qui semble vénérer ce chenapan de Buonaparte. Alors, expliquez !

— Que lui reprochez-vous, à « Buonaparte », comme vous dites ? C'est tout de même lui qui a signé le Concordat avec Rome, ramené la religion, les prêtres, les prières, les cloches et tout ce qui s'en suit ! Il mérite peut-être un peu plus de reconnaissance ?

— C'est une opinion défendable mais ça ne répond pas à ma question : qui êtes-vous ? Je la pose pour la dernière fois !

— Après vous tirez ? Eh bien ! tirez donc ! soupira le jeune homme en s'agenouillant auprès du feu pour le ranimer. Un beau gibier à inscrire à votre tableau de chasse, mais si ça peut vous faire plaisir... Voilà : je suis policier.

— Vous êtes... et vous osez le dire ?

— Pourquoi pas ? C'est aussi honorable qu'un gendarme et, depuis que je suis dans le pays, je n'ai pas remarqué qu'on les traite en pestiférés. Cela dit, je m'appelle Victor Guimard grâce à ma mère, baron de Clacy par mon père et suis policier par vocation ! Quant à mes relations avec la famille Tremaine, je vais me faire un plaisir de vous les raconter. Vous n'aurez plus qu'à vérifier auprès des intéressés.

Possédant un certain génie du raccourci, Guimard ne prit pas beaucoup de temps pour mener à bien son récit. Cependant, quand il l'acheva, l'abbé avait reposé sa pétoire depuis un moment, sorti le brancard dont il s'était servi bien souvent durant la guerre des haies, installé dessus une couverture et un coussin de paille, poussé le garçon dehors et repris avec lui le chemin de la grève. Aux derniers mots, il se permit même un petit rire :

— Un argousin amoureux ! J'aurai tout entendu ! Et maintenant, que comptez-vous faire ? Retourner chez Fouché pour lui expliquer comment vous avez laissé Bruslart vous filer entre les doigts ?

— Un peu de charité chrétienne, l'abbé ! Je ne m'en consolerai jamais. Cependant je vais vous faire une promesse : de cet instant, j'oublie que je l'ai vu et que je sais par où il passe pour aller ou venir des Saint-Marcouf. Vous avez ma parole d'honneur ! Il se rend assez souvent à Paris pour que j'arrive à l'attraper un jour ou l'autre. Vous non plus, d'ailleurs, je ne vous connais pas !

— Que ça ne vous empêche pas de me demander

un coup de cidre quand vous passerez dans la région, fit l'abbé avec une soudaine gentillesse. Parce que j'ai idée que vous prendrez de temps en temps le chemin de Saint-Vaast.

— Pour la revoir? Oui, je suppose que j'aurai du mal à m'en empêcher. Elle a changé tant de choses dans ma vie!... Mais en rentrant à Paris, je vais d'abord faire en sorte que Fouché la laisse tranquille!...

Tandis que tous deux parcouraient de nouveau le village sans éveiller pourtant l'attention de qui que ce soit, sans qu'un volet s'ouvrît ou qu'un pêcheur descendît vers la plage, Guimard s'étonna de l'absolu silence qui régnait :

— Toutes ces maisons doivent être vides, conclut-il.

— Pas le moins du monde, seulement mes paroissiens m'aiment bien. Si je demande que, certaines nuits, personne ne bouge de chez soi, ils l'acceptent bien volontiers. Il est vrai que ce n'est pas fréquent.

— Tous sont donc royalistes?

— Ils n'ont aucune raison d'être autre chose. La Révolution ne leur a fait que du mal et ils n'attendent rien de bon de ce Corse qui est en train de devenir un usurpateur.

Curieux pays, décidément! Ainsi, comme à Bayeux où, dans les rues mornes à l'ombre de l'imposante cathédrale, se jouait secrètement, entre gens pieux, le drame continuel où chacun risquait sa vie pour une cause royale perdue d'avance, les paysans refusaient d'ouvrir les yeux sur l'avenir par simple haine de ce Premier Consul qu'ils devaient assimiler à Robespierre et sa clique... Que pouvaient-ils penser d'autre, d'ailleurs, quand leur pasteur, cependant intelligent et de cœur généreux, s'obstinait à voir en lui une espère d'Antéchrist ?

Une demi-heure plus tard, Elisabeth, ranimée, réchauffée par un bol de cidre bouillant et une brique chaude sous les pieds, s'endormait dans le lit de l'abbé Nicolas tandis que son père et son frère s'installaient autour de la cheminée pour achever la nuit, et que Mme de Vaubadon et Guimard repartaient pour Bayeux dans la voiture de la jeune femme, laissée dans le parc, redevenu à demi sauvage, du château de Vierville. Bien muni d'argent par Tremaine, le policier devait revenir dans la journée avec une berline et des chevaux de poste destinés à ramener Elisabeth ; commission dont il se chargeait avec enthousiasme depuis que Guillaume l'avait prié de bien vouloir différer son retour à Paris pour les accompagner à Saint-Vaast. Il était devenu rouge de joie en entendant le maître des Treize Vents lui déclarer :

— Arthur et moi sommes «montés» tous les deux et je ne veux pas que ma fille soit seule pendant le voyage. Si vous y consentiez, Arthur pourrait prendre place auprès d'elle et vous passer son cheval. Nous aimerions vous recevoir chez nous quelques jours. Je crois que vous méritez bien le titre d'ami à présent !

Que le jour fût triste, gris jaunâtre et vaguement neigeux n'avait que peu d'importance : le jeune homme le voyait à travers sa joie, illuminé par les chauds rayons de son amour.

A Bayeux, il passa reprendre son bagage chez Mme Villiers. La dame eut un coup au cœur et faillit ne pas le reconnaître en constatant qu'il n'avait plus de barbe ni de moustache. Il la rassura en lui racontant qu'un barbier maladroit l'ayant privé d'un bout de cette dernière, il avait jugé préférable de raser le tout. D'ailleurs, sa fiancée n'aimait pas les appendices pileux, trouvant que cela vieillissait. Il paraissait même tellement content que la veuve du notaire se demanda si cet homme de lettres, tellement sérieux jusque-là, n'était pas tout bonnement devenu fou. Aussi se promit-elle de ne plus accueillir dans sa maison que des gens d'un âge certain.

En revenant à Vierville, Victor put constater qu'Elisabeth allait beaucoup mieux. Physiquement, tout au moins. Le moral était moins satisfaisant.

— Elle n'a pas dit vingt mots depuis qu'elle est réveillée, chuchota Arthur, presque aussi triste que sa sœur. Elle a demandé à l'abbé de l'entendre en confession mais, ensuite, elle n'a fait que pleurer et prier. Cela lui ressemble tellement peu ! Vous croyez qu'elle va devenir aussi ennuyeuse qu'une vraie reine ?

— N'ayant pas été sacrée, elle ne l'est pas. Et puis, je crois qu'il faut lui laisser un peu de temps : la blessure est encore bien fraîche.

C'était aussi l'avis de Guillaume qui traitait sa fille avec le respect précautionneux réservé aux malades mais, pressé de prendre la route du retour, hâta le départ afin d'arriver avant la nuit à Carentan, où il voulait relayer afin d'assurer à la jeune femme une grande nuit de repos. Apparemment, celle-ci n'y voyait pas d'inconvénients. La suite des jours à venir lui était de peu d'importance puisque Louis-Charles ne les partagerait pas. Cependant, au moment de monter en voiture, elle demanda à Tremaine :

— Me direz-vous, père, où vous me conduisez? Vous savez ce que je pense d'un retour à la maison.

— Il est inutile de te répéter, Elisabeth. Je ne suis pas de ceux qui tendent des pièges; tu devrais le savoir. Cela dit, verrais-tu un inconvénient à passer quelques jours chez Anne-Marie Le Houssois?

Une douceur passa sur le beau visage douloureux.

— C'est sans doute le seul endroit où je me sentirai vraiment bien. Mais, hier soir, vous parliez à mon époux d'une maison que vous m'auriez donnée.

— En effet. J'ai restauré entièrement la maison du Galérien et je t'en ai fait donation dûment enregistrée mais, dans l'état actuel des choses, c'est trop solitaire, trop mélancolique... et je garde le ferme espoir de te ramener aux Treize Vents dans un avenir proche.

— Dans l'état actuel des choses? fit-elle avec un petit sourire moqueur qui rappelait l'ancienne Elisabeth. Je crains bien que vous ne vous illusionniez, père! Cette Lorna est accrochée à nous comme une sangsue. Elle ne lâchera pas prise si facilement. De toute façon, ne vous tourmentez pas: Louis-Charles me rejoindra bientôt.

Avec son ancienne vivacité, elle grimpa dans la voiture, s'installa auprès d'Arthur et baissa la glace pour un dernier signe à l'abbé Nicolas qu'entourait cette fois la presque totalité du village.

— Nous reviendrons vous voir! cria-t-elle, ce qui eut le don d'agacer Arthur.

— Ne me dis pas que tu emploies le pluriel de majesté? grogna-t-il. Autant te le dire tout de suite, même si tu devenais reine, tu seras toujours ma sœur pour moi. Et rien d'autre!

— Et qui te le demande? Si j'ai dit nous, c'est parce que j'espère bien revenir un jour avec Louis-Charles. J'aime beaucoup l'abbé Nicolas, qui est la bonté même. Et puis c'est lui qui nous a mariés.

Une amère tristesse envahit Arthur. Il commençait à croire que seul désormais comptait le mari et tout ce qui le touchait de près ou de loin. Sentant monter des larmes, il tourna la tête pour regarder vaguement par la portière et aperçut la croupe et la queue voltigeante de Rollon qui trottait à la hauteur du cocher. Dire qu'il était si content, peu de temps auparavant, de faire ce voyage en la seule compagnie d'Elisabeth! A présent, il n'éprouvait plus qu'une irrésistible envie de se retrouver à cheval, la tête dans le vent humide et le corps dansant souplement au rythme de sa monture. Tellement irrésistible qu'il ne résista pas. Il ouvrit la vitre, se pencha et ordonna au cocher d'arrêter. Ce qu'il fit aussitôt, retenant du même coup les deux cavaliers.

— Qu'est-ce qui ne va pas? demanda Guillaume.

— Rien... sinon que je ne supporte pas de voyager enfermé dans une boîte. J'étouffe!

— Voulez-vous que je prenne votre place? Je vous rendrai votre cheval, proposa Guimard avec juste un tout petit peu trop d'empressement.

— Non, dit vivement Tremaine, les yeux sur le visage contracté de son fils. C'est moi qui vais changer avec lui.

Une bouffée d'orgueil joyeux illumina les traits durs du jeune garçon.

— Vous me prêteriez Sahib?

— Sans hésiter. La seule différence est que tu es plus léger que moi. Il en sera sûrement content.

— Vous non plus vous n'aimez pas voyager enfermé.

Le sourire faunesque de Guillaume alla d'Arthur à Elisabeth qui, les yeux clos, ne se souciait même pas de la raison de cet arrêt.

— Le trajet n'est pas si long. Cependant, il suffirait peut-être à te rendre hypocondriaque. Allez, pied à terre ! ajouta-t-il en enjambant l'arçon de sa selle. Puis, baissant le ton de façon à être entendu du seul Arthur :

— Il est temps que nous ayons une longue conversation à cœur ouvert, madame la duchesse et moi.

CHAPITRE X

LA MORT DES JACINTHES

Quatre jours avant Noël, Mlle Le Houssois décida que le temps était venu pour elle de mettre de côté sa réserve naturelle et de se mêler un peu des affaires des autres. Pas n'importe lesquels : ceux qu'elle aimait comme les enfants que son célibat obstiné lui avait refusés. Elle joignit un gros mensonge à cette crise d'indiscrétion inusitée en annonçant à Elisabeth qu'elle devait se rendre au Vicel pour faire visite à l'une de ses vieilles amies, dont le docteur Annebrun lui avait dit qu'elle n'était pas bien et désirait la voir. Ce n'était pas vrai mais elle avait besoin de s'absenter une grande partie de la journée.

Un peu inquiète à l'idée de sa vieille amie effectuant seule une aussi longue course au cœur de l'hiver, Elisabeth, naturellement, proposa de l'accompagner :

— Il me semble que ce n'est pas très raisonnable ! Les jours sont courts et vous avez tout de même quatre-vingt-quatre ans.

— Comme c'est aimable de me le rappeler ! Je ne

te croyais pas si mal élevée, ma petite ! Alors, écoute bien ceci : j'ai peut-être l'âge que tu dis mais je n'en suis pas certaine parce que je me sens toujours la même ! Quant à toi, tu restes ici : Pierre Annebrun doit passer m'apporter un liniment pour notre voisine qui a ses douleurs : je n'en ai plus !

Et, le soleil tout juste assez haut, elle avait attelé son âne, Sainfoin, à sa petite charrette, et elle était partie dans la brume légère du matin. Pas pour le Vicel mais bien pour Varanville : un voyage de deux lieues et autant pour le retour, que les jambes vigoureuses de Sainfoin pouvaient parcourir sans épuisement. D'autant qu'un bon picotin lui serait certainement dispensé pendant que sa maîtresse causerait avec la baronne.

Bien que l'automne eût été semé de tempêtes et de froidure, les approches de Noël penchaient vers la douceur. L'air bleuté sentait la terre, les feuilles mourantes, la fumée et le feu de bois avec à l'occasion une odeur de pain chaud que la vieille demoiselle humait avec satisfaction. Bien enveloppée dans sa mante de bure épaisse, ses mains couvertes de mitaines de laine noire calmement posées sur les rênes, Mlle Anne-Marie goûtait le parfum d'aventure de sa petite expédition où elle voyait presque une croisade : ne s'en allait-elle pas tenter de reconquérir pour ses chers Tremaine un bien presque aussi précieux que le Saint Tombeau : le cœur de Rose de Varanville, qui semblait bien s'en détacher ?

Quarante-huit heures plus tôt, Adam, venu embrasser sa sœur et sa vieille amie leur avait raconté que la veille il s'était rendu au château pour voir si Amélie, la plus jeune des petites Varanville et sa compagne de prédilection, était enfin arrivée de Coutances où elle se trouvait depuis plusieurs semaines avec sa mère et sa sœur Victoire.

Grâce à Dieu tout le monde était rentré ! Cependant, la satisfaction du jeune garçon subit une espèce de fêlure en constatant qu'il y avait là des visiteurs : un certain M. de La Morinière et ses deux sœurs passaient les fêtes de fin d'année à Varanville. Et il n'avait pas aimé du tout ce gentilhomme !

S'il s'était agi d'un vieillard blanchi par les ans, marchant avec peine ou même un peu malade, Adam n'aurait pas vu d'inconvénient à sa présence, mais il s'agissait d'un bel homme encore jeune, très élancé, de visage agréable en dépit d'une légère cicatrice à la joue, jouissant d'une démarche aisée et d'une évidente bonne santé. Sans compter des yeux bruns plutôt vifs montrant une désagréable tendance à suivre tous les gestes de leurs hôtesse ! Et Adam qui rêvait comme son frère et sa sœur de voir un jour leur père épouser « tante Rose » s'était senti tout déconfit.

Bien sûr, il avait reçu de Rose son habituel accueil plein d'affection mais il était difficile de ne pas observer qu'on lui demandait seulement des nouvelles d'Arthur. De leur père pas un mot ! Ni d'ailleurs de leur maison. Et comme il avait été impossible d'entraîner Amélie hors du salon où l'on prenait le thé en écoutant Victoire jouer de la harpe, le pauvre garçon finit par choisir la retraite, navré de n'avoir pu délivrer les merveilleuses nouvelles qu'il apportait : la fausse grossesse de Lorna et surtout le retour d'Elisabeth, qui ne regardaient en rien ces étrangers !

Le retour fut morose, mais Adam ne trouva guère plus de réconfort à la maison. Son père, plus blessé qu'il ne voulait l'admettre d'apprendre l'installation d'un homme en qui il voyait un rival, lui reprocha sèchement d'être allé au château sans l'en avoir averti au préalable. Comme si ce n'était pas chose tout à fait normale peu de temps auparavant ! Quant à Arthur, il marmonna des paroles peu aimables sur l'inconstance féminine et la facilité avec laquelle une blessure d'amour-propre et une petite contrariété pouvaient détourner le cœur de la plus noble dame. Outré d'une telle partialité, Adam ne mâcha pas sa façon de penser une fois éloignées les oreilles paternelles.

« Aller dire à une femme qu'on l'aime après avoir couché avec une autre, ça ne te paraît pas suffisant pour "détourner un cœur" ? Quant à ta petite contrariété, si c'est comme ça que tu appelles la fuite d'Elisabeth en qui tante Rose pouvait espérer avoir confiance, ça ne me paraît pas d'une haute moralité ! »

Écœuré, Adam s'en était donc allé déverser le trop-plein de son chagrin dans le giron toujours accueillant de Mlle La Houssois, qui lui conseilla de rentrer à la maison et de ne plus parler de rien.

— Je vais m'occuper de cette histoire, assura-t-elle, sinon nous pourrions aller vers l'une de ces brouilles indémêlables qu'excellent à créer les gens qui s'aiment.

Son arrivée au château de Varanville prit tournure d'événement. Félicien Gohel se précipita pour l'aider à descendre de charrette et s'occuper de l'âne. Marie accourut pour l'embrasser, Victoire et Amélie se jetèrent dans ses jupes avec des cris de joie ; quant à Rose, elle abandonna ses invités aux bons soins de sa tante en les priant de ne pas l'attendre car elle allait avoir à traiter une affaire de grande importance. Finalement elle vint glisser son bras sous celui de la vieille demoiselle pour l'entraîner dans la petite pièce intime et chaleureuse qu'elle appelait en riant son «confessionnal».

— Nous déjeunerons là toutes les deux pendant que vous ferez servir mes hôtes, dit-elle à Marie. Je suis sûre que Mlle Anne-Marie a beaucoup de choses à me dire.

Celle-ci demanda courtoisement pardon du dérangement qu'elle causait, assura que quelques minutes d'entretien lui suffiraient, mais se laissa cependant faire une douce violence : d'abord parce qu'elle se sentait en appétit et aussi parce qu'elle pouvait voir briller, dans les beaux yeux verts de la baronne, une étincelle traduisant une joie réelle, et peut-être une espérance.

— Si j'avais pu supposer que vous aviez des visites, je ne me serais pas permis de venir vous importuner.

— Et vous auriez eu tort. D'abord parce que vous ne m'importunez pas, bien au contraire ! Quant aux personnes qui séjournent ici, ce sont d'anciens amis perdus de vue par la force des choses. Ils reviennent d'émigration, nous nous sommes retrouvés à Coutances. Je les ai ramenés. Avec plaisir, mais je dois l'avouer... ils ne sauraient en faire oublier d'autres.

— Ceux des Treize Vents par exemple?

— Oui. Adam est venu hier, mais il n'est pas resté.

— Il avait pourtant beaucoup de choses à vous dire, seulement vous n'étiez pas seule. J'ajoute que, durant votre absence, Guillaume est venu plusieurs fois jusqu'ici.

Rose aida Mlle Anne-Marie à prendre place à la petite table que Marie Gohel venait de dresser pour elles deux, pensant ainsi dissimuler une émotion qui se trahit cependant dans le son de sa voix.

— Marie et Félicien me l'ont dit. J'imagine qu'il s'est passé... bien des choses aux Treize Vents. A-t-on enfin des nouvelles d'Elisabeth ?

Mlle Le Houssois se carra dans le confortable fauteuil où l'on venait de l'installer en ajoutant même un coussin sous les reins et un autre sous les pieds. Avec un demi-sourire, elle leva sur son hôtesse son grand nez qui se plissait de malice et ses yeux d'azur un peu fané, mais tout pétillants.

— Eh bien ! On dirait que j'ai beaucoup à vous apprendre ! Vous êtes à une lieue à peine des Tremaine et vous ne savez rien des événements de leur maison ?

— Comment le saurais-je ? La dernière fois que j'ai vu Guillaume, il partait pour Paris. Cela fait plus de quatre mois. J'ajoute que nous ne sommes rentrées que depuis cinq jours. La... naissance s'est-elle bien passée ?

— Il n'y a pas eu de naissance et je vais tout vous raconter, mais si vous vouliez bien me verser un peu de ce joli vin que Félicien nous a porté, je crois que cela m'aiderait. Et vous ne feriez pas mal d'en boire un peu, vous aussi... et de vous asseoir, car vous allez entendre des choses peu ordinaires.

Rose obéit machinalement. Son teint toujours aussi ravissant venait de s'animer soudain, la faisant plus jolie que jamais et à l'empressement qu'elle mit à tirer son siège plus près de celui de sa visiteuse, celle-ci pensa qu'elle ne vieillirait jamais : elle ressemblait tout à fait à une petite fille qui attend une belle histoire.

— Dites, je vous en prie ! Dites vite !

Jamais conte de la veillée ne fut suivi avec une

attention plus passionnée : les aventures de Tremaine à Paris, le mariage d'Elisabeth, la nuit étrange des Treize Vents, l'escapade d'Arthur, le départ du prince et, pour finir le retour d'Elisabeth, la vieille demoiselle retraça le tout sans cesser pour autant de faire honneur à l'agréable déjeuner qu'on lui servait et qu'elle ne craignit pas d'arroser, sans jamais, bien sûr, perdre le sens de la mesure.

Quand parut le café, le récit était achevé ou presque et Rose de Varanville totalement abasourdie :

— Elisabeth ! notre petite Elisabeth mariée au dernier de nos rois ! Qui pourrait croire pareille chose ? Sans cette affreuse révolution, rencontre et mariage fussent restés du domaine de l'impossible.

Mlle Le Houssois pensa que son hôtesse méritait un bon point : son premier commentaire s'attachait à cet événement et non pas au naufrage des désirs de miss Tremayne. C'était bien d'elle de penser d'abord aux autres ! La conclusion vint presque aussitôt dans un soupir :

— Voilà Elisabeth perdue pour mon pauvre Alexandre ! J'ai peur qu'il n'en ait beaucoup de chagrin, mais c'est un garçon raisonnable : il finira par comprendre. Ainsi, elle est chez vous ? Toujours aussi intransigeante vis-à-vis de sa... cousine ? Peut-être devrait-elle pardonner ?

— En ce qui concerne son père, elle a pardonné. C'eût été par trop injuste après son équipée. Quant à miss Lorna, il n'est pas exagéré de dire qu'elle l'exècre. Pourtant son entêtement à refuser de rentrer chez son père ne vient pas de là. Dans sa situation actuelle ce pourrait être dangereux.

— Je ne connais pas miss Tremayne, mais j'ai peine à croire qu'elle se laisserait aller à divulguer...

— Vous n'y êtes pas. C'est actuellement une femme furieuse qui réclame à cor et à cri l'enfant dont elle est persuadée qu'on le lui a enlevé. Or, il se trouve qu'Elisabeth est enceinte de près de trois mois : elle me l'a avoué hier et, jusqu'à présent, vous et moi sommes les seules à le savoir...

— Son père l'ignore ?

— Oui. Elle ne veut pas le tourmenter davantage. C'est pourquoi je suis venue vous demander conseil. Que vais-je faire d'elle ? Je ne pourrai la garder chez moi.

— C'est pourtant chez vous qu'elle serait le mieux, fit Rose avec un sourire.

— Bien sûr. Cependant il faut compter avec les cancans. Je suis environnée de bavardes et, pour l'instant, les gens de Saint-Vaast considèrent avec un intérêt plutôt amusé le conflit entre la belle cousine qui veut se faire épouser et la fille légitime qui n'en veut à aucun prix. Avec, bien sûr, une totale préférence pour cette dernière, mais quand la grossesse deviendra visible ? Chez moi on entre à longueur de journée. Tout naturellement, dirai-je, et je ne peux pas fermer ma porte...

— Je vois...

Mme de Varanville réfléchit un instant.

— La première chose à faire est d'avertir Guillaume. Il aura peut-être une solution ?

— Il en a une, mais qui ne tient pas compte d'une future naissance : la maison du Galérien qu'il a remise à neuf et qu'il destinait, m'a-t-il dit, au jeune couple s'il avait besoin d'un refuge. Mais ce qui est possible, voire commode, pour un couple désirant vivre à l'écart ne l'est plus pour une toute jeune future mère : la maison est isolée, chargée de souvenirs peu agréables. Bien sûr je pourrais y aller vivre avec Elisabeth, mais c'est alors que les langues marcheraient : je suis toujours sage-femme et l'on ne cesse de venir me consulter. De toute façon, si isolée qu'elle soit, cette demeure n'est pas à l'abri des curieux...

— Seriez-vous par hasard en train de me demander de reprendre Elisabeth chez moi ? demanda Rose avec douceur. Vous devriez comprendre que ce ne serait guère sage : il y a les petites et elles sont bien jeunes pour un aussi grave secret.

— Il y a aussi vos invités, auxquels je ne m'attendais pas, mentit la vieille demoiselle.

— Ils ne sont guère gênants : je pourrais sans peine les convaincre de rentrer chez eux sans pour autant briser une amitié... qui, je l'avoue, m'est chère. Mais surtout, il y a Alexandre : je l'attends d'une heure à l'autre. Il va déjà être assez difficile de lui faire admettre le mariage et son exigence à demeurer secret. Dans peu de semaines la taille d'Elisabeth va s'arrondir.

L'un de ces élans soudains qui composaient une partie du charme de Rose la jeta soudain à genoux auprès de sa visiteuse :

— Pourtant — et que Dieu m'en soit témoin ! — je serais infiniment heureuse... et fière d'abriter sous mon toit l'enfant royal, d'autant plus cher qu'il sera celui de ma filleule ! J'éprouve une grande peine à refuser, mais le moyen de faire autrement ?

Aussi soudainement qu'elle s'était agenouillée, Rose se releva, le teint animé, l'œil joyeux.

— Oh ! Il me vient une idée ! Je ne vous dirai pas laquelle, parce qu'elle pourrait échouer, mais j'ai bon espoir. Écoutez, mademoiselle Anne-Marie, vous allez pouvoir rentrer chez vous en toute tranquillité : si je viens à bout de mon projet, je vous rendrai visite demain tantôt. Si vous ne me voyez pas, c'est que j'aurai échoué mais, de toute façon, je vous en conjure, prévenez Guillaume ! Il doit savoir !

— Vous avez raison : je vais passer aux Treize Vents avant de rentrer. Ce n'est même pas un détour...

Au moment de se réinstaller dans sa charrette, et tandis que Rose l'embrassait, Mlle Anne-Marie osa demander :

— Maintenant que vous savez tout, puis-je dire à Guillaume Tremaine que vous seriez... contente de le voir ?

Le sourire de Mme de Varanville se teinta d'une douce ironie :

— Pourquoi en serait-il autrement ? Il est l'un des plus anciens comme l'un des plus chers de mes amis. J'espère qu'il ne l'a pas oublié.

Mlle Le Houssois scruta un instant les yeux couleur de mer pleins d'une si jolie lumière, hésita, puis soupira :

— Dans ce cas, je ne lui dirai rien du tout ! D'ailleurs, je ne mentionnerai même pas ma visite ici...

Pendant ce temps, un nouveau drame, d'ordre domestique celui-là, se jouait aux Treize Vents.

Comme elle en avait l'habitude à pareille époque, Mme Bellec s'occupait à transporter dans les pièces de réception les charmantes poteries de Vieux Rouen où commençait de s'épanouir tout un peuple de jacinthes couleur d'azur. C'était l'une des jolies coutumes des femmes de Cotentin : à l'automne, on plantait les oignons dans ces vases faits tout spécialement pour eux, et à la date convenable pour obtenir une parfaite floraison le jour de la

Nativité. Ce «forçage», Clémence l'accomplissait dans sa vaste cuisine sur deux tréteaux disposés devant les fenêtres. La chaleur du foyer était indispensable.

Depuis qu'elle avait atteint l'âge de raison, Elisabeth tenait à honneur d'aider la cuisinière dans cette tâche : toutes deux portaient gravement les pots dans les deux salons, la salle à manger et la bibliothèque afin de les y disposer de la plus harmonieuse façon. Ce jour-là, c'était Lisette qui remplaçait la fille de la maison et le cœur de Mme Bellec s'en trouvait bien un peu serré. Cependant, elle se consolait en pensant que la «petite» était revenue au pays et que Mlle Le Houssois s'entendait fort bien, elle aussi, à faire pousser les jacinthes de Noël.

En ayant fini avec les deux salons et la salle, les deux femmes pénétrèrent dans le «cabinet de M. Guillaume» pour le fleurir à son tour, sachant bien d'ailleurs qu'il n'y était pas. La pièce cependant n'était pas vide : miss Tremayne s'y trouvait. Assise dans un fauteuil au coin de la cheminée, elle lisait avec une sorte d'avidité un épais cahier à couverture rouge. L'entrée de Clémence et de Lisette la fit sursauter. En même temps elle referma brusquement le registre d'un geste nerveux qui n'échappa pas à Mme Bellec. Et pas davantage le tiroir du bureau entrouvert...

N'ignorant pas que Guillaume détestait qu'elle entre chez lui sans y être invitée ou en son absence, Lorna aurait dû chercher une quelconque excuse ; au lieu de cela, elle choisit l'attaque :

— Que venez-vous faire ici avec ces fleurs ridicules? s'écria-t-elle. J'ai peine à croire que M. Tremaine aime à voir sa bibliothèque décorée comme une salle de ferme. L'odeur en est entêtante et...

— Monsieur Guillaume a toujours aimé les jacinthes de Noël, mademoiselle, coupa Clémence dont le regard accusateur allait du cahier rouge au tiroir. Par contre, il déteste que l'on fouille dans ses papiers.

— De quoi parlez-vous? Oh! de ceci? Je suis venue chercher de quoi écrire, tout simplement, et je suis tombée sur ce livre.

Clémence posa sa jardinière sur un coin du bureau, enleva le cahier des mains de la jeune femme d'un geste brusque, le remit dans le tiroir, ferma, tourna la clef et l'ôta, sans prendre garde à la bouffée de fureur qui empourprait soudain le visage de miss Tremayne.

— Si vous vouliez de quoi écrire, fit-elle, vous n'aviez qu'à le demander à l'un des valets, à Lisette, à Potentin ou même à Kitty. Monsieur Guillaume serait très mécontent s'il savait que vous avez ouvert ses tiroirs et, plus encore, que vous vous êtes permise de lire son journal.

Depuis plusieurs années, en effet, Tremaine consignait les principaux événements de sa vie dans des cahiers couverts de maroquin rouge — un par année — qu'il enfermait ensuite, au matin du 1er janvier, dans un placard secret de sa bibliothèque, avant d'en commencer un neuf. Personne ne l'ignorait dans la maison mais, comme il gardait toujours le cahier en cours sous clef, personne non plus ne se serait permis d'ouvrir le tiroir en question. Ni d'ailleurs aucun autre.

— C'était mon droit! répliqua Lorna d'une voix sombre. J'espérais y découvrir le récit de l'horrible nuit... et l'endroit où mon fils a été emmené.

Car, à présent, il ne faisait plus aucun doute pour elle que l'enfant qu'elle croyait avoir mis au monde était un garçon. On se serait donné moins de mal pour une fille. Clémence faillit riposter vertement, mais elle vit des larmes dans les yeux de la jeune femme et se sentit prise de pitié.

— Eh bien? fit-elle avec une soudaine douceur, avez-vous trouvé ce que vous cherchiez?

— Il n'y a dans ce livre que des mensonges, toujours les mêmes! A vous en croire tous, je serais une espèce de folle.

— Vous n'êtes pas folle, mademoiselle, simplement obstinée, mais ce n'est pas tout à fait votre faute: vous le vouliez tellement, cet enfant, que vous n'arrivez pas à croire que c'était une illusion. Tous ici nous sommes prêts à vous jurer sur ce que nous avons de plus précieux qu'il n'y a pas eu de naissance sous ce toit depuis celle d'Adam.

— Parce que vous êtes tous des menteurs, parce que vous n'avez qu'une idée en tête : me séparer de Guillaume, l'empêcher de m'épouser.

Et soudain la colère l'emporta. D'un geste violent, elle saisit le vase posé sur la table et le fracassa sur le sol avant de se jeter sur ceux que Lisette venait de disposer devant les fenêtres. Celle-ci et Clémence poussèrent un même cri d'horreur :

— Si vous pensez vraiment qu'elle n'est pas folle, madame Clémence, s'écria la caméristе, c'est que vous n'êtes pas dans votre bon sens! Moi je dis qu'elle l'est! Folle à lier!

Toutes deux s'élancèrent à la poursuite de Lorna qui, échappée de la bibliothèque, parcourait à présent les salons en renversant les jacinthes sur son passage, créant un horrible gâchis de faïences éclatées, de terre et de fleurs brisées jonchant les parquets bien cirés. Attirés par le vacarme, Valentin et Kitty accoururent. A eux quatre ils parvinrent à maîtriser la forcenée qui hurlait et se débattait en les injuriant.

— Maintenez-la sur un fauteuil ! émit Kitty. Je vais chercher sa potion calmante.

On la lui faisait boire en dépit de sa résistance quand Guillaume rentra, escorté de Mlle Le Houssois qu'il venait de rencontrer. Un coup d'œil leur suffit à tous deux pour mesurer l'ampleur du désastre et Lisette se chargea de les renseigner.

— Regardez ce qu'elle a fait, cette méchante femme ! gémit-elle en pleurant à chaudes larmes. Nos jolies fleurs ! Nos jolis pots ! Et tout ça parce qu'on l'a surprise dans votre cabinet en train de lire votre livre de raison.

Mlle Anne-Marie s'approcha de Lorna à présent inerte, pâle et les yeux clos. Seules ses lèvres tressaillaient encore par instants. Elle tâta son pouls, écouta sa respiration haletante puis, sans lui laisser le temps d'un commentaire, entraîna Tremaine à l'écart.

— En rentrant je vais passer par le hameau-Saint-Vaast pour prévenir Pierre Annebrun.

— Vous pensez à quoi ?

— Qu'elle pourrait bien être en train de devenir vraiment folle ! Il va falloir la surveiller.

— Ça veut dire que je vais devoir la garder encore ? Moi qui venais lui dire que j'allais l'emmener à Paris...

— Il faut y renoncer... pour le moment ! Je ne suis pas médecin, Guillaume, mais j'ai peur que son cerveau ne soit plus malade encore que nous le pensions. Ne te tourmente pas au sujet d'Elisabeth !

Nous trouverons bien l'endroit convenable pour ce qui se prépare.

Un souci profond se lisait sur sa figure. Peu expansive d'habitude, elle prit cependant Guillaume par son habit pour l'embrasser, ce qui inquiéta encore plus celui-ci :

— Donne-moi des nouvelles ! conclut-elle en s'en allant.

— Je descendrai vous en donner demain, promit Guillaume. De toute façon j'avais l'intention d'aller voir Elisabeth... Vous êtes certaine, pour elle ?

— Aucun doute possible ! Dans six mois environ tu seras grand-père !

Sans se montrer aussi pessimiste que la sage-femme, le médecin manifesta tout de même une certaine anxiété : l'état mental de miss Tremayne n'allait pas en s'améliorant. Les chocs nerveux reçus l'hiver précédent, joints à l'idée fixe qu'elle développait au sujet de l'enfant, n'étaient pas vraiment rassurants et, sans aller jusqu'à enfermer la jeune femme, tout cela nécessitait une surveillance attentive. Rendue d'ailleurs possible par la présence de Kitty, le personnel des Treize Vents qui, outre Lisette, comptait deux autres chambrières... et par Jeremiah Brent par-dessus le marché. Éperdu de douleur et d'inquiétude, le jeune précepteur ne prenait même plus la peine de cacher sa passion pour Lorna et suppliait qu'on voulût bien lui permettre de veiller sur elle.

— Ce n'est pas pour ça que je l'ai engagé, confia Guillaume à sa vieille amie quand il se rendit chez elle le lendemain après-midi, mais il est si malheureux qu'il me fait pitié. Et puis, au fond, Adam en apprend autant avec l'abbé Landier à Escarbosville.

Quant à Arthur, le domaine l'attire de plus en plus et les études de moins en moins...

Le bruit d'une voiture lui coupa la parole. Il alla ouvrir la «causette» de la porte, se pencha au-dehors puis se retourna, visiblement ému.

— C'est Rose ! Que vient-elle faire ?

— Je l'attendais un peu. Ne sois pas si troublé, Guillaume ! Je crois qu'elle veut nous aider. Mais tu n'avais pas tout vu : on dirait que Mme de Chanteloup est avec elle ?

En effet, Mme de Varanville soutenait à cet instant la vieille dame pour descendre de voiture, ce qui la faisait glapir d'indignation :

— Dirait-on pas que je suis impotente ? Je sais encore descendre toute seule, ma nièce ! Après tout, je n'ai jamais que quatre-vingt-deux ans !

— Et vous ne les faites pas ! fit Mlle Anne-Marie en se portant au-devant des arrivantes qu'elle conduisit à l'intérieur de la maison. J'ai un visiteur, fit-elle en découvrant Guillaume qui s'inclinait comme il l'eût fait devant une reine. J'espère que cela ne vous contrarie pas ?

— En aucune manière. Bonsoir, Guillaume ! dit Rose avec beaucoup de naturel en tendant une petite main gantée de chevreau qu'il porta à ses lèvres après une toute légère hésitation, mais, déjà, la douairière détournait son attention :

— Quelle joie de vous revoir, mon ami ! Il me semble qu'il y a des siècles...

— A moi aussi, le temps m'est apparu fort long, comtesse !... Et pourtant il n'a pas l'air d'avoir prise sur vous !

Il n'exagérait même pas : la vieille dame, toujours aussi rose, aussi dodue, aussi potelée, semblait coulée pour l'éternité dans une apparence débonnaire et soyeuse. Seul petit changement dans ses habitudes, elle avait perdu la manie de s'évanouir à tout bout de champ et pour la plus petite contrariété : la Terreur s'était chargée de lui donner une plus juste appréciation des événements de la vie quotidienne. Quand il lui arrivait d'y recourir, c'était pure comédie et afin de s'éviter quelque désagrément, mais à cet instant, elle n'y songeait certainement pas : elle paraissait ravie.

— Qu'il est galant ! roucoula-t-elle. J'ai toujours dit, Guillaume Tremaine, que vous étiez l'un des trois ou quatre hommes les plus séduisants de France ! Mais ce n'est pas pour vous que nous venons, c'est pour la petite. Où est-elle ?

A cet instant, Elisabeth, qui était allée jusqu'au poulailler chercher des œufs, pénétra dans la maison. En reconnaissant les visiteuses, elle eut une exclamation joyeuse, mais retint l'élan que la jetait vers elles. Il se passait quelque chose d'incroyable, d'inoui : avec un ensemble parfait et sans s'être concertées, les deux dames plongeaient lentement dans une révérence, une profonde et majestueuse révérence comme on savait les faire à Versailles.

Les larmes aux yeux, Elisabeth protesta, tendit les mains vers elles :

— Oh ! non !... Pas vous !

— Pourquoi pas nous ? fit Mme de Chanteloup avec rudesse. Nous refuseriez-vous l'honneur d'être les premières à rendre l'hommage royal ? Ce n'est pas vous que nous saluons, jeune dame, encore que vous soyez bel et bien notre duchesse, c'est votre ventre ! Il porte peut-être un roi ! A tout le moins une altesse !

Figée par l'émotion, Elisabeth quêta le regard de son père comme pour lui demander secours. Il lui sourit de tout son amour mais, posant une main sur son cœur, il courba de nouveau sa haute taille, rendant ainsi à sa fille un hommage muet qui la bouleversa.

Éperdue, elle chercha un refuge, le trouva dans les bras que sa marraine ouvrait déjà pour l'accueillir tandis que son père aidait charitablement Mme de Chanteloup à se relever et à trouver d'autres bras confortables, ceux d'un fauteuil rembourré de coussins rouges où elle s'assit avec un soupir de soulagement : ses vieilles jambes n'étaient plus entraînées à ces exercices de cour.

— J'ai bien des pardons à vous demander, fit Elisabeth. Vous m'aviez recueillie comme votre fille et je vous en ai remerciée en prenant la fuite. Vous avez dû me détester ?

— Ne dis pas de sottises ! Je ne pourrai jamais te détester et tu n'as pas perdu un pouce de mon affection. J'ai seulement eu très peur... mais n'en parlons plus, si tu veux bien. Nous aurons largement le temps de causer, toi et moi, car nous sommes là pour t'emmener.

— Vous voulez que j'aille à Varanville ? Après ce que je vous ai fait ?

— Non, coupa Mme de Chanteloup. Ce n'est pas possible à cause de votre situation un peu délicate mais si vous voulez bien accepter l'hospitalité de Chanteloup, je serai très heureuse et très fière de vous l'offrir... Chère Mlle Le Houssois, il m'est revenu par-dessus les toits que l'on buvait chez vous la meilleure eau-de-vie de pomme de tout le Cotentin. Consenteriez-vous à m'y faire goûter ?

— Avec joie, madame la comtesse !... Je vous sers tout de suite !

Tandis qu'elle s'empressait, Guillaume s'approcha du groupe formé par Rose et Elisabeth.

— Eh bien? Que penses-tu de cette invitation? C'est, il me semble, une solution inespérée. A Chanteloup, tu seras à l'abri des regards indiscrets mais, en ce qui me concerne, je me sens confondu et ne sais comment remercier...

— Vous trouverez bien! fit Elisabeth en posant un baiser sur sa joue. Je vais me préparer! Mes bagages ne sont pas longs à faire.

— Tu recevras tout ce dont tu auras besoin... et même davantage. Rose, ajouta-t-il tandis que sa fille s'esquivait Elisabeth vous a demandé de lui pardonner et je vais me joindre à elle mais, auparavant, je vous dois des explications.

— Je crois que vous me les avez données ce dernier printemps et puis, hier, Mlle Anne-Marie est venue m'en porter d'autres.

— Qui, hélas! sont déjà dépassées. Cela ne vous surprend pas que j'accepte si facilement l'hospitalité de Mme de Chanteloup? Et n'est-ce pas au milieu des siens, aux Treize Vents, que ma fille devrait attendre son enfant?

— Sans doute... mais les circonstances...

— Hier, j'étais décidé à les brusquer, les circonstances : je voulais apprendre à miss Tremayne que j'allais la conduire à Paris, l'y installer dans les environs d'amis communs, pourvoir bien sûr à tous ses besoins afin qu'elle puisse attendre agréablement son éventuel retour en Angleterre... et son mariage. Je voulais lui faire entendre qu'elle n'avait plus rien à attendre de moi sinon ce que je viens de dire et surtout je voulais ramener Elisabeth. Malheureusement...

Et en quelques mots, il raconta la crise de la

veille, la mort des jacinthes et l'écroulement de ses espoirs.

— Pierre Annebrun craint qu'elle ne perde complètement la raison. Il dit qu'à cette femme en proie à une idée fixe, il faut une surveillance continuelle. D'après lui, elle pourrait devenir dangereuse...

Rose eut presque un cri :

— Et vous voulez la garder chez vous? Mais songez aux enfants, à vos vieux serviteurs... à vous-même!

Elle avait vraiment peur et cette peur rendit un peu d'espoir à Guillaume qui, depuis l'entrée de Rose, cherchait en vain à retrouver dans ses yeux la petite flamme tendre qu'il avait, naguère encore, le privilège d'y allumer.

— Vous ne m'avez pas laissé achever ma phrase, lui reprocha-t-il doucement. J'allais dire : dangereuse pour elle-même. Son désespoir semble sincère et Pierre pense qu'elle serait capable d'attenter à ses jours. Je ne peux pas la renvoyer dans cet état...

— C'est pure charité chrétienne, alors?

— Rien d'autre. Vous savez bien que je ne l'aime pas et que c'est une autre...

De sa main placée entre eux comme un écran elle le fit taire :

— N'en dites pas plus, Guillaume! Ce n'est ni le lieu ni l'heure... De toute façon il n'est plus temps!

— Si le temps est passé, pourquoi ne reviendrait-il pas? s'insurgea-t-il.

— Je ne crois pas que ce soit possible. Voyez-vous, Guillaume, vous et moi nous nous sommes peut-être un peu trop pressés de rêver : la vie est venue nous ramener à la raison.

— La raison? En me faisant commettre une faute ridicule que je n'ai pas cessé de me reprocher? Tout ce que vous pourrez dire ne changera rien au fait que j'ai toujours considéré l'arrivée de miss Tremayne chez moi comme une espèce de malédiction. Tout va mal depuis son entrée aux Treize Vents.

Mme de Varanville offrit à Guillaume ce sourire éclatant, irrésistible et qui n'appartenait qu'à elle :

— Chacun doit porter sa croix, ici-bas ! Il n'y a aucune raison que nous fassions exception.

Pour la première fois de sa vie, peut-être, il considéra avec colère le charmant visage auréolé d'une sorte de capeline de velours noir qui en exaltait le teint de pêche et la chevelure où l'or et le cuivre se mêlaient aux tons chauds de la châtaigne. Dieu, qu'elle était jolie, cette Rose qu'il avait connue un peu trop ronde, un peu trop «poulain échappé» et qui, maintenant, à trente-cinq ans, trouvait le moyen après trois maternités et un deuil profondément douloureux d'avoir plus d'éclat, plus de vitalité que n'importe quelle jeune fille !

— La vôtre n'a pas l'air bien lourde, ma chère Rose. Ou bien est-ce ce M. de La Morinière qui vous aide à la porter ?

Elle rougit cependant qu'un éclair d'irritation faisait scintiller l'eau verte de ses yeux.

— Faut-il qu'après tant d'années je vous découvre cancanier, Guillaume ? Laissez donc cela aux commères et ne vous souciez pas de mes amis ! A moins que vous ne me déniez le droit d'en avoir ?

— Non, mais...

Le retour d'Elisabeth habillée pour sortir lui coupa la parole. Rose, d'ailleurs, rejoignait près de la cheminée les deux vieilles dames qui achevaient tranquillement leur second petit verre. Il se sentit tout à coup très seul, comme abandonné et au fond, c'est bien ce qu'il était : les deux femmes qu'il aimait le plus au monde s'étaient détournées de lui ; elles allaient repartir ensemble, emportant avec elles toute la lumière de sa vie, l'abandonnant à ses ténèbres peuplées de haine et du spectre de la folie. Comme lorsqu'il était enfant, il eut envie de s'enfuir à travers la campagne jusqu'à ce que la fatigue étouffe le chagrin et le ramène à un sommeil de bête harassée, mais il fallait respecter les convenances.

Après les avoir mises en voiture, il allait reprendre Sahib qu'il laissait toujours dans le petit clos aux pommiers brouter ce qui lui convenait, quand Mlle Anne-Marie le tira par sa manche :

— Viens donc boire toi aussi un petit verre avant de partir ! J'ai idée que tu rumines des idées noires. Tu as la figure à l'envers. Tu veux me confier ce que vous vous êtes dit ?

— Pas grand-chose, mais c'est suffisant ! Que Lorna passe des années chez moi ou parte dans huit jours n'a plus aucune importance : je n'ai plus rien à espérer de Rose. Elle a retrouvé à Coutances un amoureux d'autrefois et on dirait qu'elle y tient.

— Il faudrait pour ça qu'elle ait bien changé ! Souviens-toi ! Quand vous l'avez rencontrée pour la première fois, Félix de Varanville et toi, elle ne faisait attention à aucun de ceux qui lui tournaient autour. En revanche, elle a tout de suite décidé d'épouser ton ami Félix. Alors, pourquoi veux-tu qu'à présent elle s'intéresse à ce qu'elle dédaignait tellement ?

Guillaume vida la ration généreuse qu'elle venait de lui octroyer, en réclama une autre et eut un petit rire sans gaieté.

— Vous parlez comme un livre, Anne-Marie ! On aimerait vous écouter pendant des heures mais vous n'oubliez qu'une chose : avec les années on change, et j'en suis le meilleur exemple. Si l'on m'avait dit, quand Félix a épousé Mlle de Montendre, que je pourrais un jour être amoureux de ce bouquet de fleurs trop rond qui ne cessait de se mêler de ce qui ne le regardait pas, j'aurais taxé de folie ce prophète incongru, et pourtant ! Voilà qu'à présent je l'aime à en mourir.

— Ce serait la dernière chose à faire ! Vis, mon grand, et laisse un peu le temps au temps !

— Le temps n'y fera rien si elle épouse La Morinière !

— Les billets de faire-part ne sont pas encore écrits ! Si noble dame que soit notre Rose, elle est avant tout une femme... pas un ange, et il faudrait être un ange pour avaler sans faire la grimace la mauvaise potion que ta belle nièce t'a poussé à lui faire ingurgiter. Peut-être souhaite-t-elle t'en faire goûter une de sa façon ?

— Si seulement vous pouviez dire vrai !

Un peu réconforté tout de même par les paroles de sa vieille amie, la chaleur de l'alcool parfumé et aussi, il faut bien le dire, par la perspective des visites qu'il pourrait rendre à Chanteloup — distant de Varanville d'à peine une demie-lieue — et par l'assurance que Mlle Le Houssois s'y installerait quand viendrait le moment critique, Guillaume remonta au pas vers les Treize Vents sans se soucier des manifestations d'impatience de Sahib, peu habitué à ces allures épiscopales. Il n'avait aucune envie de rentrer dans sa belle maison rendue si peu accueillante par la présence de miss Tremayne, tapie au milieu comme une araignée dans sa toile. Il en avait même si peu envie qu'arrivé à mi-chemin, il fit demi-tour, lança son cheval au galop et s'en revint à Saint-Vaast demander à souper à son vieil ami le fournier Louis Quentin. Une bonne soupe chaude et une plongée au sein de cette famille simple, chaleureuse et amicale, lui feraient plus de bien que de se mettre à table en face de l'élégiaque Mr. Brent et de deux garçons visiblement exaspérés par les soupirs de leur précepteur.

Pendant ce temps, Elisabeth retrouvait Chanteloup avec plaisir. Datant des premières années du siècle précédent, le petit château posé sur un «soupir» de la terre, comme disait sa propriétaire, dominait — de peu, mais dominait tout de même — un parc-jardin d'étendue restreinte mais admirablement entretenu, un village ponctué par la tour carrée de son église et puis des champs, des bois, des haies vives, une ou deux métairies et, tout là-bas, la ligne bleue de la mer, cette mer d'où Louis-Charles était venu, un matin de printemps. On ne la voyait pas depuis Varanville, plus encaissée, et la future mère appréciait l'idée de la contempler dans les jours à venir. D'autant qu'on lui donna la plus belle chambre avec celle de la maîtresse de maison et que, de ses fenêtres, elle en avait la vue.

L'intérieur qui, grâce à Dieu, n'avait guère souffert des troubles années de la Révolution, évoquait irrésistiblement un nid douillet : une suite de pièces aux dimensions intimes — à l'exception de l'inévitable grand salon — pleines de petits meubles fragiles et précieux ornés de bouquets en porcelaine de Sèvres, de bergères et de fauteuils «à la duchesse» gonflés de coussins aux courbes féminines avec leurs satins couleur d'aurore ou de lilas (la couleur préférée de Mme de Chanteloup). Et puis, des tables, des consoles dont les pieds s'arrondissaient avec grâce, supportant un peuple de figurines en pâte tendre et une foule de menus objets : statuettes, tabatières, petits bronzes... Beaucoup de coussins aussi : Mme de Chanteloup les adorait comme tout ce qui était moelleux et confortable. En résumé, un décor parfaitement adapté à sa personne replète évoquant les grâces dodues chères au Bien-Aimé...

Au milieu de tout cela, elle évoluait à pas menus mais avec une agilité encore enviable et si, depuis la mort tragique de son neveu chéri Félix de Varanville, fusillé à Auray par les Bleus en 1796, elle avait remplacé les moires, velours et satins mauves qu'elle adorait porter auparavant par des robes noires, elle conservait toujours, lorsqu'elle était au logis, l'immense bonnet de dentelles blanches à rubans de satin qui lui «mettait la tête à mi-chemin des pieds», selon l'expression de Rose, mais qui allait si bien à ses joues légèrement fardées pour leur rendre un peu de printemps et à ses cheveux neigeux.

Elisabeth connaissait moins bien Chanteloup que Varanville, la vieille comtesse choisissant le plus souvent de vivre auprès de sa nièce, surtout l'hiver. Jadis et comme presque toute la noblesse de la région, elle passait la mauvaise saison dans son hôtel de Valognes. Malheureusement, si le château avait été épargné, la maison citadine n'avait pas eu autant de chance : le sinistre Lecarpentier, le «bourreau de la Manche» et son compère Buhot la récurèrent comme une coquille d'huître : de la cave où il ne resta pas une seule bouteille jusqu'aux greniers d'où l'on ôta même les objets de rebut, il ne resta pas une tête d'épingle. Aussi la douairière décida-t-elle de ne plus jamais y mettre les pieds.

— C'est vraiment trop triste! déclara-t-elle à Rose. Quand je n'y serai plus, vous pourrez remeubler si vous le souhaitez pour l'un de vos enfants, mais jusque-là que l'on m'en parle plus.

Il était donc tout à fait anormal que Mme de Chanteloup s'installât au château pour hiverner. En son absence, on fermait les pièces de réception et la maisonnée vivait au ralenti. En l'honneur de l'invitée et surtout de celui qui allait venir, on enleva les housses des fauteuils et on remit tout en état. Les serviteurs — tous anciens et d'âges échelonnés entre cinquante et soixante-dix ans — n'eurent qu'un peu plus d'une matinée pour tout préparer, allumer les feux, fleurir les vases et faire en sorte que toutes choses soient comme si la maîtresse était seulement sortie pour faire une visite. Ce n'était pourtant pas si facile, mais quand ils surent le rang réel de celle pour qui on leur demandait cet effort et l'événement qui s'annonçait, ils se mirent à l'ouvrage avec cette joie, cet empressement et ces soins pleins d'une certaine grandeur que savent déployer les serviteurs de haute maison attachés depuis l'enfance à une famille dont ils peuvent à bon droit se vanter de faire partie.

Le secret d'État que l'on remettait ainsi entre leurs mains leur convenait d'autant mieux qu'il faisait appel à leur honneur. Tous étaient prêts à se dévouer, voire à se sacrifier pour la protection du dépôt sacré qu'on leur confiait. Sachant cela, Mme de Chanteloup se contenta d'ajouter seulement quelques indications à l'usage de la vie quotidienne :

— Vous témoignerez à Mme Elisabeth que vous connaissez depuis sa naissance le respect affectueux que mérite son rang mais sans en faire état. Elle sera seulement, comme je viens de le dire, Mme Elisabeth. Pour l'enfant, lorsqu'il sera né, nous prendrons ensemble les dispositions nécessaires afin qu'il soit traité comme il convient sans le désigner pour autant à la curiosité des gens de l'extérieur. Naturellement, nous refuserons notre porte sous un prétexte ou un autre à toute personne hormis mes neveux de Varanville, la famille de M. Tremaine et quelques amis sûrs.

Dès lors le château se referma comme une huître sur une perle en gestation et la jeune femme s'y pelotonna avec bonheur. Après des mois vécus sur le qui-vive, elle goûtait la paix profonde qu'on lui offrait, le confort d'une demeure qui lui rappelait la sienne et surtout l'affection attentive qu'elle y trouvait. Son hôtesse n'était pas — et de loin ! — une femme triste et sa constante bonne humeur, son humour aussi en faisaient une compagne aussi agréable que Mme de Varanville. La future mère retrouva aussi Béline qu'aucune force humaine n'aurait pu convaincre de ne pas aller servir sa «petite».

Elles passèrent ensemble la veillée de Noël avant d'aller entendre la messe de minuit dans la petite église du village où Rose et ses filles les rejoignirent. Sans Alexandre, malheureusement ! Arrivé de Paris quelques heures plus tôt, le jeune homme avait pris fort mal le départ de sa «presque sœur jumelle» qu'il jugeait avec la sévérité et l'intransigeance de son âge. Plus mal encore son retour et, chose étrange, l'auréole royale qu'elle portait à présent ne fit que l'exaspérer.

— Duchesse de Normandie? En vérité, c'est par trop commode ! Et qu est-ce qui peut vous laisser croire qu'il ne s'agit pas d'un imposteur? s'écria-t-il quand sa mère essaya de lui faire entendre raison.

— La parole de Guillaume Tremaine, dont nous n'avons jamais eu à douter, mon fils ! Celle aussi du bailli de Saint-Sauveur. Trop de gens de grande foi sont mêlés à cette histoire pour que vous vous permettiez d'en douter ! Même si c'est pour vous une épreuve ! Même si vous en souffrez, ce que je crois ! Pouvez-vous vraiment condamner Elisabeth, vous qui la connaissez mieux que quiconque ?

Sous la gravité du ton, Alexandre sentit faiblir sa colère, parce qu'il sentait tout ce que sa mère dissimulait de souffrance intime. Pourtant il ne désarmait pas.

— La condamner, non ! Pourtant je préfère ne pas la revoir. Elle attend l'enfant d'un roi, même si jamais aucun d'eux ne porte couronne, et moi je me vois mal pliant l'échine et le genou devant une altesse royale dont jusqu'à ce malheureux matin de printemps j'ai espéré faire un jour ma femme. Non, mère ! Ne me demandez pas d'aller faire ma cour à madame la duchesse de Normandie ! Je ne pourrais me tenir et je crois, Dieu me pardonne, que je serais capable... oui... de l'injurier ! Peut-être même de la frapper !

— Vous, mon fils ? Vous laisser aller à de telles extrémités ? Vous dont le père est mort pour nos convictions sous les balles des gens de la Révolution ?

— Je partage ces convictions, mère, et je mourrais pour elles. Et vous le savez bien ! Si Elisabeth était en danger, s'il lui fallait un défenseur, je serais celui-là, mais tant qu'il s'agit de la comtempler en train de rêver d'un autre et de couver son ventre, ne comptez pas sur moi ! Ce soir, je vous remplacerai auprès de vos invités.

Il s'était enfui sans que Rose cherche à le retenir,

fière malgré tout de le voir réagir en homme déterminé, même si cet homme-là souffrait. Et ensuite, contente de lire une déception sur le visage d'Elisabeth lorsqu'il avait bien fallu lui faire connaître l'attitude de celui qu'elle aimait le plus, peut-être, après Charles-Louis.

Guillaume et ses garçons vinrent aussi à cette messe de la Nativité, apportant avec eux l'odeur de cuir et de sueur des chevaux, emplissant l'étroit sanctuaire de pierres moussues d'une présence mâle qui d'année en année s'imposait davantage aux gens du pays : il y avait eu Guillaume Tremaine ; à présent, il y avait les Tremaine. Même si Adam, de complexion moins rude que son père et son frère, se contentait, dans cette rousse trinité, du rôle d'un esprit pas trop saint mais singulièrement débonnaire. Lui aussi malgré tout grandissait, muait et sa voix argentine qui faisait encore merveille l'an passé dans les cantiques de Noël se permit quelques couacs en cherchant à s'envoler dans les notes claires et triomphantes de l'*Adeste fideles*. Ce qui amusa beaucoup la petite Amélie : le compagnon d'escapades campagnardes ferait bientôt un chevalier servant tout à fait sortable.

L'office nocturne terminé, on se sépara : Mme de Varanville se devait de présider la table du réveillon préparé pour ses hôtes au grand chagrin de Victoire, sa fille aînée, qui depuis l'arrivée d'Arthur en pays de Cotentin, vouait à celui-ci une admiration sans bornes : la blonde fillette avait espéré passer cette soirée auprès de lui et peut-être attirer enfin son attention, comme les sirènes de l'Antiquité charmaient le voyageur, par les notes incroyablement pures et belles qu'elle savait tirer de sa harpe et parfois de sa propre voix quand elle osait chanter.

Elle avait espéré, oui, mais en convenant intérieurement qu'elle s'illusionnait : le fils de Guillaume, muré dans son orgueil et ses propres pensées, n'avait que faire d'une gamine de treize ans : il n'avait d'yeux que pour sa sœur, cette Elisabeth que Victoire n'avait jamais beaucoup aimée, dont on ne savait trop où elle avait bien pu passer pendant six mois — dans un couvent, disait-on, comme si c'était vraisemblable avec un tel caractère! —, et qu'à présent on entourait de soins et d'un inexplicable respect. Il est vrai qu'elle avait beaucoup changé, arborant, avec une beauté nerveuse de pur-sang, une allure d'altesse et ce charme prenant que l'amour comblé confère à la plus laide. Or Elisabeth était bien loin d'être laide.

Il fallut donc se séparer. Au son des cloches se répondant à travers la campagne paisible, les Tremaine reprirent leurs chevaux et s'enfoncèrent au galop dans la nuit scintillante tandis que la voiture des dames de Varanville reprenait le chemin de leur demeure; mais dans l'obscurité capitonnée de l'élégante berline maternelle, Victoire put cacher les larmes qui lui venaient. Dieu seul savait quand, désormais, elle reverrait le garçon qu'elle aimait! Les relations avec les Treize Vents n'étaient plus ce qu'elles étaient. Quelque chose s'était brisé entre mère et M. Tremaine alors que l'année précédente — juste un an plus tôt! — l'avenir paraissait si aimable, si rempli d'espoirs! Victoire se souvenait bien de ce grand dîner de Noël aux Treize Vents où sa mère et Guillaume étaient apparus à tous sous le jour nouveau de gens qui se découvrent l'un l'autre. Quelle charmante fête on avait eue là! Comme Maman était jolie et que M. Tremaine, visiblement sous le charme, était donc galant et, attentionné!

On aurait presque pu dire émerveillé ! Et puis toute cette joie de vivre s'était changée tout d'un coup en grimaces, en larmes et en angoisses. Il y avait eu l'arrivée de cette miss Tremayne, la nièce anglaise, après laquelle plus rien n'avait été comme avant. On aurait dit qu'elle avait apporté dans ses malles un vent de malheur et de désolation. Il y avait eu la grave maladie d'Alexandre... grâce à laquelle Victoire et sa sœur étaient venues chercher refuge à La Pernelle, emmenées par M. Tremaine pour leur éviter la contagion. Le temps le plus délicieux que Victoire eût jamais connu, bien qu'elle ait eu très peur pour la vie de son frère. Mais elle respirait à côté d'Arthur ; elle voyait Arthur tous les jours ; elle s'asseyait à la même table, elle recevait des leçons de son précepteur et, parfois, il arrêtait un peu ses chevauchées pour se rencogner dans un angle obscur du salon et l'écouter jouer. Sans se montrer, bien sûr, mais elle le savait là et son cœur se dilatait de bonheur.

Un soir, la veille de son retour à Varanville, Lorna Tremayne était descendue pour souper en s'excusant sur sa crainte de la contagion auprès des petites Varanville — mais avec quelle désinvolture ! — et de n'avoir encore jamais accepté de les rencontrer. C'était une femme éblouissante et la demi-sœur d'Arthur : deux bonnes raisons pour Victoire de l'admirer. Pourtant, la fillette n'avait éprouvé pour elle aucune attirance. Peut-être parce qu'elle devinait un être à la fois passionné et calculateur, très difficile à vivre de toute façon ! Si difficile même qu'Elisabeth s'était exilée des Treize Vents parce qu'elle ne pouvait plus l'accepter.

Un autre espoir encore, ce séjour d'Elisabeth ! Victoire guetta, jour après jour, la visite d'Arthur à sa sœur. Malheureusement, il ne parut pas une seule fois et la fuite d'Elisabeth sonna la fin des relations de naguère. Jusqu'à la messe de Chanteloup, la fillette ne revit pas le garçon qu'elle aimait.

Sa présence lui fut une grande joie, mais si brève ! Elle n'eut de lui qu'un salut qui lui parut tiède et un sourire qu'elle jugea distrait. Peu de chose en vérité pour une si longue attente ! Aussi, en descendant de voiture, Victoire pria-t-elle sa mère de l'autoriser à monter se coucher. Permission qui lui fut accordée avec un baiser maternel plus tendre encore que de coutume : depuis longtemps Rose savait à quel rythme battait le cœur de sa fille, mais la jugeait trop jeune encore pour lui en parler, espérant d'ailleurs qu'avec le temps cet amour d'enfant s'effacerait de lui-même. Sans y croire vraiment, d'ailleurs : ces Tremaine faisaient partie des êtres les plus difficiles à oublier qui soient ! Elle se promit seulement de veiller sur Victoire plus attentivement encore que par le passé : c'était si triste de pleurer pendant la nuit de Noël quand la terre et le Ciel chantent l'espérance !

C'est donc en la seule compagnie des gens du château que Mme de Chanteloup et sa jeune compagne rentrèrent après la messe, mais ni l'une ni l'autre n'en éprouvait d'amertume : ceux qu'elles aimaient les avaient rejointes le temps d'un office pour apporter leur présence, leur sollicitude et leur tendresse et cela leur suffisait pour aborder dans la sérénité une longue solitude à deux qui allait tisser entre ces femmes, chacune à un bout de la vie, et qui se connaissaient mal, des liens aussi étroits que si l'une eût été l'aïeule de l'autre. Une affection était en train de naître qui se nourrirait de confiantes causeries au coin du feu tout en tirant l'aiguille pour confectionner une layette digne d'un enfant de France. Presque toutes les femmes de la maison furent employées à couper, coudre, broder, tricoter et finalement entasser dans trois commodes le linge marqué d'une fleur de lys et les petits vêtements de velours, de soie ou de laine destinés à celui que l'on attendait. L'idée qu'il pourrait s'agir d'une fille n'effleurait même pas Elisabeth, ancrée dans sa certitude : l'enfant de son prince ne pouvait être qu'un garçon, le digne continuateur d'une lignée de souverains issus de la nuit des temps.

Contrairement à ses habitudes qui l'entraînaient plus volontiers aux écuries qu'au salon lorsqu'elle était chez son père, la jeune femme prenait un vif plaisir à voir naître entre ses mains, sous la direction d'Étiennette Heurteloup, la vieille camériste de la comtesse, les menus habits dont elle vêtirait son fils et à manier les tissus que Rose de Varanville se chargeait d'acheter avec l'argent mis par Guillaume à la disposition de sa fille. C'était pour elle la plus tendre façon de se rapprocher d'un époux dont le souvenir ne la quittait pas : pour chasser l'angoisse que lui mettait sans cesse au cœur l'absence de nouvelles, Elisabeth imaginait l'instant merveilleux entre tous où, revenu la chercher, il recevrait de ses mains un bébé blond aux yeux bleus niché dans la soie et la dentelle.

Avec un peu de chance, peut-être Louis-Charles serait-il là pour la naissance.

Troisième partie

LA DÉCHIRURE

1804

CHAPITRE XI

LA COLÈRE DE GUILLAUME

Le premier jour de l'an nouveau, Guillaume et ses fils vinrent embrasser la future mère et lui porter des présents : comme à Chanteloup, on s'occupait beaucoup, aux Treize Vents, de la prochaine naissance. Clémence Bellec et Lisette filaient et tricotaient. Elles faisaient cela le soir, parfois assez tard, lorsque Kitty était retirée pour la nuit auprès de sa maîtresse. Non par défiance véritable : comme les autres serviteurs de la maison, elles plaignaient plutôt la pauvre femme soumise à longueur de journée et de nuit aux caprices et aux humeurs de Lorna.

Partagée entre l'ancienne affection et la pitié, Kitty usait ses forces à satisfaire de son mieux les désirs d'une femme obsédée par une idée fixe : retrouver «son» enfant, obliger Guillaume à l'épouser pour, finalement, tirer de lui une vengeance qui la paierait d'une aversion qu'elle ne s'expliquait pas. En effet, sa beauté n'avait guère souffert des maux subis. L'éclat, sans doute, était moindre, mais Lorna s'acharnait à le récupérer, passant de longues heures à sa toilette puis vérifiant ensuite le résultat obtenu dans les regards éplorés du jeune Brent... Sur la vengeance en question, miss Tremayne ne donnait aucune explication, mais il n'était pas difficile de deviner qu'elle entendait devenir la maîtresse absolue des Treize Vents. Son orgueil, immense, n'admettrait jamais la défaite, et, à présent, il y mettait une sorte d'obstination maniaque. Il fallait que Guillaume s'ancre dans la tête qu'il devrait désormais et sa vie durant compter avec une femme prête à tout pour l'asservir.

Mieux valait donc, dans ces conditions, que Kitty fût tenue dans l'ignorance de l'événement à venir : de la meilleure foi du monde et en toute innocence, elle aurait pu, par mégarde, trahir le secret de la maison.

Avec leurs vœux pour une heureuse année 1804, les Tremaine apportaient aux dames de Chanteloup une pleine brassée de camélias blancs : toute la floraison particulièrement réussie de la serre des Treize Vents. Elisabeth en montra une joie d'enfant.

— Qu'ils sont beaux cet hiver! remarqua-t-elle en enfouissant son visage dans les fleurs que le voisinage de leurs vigoureuses feuilles vernies faisait plus délicates encore. J'espère que les lilas de tante Rose sont aussi bien venus?

— Nous ne sommes pas passés par Varanville, dit Guillaume brièvement. Cette année, notre présence ne pouvait y être la bienvenue.

— Oh! père! Où êtes-vous allé chercher cette idée? Tante Rose va être bien triste si cette journée s'écoule sans qu'elle reçoive ses fleurs préférées! C'est tout de même pour elle qu'on les fait fleurir à cette époque! Et elle n'a pas mérité d'être punie! Je vous en supplie, retournez vite les chercher... ou alors chargez-en Arthur ! Il fera diligence, j'en suis sûre.

— Je le voudrais, ma fille, mais c'est impossible.

— Allons donc ! J'ai dans l'idée que vous faites la mauvaise tête ! Serait-ce à cause de ce M. de La Morinière qui s'incruste chez elle ? ajouta la jeune femme avec un sourire taquin.

— La Morinière ou pas, c'est vraiment impossible, coupa Arthur qui entamait une partie d'échecs avec Mme de Chanteloup. Les lilas sont morts cette nuit du grand froid que nous avons eu avant-hier. Quelqu'un a ouvert la porte du compartiment de la serre où on les isolait pour les forcer. On a même brisé plusieurs carreaux. C'est Daguet qui s'en est aperçu au matin. Les fleurs étaient déjà noires.

— Qui a pu faire une chose pareille ?

— Va savoir ! grogna Guillaume en haussant les épaules avec agacement. Le vent peut-être... J'aimerais mieux que nous n'en parlions plus !

En fait, il s'en doutait : quand ils avaient quitté les Treize Vents, tout à l'heure, Lorna, qui était sortie faire quelques pas avec Brent, leur avait lancé un regard à la fois indigné et déçu en les voyant partir avec les camélias. Persuadée qu'ils allaient à Varanville, la coupable ne pouvait être qu'elle et sans doute regrettait-elle à cet instant de n'avoir pas démoli toute la serre. Cependant, Elisabeth ne s'avouait pas vaincue.

— Alors, portez au moins à tante Rose la moitié de nos fleurs ! Ce bouquet est beaucoup trop gros pour Mme de Chanteloup et moi. Nous serons heureuse de le partager avec elle.

— M'as-tu déjà vu reprendre ce que je donne ? Et je te trouve bien généreuse avec ce qui ne t'appartient pas tout à fait ! Gardez-vos fleurs, mesdames, et oublions tout ceci !

Il se pencha sur sa fille pour l'embrasser. Ce faisant, son regard rencontra celui de Mme de Chanteloup. Un regard vite détourné mais où il eut le temps de lire une espèce de pitié triste, et, comme elle faisait mine de s'absorber dans son jeu, il en conclut qu'elle en savait peut-être beaucoup plus qu'elle ne voulait le dire sur les intentions de sa nièce. Alors, Guillaume se sentit très malheureux tout en se félicitant de n'être pas allé à Varanville : l'idée de croiser l'œil ironique d'un heureux rival le révulsait.

Son humeur ne s'arrangea pas quand, rentré à la maison, il remit Sahib aux mains de Daguet. Elle empira plutôt lorsque celui-ci lui annonça que peu de temps après son départ pour Chanteloup, Mr. Brent était venu lui ordonner d'atteler un cabriolet pour qu'il puisse emmener Miss Tremayne faire un tour de promenade.

— Je lui ai d'abord demandé s'il avait votre permission mais il l'a pris assez mal, disant qu'il ne voyait pas pourquoi votre nièce devrait attendre une autorisation pour sortir, et que vous seriez sûrement très mécontent en apprenant que j'avais refusé. Alors... j'ai fini par céder, et ils sont partis tous les deux.

— Bien que je n'aime pas beaucoup cela, vous n'aviez pas vraiment de raison valable pour refuser, Daguet ! Après tout, c'est une bonne chose que miss Tremayne ait envie de prendre l'air. Est-ce qu'ils sont rentrés ?

— Il n'y a pas dix minutes, et c'est là que je me suis demandé si je n'avais pas eu tort de les laisser partir. Si vous aviez vu la tête que faisait le précepteur ! Il n'avait pas l'air dans son assiette.

— Et... ma nièce ?

— Elle ? C'était tout le contraire : on aurait dit qu'elle venait de conclure la meilleure affaire de sa vie.

— Eh bien ! fit Arthur qui avait entendu, il n'y a qu'une chose à faire, père, c'est d'interroger Mr Brent. Et moi je vais aller causer avec Lorna.

— N'en fais rien pour l'instant, Arthur ! Mieux vaut ne pas l'irriter, ces temps-ci. Nous savons trop comment cela peut finir. Je vais voir ton précepteur.

Il n'eut pas à aller bien loin pour le trouver : lorsqu'il pénétra dans le vestibule, Potentin vint lui dire que le jeune homme désirait lui parler, l'attendait dans le petit salon... et qu'il semblait très malheureux.

Guillaume en fut aussitôt convaincu : assis sur un tabouret, les coudes aux genoux et la tête dans ses mains, Jeremiah Brent offrait l'image même du chagrin. Et de la nervosité : il tressaillit quand le pas du maître des Treize Vents fit grincer les parquets, se leva et se tint devant lui comme un coupable devant son juge.

— Que se passe-t-il ? demanda Guillaume. On dirait... on dirait que vous avez pleuré.

— Oui, j'ai pleuré mais, monsieur Tremaine, cela tient à ce que je ne sais plus que faire de moi. Savez-vous où nous sommes allés ce tantôt ?

— J'étais sur le point de vous le demander.

— A la gendarmerie ! Oui... c'est là que miss Lorna m'a obligé à la conduire. Quand nous sommes partis, je ne savais pas où nous nous rendions. Elle avait dit « Saint-Vaast » pour faire un tour sur le port, mais une fois là il a bien fallu que je m'exécute.

— Et que voulait-elle y faire? demanda doucement Guillaume qui commençait à s'en douter.

— Vous dénoncer, bien sûr! Elle vous accuse, vous et le docteur Annebrun, d'avoir fait disparaître l'enfant qu'elle a mis au monde pendant qu'elle était inconsciente. J'ai essayé de la raisonner, d'atténuer ses imprécations, mais il aurait fallu pour que l'on m'écoute que je la déclare folle. Et cela je ne le pouvais pas! Elle ne me l'aurait pas pardonné! Oh! j'ai honte de moi! tellement honte! Je ne suis qu'un pantin entre ses mains et elle le sait!

Il se laissa retomber sur son siège et se mit à sangloter désespérément, balbutiant des excuses, s'accusant d'avoir trahi la confiance que M. Tremaine lui avait toujours montrée. Si près d'ailleurs de la crise de nerfs que Guillaume n'hésita pas : empoignant le jeune homme, il le remit debout et lui administra une vigoureuse paire de claques qui le réduisit instantanément à un silence qui fit d'ailleurs grand bien au donateur. Puis, comme Jeremiah, sidéré, le regardait avec de grands yeux scandalisés, il lui sourit gentiment.

— Ça va mieux?

— Je... oui, je crois mais...

— Le remède est un peu énergique et je vous en demande pardon, mais c'était, je crois, la meilleure solution. A présent, causons en gens sérieux : que vous ont dit les gendarmes?

Fouillant dans sa poche, le précepteur en tira une petite feuille de papier jaune qu'il lui tendit :

— Pas grand-chose : ils m'ont donné ceci pour vous en disant que le plus tôt serait le mieux!

C'était une convocation à se présenter devant les

autorités. Tremaine retint une grimace. Bien qu'absolument sûr de son innocence, il n'aimait pas beaucoup cela : de création récente, la gendarmerie de Saint-Vaast était commandée par un brigadier fraîchement importé qui ne connaissait guère les habitants de la région. Il venait de Caen et il s'était déjà taillé la réputation d'un homme peu commode.

— Eh bien ! soupira-t-il, le mieux est de ne pas se faire attendre : je vais y aller tout de suite.

— Je vous accompagne, décida aussitôt le jeune homme.

— Pensez-vous que miss Lorna vous pardonnera plus facilement de m'apporter votre aide maintenant plutôt qu'il y a deux heures ?

— Cela n'a plus d'importance. De toute façon, il faut que je parte. Après ce que j'ai laissé faire, ma présence ici n'est plus supportable pour personne. Surtout pour les garçons ! Arthur va m'exécrer.

— Pas si je lui explique moi-même ce qui s'est passé ! Et vous me serez plus utile en demeurant. Alors, pas question de m'accompagner ! Miss Lorna ne doit pas être mise au fait de votre crise de conscience. Vous restez ici ; vous ne changez rien à vos habitudes et nous parlerons ce soir. D'ailleurs, je ne vois pas bien où vous pourriez aller. Vous êtes anglais et nous sommes en guerre !

Quelques minutes plus tard, en selle sur Trajan, Tremaine prenait le chemin de Saint-Vaast-la-Hougue.

Proche de la mairie, la gendarmerie arborait un drapeau tricolore en tôle peinte qui grinçait dans le vent quand Guillaume attacha son cheval presque au-dessous. La nuit tombait déjà, mais le visiteur connaissait bien cette grosse maison où s'abritaient plusieurs ménages : celui du brigadier et ceux de ses hommes. La porte en était déjà close et il dut tirer la chaîne de la cloche qui tinta à l'intérieur en contrepoint de quelques bruits de casseroles.

Quelqu'un dut tirer sur la corde commandant le loquet, car le vantail s'ouvrit, découvrant un large couloir où, sous une porte, filtrait un rai de lumière. Guillaume frappa, entra sans qu'on l'y invite et se trouva en face d'un personnage en uniforme bleu sombre assis derrière une table surmontée d'un casier. Au-dessus de lui, une image du Premier Consul décorait le mur blanchi à la chaux et, sur celui qui formait angle, des patères portaient cinq grands bicornes et, dans leurs fourreaux, des sabres légèrement courbes.

Le brigadier Pelouse pouvait avoir une quarantaine d'années. Il leva sur le nouveau venu un visage verni comme une belle pomme sous une impressionnante moustache et d'épais sourcils couleur de châtaigne mûre.

— Qu'y a-t-il pour votre service, citoyen?

L'appellation révolutionnaire sonna désagréablement aux oreilles de Guillaume : elle lui rappelait de trop mauvais souvenirs et, dans un pays où tous ceux qui ne l'appelaient pas monsieur lui disaient Guillaume, voire «le» Guillaume ou Tremaine tout court, elle lui donnait d'emblée une fâcheuse impression. Cependant, il tira de sa poche le papier jaune et le donna en déclarant :

— Vous m'avez envoyé ça! Je m'appelle Guillaume Tremaine et je suis prêt à répondre à vos questions.

— Ah!

Les prunelles du gendarme, d'un gris-vert plutôt dur, jaugèrent l'arrivant. Sans lui offrir de s'asseoir, il recula sa chaise de façon à pouvoir se balancer légèrement.

— Pas fâché de vous voir, citoyen ! Je ne suis pas ici depuis bien longtemps, mais j'ai déjà beaucoup entendu parler de vous et de votre maison de La Pernelle. En quelque sorte, vous êtes le seigneur de par ici ?

— N'étant pas noble, je ne suis le seigneur de rien du tout. D'autres possèdent les parchemins qui leur donnent ce titre... quand ils n'ont pas été brûlés. Pour ma part, je suis un simple bourgeois.

— Mais riche... fort riche même, à ce que l'on dit.

Dans la bouche de Pelouse, le mot sonnait comme une insulte. Guillaume eut un étroit sourire et haussa les épaules.

— Dans nos pays normands on a souvent tendance à exagérer. Je possédais autrefois un chantier naval ici-même, des moulins dans le Val de Saire ; j'ai donné tout cela à ceux qui s'en occupaient dans l'espoir qu'ils rendraient mes bienfaits à d'autres.

— Et vous de quoi vivez-vous ? De l'air du temps ?

— Nullement. Je suis armateur et j'ai quelques terres. Mais, dites-moi, brigadier, je croyais être à la gendarmerie. Me serais-je par harsard trompé et seriez-vous le nouveau percepteur ?

— Quand on interroge un suspect, on a le droit de poser certaines questions. Je n'ai pas l'honneur de vous connaître, citoyen : il faut donc que je me renseigne.

— Un suspect ? Et de quoi, s'il vous plaît ?

— D'enlèvement d'enfant... peut-être d'assassinat !

— Pas moins ? Eh bien !

Avisant une chaise dans un coin, Tremaine alla

la chercher et s'installa, ce qui lui valut une immédiate protestation :

— Je ne vous ai pas autorisé à vous asseoir !

— En ce cas, vous voudrez bien m'excuser, mais j'ai une mauvaise jambe et je suis resté dessus suffisamment pour aujourd'hui. Et comme nous avons à causer, je me sentirai l'esprit plus clair pour vous répondre. A présent, je vais vous faire gagner du temps : vous avez reçu tout à l'heure la visite d'une jeune dame, miss Tremayne, qui se trouve être ma nièce...

— ... et qui a fort à se plaindre de vous et des vôtres. Après lui avoir fait un enfant et lui avoir promis de l'épouser après la naissance, vous avez profité d'un grave malaise dont elle a été victime et au cours duquel elle a accouché pour vous emparer du bébé. Alors la question est celle-ci : qu'en avez-vous fait ?

— Que puis-je faire de ce qui n'existe pas ? Miss Tremayne se croyait enceinte et ne l'était pas. Si vous en doutez, interrogez le docteur Annebrun !

— Cette dame assure qu'il est votre complice.

— Alors arrêtez-le ! Et pendant que vous y serez arrêtez aussi tous ceux de ma maison ! Tous vous diront la même chose : ma nièce a été victime de ce que l'on appelle une grossesse nerveuse.

— Qu'est-ce que c'est que ça ?

— Cela veut dire que lorsqu'une femme désire ardemment avoir un enfant et que son état nerveux n'est pas des meilleurs, elle peut à force d'y croire en présenter les marques sans en avoir la réalité. Consultez donc là-dessus n'importe quel médecin de Valognes, de Quettehou, de Cherbourg même, il vous dira que cela peut se produire. Interrogez aussi un vétérinaire ! C'est courant chez les animaux.

Malheureusement, ma nièce, dont l'esprit n'est pas bien solide, est persuadée avoir mis au monde un bébé.

— Mmmm... ouais ! C'est une drôle d'histoire que vous me contez là ! Plutôt difficile à croire !

— Que puis-je vous dire d'autre ? C'est sa parole contre la mienne, et comme vous ne nous connaissez ni l'un ni l'autre...

— Je ne vous le fais pas dire. Pendant que j'y pense : qui c'est, l'homme qui l'accompagnait ? Et qui aurait bien voulu qu'elle ne parle pas, d'ailleurs ?

— Vous auriez pu le lui demander. Il se nomme Jeremiah Brent et c'est le précepteur de mes fils. Il est tout dévoué à ma nièce, mais il n'est pas du tout satisfait de sa dénonciation. Il voulait même revenir avec moi.

— Ça, c'est encore vous qui l'affirmez ! Mais au fait, ce bonhomme, il est anglais ? Et quand vous parlez de votre nièce vous l'appelez miss ?

— Oui. Elle est anglaise, elle aussi. Tous deux se trouvaient chez moi quand la guerre a éclaté : il ne leur a pas été possible de rentrer et...

Le brigadier se leva soudainement. La colère durcissait encore ses petits yeux couleur de granit moussu.

— Ça suffit comme ça ! Vous seriez un nid de conspirateurs, vous autres les gens des Treize Vents, que ça ne m'étonnerait pas !

— Soyez logique, brigadier ! Si nous étions des conspirateurs, nous ne nous dénoncerions pas les uns les autres !

— Voire ! On peut se détester aussi, quoi que je ne comprenne pas qu'on puisse vouloir du mal à une aussi belle dame ! De toute façon, j'en ai assez entendu pour ce soir, mais comme j'ai l'intention d'aller demain interroger tout ce beau monde, vous allez rester ici, sous bonne garde !

Tremaine se releva si brusquement que sa chaise oscilla.

— Sous bonne garde ? Autrement dit, vous m'arrêtez ? Mais vous n'en avez pas le droit !

— Dès qu'il est question d'un crime, j'ai tous les droits mais vous n'êtes pas encore arrêté. Je n'ai pas prononcé la formule.

— La différence m'échappe.

— C'est facile à comprendre cependant : je n'ai pas envie que vous remontiez là-haut vous mettre d'accord avec tous vos gens et vous allez passer la nuit ici afin de ne pas gêner mon enquête. J'ai besoin de voir clair dans tout ça, moi... et je ne vous conseille pas de résister ! Vous aggraveriez votre cas. Ensuite, et selon ce que j'apprendrai, j'aviserai.

— Je n'ai pas l'intention de résister, mais vous devriez tout de même vous montrer plus prudent... et prendre avis de vos supérieurs ! Je suis très connu dans la région.

— Je le sais, mais ça ne veut pas dire que vous n'avez rien à vous reprocher.

Il agita une sonnette. Deux gendarmes parurent presque aussitôt et Guillaume, en dépit de ses protestations, se retrouva peu après dans la petite pièce nue qui prenait jour par une étroite fenêtre grillée et meublée d'un bat-flanc où l'on enfermait habituellement les voleurs de poules et autres malandrins.

Il y passa quelques-unes des heures les plus pénibles de sa vie. A la stupeur de se voir traité avec une pareille désinvolture et un tel mépris du droit des gens succéda une colère bouillonnante qui lui ôta toute envie de dormir et lui tint compagnie jusqu'au cœur profond de la nuit. Une vague angoisse s'y mêlait à découvrir que l'obstination quasi démente d'une femme frustrée pouvait, en rejoignant les idées courtes d'un fonctionnaire soucieux de se faire valoir, mettre en péril l'œuvre patiente de toute une vie et peut-être même le mener à sa perte. Un moment, en proie au silence presque minéral de son réduit, il désespéra, crut que sa bonne étoile s'éclipsait, que le monde solide et chaleureux qui l'entourait venait de s'effondrer. « Je dois être en train de vieillir, pensa-t-il. Si j'en arrive à ne plus croire en quiconque et surtout en moi-même, c'est que la cuirasse est fendue et que je suis devenu vulnérable. »

Le pire était peut-être la haine, amère, écœurante, qui était en train de lui empoisonner l'âme, envers la responsable de sa déchéance : la femme accrochée comme un cancer aux entrailles de sa maison, poursuivant avec une espèce de logique une œuvre de destruction stupide mais qui devait satisfaire son besoin de vengeance. A celle-là, s'il s'en sortait, il ne ferait plus de cadeaux : il l'arracherait des Treize Vents. Par la force s'il le fallait ! Plus de pitié, plus d'atermoiements ! Elle aurait un abri, de quoi vivre, mais elle ne mettrait plus jamais les pieds dans sa demeure. Même si un horrible scandale en résultait !

Tremaine ruminait ainsi quand une rumeur s'enfla tout à coup près de la gendarmerie comme si la mer voisine lançait contre elle une marée inattendue. Il entendait vaguement des voix puis, soudain, sa porte s'ouvrit dans un vacarme de verrous tirés et de clefs tournées. Un gendarme effaré parut :

— Venez vite ! Sinon, ils sont capables de tout démolir.

En effet, dans la salle où on l'avait reçu la veille, le brigadier Pelouse faisait face à une petite foule agitée, au premier rang de laquelle il vit Anne-Marie Le Houssois, Pierre Annebrun, Arthur, Adam, Potentin et Daguet. Quant à ceux qui s'étaient rassemblés derrière eux, il n'y vit que des amis : les Quentin, les Calas, les Baude, le notaire Lebaron, quelques autres têtes de connaissance et, pour couronner le tout, le curé Jean Bidault. Tout ce monde parlant en même temps sans permettre au malheureux brigadier de placer un mot.

Il s'était passé ceci : en rentrant chez lui après la pêche, André Calas avait vu l'un des gendarmes détachant un cheval de l'anneau scellé près de la porte pour le mener à l'écurie. Le grand pêcheur reconnut instantanément Sahib, dont la robe noire était célèbre dans tout le pays. Naturellement, il posa une ou deux questions à laquelle le pandore répondit d'une façon qui lui fit dresser les cheveux sur la tête d'indignation : Guillaume Tremaine venait d'être emprisonné par le brigadier.

Comme leur chef, les gendarmes étaient tous des nouveaux dans le pays, aussi Calas ne s'attarda pas à ergoter avec celui-là. Touchant son bonnet de laine, il rentra en courant, prévint son père qui prévint les autres à son tour. La pensée générale était : « Si on laisse ces étrangers mettre les gens sous les verrous quand ça leur chante, plus personne ne sera à l'abri de leurs caprices. Et comme ils ne sont pas très intelligents... » On décida donc en premier lieu d'en référer à Mlle Le Houssois, considérée comme la détentrice d'une bonne part de la sagesse du pays, et constituant, de plus, un lien privilégié avec les Tremaine.

Quand ils y arrivèrent, ils rencontrèrent la cavalerie des Treize Vents : inquiets à juste titre de ne pas voir rentrer leur père, Arthur et Adam n'eurent aucune peine à extirper la vérité à leur précepteur, informèrent Potentin qui décida d'une descente à laquelle se joignirent Daguet et Jeremiah Brent, bien entendu. On se mit d'accord sur la stratégie à suivre : aller tirer Guillaume du mauvais pas où l'avait précipité la dénonciation de «l'Anglaise». Mais, pour faire encore meilleure mesure, Potentin eut l'idée de recourir à l'abbé Bidault, saint homme s'il en fut, pour jouer le rôle du témoin de moralité, bien qu'il ne fût pas vraiment au courant de ce qui se passait aux Treize Vents ! Il aimait bien Guillaume dont, à maintes reprises, il avait pu apprécier le courage et la droiture en dépit du fait qu'il était un chrétien assez tiède.

Submergé par le concert de protestations qui l'avait tiré de son lit, Pelouse tenta tout de même de défendre son point ce vue.

— Mais enfin, cette dame est venue se plaindre. Elle réclame son enfant et tant qu'elle ne l'aura pas retrouvé...

— ...le Guillaume restera sous les verrous? s'écria Louis Quentin. Hé ben, il y est pour un bout de temps !

— Surtout, reprit Potentin, qu'on ne risque pas de retrouver l'enfant.

— Parce qu'il n'a jamais existé! expliqua le docteur Annebrun avec lassitude. Sinon dans l'imagination de miss Tremayne. Une imagination malade, car l'esprit de cette jeune femme est malade.

Elle veut à tout prix devenir la maîtresse des Treize Vents.

— Et comme elle n'y arrive pas, conclut Mlle Anne-Marie, elle emploie tous les moyens. Croyez-moi, brigadier, ne vous laissez pas entraîner par elle dans une histoire fumeuse où vous n'avez rien à gagner sinon des ennuis ! Guillaume Tremaine est en assez bons termes avec le Premier Consul. Plusieurs de ses navires font la guerre de course contre l'Anglais et, si j'étais vous, je considérerais avec plus de méfiance les dires d'une demi-folle gardée aux Treize Vents par humanité mais n'en appartenant pas moins à un royaume ennemi... Ah ! j'allais oublier ! J'ai apporté un petit sirop d'herbes calmantes pour votre femme. Tous ces gens qui vous ont envahi en pleine nuit ont dû l'inquiéter et dans son état...

Madame Pelouse attendait en effet un heureux événement en vue duquel la vieille sage-femme avait été déjà appelée afin de surveiller le bon déroulement de la grossesse. Le petit discours que celle-ci venait de débiter possédait tout ce qu'il fallait pour faire réfléchir le brigadier. D'abord la référence à Bonaparte le fit changer de couleur, puis l'attentive sollicitude envers la future mère donnait à Pelouse une occasion de se sortir d'un mauvais pas sans trop de dommage aux yeux de ses concitoyens, et même en gagnant peut-être un rien de popularité dans un bourg où l'on avait plutôt tendance à le regarder avec méfiance. Pelouse était doté d'assez de jugeote pour comprendre où se trouvait son intérêt. En outre, il estimait beaucoup Mlle Le Houssois et puisque toute le monde lui assurait que la belle dame n'était pas dans son bon sens, Guillaume fut relâché sur l'heure aux acclamations de tous. Avec même un petit semblant d'excuses qu'il accepta en tendant une main sans rancune à son tourmenteur de la veille.

L'incident clos, et après avoir remercié chaudement ses vaillants défenseurs —, Tremaine n'en continua pas moins à couver sa colère. Elle explosa lorsqu'il atteignit sa demeure restée toute la nuit sur le pied de guerre. Sans grands éclats, d'ailleurs, mais avec une détermination froide qui ne laissait guère place à la discussion : Lorna allait être priée de quitter la maison le jour même...

La sentence tomba dans un silence général mais approbateur. Arthur se contenta de hausser les épaules en murmurant :

— Vous n'avez été que trop patient, père ! Je n'aurais jamais cru Lorna capable de ça !

Seul, Pierre Annebrun qui, connaissant bien son ami, sentait tout ce qu'il avait accumulé de fureur et craignait qu'il ne s'abandonnât à la violence, osa une mise en garde :

— Tu ne crains pas de la pousser à bout ? Tu sais déjà juqu'où elle peut aller...

— Je ne vois pas bien ce qu'elle pourrait faire de pire ! Sans votre aide à tous, je risquais de pourrir en prison pendant que la maréchaussée aurait mis ma maison et mon jardin au pillage pour chercher un corps de bébé, laissant ainsi à Pelouse le temps de porter la plainte de Lorna devant des juges, le procureur consulaire et Dieu sait qui ? Je ne peux plus supporter de la sentir dans ces murs occupée à manigancer Dieu sait quel traquenard nouveau...

— Veux-tu que je la prenne chez moi ?

— Mon pauvre vieux ! Elle te déteste presque autant que moi ! Elle serait capable de t'empoisonner avec l'une de tes mixtures. Mais je te remercie.

Sois tranquille! Je vais faire en sorte qu'elle s'éloigne suffisamment pour que nous puissions enfin vivre en paix. Et si tu veux le fond de ma pensée, je suis malgré tout assez satisfait du prétexte qu'elle me donne de pouvoir la renvoyer. J'ai trop peur qu'elle n'en vienne à découvrir la vérité au sujet d'Elisabeth.

— Tu as peut-être raison, après tout! Mais fais attention!

Retirée dans sa chambre, Lorna, cachée derrière les rideaux, avait assisté au retour de Guillaume. Sachant bien qu'il allait sans doute lui demander des comptes, elle l'y attendait, tapie comme une araignée au cœur de sa toile, prête à combattre avec toutes ses armes l'homme dont elle ne savait plus très bien si elle le haïssait plus qu'elle ne le désirait.

Quand il entra, érigeant dans le cadre obscur de la porte sa haute silhouette menaçante, elle se tenait assise devant sa table à coiffer, examinant ses ongles avec une attention excessive.

— Je crois, fit la voix grave de Guillaume, que vous avez dépassé les bornes permises.

— Ils vous ont relâché?

— Comme vous le voyez! Vous n'imaginiez pas, je pense, qu'il suffisait d'une dénonciation pour me livrer pieds et poings liés à une justice qui a bien assez d'ouvrage sans s'occuper des innocents?

— Je l'espérais pourtant! Et vous n'êtes pas innocent: vous avez pris mon fils pour le faire disparaître et...

— Assez avec cette fable délirante et trop commode! Vous n'avez jamais été enceinte et vous le saviez au fond de vous-même. C'est pourquoi vous ne vouliez pas consulter de médecin. Maintenant, vous êtes allée trop loin. Je ne veux plus de vous.

Avant ce soir, vous aurez quitté ma maison pour n'y plus revenir.

Elle prit feu aussitôt.

— Vous prétendez me jeter dehors comme une servante malhonnête? Et vous croyez que je vais me laisser chasser?

— Je ne vois pas quelle résistance vous pourriez opposer. Kitty a déjà reçu l'ordre de préparer vos malles. Elle est dans la garde-robe de votre ancienne chambre en train de ranger vos vêtements.

— Et pour aller où, s'il vous plaît? Dans quelque auberge où j'aurai pour seule perspective de mourir de faim? Me chasserez-vous purement et simplement dans la campagne alors que nous sommes au cœur de l'hiver?

— Après ce que vous avez fait, vous ne mériteriez pas mieux. Depuis un an, vous n'avez pas cessé un seul instant de travailler à la destruction de ma famille. Vous avez en partie réussi mais cela ne vous suffisait pas : vous venez de couronner votre œuvre en me dénonçant comme un vulgaire bandit de grand chemin dans le seul espoir de m'éloigner peut-être à jamais et de pouvoir régner seule ici. Ce qui était une lourde erreur : vous auriez trouvé tous ceux des Treize Vents dressés contre vous derrière Arthur, qui a tout ce qu'il faut pour devenir plus tard le maître du domaine et qui ne vous pardonne pas le mal accompli.

— Le mal? Vous m'y avez bien un peu aidée, non? Et surtout vous oubliez trop vite. Quand je suis arrivée ici, je vous plaisais. Peut-être même m'avez-vous aimée vraiment.

— Non, jamais! Je me suis toujours méfié de vous, mais je reconnais que je me suis mal gardé. Vous me plaisiez, c'est vrai. Vous êtes trop belle pour ne pas retenir au moins un moment le regard d'un homme.

— Vous avez fait plus que me regarder. Il n'y a pas un pouce de mon coprs que vous n'ayez touché, caressé... Souvenez-vous de notre nuit aux Hauvenières ! Les instants brûlants vécus dans vos bras sont de ceux qui ne peuvent s'effacer. Pour ma part, je ne cesse de les revivre et je suis certaine, si vous voulez bien être franc, qu'il vous arrive d'y penser. Nous avons été marqués du même fer rouge, Guillaume. Alors pourquoi nier l'évidence ?

— Je l'ai répété cent fois : j'ai perdu la tête. Durant cette maudite nuit quelque chose m'a mis le sang en feu. C'était comme si j'avais bu un philtre et pendant quelques heures j'ai été fou, vraiment fou de vous, mais...

— Vous voyez bien ! s'écria-t-elle, triomphante.

— ... mais je n'étais pas à une lieue de vous sur le chemin du retour que j'en éprouvais une honte affreuse. J'avais trahi avec vous et dans son lit l'amour que je portais à Marie, votre mère, et j'allais devoir affronter les regards de son fils et de mes autres enfants. Oh ! oui, je l'ai regretté, ce moment de délire et, malheureusement, vous avez tout mis en œuvre pour que ces regrets deviennent remords insupportables ! Croyez-moi ! Il est temps, grand temps que nous nous séparions. Vous savez très bien que la partie est perdue, que je ne vous épouserai jamais. Essayons de ne pas nous exécrer !

— C'est bien ce que je pensais : ce qui vous gêne, c'est votre conscience bourgeoise mais je sais, moi, que si j'étais votre femme je pourrais réveiller la passion devant laquelle vous reculez parce que je vous aime comme jamais personne ne vous a aimé. Pas même ma mère, cette sotte ! Elle pouvait être vôtre sa vie durant et elle a choisi ce terne sir Christopher qui...

La phrase s'acheva sur un cri de douleur. Incapable de se contenir devant l'insulte infligée à celle qu'il avait tant aimée, Guillaume venait d'assener à Lorna une gifle retentissante.

— Je vous interdis de parler de Marie, vous entendez?

Sous le feu de la colère, les larmes qui emplissaient les yeux de la jeune femme séchèrent instantanément. Telle une vipère qui va mordre, elle se redressa et fit front.

— Frappez si ça vous chante, vous n'étoufferez pas pour autant la vérité même s'il y a des mois que vous vous débattez contre elle!

— Et quelle est cette vérité?

— Ouvrez les yeux et vous la verrez! La vérité, c'est que nous avons été l'un à l'autre dès le premier regard échangé et que nous n'y pouvons rien. La vérité, c'est que je vous appartiens toujours, qu'il vous suffit d'ouvrir les bras pour vous en convaincre... et que je ne veux pas vous perdre!

Un élan soudain la jeta contre lui, les bras noués autour de son cou, l'enveloppant du parfum dont, en effet, il gardait le souvenir, l'enlaçant si étroitement qu'il pouvait sentir chaque parcelle de son corps. Jamais peut-être Lorna n'avait été si belle qu'à cet instant où elle voulait forcer la victoire, s'emparer envers et contre tout de cet homme assez âgé pour être son père mais qu'elle désirait plus que tout au monde. Et Guillaume, l'espace de quelques secondes, sentit sa raison vaciller, mais soudain, à la place du visage qui s'offrait, il en vit un autre, ravissant et doux, dont les yeux couleur de mer lui souriaient... Rose! Rose qui peut-être se détournait de lui mais que, pour rien au monde, il n'eût voulu décevoir jusqu'au dégoût.

Sans la moindre douceur, il détacha de lui la jeune femme qu'il jeta presque sur le lit où elle dut s'accrocher à une colonnette pour ne pas tomber.

— Vous ne pouvez pas me perdre puisque je ne vous ai jamais appartenu. Quant à m'aimer, je n'en crois rien. Vous tenez à moi parce que je vous oppose une résistance à laquelle personne jusqu'à présent ne vous a habituée. Votre imagination a fait le reste. Alors, cessez de gâcher votre vie et la mienne ! Vous avez vingt-huit ans, vous êtes toujours très belle, l'avenir est à vous. Quant à nous autres, gens des Treize Vents, vous nous oublierez assez vite quand vous nous aurez quittés.

— C'est impossible ! Même si vous ne croyez pas à mon amour, il y a Arthur. Puis-je oublier mon jeune frère ?

— Non, sans doute. Cependant, sachez qu'il représente une raison de plus pour vous éloigner si vous voulez qu'il vous rende l'affection d'autrefois. Vous l'avez beaucoup déçu. Plus tard, quand il sera un homme... quand le temps aura passé, il vous rendra peut-être l'ancienne tendresse. Essayez de la retrouver, elle en vaut la peine, croyez-moi !

— Que me chantez-vous là ? Arthur ne s'occupe plus de moi. C'est Elisabeth qu'il aime... peut-être un peu trop ! A cause d'elle, il s'est détourné de moi alors qu'il aurait dû être mon allié. Je n'ai que faire d'Arthur ! Notre grand-mère Vergor avait raison : il n'est rien d'autre qu'un bâtard...

— Comme si cette vieille chipie sans cœur était capable d'apprécier un garçon de sa qualité ! fit Guillaume en haussant les épaules. Mais brisons là ! Il est temps de nous séparer et de préparer votre départ. Tout ce que vous pourriez ajouter ne changera rien à ma décision.

— Même si je vous demandais pardon? si je jurais de ne plus jamais chercher à vous nuire?

— Non, parce qu'il m'est impossible d'avoir confiance en vous. Soyez raisonnable, Lorna, et tâchons d'en finir avec un peu d'élégance!

Elle marcha jusqu'à la cheminée pour offrir ses mains à la chaleur du feu. Elle lui tournait le dos à présent et il crut voir que ses épaules tremblaient légèrement.

— Et où voulez-vous que j'aille? demanda-t-elle d'une voix lasse. Vers quelle misère allez-vous me jeter, seule et sans protection dans un pays ennemi?

Il réprima un sourire : quel nouveau personnage allait-elle jouer maintenant? Celui d'une victime sans doute?

— Ne me faites pas plus noir que je ne suis! Il n'a jamais été question de vous jeter dehors en traînant vos malles après vous! Je ne veux pas qu'Arthur puisse un jour me reprocher une quelconque cruauté. Vous demeurez ma nièce et, à ce titre, je vais vous assurer une existence confortable jusqu'à ce qu'il vous soit possible de regagner l'Angleterre. J'ai envoyé Daguet à Valognes; il va revenir avec une chaise de poste qui vous conduira à Paris.

— A Paris? fit Lorna avec un petit rire qui ressemblait assez à un sanglot. Vous aviez promis de m'y emmener... en voyage de noces!

— Je n'ai rien promis de tel. Une fois de plus, nous nous sommes mal compris. L'idée m'en était venue parce que M. de Talleyrand souhaitait tellement vous revoir, qu'il est ministre des Relations extérieures et qu'il a gardé, même à présent, certaines relations avec l'Angleterre. Il peut vous aider à rentrer chez vous.

Elle fit soudain volte-face. Guillaume vit alors qu'elle avait rougi sous la poussée d'une nouvelle vague de colère.

— Voilà donc ce que vous prépariez, alors même que vous me croyiez enceinte ? Oh ! c'est indigne ! Et vous aviez promis de m'épouser ?... En réalité, vous avez toujours voulu vous débarrasser de moi.

Guillaume se traita mentalement d'imbécile. Ce qu'il venait de laisser échapper le mettait dans un mauvais cas. A présent, la franchise valait mieux que toute autre tactique :

— Je ne vous l'ai jamais caché, même si c'est désagréable à entendre. C'est vrai : j'espérais, en vous ramenant dans un monde qui vous est familier, au milieu de gens prêts à vous admirer, vous pousser à reconsidérer votre décision, parce que j'ai toujours su qu'un mariage entre nous serait un désastre. Je vous aurais seulement supportée. Et pendant combien de temps ?

— Non. L'enfant nous aurait unis et je me sens assez forte pour conquérir votre cœur.

— S'il était vacant peut-être, fit Guillaume avec un mince sourire, mais ce n'est pas le cas !

— Vous voulez dire que vous êtes amoureux de cette Rose de Varanville, de cette paysanne ? C'est une rivale négligeable.

— Quel orgueil insensé ! Vous n'êtes même pas digne de ramasser son mouchoir ! Son charme est infini et, en outre, elle est pure et bonne ; ce que vous ne serez jamais. En voilà assez maintenant : vous partirez tantôt pour Paris. Outre de l'argent, je vais vous donner une lettre pour mon ami le banquier Lecoulteux du Moley. Il veillera sur vous, trouvera un logis conforme à vos goûts et assurera votre existence en mon nom...

— Je sais qui il est : je l'ai déjà rencontré, mais... vous prenez de grands risques en faisant allusion à mes goûts : je suis tout à fait capable de vous ruiner !

— Lecoulteux n'est pas idiot. Il saura où placer les limites. D'ailleurs, une autre lettre que la poste va emporter lui annoncera votre arrivée et les dispositions que je compte prendre... jusqu'au jour où il vous sera possible de rentrer en Angleterre.

— Et si je ne veux pas aller à Paris ? Pourquoi, après tout, n'irais-je pas aux Hauvenières ? J'y serais presque chez moi !

— Non. C'est trop près ! Et la maison est à Arthur qui ne souhaite pas vous la prêter... Je crois que nous nous sommes tout dit et je vais, à présent, préparer ce que vous allez emporter. Je laisse la place à Kitty !

— Un instant encore, je vous prie ! Vous me faites partir seule avec Kitty ?

— Vous êtes venues seules, il me semble ?

— Sans doute, mais... je suis moins bien qu'alors. Voyager avec un homme me tranquilliserait. Si Jeremiah Brent pouvait m'accompagner ? Il s'est toujours montré si... attentif ! Et puis je le connais depuis longtemps. Si Arthur me refuse sa maison, il sera peut-être moins intransigeant pour son précepteur ?

Elle était retournée s'asseoir devant sa table à coiffer et parut soudain faible et vulnérable. Entre ses mains elle rassemblait les menus objets précieux de son nécessaire avec des gestes doux, comme si, vaincue et le sachant, elle cherchait à puiser un peu de force dans leur contact familier. Tremaine la considéra un instant d'un air pensif, puis, finalement, haussa les épaules et soupira :

— S'il y consent, je ne m'y oppose pas ! Je vous l'envoie.

— Merci.

En regagnant sa bibliothèque, Guillaume se sentait un peu perplexe. La bataille, certes, avait été chaude mais moins pourtant qu'il ne le craignait. Il s'attendait à plus de violence, peut-être à l'une de ces explosions furieuses que tous avaient appris à redouter, mais qu'il était déterminé à réduire par la force s'il le fallait. Or, il laissait Lorna plutôt calme, résignée même, en apparence, et c'était une attitude à laquelle il ne s'attendait pas. Un instant, il songea que cela cachait peut-être une stratégie, mais c'était tout de même improbable. Pourquoi ne pas croire, tout simplement que, comme lui-même, miss Tremayne était lasse d'une lutte désormais sans issue ? C'était telleemnt reposant de pouvoir enfin baisser les armes !

Ainsi qu'il le pensait, Jeremiah Brent accepta d'escorter la jeune femme jusqu'à Paris. Pour ce malheureux garçon écartelé entre un amour sans espoir et la loyauté qu'il devait à l'homme qui lui faisait toute confiance, les dernières heures avaient été particulièrement éprouvantes. Que Lorna lui ait pardonné sa défection de dernière minute au point de réclamer sa présence durant le voyage lui enlevait du cœur un poids énorme, ainsi qu'il l'avoua sans réticence :

— Merci de me permettre d'accompagner miss Lorna ! Quoi qu'elle ait fait, elle appartient à mon univers depuis trop longtemps pour que je ne souffre pas d'en être séparé pour toujours sans doute. De cette façon, ce sera moins pénible et, une fois rassuré sur son sort, je reviendrai l'âme en paix reprendre mon poste auprès de mes élèves.

— Êtes-vous bien certain d'en avoir le courage? Laissez-moi vous dire ceci, Mr. Brent : si vous décidiez de demeurer aux côtés de ma nièce... disons jusqu'à son départ pour l'Angleterre, je ne vous en tiendrais nulle rigueur. Les garçons non plus. Peut-être d'ailleurs vais-je me résigner à les envoyer au collège. Adam, tout au moins, car, pour Arthur, je doute qu'il en accepte la discipline, mais de toute façon et quel que soit le moment choisi de votre retour, sachez que votre chambre et votre couvert vous attendront. J'aurai toujours de quoi vous occuper, ajouta-t-il avec un sourire en tendant la main au jeune homme.

Quand vint l'heure des adieux, seuls Guillaume, ses fils, Valentin et un jeune valet nouvellement engagé — ceux-ci portant les petits bagages légers — accompagnèrent les voyaeurs jusqu'à la chaise de poste lourdement chargée. Retranchés dans la cuisine, Potentin, Mme Bellec et Lisette se contentaient d'attendre que ce départ auquel personne ne croyait plus se soit enfin effectué. Les deux femmes priaient, égrenant silencieusement leur chapelet. Quant à Potentin, assis devant la cheminée dont il tisonnait distraitement le feu, il gardait l'oreille au guet, craignant à chaque instant d'entendre des cris ou toute autre manifestation obligeant la maison à conserver encore quelques temps l'indésirable.

— Tant qu'elle ne sera pas partie, j'y croirai pas ! marmottait-il de temps en temps.

Pourtant, rien d'imprévu ne se produisait. Devant le perron, Lorna, n'osant attirer Arthur contre elle, venait de prendre sa main et scrutait le regard sombre et réticent du jeune garçon.

— Tu ne m'aimes plus, n'est-ce pas ?

— Redevenez celle que vous étiez et je vous aimerai de nouveau ! C'était une erreur de venir ici où votre place n'était pas marquée, mais je vous souhaite sincèrement d'être heureuse puisque enfin vous l'avez compris.

— Nous verrons ce que l'avenir nous apportera !

Saluée courtoisement par Guillaume et par Adam, la jeune femme monta en voiture où elle prit place dans le fond auprès de Kitty, tandis que Jeremiah Brent s'installait sur le devant.

— Tout le monde y est ? cria le cocher. Alors, en avant !

Il desserra le frein, fit claquer son fouet et la voiture s'ébranla dans un grincement d'essieux et un cliquetis de gourmettes. Potentin, qui avait entendu, se précipita au-dehors.

— Ça y est ! Elle s'en va ! Dieu soit béni !

Au même moment, une violente rafale de vent se leva, si brutale qu'elle fit craquer des branches mortes, soufflant dans la direction de l'attelage comme si la nature elle-même voulait aider à chasser hors du domaine celle que celui-ci avait toujours refusée. Rangés, bras croisés, devant le portail des écuries, Daguet et ses hommes eux aussi surveillaient le départ. Aucun d'eux ne s'était avancé pour aider à l'embarquement : pour ces hommes simples et rudes, une dénonciation était le pire crime qu'un être humain puisse commettre. Ils auraient compris un coup de feu tiré de face ou encore une attaque au couteau, mais la parole sournoise employée comme arme leur faisait horreur.

Quand la chaise de poste eut disparu au tournant du chemin, Guillaume et ses fils rentrèrent. Le père tenant par l'épaule chacun de ses garçons, heureux de les sentir si proches de lui, soudés comme ils ne l'avaient pas éprouvé depuis des mois. D'un seul coup, l'atmosphère de la maison venait de s'alléger.

— Père ! dit soudain Arthur, pensez-vous qu'Elisabeth va revenir habiter ici à présent ?

— Plus rien ne s'y oppose, mais c'est à elle de décider. Nous irons demain lui porter la bonne nouvelle.

Pendant ce temps, à la cuisine, Clémence remettait son chapelet dans la poche de son devantier et se disposait à préparer du cidre chaud.

— Après une nuit et une journée pareilles, nous en avons tous besoin. Potentin, allez donc dire à monsieur Guillaume et aux garçons qu'ils nous fassent le plaisir de venir trinquer avec nous !

Comme elle s'approchait du feu abandonné par le vieux majordome, une longue flamme, si blanche qu'elle paraissait plus brillante que les autres, jaillit des bûches amoncelées, filant triomphalement vers le haut comme un signal. Elle flamba une grande minute, claire et joyeuse puis, doucement, retomba en exhalant une sorte de soupir.

Mme Bellac se signa, cherchant des yeux Potentin qui revenait et qui avait vu lui aussi. Ils échangèrent un sourire.

— Je crois, murmura le vieil homme, que nous aurons maintenant les nuits les plus paisibles qui soient. L'âme qui habite sous ce toit vient de nous dire qu'elle est contente.

Tandis que Clémence disposait les petits bols de faïence fleurie sur la longue table de chêne massif, Lisette, qui n'avait pas perdu une seconde pour aller chercher son tricot dans la lingerie, où elle avait l'habitude de le «serrer» au fond d'une des corbeilles, se réinstallait sur la petite chaise basse où elle aimait s'asseoir pour coudre et broder.

— Enfin! déclara-t-elle avec satisfaction, on ne va plus être obligées de se cacher pour préparer la layette de notre petit prince! Ça en devenait étouffant les derniers temps. Cette pauvre Kitty était bien gentille, mais je ne sais trop ce qu'elle aurait pensé si elle nous avait surprises en train de faire une brassière ou de tricoter des petits bas comme ceux que j'ai commencés. Avec sa maîtresse ç'aurait été pire : elle avait des yeux partout, celle-là. Il y a deux jours que je n'ai pu travailler.

Personne ne lui répondit : Tremaine et ses fils venaient d'entrer et un joyeux brouhaha s'élevait autour de la table pendant que Mme Bellec versait le liquide bouillant qui embaumait la pomme et la cannelle. Lisette, qui n'en buvait pas et d'ailleurs se parlait plutôt à elle-même, ne se formalisa pas. Elle déplia le linge blanc et en tira le jeu d'aiguilles fines chargées de soie blanche avec quoi elle tricotait un petit bas digne de chausser l'Enfant Jésus...

Elle allait continuer l'ouvrage commencé quand, voulant le comparer avec une pièce déjà achevée, elle la chercha en vain, secoua le linge et ne trouva rien :

— Qu'est-ce que j'ai pu en faire? marmotta-t-elle. Il a peut-être glissé au fond de la corbeille? Il faut que j'aille voir.

Mais elle eut beau retourner paniers, placards et tiroirs, il lui fut impossible de retrouver le bas manquant.

Comment aurait-elle pu deviner que, la veille, Lorna, à la recherche d'une de ses chemises favorites et en l'absence de Kitty, était venue elle-même fouiller la lingerie et qu'un hasard malencontreux lui avait fait découvrir ce que l'on désirait tellement lui cacher?

C'est même à cause de cette étrange trouvaille que la jeune femme s'était décidée à dénoncer Tremaine et n'avait opposé qu'une résistance assez faible quand on lui avait signifié son départ. Elle flairait un nouveau mystère, mais une voix secrète lui soufflait que si elle voulait en trouver la clef il valait mieux qu'elle s'éloigne. Au moins pour un temps. Se croyant delivrés d'elle, les gens des Treize Vents abandonneraient toute méfiance... peut-être toute prudence.

En tout cas, s'ils croyaient qu'elle quittait la partie, ils se trompaient lourdement.

CHAPITRE XII

DES NOUVELLES INQUIÉTANTES

C'est au fort de l'hiver, pendant la nuit des «coulines», que vint un voyageur.

Ce qu'on appelait les coulines, c'était le passage du feu purificateur dans les clos, grands ou petits, de toute la Normandie. Sur chaque domaine, les hommes s'armaient de torches et s'en allaient en courant dans les vergers tourner autour des pommiers ou autres arbres fruitiers. Ils approchaient la flamme des troncs tout en chantant une espèce de cantique paysan dont la teneur pouvait varier selon les régions. Il s'agissait là d'une survivance des anciens âges, d'une formule magique en quelque sorte, destinée à chasser des cultures et des arbres les animaux nuisibles, après quoi l'on réunissait tous les brandons en un grand feu de joie.

Aux Treize Vents, on n'aurait eu garde de manquer la cérémonie qui était toujours pleine de gaieté. Brandissant leurs torches, les Tremaine parcouraient la grande propriété avec leurs serviteurs mâles en chantant :

«Couline — vaulot!
Taupes et mulots
Sortez de d'dans mon clos
Ou j'vous mets l'feu su l'dos!»

Le tout avec le meilleur accent local et sans manquer à la tradition qui voulait que l'on tentât d'éteindre sa torche, par manière de plaisanterie, dans le dos de son voisin... Après quoi on buvait tous ensemble à la santé des futures récoltes ainsi préservées des prédateurs.

Cette année-là, ils y participaient avec plus d'enthousiasme encore que de coutume en dépit du souvenir de l'incendie qui, un an plus tôt et juste après les coulines — celles-ci se situaient à une date variable entre la fête des Rois et le début du Carême —, avait détruit les écuries et endommagé la maison. Parce qu'ils éprouvaient tous le vif sentiment d'avoir débarrassé celle-ci du plus dangereux des destructeurs, celui qui s'attaque à l'âme... Potentin traduisit à sa façon le sentiment général en marmottant :

— Si j'étais sûr que ça l'empêcherait définitivement de revenir, not'couline à nous, je n'hésiterais pas à aller promener c'brandon sur les murs de la maison...

— Il n'y a aucune raison qu'elle revienne, fit Guillaume qui avait entendu.

Potentin ne répondit pas, préférant garder ses impressions pour lui. Il y avait six grandes semaines que l'Anglaise avait quitté la maison. Or, non seulement Mr. Bent n'était pas revenu, mais on n'avait pas de lui la moindre nouvelle. Et ça, ça ne lui disait rien qui vaille...

Après le feu de joie, Guillaume ramena son

monde à la cuisine, où Clémence avait dû tout préparer pour le réconfort des vaillants chasseurs de maléfices. On s'y entassa joyeusement autour de la cheminée et de la table couverte de crèpes, de douillons et autres friandises, mais lorsque chacun fut nanti d'un verre ou d'un bol suivant ses goûts, la cuisinière tira son maître à part :

— Vous étiez parti depuis une demi-heure tout juste quand un gentilhomme est arrivé, demandant à vous voir. Il vous attend dans la bibliothèque où je lui ai servi un petit en-cas.

Tremaine fronça le sourcil :

— Vous savez que je suis attaché à nos traditions d'hospitalité, Clémence, mais pourquoi ne pas l'avoir gardé auprès de vous ? Je n'aime pas que l'on ouvre mon cabinet devant n'importe qui.

— Il ne veut rencontrer que vous, monsieur Guillaume. Et puis, ce n'est pas n'importe qui. Si j'ai dit un gentilhomme, c'est parce qu'il m'a donné son nom et tous ceux de par ici connaissent M. le chevalier de Bruslart. Il a mis lui-même son cheval à l'écurie.

— Bruslart ? Ici ? Sacrebleu, Clémence, vous avez eu raison. J'y vais ! Ah ! peut-être devriez-vous préparer une chambre ?

— C'est déjà fait.

C'était bien Bruslart qui somnolait dans un fauteuil, les pieds aux chenêts et les mains nouées sur le giron. Guillaume reconnut au premier coup d'œil les cheveux noirs et crépus, le long nez pâle émergeant de la barbe rude qui dévorait les joues jusqu'aux yeux clos. Les hautes bottes étaient boueuses mais les manchettes et le jabot émergeant de l'habit de beau drap gris fer d'une parfaite blancheur. Dernier signe distinctif enfin, l'habituel arsenal de pistolets et de couteaux était toujours planté dans la large ceinture de cuir. Posé à terre auprès de lui, un plateau où ne restait pas la moindre miette de nourriture attestait qu'il avait fait honneur à ce qu'on lui avait servi.

Lorsque Guillaume mit le pied sur le parquet, Bruslart fut debout instantanément, un pistolet dans chaque main. Pour cet homme habitué à être continuellement aux aguets c'était un réflexe, mais il éclata de rire en reconnaissant le maître des Treize Vents, et remit ses armes en place avec une rapidité stupéfiante.

— Pardonnez-moi ! Le qui-vive est ma seconde nature. S'il n'en était pas ainsi je ne serais plus en vie depuis longtemps.

— Autrement dit, si mon majordome ou un valet était entré au lieu de moi, vous le transformiez en passoire ?

— Tout de même pas ! Je sais instantanément à qui j'ai affaire. Cependant, je reconnais que ce genre de réaction m'a sauvé la vie à plusieurs reprises.

— Je le crois sans peine, mais reprenez votre siège, je vous en prie. L'état de vos bottes proclame que vous devez avoir grand besoin de repos.

— C'est on ne peut plus vrai. J'ai débarqué à Quinéville après une traversée un peu éprouvante.

— Vous venez d'Angleterre ?

— Oui, j'ai pris la mer à l'île de Wight après avoir quitté Londres un peu précipitamment. Je ne suis pas près d'y retourner. Les Anglais ont un certain sens de l'hospitalité mais il disparaît subitement lorsqu'ils croient leurs intérêts menacés. Oublions tout cela, je vous en parlerai tout à l'heure ! En arrivant, j'ai demandé à vous voir mais c'est surtout votre fille... Je veux dire Mme la duchesse que je viens saluer...

— Elle n'est pas ici : elle séjourne chez une amie. Je vous y conduirai demain matin si vous le désirez.

Bruslart poussa un soupir de soulagement qui n'eut cependant pas la vertu de dissiper les nuages de son visage.

— Non. Dans un sens, je préfère qu'elle ne soit pas là et que la nouvelle lui soit portée par vous, son père. Vous saurez peut-être la rendre moins cruelle. Moi, je suis plutôt brutal.

— Quelle nouvelle? émit Guillaume, inquiet de la tournure prise soudain par la conversation.

— La pire pour une jeune femme éprise de son époux : le prince est mort.

— Mort? souffla Guillaume abasourdi. Mais comment est-ce possible?

— Oh! tout est possible aux temps que nous vivons! A peine arrivé en Angleterre, Louis-Charles, au lieu d'être conduit à Londres comme je le pensais, a été emmené dans l'île de Wight et enfermé au château de Carisbrooke en dépit de mes protestations. Il a été abattu en tentant de s'évader. C'est aussi bête que ça! Voilà ce que vous allez devoir dire à sa jeune épouse. Moi, je ne m'en sens pas le courage.

Tandis que Bruslart débitait ses quelques phrases, Tremaine, le choc passé, l'observait. Quelque chose clochait. Le ton du chevalier surtout! On aurait dit qu'il récitait une leçon en se dépêchant, comme s'il souhaitait s'en débarrasser. Pour essayer d'en savoir plus, Guillaume choisit le sarcasme :

— Vous voilà bien délicat tout à coup! Pourtant vous étiez contre ce mariage : vous le jugiez stupide, inconvenant...

— Inconvenant, non. Stupide, oui. Quand on veut devenir roi on ne commence pas par épouser une bergère.

— Pour laquelle, d'ailleurs, vous ne débordiez pas de sympathie. Alors, pourquoi vous décharger sur moi d'une mission qui vous incombe ? Demain, je vous conduirai auprès de ma fille et vous lui direz ce qu'il en est. Avec les détails bien sûr, car elle va vous en demander. Et beaucoup !

— Je ne serai plus là demain matin. Je repars tout à l'heure.

— Déjà ? Mais vous avez besoin de repos. On vous a préparé une chambre et...

— Le repos viendra plus tard. Il faut que je sois à Valognes avant le jour.

— A merveille ! Je vous accompagne. Nous passons au château où réside ma fille et vous atteindrez la ville à temps. Ce n'est qu'un léger détour.

— Non, je vous remercie, mais vous saurez mieux que moi trouver les mots. J'ai horreur de voir pleurer une femme.

— Je serait là pour vous assister, fit Guillaume avec un sourire qui ne présageait rien de bon. Et de fait il changea de ton brusquement : « Voulez-vous que je vous donne la vraie raison pour laquelle vous ne tenez pas à voir la "duchesse" ? C'est parce que vous craignez son regard trop clairvoyant et surtout ses questions ».

— Je ne vois pas pourquoi je pourrais redouter...

— Oh ! que si ! Et cela parce que vous ne m'avez pas dit la vérité. Votre histoire sonne faux.

— Qu'est-ce qui peut vous faire penser cela ?

— Disons que j'ai un flair étonnant pour déceler un mensonge. Alors, la vérité et vite ! Il est vraiment mort ?

Bruslart se livra visiblement à un débat intérieur avant d'avouer, de mauvaise grâce :

— Non, mais il vaudrait mieux qu'il le soit. Et d'abord pour votre fille.

— Je ne vois pas pourquoi.

— C'est à la fois l'évidence et votre chance. Elle n'a que seize ans. Veuve, elle peut se refaire une autre vie.

— Je vous croyais respectueux de la religion, monsieur le chevalier de Bruslart. Tenez-vous pour foutaise le mariage célébré par l'abbé Nicolas ?

— Dieu m'en garde ! Mais, sans votre approbation, il demeure entaché d'illégalité. En cas extrême, Rome aurait le pouvoir de le dissoudre, et n'y aurait pas manqué si le prince était parvenu à reconquérir son trône. Alors, croyez-moi ! Mieux vaut qu'il soit mort pour elle. De toute façon, il s'écoulera peut-être peu de temps avant qu'il ne le soit réellement.

Peut-être crut-il avoir convaincu son interlocuteur, car celui-ci alla agiter une sonnette qui fit apparaître Valentin.

— Apportez-nous du café, des eaux-de-vie. A moins que mon hôte ne préfère du vin ? ajouta-t-il avec un coup d'œil interrogateur à l'adresse de Bruslart.

— Non, le café ira très bien... mais...

— Nous avons à parler et moi, en tout cas, j'en ai besoin... Maintenant reprenez votre place et racontez-moi tout !

— A quoi bon ? Ces deux êtres ne vivront plus jamais ensemble. Comprenez donc ! Il vaut mieux qu'elle le croie mort ! Elle oubliera plus vite.

— Elisabeth n'est pas de celles qui oublient. En

outre, elle a la meilleure raison de garder le souvenir de son époux : elle sera mère au mois de juin.

— Mon Dieu ! Il ne pouvait rien arriver de pire !

Dans son fauteuil, Bruslart, tassé sur lui-même, semblait avoir rétréci. Il semblait vraiment accablé. Au point que Tremaine eut pitié de lui.

— Est-ce que vous n'exagérez pas un peu ? Pourquoi serait-ce le pire ?

— Oh ! pas pour lui ! Il est probable qu'il ne saura jamais qu'il est père. Mais elle... Comprenez donc, Tremaine, que si l'on apprend à Londres l'existence de cet enfant, il sera en danger continuel. Sa mère aussi. Sauf si la duchesse a le bon esprit de mettre au monde une fille.

— Si vous m'expliquiez ?

Lorsque Valentin eut servi ce qu'on lui demandait, le chevalier de Bruslart, comprenant enfin qu'il ne s'en tirerait pas si facilement, entama son récit.

— Vous savez déjà que Londres a exigé le retour du prince sous le prétexte que l'affaire lui semblait mal engagée et que les chances de réussite diminuaient de jour en jour, mais ce que vous ne savez pas, c'est que derrière l'aide accordée par l'Angleterre, il y avait une femme.

— Si. Madame de Vaubadon me l'a appris.

— Tant mieux. Elle vous a donc dit que cette dame proche de la famille royale possède à la fois fortune et crédit auprès de William Pitt que la reprise de la guerre a ramené au pouvoir. Jeune et belle, lady Lucy — vous me permettrez de ne pas donner son nom — s'est éprise du prince dès leurs première rencontre lorsqu'il est arrivé de Malte. Elle l'a autant dire recueilli avec l'approbation du gouvernement et il a séjourné longtemps dans son château d'Écosse. Naturellement, elle l'a soutenu dans son désir de reconquête avec peut-être l'arrière-pensée, sinon de devenir reine, ce qui présenterait peut-être quelques difficultés — et encore ! —, tout au moins d'obtenir de la reconnaissance du nouveau roi, ou de son amour, une place rappelant celle de Diane de Poitiers auprès d'Henri II bien que la différence d'âge soit beaucoup moindre. Il semble même que des liens assez tendres sur l'étendue desquels nul ne peut se prononcer les aient unis l'un à l'autre au début mais, naturellement, le prince n'a jamais laissé supposer qu'une autre image habitait son cœur, comme disent les poètes. C'est également lady Lucy qui a confié le soin de veiller sur le prétendant au baron de Sainte-Aline, un émigré aux dents longues qui était de ses amis...

— Était? Sont-ils brouillés?

— Pas le moins du monde ! Mais ne m'interrompez pas pour des futilités. Je n'ai jamais été un conteur ! Voilà donc le petit groupe, augmenté de deux ou trois hommes rompus aux aventures, qui passe en France pour y connaître la fortune assez piteuse que vous savez. En effet, une fois à pied d'œuvre, Sainte-Aline, qui ne visait rien de moins qu'un poste de Premier ministre, mais n'est pas tout à fait idiot, s'est vite rendu compte de la minceur des succès que l'on pouvait attendre. Surtout après la célébration du mariage avec votre fille !

— Vous aussi, à ce que l'on m'a dit.

— Je ne l'ai jamais caché et je continue à penser que c'était *la* sottise à ne pas commettre, tout en comprenant parfaitement les sentiments du prince lorsque j'ai vu Mme Elisabeth. Mais Sainte-Aline, lui, l'a détestée d'emblée. Il a tout fait pour s'en débarrasser. A Paris, par exemple, il s'est arrangé pour qu'elle reste en arrière quand la police et arrivée chez Quentin Crawfurd, et il espérait bien que Fouché ne la lâcherait pas de sitôt, mais il avait compté sans vous.

«C'est à ce moment-là qu'il a fait envoyer un message à lady Lucy lui conseillant de mettre un terme à l'aventure en faisant récupérer le prince sur la côte normande. Sans évoquer, bien sûr, le fameux mariage dont il espérait bien que sa bailleuse de fonds n'entendrait jamais parler. Vous savez ce qui s'est passé sur la plage de Vierville, mais ce que vous ignorez sans doute, c'est que la duchesse avait été droguée par une servante de Mme de Vaubadon pour qu'elle n'oppose pas de résistance au moment de la séparation et qu'au retour la même servante, payée par Sainte-Aline, était chargée de l'empoisonner purement et simplement.

— Et Mme de Vaubadon savait ça? s'écria Guillaume, horrifié.

— Non. Elle aime l'argent, mais son mari, dont elle est séparée, ne l'en laisse pas manquer. Elle ne ferait jamais une chose pareille. C'est une royaliste fervente et une femme du monde. Venons-en à présent aux aventures en Angleterre. La frégate qui croisait sous les îles Saint-Marcouf nous a déposés à Portsmouth, où l'équipage de lady Lucy nous attendait pour nous conduire à Londres : le prince et Sainte-Aline dans le magnifique hôtel que celle-ci possède dans Mayfair, moi... chez une amie assez proche de lady Lucy à tous les sens du terme.

«Inutile de dire que, durant tout le voyage, le prince était profondément abattu, en dépit des efforts de Sainte-Aline pour le réconforter et, surtout, pour obtenir de lui qu'il ne dise mot de son mariage, sachant bien quelles pourraient être les réactions d'une femme amoureuse. Et, les premiers jours, il put croire avoir été entendu. Lady Lucy attribuait tout naturellement la sombre mélancolie de son hôte à l'échec trop récent pour n'être pas cuisant. Elle se montrait d'une remarquable discrétion, ne posant pas de questions, respectant ses silences. C'est quand elle voulut secouer cette incurable tristesse que tout se gâta : avide malgré tout de se confier, comme un enfant malheureux qui cherche les bras de sa mère, le prince, croyant que cette amie si affectueuse, si attentive, pouvait tout comprendre finit par avouer la raison de son chagrin... et son mariage, par-dessus le marché. Ce fut la catastrophe.

« Sainte-Aline reçut le premier les éclats d'une colère que l'on sut dissimuler encore un peu au coupable. Il plaida les ordres reçus, l'impossibilité où il était d'empêcher la réalisation du bon plaisir d'un jeune homme qui se croyait déjà roi. Puis il abandonna complètement une cause qu'il jugeait perdue et ne fit rien pour dissuader l'amoureuse offensée d'assouvir une vengeance peu élégante. Dès l'instant où elle le sut marié, Lucy ne vit plus dans son protégé qu'un aventurier dangereux, allant même jusqu'à mettre en doute sa qualité royale alors que Pitt n'en doutait pas un instant. Elle le dénonça comme élément subversif capable de troubler la paix publique, exigea son arrestation, ne reculant même pas devant l'envahissement de sa demeure par les hommes de police. Cependant, et grâce au Premier ministre, l'affaire n'eut pas l'éclat exigé par lady Lucy. Persuadé qu'il avait affaire au véritable fils de Louis XVI, celui-ci refusa positivement de le traîner devant des tribunaux plus ou moins imbéciles, comme l'exigeait sa belle amie.

Mais bien attendu, la tentative ayant échoué en France, il ne pouvait continuer à lui donner son appui. Le prince fut donc arrêté. C'était la seule façon de faire taire celle qui était désormais son ennemie jurée, mais tout se passa en pleine nuit et dans la plus grande discrétion. Dans l'unique souci, d'ailleurs, de préserver la vie de ce malheureux jeune homme, car tout transpire autour de la cour de Saint-James et les amis du comte d'Artois avaient eu vent de l'affaire : ils commençaient à s'agiter. Le prisonnier fut donc transféré directement au château de Carisbrooke comme je vous l'ai dit tout à l'heure.

— Il y avait donc du vrai dans votre récit, un peu trop laconique, de tout à l'heure?

— Naturellement. C'est difficile d'inventer dans une telle histoire! Un autre fait réel : la tentative d'évasion. Le malheureux garçon était à moitié fou de désespoir : il ne parvenait pas à croire qu'une amie si affectueuse ait pu changer de façon si radicale. Puis, il ne supportait pas de se retrouver entre les murs d'une prison. Carisbrooke, où le roi Charles Ier a séjourné avant l'échafaud de Whitehall, date de la même époque environ que la tour du Temple à Paris. Les souvenirs qu'il réveillait étaient par trop affreux! Enfin... il se savait dans une île, au bord de cette mer au-delà de laquelle respirait sa jeune femme : il se fût peut-être jeté au bas des tours quand on le menait à la promenade sous bonne escorte si quelqu'un ne l'avait pris en pitié. Comme dans notre chanson du prisonnier de Nantes, le geôlier avait une fille au cœur sensible et votre serviteur n'était pas loin.

— Pardonnez-moi de vous interrompre encore, chevalier, mais comment pouviez-vous être là?

— J'ai un certain nombre d'amis outre-Manche. D'abord, cette amie de lady Lucy dont je vous parlais : j'ai appris beaucoup de choses par elle. Ajoutez-y tous les émigrés irréductibles qui s'obstinent à refuser ce brigand de Bonaparte, puis lord Grenville. Enfin, ajouta-t-il avec une fausse modestie absolue, il m'est arrivé de rencontrer le grand Pitt en personne et d'en être parfois écouté. J'ai su tout ce que je voulais savoir. Aussi ai-je suivi le prince dans l'île pour voir s'il était possible de le tirer de là. J'ai appris qu'il y avait une femme dans la forteresse et je me suis arrangé pour la rencontrer. Les choses allaient assez bien et je formais quelques espoirs...

— Mais vous avez échoué?

— Oui. Et par la faute de ce Sainte-Aline, que Dieu veuille damner! Je ne me suis pas aperçu de sa présence, mais lui aussi, grâce à l'argent de lady Lucy, s'était ménagé des intelligences. Un complot était monté, en parfaite connaissance du mien d'ailleurs : on devait nous laisser faire puis abattre le prince au moment où il s'évaderait. Grâce à Dieu, j'ai compris à temps et je me suis sauvé tandis qu'on le ramenait dans sa prison. J'ajoute que j'ai bien failli tuer en duel cette pourriture de Sainte-Aline, mais il a réussi à trouver un trou de souris pour s'y faufiler au moment où j'allais l'embrocher proprement; il ne perd rien pour attendre. J'arriverai bien à le trucider un jour.

— Au cas où il me tomberait sous la main avant que vous n'ayez ce plaisir, vous m'accorderez bien celui de m'en charger? fit Guillaume. C'est un misérable et j'aimerais en débarrasser la surface de la terre.

— Pourquoi pas? L'important c'est qu'il paie

un jour, cet opportuniste qui se tourne à présent vers le gros Louis XVIII et qui, naturellement, emploie ses méthodes. Tuer son neveu a toujours été le rêve de l'ex-comte de Provence et la pauvre Marie-Antoinette le savait bien.

— Je crois que tout le monde le savait. Êtes-vous certain, cependant, que le prince n'a pas été exécuté discrètement par ses geôliers ?

— Certain. Les ordres de Pitt étaient formels : on ne devait en aucun cas maltraiter le prisonnier, encore moins attenter à sa vie. L'abattre pour l'empêcher de fuir eût été la seule excuse acceptée. Et encore ! Sachant à quel point sont fluctuantes les amours des peuples et singulièrement celles des Français, le Premier ministre est décidé à garder le fils de Louis XVI en son pouvoir. En outre, il ne voudrait à aucun prix verser un sang qu'il sait royal : cela ne porte pas chance et il tient à la sienne...

— Louis-Charles est donc toujours à Carisbrooke ?

— Non. Mis au courant de la tentative, Pitt, qui songeait d'ailleurs à l'éloigner, a décidé de brusquer les choses : il y a quelques jours — plutôt quelques nuits ! —, un vaisseau de ligne, l'*Essex*, est venu mouiller dans le Solent. Le prince y a été transporté sous bonne garde. Tout ce que j'en sais à présent, c'est qu'il a fait voile au sud-ouest... Mais on ne peut guère faire autrement pour sortir du Solent. Destination inconnue !

— Même pour vous ? Personne dans vos multiples relations n'a pu vous renseigner ?...

— Non, car cette fois il s'agit d'un secret d'État. C'est déjà beau que j'aie pu apprendre le départ, alors que la version officielle est la mort. Même pour lady Lucy ! Seuls le Premier ministre et le commandant du navire savent où l'on conduit... notre roi.

Sur ce dernier mot, le chevalier émit un son bizarre qui ressemblait assez à un sanglot. Il tira son mouchoir et se moucha bruyamment.

— Vous voyez bien qu'il vaut mieux qu'elle le croie mort, conclut-il.

— Et vous n'avez vraiment aucune idée de l'endroit où on l'emmène ?

— Allez savoir ! Gibraltar, Malte, Sainte-Hélène ou Dieu sait quelle autre possession anglaise ! De toute façon, il aura droit à une prison sévère même s'il est bien traité. Et il n'en sortira plus jamais ! Il ne faut pas laisser votre fille rêver sur ce destin : les voiles de veuve seront moins cruels. Bien ! A présent, permettez-moi de vous quitter !

— Vous ne voulez vraiment pas finir la nuit ici ?

— Non. Je suis attendu à Valognes et je ne veux pas perdre de temps avant de me remettre à l'ouvrage.

— Cela veut-il dire que vous allez continuer à traquer le Premier Consul ?

— Avant qu'il n'ait le temps de se faire empereur ? Oh ! oui ! Voulez-vous demander mon cheval, s'il vous plaît ?

— Tout de suite ! Pourtant, avant que vous ne partiez, apprenez ceci : vous avez ici une maison amie prête à vous accueillir chaque fois que vous le désirerez.

— Merci. Veillez bien sur notre petite duchesse et, surtout, sur le fruit précieux qu'elle porte ! Au fait : allez-vous suivre mon conseil ?

— Non. Je ne lui dirai rien du tout. Elle est en paix et je veux l'y garder le plus longtemps possible.

— Après tout... le silence est peut-être encore la meilleure solution! Dieu vous garde, Guillaume Tremaine! Vous et les vôtres.

Armé d'une lanterne, Guillaume accompagna son visiteur jusqu'au perron puis le regarda se dissoudre dans la nuit que les dernières braises des feux de torches piquaient comme des lucioles. Ce fut en se retournant pour rentrer qu'il vit Potentin derrière lui.

— Quelque chose me dit qu'on ne vous apportait pas une bonne nouvelle, murmura le vieil homme.

— Non... mais c'est bien la première fois que je me réjouis de l'absence d'Elisabeth.

La jeune femme, en effet, était toujours à Chanteloup. Même sachant que son ennemie était enfin partie, elle s'était refusée à bouger.

— Tant que mon époux n'est pas à mon côté, il vaut mieux que je reste ici. Au moins jusqu'à ma délivrance, expliqua-t-elle à ses frères qui s'étaient précipités dans l'espoir de la ramener. Chez nous, il me serait plus difficile de cacher mon état. Et puis, je ne veux pas faire cette peine à Mme Chanteloup. Elle est profondément heureuse d'une naissance pour laquelle tout est préparé. Je ne veux pas la priver de cette joie. Ce serait de l'ingratitude. Je rentrerai ensuite.

— Même si ton mari n'est toujours pas là? fit Arthur, qui cachait mal sa déception.

— Bien sûr! Je sais qu'alors les langues marcheront, mais je suis bel et bien mariée et je n'ai pas à rougir. J'espère, d'ailleurs, que mes frères sauront faire taire les commérages, ajouta-t-elle avec un sourire.

— Compte sur nous! firent-ils d'une seule voix.

Au retour, les deux garçons furent surpris de constater que leur père approuvait Elisabeth.

Ce soir-là, Guillaume se félicitait franchement d'une décision sans laquelle la visite de Bruslart n'eût pas échappé à la future mère. Il aurait fallut lui donner des explications et Guillaume entendait lui cacher le plus longtemps possible le sort de son époux. Definitivement même, s'il était possible ! A moins qu'on ne réussît à apprendre des nouvelles par la suite. Pour sa part, il comptait se livrer à de discrètes recherches en se servant de ses correspondants étrangers et de ceux de la banque Lecoulteux. Un vaisseau de ligne ne s'escamote pas si facilement, bien que, dans l'immensité océane, il soit impossible de relever sa trace. Et même si l'on pouvait apprendre la date du retour de l'*Essex* en Angleterre et obtenir ainsi une indication de la longueur du voyage aller et retour, celle-ci demeurerait vague, le navire n'accomplissant peut-être pas que cette seule mission... En fait, il fallait surtout tabler sur la chance et Guillaume savait d'expérience que cette aveugle divinité se révélait souvent bien décevante. Alors, le silence, comme l'avait dit Bruslart ? Une bonne solution sans doute s'il était possible qu'il engendre l'oubli. Avec un être comme Elisabeth, c'était bien difficile à espérer.

La voix bougonne de Potentin, qui devait brûler d'en savoir plus sur la « mauvaise nouvelle » apportée par Bruslart, le tira de sa songerie :

— Vous avez l'intention de rester dehors toute la nuit ?

Guillaume tressaillit, se retourna, tendit la lanterne à son vieux compagnon mais prit, en échange, son bras pour rentrer dans la maison.

— Viens ! Je vais te dire, à toi, ce qu'il en est, mais

tu garderas ça pour toi. Les autres — même Clémence! — n'auront droit qu'à ceci : personne ne doit apprendre que le chevalier de Bruslart était ici ce soir.

— Je ne leur ferai pas l'offense de leur dire ça! fit Potentin avec sévérité. Tout le monde ici sait trop bien que si la nouvelle venait aux grandes oreilles du brigadier Pelouse, toute la maisonnée serait bonne pour la prison et la maison pour la pioche des démolisseurs!

Un moment plus tard et après que Guillaume lui eut révélé ce qu'il venait d'apprendre, Potentin ne cacha pas son inquiétude.

— Si le Seigneur Dieu écoute nos prières, il ferait bien d'envoyer une fille à notre Elisabeth, parce que si c'est un garçon nous n'avons pas fini de nous faire du mauvais sang! Imaginez que les ennemis de son père découvrent son existence? Des faillis chiens comme ce Sainte-Aline seraient capables de lui faire un mauvais parti!

— Je sais tout ça, Potentin, et je suis comme toi : j'aimerais mieux une fille. De toute façon, dès la naissance, on ramène Elisabeth ici et, à ce moment-là, on avisera. Peut-être faudra-t-il envisager de le faire élever ailleurs.

— Loin de sa mère? Elle n'acceptera jamais!

— Il y a peut-être une autre solution, reprit Tremaine, rêveur. On pourrait... oui, pourquoi pas?... On pourrait le faire passer pour une fille. Cela nous donnerait le temps d'envisager son avenir et le temps, c'est ce dont nous avons le plus besoin!

— Pas une mauvaise idée! fit Potentin. Ça pourrait se faire, puisque Mme Elisabeth ne cesse de dire qu'elle veut allaiter son enfant elle-même : aucune nourrice ne saurait ce qu'il en est! Tout de même, ajouta-t-il après un instant de réflexion, je me sentirai plus tranquille quand la mère et l'enfant seront ici, sous notre garde à nous ! A Chanteloup ils sont tous bien gentils et bien dévoués, mais il faut tout de même dire ce qui est : il n'y a là-bas que des vieux ! conclut ce jeune homme de soixante-quatorze ans.

Dans les semaines qui suivirent, les nouvelles venues de Paris ne firent qu'augmenter les inquiétudes des deux hommes. La lecture du *Moniteur* n'était pas vraiment réconfortante pour des gens qui attendaient la naissance de ce que la police de Bonaparte appellerait tout de suite un conspirateur. Le complot de Cadoudal, découvert par trahison en février et couronné par l'arrestation du chef, le 9 mars, avait donné lieu à des arrestations en chaîne s'étendant jusqu'aux abords du Premier Consul ou tout au moins ses pairs, avec l'incarcération des généraux Pichegru et Moreau, ce dernier étant d'ailleurs le rival le plus dangereux de Bonaparte dans l'esprit du peuple : un véritable héros !

Une frénésie s'empara de la police toujours aux ordres de l'incapable juge Régnier. La Haute-Normandie et le Vexin normand se couvrirent d'argousins et même de troupes, parce que l'on avait découvert que le débarquement clandestin des conjurés se faisait par la falaise de Biville près de Dieppe. Heureusement, perquisitions et visites domiciliaires ne dépassèrent pas l'estuaire de la Seine. Cependant, les deux guetteurs du Cotentin n'eurent guère le temps de respirer : l'affaire du duc d'Enghien leur fit éprouver une véritable terreur.

On sait les faits : le fils du prince de Condé, installé dans la bourgade d'Ettenheim, sur les terres du margrave de Bade, en pays neutre et de l'autre côté du Rhin, était arrêté le 15 mars par une troupe ayant traversé nuitamment le fleuve-frontière au mépris de toute légalité. Presque aussitôt, on dirigea le prisonnier sur la forteresse de Strasbourg puis sur celle de Vincennes, où il arriva le 20 mars pour passer en jugement devant une commission militaire la nuit suivante. Condamné, le prince était fusillé dans les fossés du château à trois heures du matin. La raison de cette exécution? Une vague accusation de participation au complot de Cadoudal visant à l'assassinat du Premier Consul et au changement de régime. Sans, bien entendu, le moindre commencement de preuve; le duc entretenait bien une petite troupe autour de lui mais c'était davantage pour sa propre sauvegarde que dans l'intention de s'en prendre à l'énorme puissance armée de Bonaparte. Bien mieux, il s'était toujours élevé contre la politique d'assassinats chère au comité royaliste de Londres comme au cabinet de Saint-James.

La raison de ce déni de justice, dont Fouché devait dire: «C'est plus qu'un crime, c'est une faute...» tenait dans la véritable terreur inspirée au Premier Consul par Cadoudal, dont on venait de découvrir qu'il avait vécu cinq mois à Paris, sous son nez, sans que quiconque s'en aperçoive. Les papiers saisis à Ettenheim prouvèrent de façon surabondante que le prince n'appartenait ni de près ni de loin au fameux complot, mais le mal était fait. Qu'importe d'ailleurs à celui qui allait gravir la dernière marche du pouvoir absolu: c'était un Bourbon, donc un crime suffisant aux yeux du Maître. Il payait pour les autres, voilà tout!

Un Bourbon! Le mot était lâché, et c'est ce mot-là qui tourmentait Guillaume et Potentin sur leur acropole normande. D'autant que le 18 mai, le Premier Consul devenait l'empereur Napoléon Ier... et que, dans son sillage, revenait l'ineffable Fouché ! Celui-ci avait si bien su faire valoir ses services occultes que le nouveau souverain, persuadé qu'il serait mal assis sur son trône s'il n'était soutenu par ce maître renard, l'avait rétabli dans son ministère. Et Guillaume Tremaine se doutait bien que le revenant ne devait pas porter son souvenir dans son cœur. Seule petite lueur d'espoir peut-être : l'amour que portait à Elisabeth le baron policier Victor Guimard. Guillaume espérait fermement que si un nuage menaçant se dirigeait vers les Treize Vents, cet ami qui avait fait ses preuves saurait l'en avertir. Mais pouvait-on vraiment compter sur lui ?

A mesure que le temps passait, Guillaume sentait croître sa nervosité, ne sachant trop à quel parti se rendre. Fallait-il envisager d'emmener Elisabeth et son petit loin de ce Cotentin qu'elle aimait tant ? Mais où ? Durant ses nuits d'insomnie, les souvenirs revenaient assaillir le maître des Treize Vents. Il revoyait Porto-Novo, la côte de Coromandel et le petit palais de son père adoptif Jean Valette où s'était écoulée son adolescence, où Potentin, naufragé d'un galion portugais, avait débarqué un beau matin. L'idée d'y retourner avec tous les siens le traversait... mais sans s'arrêter. C'était impossible de revenir en arrière ! L'Anglais exécré fermait devant lui cette porte-là comme il avait fermé jadis celles de Québec. Venait aussi la conscience de sa propre fatigue.

— Tout recommencer ? M'expatrier ? Non. Je suis trop vieux ! Et surtout je n'en ai pas envie.

Potentin non plus, à qui il confiait ses angoisses

mais qui ne voyait pas les choses sous le même angle.

— Vous ne pouvez pas abandonner tout ce que vous avez bâti sur ce coin de terre et surtout pas ceux qui espèrent, comme moi, y laisser leurs os. Ce qu'il faut faire, c'est se préparer au pire, agir comme si nous devions abandonner la maison d'un jour à l'autre : tenir des bagages prêts, engranger des armes, des munitions et puis peut-être convaincre le capitaine Lécuyer de quitter Cherbourg et de ramener l'*Elisabeth* dans les eaux de Saint-Vaast en l'équipant pour un voyage aux Antilles. Avoir sous la main un aussi bon marcheur peut toujours être utile et n'étonnera personne. Songez qu'en cas de malheur, vous pourriez emmener pas mal de monde.

— Tu n'oublies qu'une chose : le brick a subi quelques dommages en revenant de Scandinavie avec une cargaison de bois pour le camp de Boulogne : il est au radoub. Et pour quelqu'un qui ne veut pas partir, tu me tiens là un étrange discours !

— Non, je ne veux pas partir ! Si l'urgence se faisait sentir et que vous deviez emmener notre petite et son bébé, moi je resterais ici avec Clémence. Nous garderions la maison en attendant qu'un jour vous reveniez. Et peut-être qu'on laisserait tranquilles deux petits vieux inoffensifs.

— Jamais, mon Potentin ! S'il fallait partir, on partirait tous ensemble... en quelque direction que ce soit. Mais tu as raison : je vais prendre mes précautions. De toute façon, le terme d'Elisabeth n'est plus très éloigné maintenant. Et tu sais bien que si c'est une fille, on pourra dormir tranquilles ! Ni l'Empereur ni Fouché n'auront à se soucier d'une gamine.

CHAPITRE XIII

LE VOL

Pendant la nuit de la Saint-Jean, à l'heure même où s'allumaient les feux traditionnels, les douleurs de l'enfantement s'emparèrent d'Elisabeth. Elle les accueillit avec une joie profonde mêlée d'anxiété. Non par appréhension des souffrances qu'elle savait très vives, mais à cause de ce grand désir qu'elle avait de donner le jour à un garçon. Comme si elle pressentait qu'il n'y aurait pas d'autres enfants, elle mettait toute sa volonté, toute son énergie dans cette espérance pour laquelle, durant toute sa grossesse, elle avait prié avec ardeur, avec passion.

Depuis quatre jours déjà Mlle Le Houssois campait auprès d'elle, à l'affût des premiers symptômes et toute la maison était en alerte. Dès que l'on approcha de la date prévue, Mme de Chanteloup fit tenir dans son écurie, de jour comme de nuit, un cheval tout sellé prêt à partir pour les Treize Vents où Daguet avait pris les mêmes dispositions pour le relayer afin que le docteur Annebrun pût être prévenu dans les délais les plus brefs.

Cependant, les précautions les plus minutieuses n'étant pas toujours en accord avec les mouvements de la nature, le coureur de Chanteloup partit bien ventre à terre dès qu'Elisabeth eut poussé son premier gémissement, arriva dans un temps fort honorable chez Guillaume, où celui-ci le relaya pour se lancer à la recherche de son ami mais, lorsqu'il arriva comme un boulet de canon au Hameau-Saint-Vaast, ce fut pour y apprendre de Sidonie Poincheval, la gouvernante du médecin, que celui-ci se trouvait au fort de La Hougue en train de soigner l'un des officiers qui avait fait une chute malencontreuse.

— Il a pris quoi : son cheval ou sa voiture? demanda Tremaine.

— Le cheval tout seul mais...

— Encore heureux !

Et Guillaume repartit à la même allure d'enfer, atteignit le vieux fort au bout de la longue jetée, se fit arraisonner par les sentinelles mais déchaîna un tel vacarme que l'un des soldats se résolut à aller prévenir le docteur qu'on le réclamait d'urgence aux Treize Vents. Leur maître s'attendait à voir Annebrun accourir sans délai, pourtant il lui fallut patienter près de trois quarts d'heure, assis sur le parapet de la digue en se rongeant les ongles jusqu'au sang au son endiablé des violons et des musettes qui faisaient rage près du grand feu allumé sur le port et autour duquel garçons et filles dansaient déjà depuis un moment en attendant celui de sauter, deux à deux, par-dessus.

Il était presque en transe quand, enfin, le médecin parut. Il se rua sur lui :

— Mais qu'est-ce que tu foutais ! glapit-il, hors de lui. On ne t'a pas dit que j'avais besoin de toi?

— Bien sûr que si, mais le pauvre gars, qui s'était embroché sur une baïonnette, en avait encore plus besoin. Qu'est-ce qui se passe ?

— Tu n'as pas encore compris ? rugit Guillaume, outré. Mais ma fille est en train d'accoucher, malheureux ! Ça veut dire que sa vie est en danger et toi, tu restes là, planté comme un piquet à sourire bêtement.

Non seulement Annebrun souriait, mais il se mit à rire franchement.

— Ce n'est pas la première femme de ta famille qui va mettre un gamin ou une gamine au monde ! Tu n'as jamais fait tant d'histoires !

— Ce n'était pas pareil, bougonna Tremaine en se remettant en selle. Cette fois c'est de mon Elisabeth qu'il s'agit et si, par ton inconscience, il lui arrive quelque chose, je suis capable de te tuer...

— Pas moins ? Mais elle est en parfaite santé, ta fille. C'est une Tremaine, ce qui veut tout dire et, en plus, elle a Mlle Anne-Marie auprès d'elle, sans compter une espèce de cour de vieux serviteurs presque gâteux d'adoration. Alors que veux-tu qu'il arrive ?

— Elle est très jeune et c'est son premier petit.

— Dans une minute tu vas te mettre à pleurer ! On y va, mon Guillaume, et au galop si ça peut te rassurer !

Les deux cavaliers partirent à fond de train, dévorant l'espace, les sentiers, la forêt. Talonné par la hâte de son maître, Sahib volait littéralement, suivi sans trop de peine par le cheval du médecin qui était d'ailleurs un produit des écuries de La Pernelle. En dépit de la nuit ils firent plus que diligence. Pourtant, quand ils arrivèrent en vue du château, illuminé comme s'il y avait fête, Béline, accourue au bruit de leur galop, les accueillit avec un grand sourire assorti d'une belle révérence : « Monsieur Louis » venait de naître et c'était le plus beau bébé que l'on puisse voir.

C'est ainsi que Guillaume Tremaine sut qu'il était grand-père.

Le bonheur qu'il en éprouva lui parut d'une qualité nouvelle. Fierté, orgueil même s'y mêlaient à un curieux sentiment de possession fait, sans doute, de la conscience aiguë d'une lourde responsabilité. Il savait, seul au milieu de tout ce monde, que le père tant attendu ne viendrait probablement jamais et qu'il allait devoir, lui Tremaine, veiller doublement sur cet enfant qui était à la fois son petit-fils... et peut-être son futur roi ! Avec tous les dangers qui pouvaient en découler, mais à cet instant, il ne voulait pas y penser.

Dans la grande chambre habillée de soie bleue où la jeune mère reposait sous un baldaquin dont les rideaux azurés coulaient d'une simple fleur de lys en bois doré qui pouvait passer pour un ornement, Arthur, arrivé depuis un moment, puisqu'il n'avait pas eu à courir après le médecin, était assis sur une chauffeuse, contemplant avec une sorte d'émerveillement le charmant tableau de sa sœur, toute blanche dans ses batistes, dentelles et rubans, couvant du regard ébloui des mères l'enfançon que Mlle Le Houssois venait de nicher au creux de son épaule.

Lorsque Guillaume, Annebrun et Potentin — arrivé sur les talons des deux premiers pour apporter un plein panier de présents envoyés par les femmes des Treize Vents — s'approchèrent de son lit, Elisabeth leur sourit :

— Venez voir comme il est beau ! Il ressemble à

son père et je suis sûre que l'Enfant Jésus lui-même n'était pas plus joli !

Mlle Anne-Marie se mit à rire.

— Je ne connais pas une nouvelle mère qui n'ait fait référence à Jésus, même si le nouveau-né est affreux !

Puis, jetant un vif coup d'œil aux trois hommes qui entraient sur la pointe des pieds, encombrés des cadeaux que Potentin leur avait distribués généreusement :

— Je dois dire que, dans le cas de celui-ci, la ressemblance est frappante : voilà les Rois Mages !

Tout le monde rit. Seul Guillaume ne le fit que du bout des lèvres, peu séduit par cette ressemblance évangélique : la visite des rois n'avait-elle pas été suivie, pour Marie, Joseph et l'Enfant par la fuite en Égypte? Un précédent qu'il n'appréciait guère.

En dépit de la joie qui régnait, cette naissance ne ressemblait à aucune autre : les vieux domestiques qui, bien après minuit, servirent une collation aux visiteurs, portaient tous leur livrée des grands jours ; les femmes avaient leurs plus hautes coiffes précieusement brodées, cependant que Mme de Chanteloup, quand elle enleva l'enfant à sa mère pour le confier à Béline, promue au rang provisoire de gouvernante, le fit avec des gants blancs, et ne passant devant le berceau débordant de dentelles qu'en lui adressant une petite génuflexion comme s'il s'agissait du maître-autel.

A l'aube, vint le curé de Chanteloup, un vieux prêtre échappé par miracle au couteau révolutionnaire, qui procéda à l'ondoiement de «monsieur Louis-Charles-Guillaume-Jean» avec des mains tremblantes d'émotion et des yeux pleins de larmes, osant à peine faire couler l'eau lustrale — qui mettrait le nouveau-né à l'abri de toute mésaventure en attendant le baptême sur la petite tête sommée d'une courte mèche d'un blond presque blanc. Puis il dit une messe sur l'un de ces autels portatifs comme en cachaient, aux heures noires, beaucoup de maisons chrétiennes. Tous ceux du château y assistèrent à genoux en dépit des rhumatismes. Les Tremaine, le médecin et la sage-femme s'y associèrent tandis qu'Elisabeth, un sourire aux lèvres, s'abandonnait à un sommeil réparateur. Enfin, les visiteurs se disposèrent à rentrer chez eux.

Sous sa joie, Guillaume sentait pointer une déception : il espérait vaguement que Rose de Varanville serait prévenue et qu'il pourrait la voir un moment loin de ses insupportables visiteurs. En effet, les La Morinière n'avaient pas encore jugé bon de mettre un terme à leur séjour, ce qui agaçait Guillaume au suprême degré et commençait à faire jaser. Dès lors, Guillaume n'avait guère rencontré celle qu'il aimait d'un amour d'autant plus douloureux qu'il ne nourrissait plus d'espoir. Il savait qu'elle venait assez souvent à Chanteloup, mais sa mauvaise étoile s'était ingéniée à ne jamais faire coïncider les visites de la jeune femme avec les siennes. Cette nuit de la Saint-Jean, qui est une nuit bénie, comme chacun sait, celle des miracles, des bonnes herbes cueillies au moment favorable et des échanges de promesses entre amoureux, s'achevait sans lui laisser la plus petite de ses flammes pour lui réchauffer le cœur.

La soudaine tristesse de son ami frappa Pierre Annebrun. Tandis qu'ils revenaient ensemble après avoir chargé Arthur d'aller prévenir à Varanville, il essaya d'en savoir la raison.

— Est-ce que tu ne devrais pas avoir l'air plus

joyeux ? C'est ton premier petit-fils et c'est une réussite.

— Sans doute ! Pourtant, je lui aurais souhaité une origine moins écrasante et Louis de Varanville, par exemple, m'aurait rendu plus heureux... moins inquiet surtout que Louis de Bourbon !

— Tel que je te connais, tu aurais même préféré Louis Tremaine.

— Et qu'Elisabeth soit fille-mère ? Merci beaucoup ! Non, si tu veux savoir le fond de ma pensée, j'aurais mille fois préféré une fille.

— En voilà une idée ! Avoir un fils est toujours un triomphe pour une mère.

— Normalement, oui, mais il faut songer aux conséquences et, dans le cas présent, celles-ci peuvent devenir dramatiques. Tu oublies que nous avons un empereur à présent et que Fouché a repris du poil de la bête. En outre, il y a cette visite que j'ai reçue fin février, pendant la nuit des coulines. Aujourd'hui Elisabeth nage en plein bonheur, en plein rêve, mais qu'en serait-il si je lui apprenais qu'elle ne reverra jamais son époux ?

— Quoi ? Mais...

— Reste un moment chez moi avant de rentrer, je te dirai tout. Ici les bois peuvent avoir des oreilles. Tu me donneras peut-être un conseil. Je t'avoue que je ne sais plus très bien où j'en suis.

Un moment plus tard, quand Annebrun redescendit vers sa maison dans la gloire d'une aurore dont la mer reflétait les moirures roses, il laissait derrière lui un Tremaine moins tendu, presque apaisé. Il lui avait suffi pour cela du solide bon sens que lui avaient légué sa mère écossaise et son Normand de père.

— La peur n'évite pas le danger, Guillaume, et

tout ce que vous avez échafaudé, toi et Potentin, ne tient pas. D'abord, Elisabeth n'acceptera jamais de faire passer son gars pour une fille. Surtout, si tu ne veux rien lui dire de ce que t'a confié le chevalier. Quant au danger, je ne nie pas qu'il puisse exister mais je ne crois pas qu'à Paris on s'occupe beaucoup en ce moment d'une jeune femme nichée à la pointe extrême du Cotentin. Il vaut mieux faire en sorte de ne pas attirer l'attention sur vous, ce que ne manquerait pas de susciter l'espèce de déménagement auquel vous avez pensé. Mais je te conseille vivement de ramener ta fille ici. Nulle part elle ne sera mieux protégée que sous ton aile patriarcale.

Le mot fit sourire Guillaume.

— Tu crois?

Il est temps qu'elle rentre au bercail, et ne me dis pas que ça ne va pas te combler de joie : tu vas avoir ta fille et son petiot pour toi tout seul sans t'encombrer d'un gendre que tu aurais sans doute fini par trouver pesant. Sans compter que toutes ces révérences dont on entoure le gamin à Chanteloup pourraient bien finir par causer une catastrophe. Quand on veut cacher quelqu'un on ne l'installe pas sur un trône. Alors Versailles, la Cour, l'étiquette, il faut oublier tout ça! Ce n'est pas sain!

— Oui, mais à moins d'enfermer Elisabeth, il va bien falloir trouver un semblant d'explication à son nouvel état!

— Facile! Ta fille a fait une fugue: elle s'est mariée, sans ton autorisation, sans doute, mais elle est mariée. Tu mettras le curé dans la confidence et quand on la verra aller à l'église, il ne viendra à l'idée de personne d'en douter: le mari, lui, a dû s'expatrier pour avoir comploté contre Bonaparte.

Au fond vous ne mentirez guère. Et ça fera bien dans le pays !

— Mais le nom ? Quel nom va-t-elle porter ? Je ne me vois guère l'annoncer altesse royale et duchesse de Normandie !

— Tu verras ça avec Mme de Chanteloup. Elle connaît son armorial comme sa poche, la chère femme, et saura bien te dire quel nom Elisabeth peut porter sans encourir le déplaisir du mari... au cas où il reviendrait... Quant au gamin, tâche donc d'en faire tout bonnement un brave homme ! Un Tremaine, tiens ! Ça vaut tous les Bourbons de la terre ! Et sa vie sera tellement plus facile !

Ainsi réconforté, Guillaume alla enfin se coucher. Il était mort de fatigue mais, pour la première fois depuis bien longtemps, il dormit d'un sommeil confiant, paisible, rassuré, net de tout cauchemar. Et sans imaginer un seul instant qu'il n'allait avoir droit qu'à huit jours de tranquillité. Huit petits jours ! Pas un de plus...

Le cavalier qui, au matin du 30 juin, arriva devant le perron des Treize Vents était blanc comme un linge et tremblait de tous ses membres. C'était ce même piqueux plus très jeune qui était venu annoncer le début de l'accouchement ; il servait la comtesse depuis l'enfance et comme les autres serviteurs faisait quasiment partie de la famille. Aussi avait-il des larmes plein les yeux quand il arriva, mais il refusa de répondre aux questions de Daguet. Ce fut seulement en présence de Tremaine qu'il lâcha :

— On a volé l'enfant !... Je veux dire monsieur Louis !

Ce fut au tour de Guillaume de pâlir. Attrapant

aux épaules le messager dont les jambes étaient en train de fléchir, il l'assit sans trop de douceur sur l'un des sièges du vestibule :

— Répétez-moi ça!... mais lentement, s'il vous plaît!

— C'est... c'est la malheureuse vérité, m'sieur Tremaine! Tout à l'heure, quand Mlle Béline, qui dort près du bébé, s'est réveillée et a voulu le prendre afin de le porter à Mme Elisabeth pour la première tétée, elle a trouvé le berceau vide. Il faut que vous veniez vite! Tout le monde est affolé et Mme la comtesse s'est évanouie. Pour de bon cette fois, et même qu'elle n'a pas bonne mine du tout!

Guillaume ne l'entendait déjà plus. A grands cris, il ameutait la maison avant de se ruer aux écuries pour sonner le branlebas de combat. Quelques minutes plus tard, laissant à Potentin terrifié le soin de veiller au logis et de réconforter le piqueux exténué d'émotion, il fonçait sur Chanteloup au galop de charge avec, sur ses talons, Arthur, Daguet et tous ses palefreniers. Pour sa part, Adam avait reçu mission d'aller chercher le docteur Annebrun dont les soins devaient être nécessaires à une jeune mère désespérée ainsi qu'à la vieille dame. Un tel drame dans sa maison et à son âge!

Les Tremaine s'attendaient à trouver le château dans la fièvre, ils le trouvèrent dans l'accablement. Le silence y régnait comme s'il y avait un mort et, sous les nuages de pluie que le vent d'ouest avait charriés pendant la nuit, les grands toits d'ardoise semblaient faire le gros dos sous le poids d'une espèce de malédiction. Il n'y avait âme qui vive dans la cour. Personne ne parut pour prendre soin des chevaux à l'exception d'une vieille femme qui, à la vue des cavaliers, s'enfuit en clopinant.

L'impression de cauchemar augmentait mais quand Guillaume et les siens pénétrèrent dans ce château pétrifié, ils perçurent soudain une voix féminine haute, claire, précise, qui fit bondir le cœur du maître des Treize Vents : Rose !... Rose était là et apparemment en train de prendre les choses en main ! Au fond de son anxiété, il sentit quelque chose qui ressemblait à de la joie, poussa la porte du grand salon et la vit. Elle se tenait debout, bras croisés au milieu de toute la domesticité, posant des questions. Elisabeth aussi y était mais son père ne l'aperçut pas tout de suite, au contraire d'Arthur qui la cherchait alla droit vers elle : assise auprès de Béline dans un coin de la vaste pièce, elle pleurait, sa tête rousse appuyée sur l'épaule de son ancienne gouvernante.

— Il faut rassembler vos souvenirs, disait Mme de Varanville. Avez-vous, ces derniers jours, remarqué des figures inconnues autour de la maison ?

— Ces derniers jours, non, répondit Étiennette Heurteloup qui était la première femme de chambre, mais il y a trois bonnes semaines, oui. C'étaient des bohémiens fabricants de paniers comme il en passe toujours au printemps. Ceux-là n'étaient pas bien dangeureux, sûrement : un vieil homme, deux femmes et un jeune garçon qui n'ont pas bougé d'auprès de l'église où d'ailleurs ils allaient prier bien honnêtement. Et personne ne s'est plaint d'avoir été volé. Pas même d'une poule !

— Vos bohémiens, nous les avons eus après vous, à Varanville mais ils ne sont restés que deux ou trois jours à cause de Félicien Gohel qui ne les aime pas. Et je suis de votre avis, Étiennette : ils n'ont certainement rien à voir dans ce drame... Ah !

Guillaume, vous voici ! ajouta Rose d'un ton aussi naturel que si elle l'avait vu la veille et non plusieurs mois auparavant. Nous avons un très grand besoin de vous et j'ai peur que nous n'ayons bien des excuses à vous offrir...

Il prit sa main qu'elle lui laissa à peine le temps d'effleurer de ses lèvres avant d'ajouter avec une grande tristesse :

— Je crains surtout que vous n'en veniez à vous méfier de nos demeures. Il semblerait qu'elles soient incapables de garder convenablement les dépôts précieux que vous leur confiez.

— Vous dites des bêtises, Rose ! Moi, me méfier de vous alors que vous vous êtes toujours montrée la meilleure, la plus attentive des amies ? Vous me faites peine avec ces paroles : souvenez-vous que l'an passé Elisabeth a quitté Varanville de son propre mouvement et que c'était à elle de se faire pardonner. Quant au drame qui se joue aujourd'hui, je ne vois pas comment vous auriez pu l'éviter.

— Avec plus d'attention peut-être. Les portes étaient bien fermées mais, par les nuits d'été, il est naturel de laisser les fenêtres ouvertes. Une imprudence sans doute mais qui est en train de rendre malade ma pauvre tante : elle a dû se mettre au lit.

— Je ne veux pas que vous vous tourmentiez ainsi. J'ai amené du monde et nous allons fouiller les alentours...

Il se rapprochait d'elle pour s'emparer de ses deux mains mais elle les passa vivement derrière son dos en s'écartant un peu.

— Allez d'abord embrasser votre fille ! On dirait que vous ne l'avez pas vue. C'est elle surtout qui a besoin de votre secours.

La honte qu'il éprouva de n'avoir même pas cherché sa fille en arrivant atténua un peu le chagrin que causait à Guillaume l'attitude de Rose. Il n'y avait vraiment plus rien de la tendresse d'autrefois : elle ne lui permettait même plus de plonger ses regards dans ses grands yeux verts. Sans répondre, il alla prendre Elisabeth dans ses bras où elle se blottit avec un soupir douloureux.

— Qui a pu faire cela, père? Qui a pu voler mon bébé? Et pourquoi? Si l'on allait lui faire du mal!

— Il ne faut pas y penser, ma chérie! Nous allons tout mettre en œuvre pour le retrouver. Ces bohémiens sont tout de même suspects. Leur peuple a la réputation d'enlever des enfants, surtout s'ils sont beaux, pour les élever, leurs apprendre des tours, les faire travailler pour eux.

— Pas des enfants de quelques jours, tout de même?

— Qui peut savoir? dit Arthur. De toute façon, nous nous mettons tout de suite en campagne pour les retrouver. Nos chevaux sont rapides et ils n'ont pas dû avoir le temps d'aller bien loin.

Au fond de lui-même, Guillaume n'y croyait guère, à ces romanichels voleurs d'enfants. Les errants à la peau bistrée, vanniers et diseurs de bonne aventure qui se déplaçaient de village en village quand venait l'été pour participer aux foires et aux marchés, étaient trop facilement repérables pour qu'ils se risquent à un tel forfait. Il craignait beaucoup plus que la grossesse d'Elisabeth ne fût plus connue que ne le laissaient supposer les grandes précautions prises et que le coup ne vînt de plus loin, de plus haut. Si le ou les ravisseurs étaient arrivés d'Angleterre, on pouvait redouter que le petit Louis ne soit déjà embarqué sur un bateau... ou pire !

Les heures qui suivirent semblèrent confirmer cette terrible impression. Tandis que Pierre Annebrun, accouru ventre à terre, donnait ses soins à Mme de Chanteloup et à Elisabeth en proie à une violente crise de nerfs, Guillaume, ses fils et ses gens battaient le pays en se partageant les directions, cherchant des traces, interrogeant les gens rencontrés. Tremaine avait formellement interdit que l'on prévînt les gendarmes : il se méfiait par trop du brigadier Pelouse et de ses préventions envers lui : qu'on vienne lui annoncer un second rapt de nouveau-né et Dieu seul pouvait savoir à quelles extrémités les idées étroites du personnage étaient capables de le mener !

Ce fut Daguet qui retrouva les bohémiens suspects. Il était déjà tard quand il revint aux Treize Vents avec Nicolas. Guillaume venait d'y ramener Elisabeth sur laquelle la maison se refermait comme un coffre sur un trésor. Si les craintes secrètes de son père étaient fondées, elle y serait plus en sûreté qu'à Chanteloup et Chanteloup serait plus en sûreté sans elle. La vieille comtesse était laissée aux soins de Rose qui d'ailleurs comptait la faire transporter à Varanville, dès qu'elle se sentirait un peu mieux.

Toute la journée, Tremaine s'était livré avec ses fils à une fouille minutieuse des environs du château. Sans succès, d'ailleurs : personne n'avait rien vu, rien entendu, rien remarqué. C'était à devenir fou ! On aurait dit qu'un esprit désincarné était venu enlever le petit Louis sans seulement toucher terre avant de s'envoler par la fenêtre.

A prime abord, le retour de Daguet n'apportait

guère d'éclaircissements. Les romanichels campaient près de Gouberville le plus paisiblement du monde. Ils se montrèrent terrifiés que l'on pût les accuser d'un tel forfait et n'opposèrent aucune objection à la fouille de leur roulotte.

— Ils ont l'air de gens plutôt paisibles, conclut Daguet. D'autant qu'ils ne sont guère nombreux ! Tout juste trois personnes : un vieil homme, une femme assez jeune et un gamin d'une dizaine d'années. Et vous, monsieur Guillaume, avez-vous trouvé quelque chose ?

— Rien du tout ! J'ai bien peur que ce rapt ne soit l'œuvre de gens beaucoup trop habiles et n'ayant pas grand-chose à voir avec ces miséreux. Mais j'ai encore plus peur de ne pas retrouver mon petit-fils vivant : privé du lait de sa mère, un enfant si jeune ne doit pas pouvoir résister longtemps. Il faut une femme...

— Pardonnez-moi de vous couper la parole, père ! intervint Arthur. Vous venez bien de dire, Daguet, qu'il n'y avait qu'une femme au campament des bohémiens ?

— Oui, monsieur Arthur. Une seule, qui doit être la mère du garçon.

— D'après Étiennette Heurteloup et Mme de Varanville, deux femmes habitaient le chariot quand ces gens étaient installés sur leurs terres. Alors, où est passée l'autre ?

— Tu as raison : il faut élucider ça et au plus vite ! s'écria Tremaine. Daguet, allez me seller un cheval frais !... ou plutôt deux, ajouta-t-il, voyant qu'Arthur ouvrait déjà la bouche. Tout compte fait ça fera trois : dites à Nicolas de se préparer à nous accompagner !

— Pourquoi pas moi ? se rebiffa le maître cocher.

— Parce que j'ai besoin de vous ici. Mme Elisabeth est désormais parmi nous et, croyez-moi, elle a grand besoin d'être gardée attentivement. Adam veillera sur elle de l'intérieur avec Potentin. Puisque Nicolas était avec vous, il saura nous guider jusqu'auprès de ces gens ! Faites vites ! Nous allons prendre des armes.

En ces temps encore hasardeux où la loi de Bonaparte n'était pas encore suffisamment établie partout, il n'était jamais bon de s'aventurer sans précautions par les chemins nocturnes. Même s'ils étaient moins dangereux que par le passé, les vestiges de l'antique et immense forêt de Brix servaient encore de repaire à nombre de malfaiteurs : soldats déserteurs, contrebandiers, brigands de tout poil, dissimulés parfois sous l'aspect innocent de charbonniers ou de bûcherons, qui avaient assez souvent à se plaindre d'eux.

Guillaume vérifiait les amorces d'une paire de pistolets quand le galop d'un cheval résonna. Arthur, qui s'était précipité à une fenêtre, eut une exclamation de stupeur :

— Mais... c'est Mr. Brent ! Et dans quel état !

Il se rua au-dehors pour revenir presque aussitôt avec son précepteur à peu près hors d'haleine, sans chapeau et dont les vêtements semblaient avoir souffert d'une course à travers fourrés et branches basses. Son visage aux yeux creux, aux traits ravagés, lui donnait beaucoup plus que son âge. Jeremiah avait peine à se soutenir et, sans l'appui de son élève, il se fût sans doute effondré aux pieds de Guillaume.

— Je n'arrive pas à lui tirer une parole, père. Je crois qu'il faudrait lui donner quelque chose à boire, dit Arthur en laissant tomber son fardeau sur un canapé où il se répandit plutôt qu'il ne s'assit, tandis que Guillaume allait remplir un verre de rhum à un petit cabaret.

— Buvez ça ! ordonna-t-il en tendant le verre que Brent prit d'une main tremblante et vida d'un seul coup, avant de lever sur le maître des Treize Vents un regard plein d'épouvante en balbutiant des paroles incroyables :

— Il faut... que vous veniez avec moi, monsieur Tremaine ! Vous me... jugerez plus tard mais... si vous voulez retrouver l'enfant, il faut se hâter ! Elle... elle doit embarquer... à la marée du matin !

Guillaume vit rouge. Empoignant le précepteur par les revers de son habit, il le hissa jusqu'à lui souffler sa fureur au visage :

— Elle ? Qui ça, elle ? Tout de même pas ?

— Si. Miss Lorna.... C'est elle qui a volé le bébé... Nous... nous sommes dans la région... depuis plus de deux mois ! Oh !... je crois que je vais m'évanouir...

Il mollissait en effet dans les poings de Guillaume qui glapit :

— Mais c'est qu'il le ferait, ma parole !

Et, lâchant sa proie, il lui administra à la volée une paire de claques retentissantes. Arthur, lui, paraissait changé en statue.

— Lorna ? exhala-t-il. Elle serait coupable d'un tel crime ? Mais comment est-ce possible ?

— C'est ce que cet intéressant jeune homme va nous dire.

— Plus tard ! gémit Brent à qui les gifles et un deuxième verre de rhum rendaient des couleurs. Il faut y aller maintenant !...

— Où se trouve-t-elle, au juste ?

Ayant reçu le renseignement qu'il demandait, Guillaume tira sa montre.

— Nous partirons dans une demi-heure. Pendant ce temps-là vous allez tout nous raconter en mangeant quelque chose. Sinon vous ne tiendrez pas à cheval et, pour plus de sûreté, vous allez nous guider.

— Cette chiffe? laissa tomber Arthur avec un mépris qui écrasa son ancien précepteur. Il est capable de nous trahir au dernier moment. Moi, je sais où se trouve le vieux pavillon...

— Je préfère tout de même l'emmener. Va donner des ordres à Daguet pour qu'on soit prêt dans un moment... Et puis, préviens Potentin et Adam! Dis-leur que nous allons partir...

— Adam voudra peut-être venir!

— Cela m'étonnerait! Même s'il s'efforce de devenir un cavalier convenable pour ne pas perdre la face devant son amie Amélie, il n'est pas vraiment taillé pour ce genre d'expédition, fit Guillaume avec l'ombre d'un sourire...

En fait, Arthur brûlait d'envie d'entendre l'histoire de Brent et n'appréciait qu'à moitié les missions dont on le chargeait mais, devant le regard timidement reconnaissant que lui adressait celui-ci, Guillaume comprit qu'il ne souhaitait guère étaler devant son élève préféré le récit de sa déchéance...

En effet, l'histoire qu'il raconta était celle, navrante, d'un homme tombé au pouvoir d'une femme adorée de loin depuis trop longtemps. Après leur départ des Treize Vents, il ne fallut pas longtemps à Lorna — quelques jours, tout au plus! — pour s'emparer totalement de l'esprit de ce garçon qu'elle avait ébloui une fois pour toutes. Devenu son amant dès leur arrivée à Paris, Jeremiah ne vécut plus que pour elle, ne vit plus que par elle, acceptant dès lors tout ce qu'elle lui imposa mais confessant volontiers que ces premiers jours dans la capitale furent pour lui un enchantement.

Il était tellement heureux qu'il ne comprenait pas pourquoi Kitty le suppliait sans cesse, dès qu'ils se trouvaient seuls, de rentrer chez les Tremaine et de les laisser là. Il finit même par croire que la pauvre femme était un peu folle ou, en tout cas, jalouse de sa maîtresse. Lorna rencontrait, en effet, tellement de succès dans les rares maisons où elle se rendait !

Le banquier Lecoulteux se montra pour elle l'homme le plus serviable qui soit. Outre un agréable appartement rue de La Ville-l'Évêque, il ouvrit un généreux crédit à la nièce de son ami Tremaine. Crédit où elle puisa assez largement, moins pour les dépenses naturelles à une jolie femme que pour mettre de l'argent de côté. Elle ne sortait guère, d'ailleurs, prétextant l'amour tout neuf qui la liait à Jeremiah et disant que la vie mondaine ne la tentait pas. Certes, elle rendit visite à M. de Talleyrand qui se déclara plus que jamais son admirateur, mais elle lui fit comprendre qu'elle souhaitait surtout prendre un temps de repos avant de se lancer dans l'aventure de son retour en Angleterre. Dans cette perspective, et sous le prétexte d'aller, en été, prendre les eaux d'Aix comme il était de bon ton de le faire, elle obtint de lui un passeport français avec un « nom tout ordinaire », celui de Mme Lécuyer, qui était d'ailleurs celui d'un des capitaines de Guillaume. En vérité, elle souhaitait plus que tout au monde passer inaperçue ! Quant à Jeremiah Brent, il était divinement heureux et oubliait totalement sa promesse de donner de ses nouvelles aux Treize Vents, ne se voyant guère faire confidence de sa félicité à Guillaume Tremaine... Jusqu'au jour où sa maîtresse lui annonça, vers la fin mars, qu'ils allaient repartir pour le Cotentin.

Sur le coup, il ne comprit pas : quelle idée de vouloir retourner là-bas où personne ne souhaitait les revoir !

— Aussi n'est-il pas question d'aller du côté de Saint-Vaast, expliqua Lorna. Je tiens au contraire essentiellement à ce que notre retour passe inaperçu, et je veux m'installer plus au nord-ouest. Voyez-vous, ces temps derniers je me suis procuré un ouvrage de géographie traitant de la région et je pense que Saint-Pierre-Église, par exemple... ou Tocqueville pourraient me convenir !

— C'est beaucoup trop dangereux ! Saint-Pierre — où l'on ne va guère, j'en conviens ! — n'est qu'à trois lieues à peine de La Pernelle. Pourquoi ne pas rester ici jusqu'à notre départ pour Londres ? Nous ne serons jamais plus heureux !

— Parlez pour vous, mon cher ! Moi — et vous devriez me connaître suffisamment pour cela ! —, je ne suis pas de celles que l'on renvoie ou que l'on congédie. Aussi ai-je l'intention de m'occuper de Varanville et de sa charmante châtelaine. Si Guillaume songeait à la prendre pour épouse j'éprouverais un vif plaisir à mettre quelques traverses à un si bel amour.

Ni prières ni raisonnements ne purent la faire changer d'avis : ou bien son amant allait lui jurer de l'aider à réaliser son projet de vengeance ou bien elle se séparait de lui immédiatement. La nuit d'amour qui suivit acheva d'amener le jeune homme à une plus juste compréhension de ses intérêts sentimentaux : Lorna ne jurait-elle pas qu'une fois passé ce «caprice», elle et lui ne se quitteraient plus ? En fait, ce qui attirait surtout la jeune femme à Varanville, c'était la quasi-certitude que c'était là que l'on avait caché l'enfant qu'elle était toujours persuadée d'avoir mis au monde. A force d'y penser, elle en était venue à cette conclusion : on ne pouvait avoir confié un fils de Guillaume Tremaine qu'à une amie chère et sûre, un Tremaine devant toujours être considéré comme un fruit précieux. Pour qui d'autre, sinon, les femmes des Treize Vents tricoteraient-elles des petits bas de soie blanche ? Mais, sachant bien ce qu'on lui répondrait, Lorna se garda bien de faire partager ses soupçons à ses compagnon.

On partit donc pour le Cotentin. Transformée en Mme Veuve Lécuyer au moyen d'une perruque brune, d'un adroit maquillage, de vêtements noirs et de ces voiles si impressionnants pour autrui et tellement pratiques pour dissimuler un visage, miss Tremayne et les siens gagnèrent Cherbourg par la diligence, y louèrent une voiture et se rendirent à Saint-Pierre-Église, gros bourg situé près de la côte. Là, on s'installa provisoirement dans l'auberge la plus convenable mais, à peine arrivée, Lorna dépêcha Brent, devenu son frère pour la circonstance, chez le notaire du lieu afin de s'y enquérir d'une maison convenable à vendre ou à louer, de préférence aux alentours de Tocqueville. Sa sœur, selon lui, souhaitait y retrouver des souvenirs, mais il convenait que ce soit un logis un peu à l'écart afin que la jeune veuve ne soit pas importunée par une curiosité déplacée. Et de servir au tabellion l'histoire imaginée par Lorna.

Il raconta donc que Mme Lécuyer, anglaise de

naissance, était mariée à un Normand qu'elle avait eu la douleur de perdre quelques jours avant la rupture de la paix d'Amiens. Apprenant la nouvelle, lui-même la sachant isolée à Paris s'était précipité en France pour la rejoindre et, si possible, la ramener à Londres quand il en était encore temps, mais elle ne se résignait pas à s'éloigner du tombeau de celui qui était toute sa vie. La situation devenant difficile et après bien des hésitations, le bon frère réussit tout de même à la convaincre de quitter Paris où elle n'était plus en sécurité. Elle finit par accepter mais à la condition de partir pour cette belle région du Cotentin où, pendant la Révolution, elle et son cher Gérard s'étaient rencontrés, aimés et avaient vécu des jours inoubliables. En outre, si près de la mer, il serait peut-être possible, un jour ou l'autre, de trouver un moyen de rentrer en Angleterre malgré la guerre.

Une brève rencontre avec la belle et si touchante Mme Lécuyer acheva la conquête du notaire, vieux garçon au cœur tendre qui ne mit pas en doute un seul instant la véracité de ce qu'on lui confiait. La Révolution, avec le grand exode des émigrés, n'avait-elle pas engendré bien des histoires encore plus romanesques où les Anglais se trouvaient mêlés? Il dénicha presque instantanément une demeure conforme aux souhaits de sa cliente, offrit ses services pour faciliter son installation dans le pays et même laissa entendre qu'il devait être possible de trouver un bateau pour ramener chez eux les pauvres exilés. Pas trop tôt tout de même, la belle saison étant si agréable à vivre dans ce beau pays!

La maison qu'il proposait dépendait du château de Tocqueville. Le comte y logeait une vieille parente, ancienne religieuse morte récemment. Protégée par un petit bois et une étendue de lande, elle offrait toutes les garanties de silence et de discrétion. L'intendant du château accepta de la louer pour un prix raisonnable, assez content de trouver des gens convenables qui au moins l'entretiendraient. Et l'on s'installa après avoir acheté un cheval et une carriole pour que Kitty ou Brent puissent ravitailler la maison.

Quant à Lorna, on ne la vit plus. En revanche, on vit beaucoup un jeune paysan en blouse bleue, guêtres de toile et grand chapeau noir défraîchi et cabossé : elle partait tôt le matin, à pied le plus souvent, et s'en allait errer autour de Varanville, distant de trois quarts de lieue, observant les habitudes du château, liant même amitié avec l'une des filles de cuisine, Jeannette, de naturel plutôt simplet et toute heureuse des attentions d'un aussi joli garçon que ce Colas. Dans les premiers temps, elle en revenait assez désappointée : la baronne y vivait des plus paisiblement en compagnie de sa maisonnée habituelle et de trois personnes : les demoiselles de La Morinière et leur frère, M. Auguste, dont on chuchotait qu'il pourrait bien devenir le prochain époux de Rose. Quant à monsieur Tremaine, dont on avait si longtemps espéré qu'il épouserait Mme la baronne, on ne le voyait plus jamais. Et c'était fort triste parce que, ce La Morinière, on ne l'aimait pas beaucoup !

Lorna sut aussi que Varanville et ses dépendances n'abritaient aucun enfant en bas âge. Elle commençait même à échafauder une autre vengeance quand, un beau soir, Jeannette fit mention des nombreuses visites que la baronne rendait au château de Chanteloup, proche voisin, et du fait étrange qu'au lieu de passer l'hiver chez sa nièce comme elle en avait l'habitude, la vieille comtesse était rentrée chez elle peu avant Noël afin d'y recevoir une amie. Du coup, le faux Colas décida d'explorer aussi cet endroit-là, poussé par une curiosité qu'il ne s'expliquait pas vraiment mais qui devint singulièrement claire lorsque, dans un chemin creux, il évita de justesse Sahib et son maître, lancés à fond de train. Miss Tremayne comprit alors qu'elle venait de découvrir un passionnant pot aux roses, quand elle put apercevoir Elisabeth se promenant à petits pas dans le jardin au bras de Béline... et constater qu'elle était enceinte.

— C'est à ce moment-là qu'elle rencontra les bohémiens dont elle n'eut aucune peine, en les payant bien, à se faire des alliés dévoués. Au point de les convaincre de l'accepter chez eux sous des habits gitans.

— La seconde femme, c'était elle ? fit Guillaume.

— En effet. Je n'ai jamais su ce qu'elle avait pu leur dire pour obtenir ce résultat mais, dès lors, elle fut constamment absente de la maison. Elle séjourna d'abord à Chanteloup puis à Varanville pour la vraisemblance mais, de jour comme de nuit, il y avait toujours soit elle-même soit l'un de ses nouveaux amis posté avec une lunette marine de façon à ne rien perdre de ce qui se passait au château.

— Et vous, pendant ce temps-là, que faisiez-vous ? gronda Arthur qui naturellement était revenu au plus vite.

— Rien d'autre que l'attendre. Ni Kitty ni moi ne savions ce qu'elle avait décidé, sinon je vous jure que nous ne l'aurions pas laissée faire. J'espérais d'ailleurs que nous allions bientôt partir, parce qu'elle m'avait demandé de me mettre en quête d'un bateau plus ou moins contrebandier qui pourrait nous conduire jusqu'à l'île de Wight. Mais nous avons compris quand, la nuit dernière, elle est revenue, cachant sous sa blouse un nouveau-né richement emmailloté...

— C'est elle-même qui l'a volé? Comment a-t-elle fait?

— Les romanichels ont un gamin agile comme un singe. Il a escaladé la façade du château, pénétré par une fenêtre ouverte, puis est allé ouvrir la porte des cuisines. Miss Tremayne est entrée par là. Tout le monde dormait. Enlever le petit fut, paraît-il, «un jeu d'enfant». Ensuite, on se dispersa: la bohémienne et son fils rejoignirent la roulotte, miss Lorna notre maison...

— Père! coupa Arthur, un œil sur la pendule de la cheminée, il serait temps d'y aller!...

— Aussi allons-nous partir! Nous réglerons nos comptes plus tard, Mr. Brent! Vous devez être assez reposé...

Il restait peu à dire, d'ailleurs. A son retour, Lorna dut faire face à l'effroi scandalisé de ses compagnons, mais elle en vint à bout assez facilement.

— Il est temps que je vous dévoile mes intentions. Vous n'imaginez pas, je pense, que je veuille supprimer ce bambin? Je veux seulement l'emmener avec nous. Une fois en Angleterre, j'enverrrai un messager à mon bel oncle lui disant que s'il veut récupérer le bâtard de sa fille, il devra venir le chercher lui-même! Chez moi! Et comme nous embarquons à la fin de la nuit prochaine, tu voudras bien, Kitty, t'en occuper. Moi, les nourrissons ne m'ont jamais intéressée...

La pauvre femme fut bien obligée d'accepter : le bébé avait grand besoin de soins et personne d'autre ne pouvait les lui donner. Lorna le savait bien. En revanche, elle jugea plus prudent d'enfermer Brent dans une ancienne laiterie dont elle garda la clef : il avait mis à ses protestations un peu trop d'ardeur pour qu'elle lui fasse confiance et il devait y rester jusqu'à l'heure du départ...

Mais, la nuit venue, Kitty, profitant de ce que sa maîtresse dormait, subtilisa la clef et vint délivrer le jeune homme : il fallait qu'il aille prévenir les Treize Vents ! On ne pouvait pas laisser miss Lorna commettre un tel forfait ! D'autant que l'enfant risquait de mourir pendant la traversée. Par précaution, elle avait enveloppé de chiffons les sabots du cheval qu'elle avait attaché derrière la maison... Elle n'eut pas besoin de plaider longtemps : ce que Lorna venait de faire avait dégrisé le jeune homme. Quelques instants plus tard, il s'élançait dans la nuit.

C'était un bon cavalier, mais l'obscurité et l'émotion lui brouillaient les idées. Il se trompa de chemin, piqua à travers bois dans ce qui lui semblait être la bonne direction, franchit des endroits difficiles, et finalement réussit à raccourcir son trajet au grand dommage de ses habits.

— Après tout, Dieu était peut-être avec moi, conclut-il en se hissant sur sa monture avec quelque difficulté.

— Alors, priez-le pour que nous puissions sauver mon petit-fils, gronda Guillaume, sinon je vous jure de vous faire regretter d'être né !

La lune s'était levée, éclairant la campagne : aussi les cavaliers, guidés par Brent, n'eurent-ils pas beaucoup de peine à trouver le pavillon. Entouré de petites dépendances, il s'adossait à un bois avec lequel ses murs gris se confondaient. C'était l'image même de l'innocence : un toit d'ardoises luisantes et des volets qui ressemblaient à des paupières closes. Tout était même si calme que Tremaine s'inquiéta.

— On dirait qu'il n'y a personne. A quelle heure doit elle embarquer?

— La marée est à cinq heures et il n'est que deux heures dix ! Miss Lorna est sûrement là puisqu'on ne devait partir qu'une heure avant, et j'ai l'unique cheval...

— Là, sur le côté, il y a un peu de lumière, dit Arthur qui s'était déplacé silencieusement. La fenêtre donne sur quoi ?

— La chambre de Kitty, qui doit veiller. Il faut frapper au volet d'une certaine façon — trois coups longs, deux brefs — et elle ouvrira.

— L'enfant est avec elle ?

— Non. Miss Lorna s'est enfermée avec lui jusqu'au départ. Elle n'a plus guère confiance en nous, vous savez ! Sa chambre, à elle, donne de l'autre côté.

— Bien, j'y vais, fit Guillaume en mettant pied à terre et en faisant signe à ses hommes de contourner la maison qui était enclose d'une haie vive.

Il se dirigeait vers la fenêtre quand Arthur le retint :

— Laissez-moi y aller d'abord, père ! C'est ma sœur, après tout, et j'arriverai peut-être à lui faire entendre raison. Ce ne serait pas la première fois... Accordez-moi ça !

— Je veux bien, mais n'oublie pas : j'aurai Louis... par la force s'il le faut.

Arthur indiqua qu'il avait compris. Il alla frapper au volet selon le code indiqué par Brent. Kitty devait se tenir aux aguets : elle ouvrit presque aussitôt et poussa un soupir de soulagement en reconnaissant, derrière Arthur, la haute silhouette de son père et celle, moins impressionnante, du précepteur.

— Dieu soit loué, Mr. Brent, vous avez réussi !

Le jeune homme eut un pauvre sourire. Il tremblait comme une feuille et, soudain, Guillaume eut pitié de lui. Une idée lui venait :

— Vous êtes sûre que votre maîtresse n'a pas bougé ? chuchota-t-il.

— Tout à fait sûre ! On ne sort de sa chambre que par cette porte ou la fenêtre et je n'ai rien entendu.

— Bien. Donnez-moi la clef de la laiterie ! Nous allons y renfermer Mr. Brent de façon qu'on ignore toujours qu'il en est sorti.

— Pourquoi faites vous ça, père ?

L'éclair de joie qui brilla un instant dans les yeux du malheureux Jeremiah constituait la meilleure réponse : il avait eu un sursaut de révolte, mais s'il devait vivre à jamais séparé de celle qu'il aimait si passionnément, il en mourrait d'une façon ou d'une autre. Guillaume, d'ailleurs, expliqua brièvement :

— Même s'il a été un instant dégrisé, on ne guérit pas de ce genre d'amour ! Kitty, pendant que je l'emmène, vous allez appeler votre maîtresse en disant que vous avez entendu un bruit suspect. Quand elle ouvrira, Arthur entrera. Il veut lui parler le premier. Je rapporte la clef dans un instant. Vous n'aurez qu'à la laisser tomber dans la chambre lorsque vous y pénétrerez.

Kitty approuva de la tête et s'approcha de la porte tandis que Guillaume entraînait Brent en prenant soin de tirer la fenêtre derrière lui. Lorna ne répondit pas tout de suite, et Arthur se demanda si elle n'était pas déjà partie par l'autre fenêtre, mais la voix ensommeillée qu'elle fit enfin entendre le rassura.

— Que veut-tu, Kitty ? Il n'est pas encore l'heure !

— Je vous en supplie, ouvrez-moi ! Il y a du bruit autour de la maison... des pas de chevaux ! J'ai peur...

— Je viens...

Aussitôt, Arthur, d'un geste vif, tira un pistolet et le braqua sur Kitty avec un sourire rassurant. Il était bon que Lorna la crût menacée et il comptait beaucoup sur l'effet de surprise.

Celle-ci joua pleinement. En ouvrant la porte, la jeune femme eut un cri, voulut refermer mais déjà son frère s'était jeté sur elle pour la repousser à l'intérieur : une chambre dont le lit n'était pas défait. Miss Tremayne s'y était simplement étendue. Le même coup d'œil montra au jeune homme la grande corbeille posée tout près qui servait de berceau : le petit Louis y dormait d'un sommeil assez paisible. Mais déjà Lorna reprenait ses esprits.

— Que viens-tu faire ici ? demanda-t-elle sèchement.

— Vous empêcher de commettre un crime !

— Où vois-tu un crime ? Personne n'est mort, que je sache et je n'ai fait, après tout, que rendre aux Tremaine le mal qu'ils m'ont fait. Oui, j'ai pris cet enfant et j'ai bien l'intention de le garder ! Il va remplacer celui que vous m'avez volé.

— On ne peut voler ce qui n'existe pas et ce bébé existe. Il nous appartient et vous allez nous le rendre ! Lorna, ajouta-t-il plus doucement, que s'est-il passé pour que vous en veniez à de telles actions, à tant de duplicité? Ne vous arrive-t-il jamais de songer à notre mère? Qu'aurait-elle pensé de vous?

— Ne me parlez pas de notre mère! Elle a eu ce que je voulais tellement et je crois qu'à présent je déteste son souvenir. Mais dis-moi, petit frère, comment es-tu ici? Qui t'a prévenu?

Arthur s'attendait à la question. Sa réponse était prête :

— Nous n'avons eu aucune peine à retrouver vos amis les bohémiens : ils n'ont pas résisté longtemps à nos questions!

— Ces misérables ont parlé? Je les avais pourtant bien payés!

— Disons... que nous les avons payés plus cher encore! Il faut en finir, Lorna! Un bateau vous attend, je crois?

— Oui, et j'ai bien l'intention de le prendre! Et avec ça!

Elle s'était précipitée sur la corbeille et d'un geste vif en avait arraché le bébé qui se mit aussitôt à hurler.

— Prenez garde, miss Lorna! gémit Kitty qui venait d'entrer. Il n'est déjà pas si bien, ce petit! Il faut le laisser.

— Donnez-le-moi, Lorna! s'écria Arthur. Vous n'avez aucune chance de quitter cette maison. Avec lui tout au moins. Elle est cernée. Vous pensez bien que je ne suis pas venu seul.

— Vous auriez une armée que vous me laisseriez tout de même passer. Kitty, va chercher Brent! Nous partons et je défie quiconque de nous en empêcher. Sinon... sinon je jette ce petit bâtard sur ces dalles pour qu'il s'y fracasse le crâne!

— Vous ne ferez pas ça! gémit Arthur qui

tremblait de tous ses membres devant la lueur de folie qui venait de s'allumer dans les yeux de sa sœur.

Celle-ci éclata de rire :

— Croyez-vous?... Je peux même faire mieux! Tout, vous entendez, tout plutôt que vous rendre votre précieux trésor!

Virant sur ses talons, elle alla vers la cheminée où Kitty avait allumé du feu pour combattre la fraîcheur et surtout l'humidité de la nuit. Son intention n'étant que trop évidente, Arthur se jeta en avant avec un cri d'horreur au moment même où claquait un coup de feu. Son pied butta sur un carreau déchaussé et il s'étala devant Lorna à l'instant même où la douleur lui faisait lâcher le bébé qui tomba sur lui. Debout au seuil de la chambre, véritable statue de la Justice, Guillaume venait de tirer. Son bras était encore tendu.

Jetant l'arme, il se précipita vers son fils tandis que Kitty enlevait le petit Louis qui, surpris sans doute par tout ce vacarme, ne criait plus.

— Tu n'as rien? demanda Guillaume épouvanté. Sans ce bout de faïence brisé, j'aurais pu t'atteindre.

— Sûrement pas! Vous êtes un trop bon tireur, fit Arthur en se relevant pour revenir vers sa sœur.

Celle-ci venait de s'asseoir sur une chaise en comprimant son bras blessé. Elle regardait Guillaume avec un mélange de fureur et de désespoir.

— Vous avez tiré sur moi. Faut-il que vous me haïssiez?

— Vous n'avez rien épargné pour ça!

— Au point d'essayer de me tuer?

— Si j'avais voulu vous tuer, croyez bien que vous seriez morte. Je ne manque jamais ma cible.

Faites en sorte, à l'avenir, que je ne le regrette pas! Kitty, donnez ce petit à Arthur et voyez la blessure de votre maîtresse!

Ce n'était pas grave : la balle que l'on retrouva sur le sol n'avait fait que traverser la chair du bras. Les mains habiles de la cámériste eurent vite fait de confectionner un pansement confortable.

— Voilà! dit-elle. Je pense que ça ira?

— C'est parfait, dit Guillaume. Je suis sûr que tout se passera parfaitement jusqu'en Angleterre.

— Vous voulez que je parte? s'écria Lorna. Alors que je suis blessée?

— Pas au point de vous permettre de rester plus longtemps, et estimez-vous heureuse que je ne fasse pas pire! Préparez-vous! Je vais vous conduire moi-même jusqu'au bateau afin de m'assurer que ce départ-là sera définitif.

La mer était au plus haut et la nuit proche de sa fin. Les derniers reflets de la lune argentaient le flot couleur d'ardoise qui, paisible, clapotait doucement.

— La traversée sera facile, observa Tremaine en aidant Lorna à descendre de cheval pour aller vers la grève.

— A condition qu'on ne nous attaque pas. La guerre n'est pas finie que je sache, fit-elle acerbe.

— Elle ne vous tourmentait guère quand il s'agissait d'enlever mon petit-fils! Je peux en tout cas vous assurer que vous serez en de bonnes mains. Bien qu'il porte cette nuit la marque des îles anglo-normandes pour approcher sans risques la côte britannique, je connais ce bateau. Il est de Barfleur et le patron est un excellent marin. Vous avez bien choisi.

Laissant Jeremiah et Kitty guider la jeune femme dans le petit chemin après avoir ordonné à Nicolas et à ses deux camarades de rester hors de vue, il marcha droit vers l'homme qui attendait, assis sur un rocher et qui se leva en le voyant venir à lui.

— Monsieur Tremaine?... On ne m'avait pas parlé de vous.

— Rien d'étonnant à cela, Quentin. C'est ma nièce que vous allez emmener. Elle est anglaise et, pour la sécurité de la famille, elle ne tenait pas à ce que je m'en mêle. Je n'ai été prévenu qu'hier soir de son départ. Inutile de vous dire que je vous demande de veiller sur elle tout particulièrement. Je sais qu'on peut vous faire confiance.

Pour mieux accréditer encore ladite confiance, Guillaume glissa quelques pièces jaunes dans la main du marin qui eut un large sourire.

— Vous faites point d'soucis ! On la déposera à Wight en bon état.

— J'y compte ! Ah ! pendant que j'y pense, s'il lui arrivait de changer d'avis et de vous demander de la ramener ici, n'en faites rien. A aucun prix ! Elle ne le sait pas mais elle est en danger et vous le seriez aussi !

— Suffit qu'vous l'disiez ! Soyez tranquille ! Voulez-vous que je vienne vous rendre compte au retour ?

— Ça me rassurera. Merci, Quentin ! Allons-y maintenant !

Tous deux rejoignirent le sloop sur lequel trois hommes composaient l'équipage. Selon l'habitude des pêcheurs du Cotentin qui veulent toujours être debout à la lame, sa proue était tournée vers le large. Il était à trois ou quatre brasses de la plage mais quand l'un des hommes voulut la prendre dans ses bras pour la faire embarquer, Lorna le repoussa.

— Encore un instant! Rien qu'un mot à dire...

Elle attira Guillaume un peu à l'écart.

— Ne me ferez-vous pas vos adieux?

— Ils sont faits depuis longtemps. Ce ne serait qu'une redite. Il faudra vous contenter d'un simple vœu : je vous souhaite d'arriver enfin à être heureuse. Quoi que vous en pensiez et en dehors de cette petite blessure, je ne vous ai jamais voulu aucun mal!

— Moi je vous souhaite l'enfer! Un enfer à la mesure de mon amour pour vous. Adieu, Guillaume! Je te souhaite de souffrir un jour autant que je souffre!

Elle le regardait intensément mais, comme il ne répondait pas, elle éclata en sanglots. Tremaine la regarda rejoindre ses compagnons. Kitty, qui pleurait elle aussi, se retourna pour lui faire un signe de la main. Quant à Jeremiah Brent, il salua du chapeau. Tout à l'heure, avant d'arriver, il l'avait remercié tout bas, avec un peu de honte, mais soulagé qu'il ait préservé le pauvre bonheur puisé auprès de cette femme, et Guillaume le plaignit.

L'embarquement s'achevait. Les hommes hissèrent la grand-voile que la brise gonfla aussitôt. Le bateau s'éloigna et, quand vint l'aube, il n'était plus qu'un petit point en route vers l'horizon. Guillaume alors remonta vers ses gens avec au cœur une véritable joie, une véritable paix... A cette minute, Arthur et Daguet devaient être de retour aux Treize Vents et les bras d'Elisabeth refermés sur son enfant. A l'est le feu de Gatteville brûlait encore et Guillaume sourit à ce lumineux présage...

CHAPITRE XIV

ANNIVERSAIRE

«Décidément, c'est une vraie plaie que l'amour!» pensait Guillaume en déambulant dans les rues de Cherbourg. «Un chiendent, une mauvaise herbe qui pousse n'importe où, n'importe comment, capable avec ses racines en forme de griffes de faire éclater des murailles.»

Il venait de quitter, à la porte de la taverne Ouistre où ils avaient soupé, son ami Joseph Ingoult qu'il n'avait pas vu depuis longtemps et, en dépit des traditionnels coquillages et homards grillés toujours aussi admirables qu'ils avaient partagés, Guillaume ne réussit pas à retrouver l'atmosphère joyeuse et détendue qu'ils partagaient également lorsqu'ils s'attablaient ensemble sous les lambris de chêne, culottés comme une bonne pipe, de la célèbre taverne. Joseph n'était plus ce qu'il était. L'amour désespéré qu'il portait à Mme de Bougainville était en train de le détruire à mesure que le chagrin rongeait les forces vives d'une mère inconsolable.

— Je sais que Flore s'en va vers la mort. Elle le

sait aussi, et non seulement elle ne fait rien pour l'empêcher mais elle la souhaite, elle l'attend, elle l'espère, tentait-il d'expliquer.

— Mais enfin, elle a d'autres enfants et son mari l'adore...

— C'est étrange, n'est-ce pas? Pourtant, nous avons tous l'impression que seul comptait celui qui est parti. Elle pense, je crois, que ni ses garçons ni l'amiral n'ont plus besoin d'elle, mais qu'Armand est perdu dans les ténèbres et qu'il l'appelle.

— Et toi? Est-ce une raison pour tout sacrifier de ta vie? Je sais bien que tu l'aimes et que tu en as les moyens, mais on ne te voit plus que rarement ici, tu n'habites presque plus ta maison, au point que ta gouvernante se demande si elle ne va pas te quitter. Ton existence doit-elle s'arrêter quand prendra fin celle de Mme de Bougainville?

— Je suis incapable de te le dire. Une chose seulement est certaine : je veux être auprès d'elle le plus possible. Après?...

Le geste qui appuyait le mot laissait le champ libre à toutes les suppositions et Guillaume fronça le sourcil :

— J'espère que tu n'as pas l'intention de te tirer un coup de pistolet sur sa tombe? ricana-t-il. Ce serait une offense pour l'amiral et pour la mémoire de cette femme exquise. Sans compter le ridicule!

— Un gâchis inutile, n'est-ce pas? Mais, dis-moi, toi qui prêches si bien, tu es orfèvre en cette matière : ta vie sentimentale n'est pas un modèle de sagesse...

Tremaine en convint volontiers, admettant même qu'on ne pouvait pas grand-chose contre les surprises du destin ni, surtout, contre les mouvements souvent désordonnés du cœur humain :

— Je sais que je suis mal venu à te faire la morale.

Mon amour pour Marie a peut-être tué Agnès et, pour quelques heures d'aberration, j'ai perdu la femme que j'aime, la seule qui pouvait me faire oublier Marie... Alors, agis à ta guise, mais pense de temps en temps que tu as ici des amis qui tiennent à toi !

On se sépara là-dessus sans trop savoir quand on se reverrait. Joseph Ingoult quittait Cherbourg par la diligence, tôt le matin. Guillaume, lui, passait la nuit en ville, ayant rendez-vous dans les premières heures avec le maire, Pierre-Joseph Delaville. Il regagna donc l'ancienne auberge des Ducs de Normandie rebaptisée Guillaume le Conquérant, où il avait gardé quelques habitudes. Il était déjà tard, pourtant les rues, nouvellement éclairées par des reverbères grâce au docteur Delaville — grand maire s'il en fut ! —, demeuraient animées à cause de l'immense chantier ouvert par Bonaparte.

Obsédé, en effet, par les « merveilles de l'Égypte », ses monuments cyclopéens et surtout le fameux lac artificiel Moeris, situé à quarante-cinq mètres au-dessous du niveau de la Méditerranée, celui-ci venait d'ordonner des « travaux pharaoniques » destinés à transformer l'ancien « Pré du Roi » en une suite de bassins défendus par des écluses tandis que l'on achèverait la grande digue. De nombreux ouvriers avaient été appelés et aussi les soldats de deux régiments. Tout ce monde créait dans la ville un mouvement perpétuel auquel, ce jour-là, s'ajoutait l'agitation causée par l'arrivée d'un navire américain, le *Delaware*, dont le drapeau étoilé flottait allègrement au milieu de la rade. Ce bateau était chargé de coton destiné aux filatures récemment implantées dans la région : une entre Valognes et Nègreville et deux dans le Val de Saire, innovations qu'appréciait fort Tremaine, toujours disposé à contribuer au développement du Cotentin. Ainsi devait-il rejoindre le lendemain, chez le maire, le filateur Philippe Fontenillat pour une histoire d'entrepôt à partager.

Guillaume n'avait pas très envie d'aller se coucher. En ce premier jour de septembre dont on avait espéré qu'il apporterait de la fraîcheur, il faisait aussi chaud et lourd que pendant tout un été qui n'avait connu qu'une succession de canicules et d'orages. Parfois redoutables d'ailleurs et générateurs de violentes tempêtes, comme celle du 20 juillet où des bateaux s'étaient fracassés dans les ports un peu partout et où là-haut, dans le Nord, à Boulogne, l'obstination de l'Empereur à vouloir passer, en pleine mer, la revue des bâtiments destinés à l'invasion de l'Angleterre malgré l'opposition formelle de l'amiral Bruix, avait causé une catastrophe : Bonaparte — on n'était pas encore habitué à l'appeler Napoléon ! — avait failli se noyer et plusieurs bateaux s'étaient perdus corps et biens.

En dépit de ce tragique précédent, un bon orage eût été le bienvenu, et Guillaume l'appelait de tous ses vœux. Ayant mis bas son habit et dénoué sa cravate, il approchait de son auberge à une centaine de pas derrière un personnage allant dans la même direction quand il vit soudain deux malandrins surgir d'un coin sombre et se jeter sur lui. L'un d'eux le frappa à la tête tandis que l'autre fouillait rapidement ses poches. Le malheureux s'écroula sans un cri mais Tremaine se mit à hurler « Au voleur ! A l'aide ! » en s'élançant aussi vite que le permettait sa mauvaise jambe mais, naturellement, quand il arriva auprès de la victime les bandits avaient disparu.

Sans chercher à leur courir après, ce qui n'eût servi à rien, il s'agenouilla, souleva la tête de l'homme et, sous le coup de la surprise, faillit bien la laisser retomber : c'était sans aucun doute possible son vieil ami François Niel, son compagnon d'enfance québecquoise, qui venait de se faire assommer sous ses yeux !

Il n'eut cependant pas le temps de se poser beaucoup de questions car, fort heureusement, le Canadien possédait un crâne solide et il n'était qu'étourdi. Ramené dans la salle de l'auberge, il reprit rapidement ses esprits grâce aux effets conjugués d'un pot d'eau fraîche et d'un verre de rhum. Il n'eut même pas l'air vraiment surpris en découvrant le visage de Tremaine penché sur lui.

— Tiens, Guillaume ? Je ne pensais pas te voir si tôt ! Oh ! que cette brute m'a fait mal ! grogna-t-il en se redressant pour prendre la position assise. Je vais avoir une bosse énorme.

— Disons qu'elle est en bonne voie, fit Tremaine en tâtant le crâne de son ami, mais j'espère qu'elle n'aura pas de suite. Cela ne me dit pas ce que tu fais à Cherbourg ?

— Je suis venu te souhaiter ton anniversaire ! C'est bien après-demain que tu auras cinquante-quatre ans ? Moi, je les ai depuis trois mois.

— Tu es venu de Londres pour ça ? Mais comment as-tu fait et pourquoi est-ce que je te retrouve ici plutôt que chez moi ? Aurions-nous fait la paix avec les Anglais ?

— Du tout, mais je n'arrive pas d'Angleterre, je viens de New York avec le bateau qui est dans la rade... et qui m'appartient en partie.

— Toi, un navire américain? Alors que tu vomissais ces gens-là presque autant que moi? Comment est-ce possible?

— C'est une histoire intéressante... mais si tu veux que je te la raconte, j'aimerais mieux qu'on s'installe ailleurs. J'ai une chambre ici.

— Moi aussi. J'y passe la nuit à cause de mes affaires qui, si j'ai bien compris, doivent être un peu les tiennes.

— Possible! Allons chez moi, commande-nous du vin frais et quelques tranches de pâté : je n'ai pas soupé ce soir...

Un moment plus tard, installé devant la fenêtre largement ouverte sur la mer nocturne, François Niel, tout à fait remis, allumait sa pipe après celle de son ami et entreprenait l'explication de ce voyage-surprise.

— Lorsque j'ai séjourné chez toi, voici bientôt deux ans, je ne t'ai pas parlé de mon ami John Dawson, parce que, sachant ton peu de sympathie pour les Yankees, je craignais que ton fichu caractère ne prenne feu et que tu me taxes de trahison, mais, en fait, il y a sept ou huit ans que nous nous connaissons. C'est un négociant d'Albany, un homme droit, bon et généreux, dont la grand-mère, d'ailleurs, était native de Trois-Rivières. Je l'ai rencontré dans une tribu Mohawk avec laquelle j'entretiens de bonnes relations pour la traite des fourrures. Lui ne les connaissait pas du tout; c'était la première fois qu'il tentait l'aventure de ce côté-là et, naturellement, il n'avait pas su s'y prendre. Résultat, il était en grand danger de perdre son scalp quand je suis arrivé chez le chef Homobok. Naturellement, j'ai réussi à le tirer de là et nous sommes devenus amis. Pour me remercier, il m'avait proposé de travailler ensemble et, pendant un certain temps, j'ai refusé, craignant des complications avec les gouverneurs anglais. Et puis l'idée a fait son chemin dans mon esprit : m'associer discrètement avec Dawson, c'était la possibilité d'échapper à l'obligation de ne commercer qu'avec l'Angleterre et, la guerre ayant repris avec la France, le reste de l'Europe nous était interdit à nous autres gens du Québec. C'était tellement tentant que je n'ai pas résisté : nous avons acheté un bateau en commun ; nous l'avons chargé de coton pour Cherbourg où mon ami a des clients et voilà le résultat ! Le *Delaware* est ici !

— Mais vos relations, comment pouvez-vous les entretenir ?

— La vallée de l'Hudson est un passage commode entre Montréal où j'ai un comptoir et Albany, donc New-York, même si le passage du lac Champlain, où les Anglais conservent Pointe-Couronne est encore délicat, mais nous avons l'un et l'autre des gens habiles à notre service. Moi-même j'arrive à me rendre assez souvent à Albany, et je suis en train de devenir vraiment riche !

— J'en suis très heureux, François, mais peut-être ce soir l'es-tu un peu moins ? On t'a volé beaucoup ?

— L'argent que j'avais sur moi : quelques dollars américains. Le plus gros est resté à bord. Alors, suis-je invité à fêter le 3 septembre aux Treize Vents ?

— Bien sûr ! Je t'emmènerai demain. Mais, j'y pense ! Si ton ami Dawson est à bord, il faudrait peut-être songer à l'emmener aussi ?

— Non. Il est resté là-bas, mais sachant quel port rejoignait le *Delaware* je n'ai pas pu y tenir.

Dawson m'a procuré un passeport américain : je suis officiellement son cousin Jeff Dawson et je vais passer quelques jours ici, le temps que l'on décharge et que l'on embarque une cargaison de vins, de soie et autres produits de la douce France ! Tu ne peux pas savoir à quel point j'en suis heureux ! Revoir les Treize Vents ! Un vrai bonheur !

— Seulement les Treize Vents ? Je suis touché que tu aies songé à mon anniversaire mais... est-ce que, dans ton plan, il n'y aurait pas une petite place pour Varanville ?

L'aimable visage de François rougit. Plein et agréablement coloré d'habitude sous la couronne de cheveux blonds grisonnants, il vira au rouge brique. Guillaume comprit qu'il touchait un point toujours sensible et que le souvenir de Rose ne s'était pas effacé dans le cœur, resté simple et naïf, de son ami, en dépit de ses talents de négociant. Trop ému même pour parler, François pensa se contenter d'un sourire timide mais finit tout de même par murmurer :

— C'est vrai. Est-ce bête, hein, à mon âge ?

— Nous avons le même et j'en suis au même point que toi. Seulement si tu veux présenter tes hommages à Rose, il te faudra aller à Varanville : elle ne vient plus que rarement chez moi. Encore est-ce à ma fille et à mon petit-fils qu'elle réserve ses visites toujours très brèves...

— Elisabeth est mariée ?

— Oui... Oui et non ! Je vais te raconter ça en détail parce que toi tu es presque mon frère et que des aventures pareilles, ça n'arrive qu'à moi. Mais pour en finir avec Rose, j'ai bien peur qu'on ne représente plus rien pour elle ni l'un ni l'autre. Elle reçoit depuis des mois un certain La Morinière et ses sœurs qui m'ont tout l'air d'être installés là pour l'éternité. Tout le monde est persuadé que ça va finir par un mariage... Je ne te cache pas que j'aimerais cent fois mieux qu'elle t'épouse, toi, parce que le personnage ne m'inspire pas confiance. Ce n'est pas convenable de vivre ainsi aux crochets d'une dame !

— Tu le connais ?

— Non, je n'ai jamais voulu le rencontrer. D'ailleurs je ne mets plus les pieds à Varanville.

— Alors, tu ne peux pas juger en conscience. Rose n'est pas femme à se tromper.

Tremaine regarda son ami avec admiration :

— Quel brave homme tu fais ! Il n'y a pas une once de méchanceté en toi alors que tu devrais le haïr d'instinct, ce voleur !

— Pourquoi donc ? Toi aussi tu aimes Rose et pourtant tu m'es toujours aussi cher, fit François avec simplicité. Et je continue à penser que tu as tort : ce n'est pas en cédant le terrain à l'ennemi qu'on se bat. Moi, j'ai bien l'intention d'aller au château et de dire ce que j'ai à dire.

— Qui sait, tu réussiras peut-être parce qu'elle t'aime bien mais tu iras seul : il n'y a pas que La Morinière : Alexandre, que l'on a toujours considéré comme fiancé à Elisabeth, n'a pas supporté son mariage et ne veut plus la rencontrer. Tu vois que les relations sont devenues difficiles.

— Alors, parle-moi d'Elisabeth si tu veux que je comprenne.

La nuit s'avançait quand Guillaume acheva ses confidences que François écouta sans manifester autrement de surprise : habitué depuis l'enfance, comme Guillaume lui-même, aux événements tragiques et aux heures dangereuses, sachant bien d'autre part que la pitié était le dernier sentiment que souhaitait inspirer Tremaine, il se contenta d'une simple conclusion :

— En dépit de l'honneur, on ne peut pas dire que cette histoire soit une vraie chance mais tu as les épaules assez larges pour l'assumer. Et tu as autour de toi bien des gens dévoués. A propos, comment ceux des environs ont-il pris la naissance d'un enfant dont ils n'ont jamais vu le père?

— Beaucoup mieux que je ne le craignais. Nous avons fait ce qu'il fallait, je crois.

En effet, dès le retour de sa fille, Guillaume s'était rendu auprès de l'abbé Gaudin, desservant de La Pernelle et de l'abbé Bidault, curé de Saint-Vaast-la-Hougue et, sans leur faire l'injure d'exiger le secret de la confession, il leur avait montré le certificat de mariage délivré à Elisabeth par l'abbé Nicolas, curé de Vierville. Aussi quand on vit les deux prêtres témoigner à la jeune femme, d'une dignité parfaite dans ses robes noires ou blanches, respect et amitié, les quelques langues disposées à s'agiter de façon malveillante se trouvèrent muselées. De vagues bruits ayant d'ailleurs transpiré des murs de Chanteloup, on devina que la jeune mère portait le poids d'un destin auguste mais tragique, et quand Mme de La Haye-Richemont — Guillaume s'était souvenu de ce nom attribué par le bailli de Saint-Sauveur à son protégé après la fuite du Temple — se rendait aux offices, il y avait plus de larmes que d'ironie dans les regards qui la suivaient. La finesse et la discrétion naturelles des gens du Cotentin jouèrent pleinement, leur goût des légendes et des grandes histoires s'en délecta, leur compassion et leur fidélité au malheur furent totalement acquises.

Les gens de Saint-Vaast étaient les dignes cousins de ceux de Saint-Pierre qui, pendant la Terreur, étaient allés chercher en délégation leur marquis de Saint-Pierre à la prison de Coutances pour le ramener chez lui. Parce qu'ils l'aimaient bien...

On aimait bien aussi «les gamins des Treize Vents». Et, si quelques commères venimeuses tentèrent de se manifester, au marché par exemple, elles trouvèrent toujours quelqu'un pour leur boucler le bec. Il ne s'agissait pas que de mauvais bruits aillent réveiller la hargne du brigadier Pelouse — ce horsain! — qui n'avait pas encore bien digéré la façon dont on l'avait obligé à rendre sa liberté à Guillaume Tremaine.

Elisabeth vécut donc ces deux mois d'été dans la paix et le bonheur qu'elle éprouvait à se retrouver chez elle et à cajoler son petit Louis qui poussait comme un champignon. L'absence de nouvelles de son époux la tourmentait bien un peu mais elle avait assez de sagesse pour comprendre que, séparée de lui par une mer et une guerre, beaucoup de temps s'écoulerait peut-être avant qu'ils puissent se rejoindre. Au moins par écrit! Elle en parlait parfois mais son père, même s'il débordait intérieurement de compassion, continuait à garder le secret.

François Niel l'approuva. A la place de Guillaume il en ferait tout autant mais, à causer ainsi le temps passait vite et il était fort tard quand les deux hommes décidèrent de faire place au sommeil en attendant de prendre ensemble, leurs affaires respectives réglées, le chemin des Treize Vents.

Pour être familial, l'anniversaire de Guillaume n'en revêtait pas moins cette année un caractère un peu exceptionnel. D'abord parce que la famille était enfin au complet, débarrassée de toute présence hostile et même augmentée d'un membre que tout le monde adorait déjà. Bébé sage, aimable et toujours souriant, «Loulou» régnait du haut de son berceau sur une maisonnée qui l'eût dévoré de baisers à longueur de journée si sa mère et Guillaume n'y avaient mis le holà. Elisabeth, ses frères, Potentin et Clémence avaient donc décidé que, cette fois, on ferait doublement la fête puisque l'an passé personne n'y avait eu le cœur en l'absence d'Elisabeth. Le programme était simple d'ailleurs : on commencerait par entendre une messe particulière célébrée en l'honneur de Guillame dans l'église de La Pernelle puis, avec les meilleurs amis du héros, on dégusterait le festin que Mme Bellec préparait depuis trois jours dans sa cuisine d'où elle chassait à peu près tout le monde. Seule abstention — et non des moindres évidemment ! —, Mme de Varanville s'était excusée : elle attendait son fils qui devait arriver de Bretagne où il était allé séjourner chez des cousins. En revanche Mme de Chanteloup promettait de venir : aucune force au monde n'aurait pu l'empêcher de saisir cette occasion de vénérer son «petit prince», comme elle s'obstinait à l'appeler en dépit des supplications de Guillaume. Et puis c'était aussi une façon d'apaiser un peu la déception de Guillaume, mal convaincu par le prétexte invoqué par Rose bien qu'il fût sans doute l'expression de la vérité ; tous ceux des Treize Vents savaient bien qu'Alexandre, profondément blessé par le mariage d'Elisabeth, ne voulait plus se trouver en sa présence.

Autour de la table se réuniraient aussi Mlle Le Houssois, le docteur Annebrun, les Rondelaire, le notaire Le Baron et sa femme, les Quentin, les Calas et, bien entendu, l'abbé Gaudin. Ce qui faisait déjà pas mal de monde, mais l'arrivée tellement inattendue de François Niel n'enchanta pas moins la maisonnée. D'abord parce qu'on l'aimait, que l'on était heureux de le revoir et aussi parce qu'il apportait deux grandes malles de cadeaux. Et pas seulement pour Guillaume ! Celui-ci se tailla bien la part du lion avec une superbe pelisse en martre mais d'autres fourrures étaient destinées à la famille. Il y avait aussi des feutres et des cuirs brodés de couleurs vives par les femmes indiennes, des statuettes de stéatite sorties des mains habiles des Esquimaux du Grand Nord, un magnifique herbier contenant à peu près toutes les plantes du Canada destiné à Adam, mais qui mit une larme dans les yeux de son père parce qu'il lui rappelait les courses à travers les bois de son enfance en compagnie de son ami indien Konoka. Enfin trois bouteilles de sirop d'érable afin que Mme Bellec puisse lui confectionner les crèpes et les tartes dont il se régalait jadis. Et là encore, en faisant couler, pour y goûter, l'épais liquide brun dans une cuillère, le maître des Treize Vents faillit bien se mettre à pleurer.

Quand le soleil se leva après un glorieux orage nocturne qui brisa définitivement la pesante chaleur, lava la campagne de sa poussière et gonfla d'aise toutes les poitrines, chacun se prépara à fêter dignement les cinquante-quatre ans de Guillaume Tremaine. Non seulement les invités mais tous les pauvres d'alentour qui savaient bien qu'ils en recevraient leur part. Un des plus hauts usages des grandes familles normandes voulait, en effet, que l'on distribuât aux pauvres une somme équivalente à ce que l'on dépensait pour une réception et, depuis son mariage, Guillaume avait adopté cet usage. Par générosité naturelle d'abord mais aussi en souvenir de son épouse, Agnès de Nerville, dont l'alliance apparentait ses enfants à l'ancienne noblesse et dont le sang gardait quelques traces de celui du Conquérant. Alors, tout à l'heure, grimperaient vers les Treize Vents les plus miséreux de ce coin du Contentin, sachant bien qu'ils ne repartiraient pas les mains vides. Ils viendraient plutôt vers la fin de la journée pour ne pas encombrer ni trop se montrer, avec cette pudeur et cette délicatesse de ceux qui savent le poids d'une existence vraiment difficile.

La journée fut une réussite. Sous un soleil redevenu clément, elle se déroula comme dans un joli rêve à la satisfaction de tous. Un instant même, Guillaume put croire qu'elle allait lui offrir le plus doux des présents. Tandis que, la plupart des invités partis et cependant que Potentin présidait près des cuisines à la distribution d'aumônes, de nourriture et de friandises, il s'attardait au jardin en compagnie de Mlle Anne-Marie, de François Niel et de Pierre Annebrun, il lui sembla être le jouet d'une illusion : la voiture de Mme de Varanville franchissait la grille... Seulement, ce n'était pas une illusion.

Envahi par une chaude bouffée de joie et persuadé que Rose venait lui porter ses vœux avec son sourire, il courut et se jeta à la tête des chevaux mais il n'eut même pas le temps d'ouvrir la portière. Celle-ci se rabattit et le jeune Alexandre sauta presque sur les pieds de Guillaume qui eut peine à cacher sa déception :

— Je vous apporte un de vos amis que j'ai trouvé sur la route ! Il est blessé mais, avant de s'évanouir, il m'a demandé de l'amener, assurant que c'était une question de vie ou de mort, dit le jeune homme.

— Allez chercher le docteur Annebrun, s'il vous plaît ! Il se promène dans la roseraie, fit Guillaume en grimpant dans la voiture.

Un homme, en effet, était étendu sur les coussins. Pâle, les yeux clos, respirant difficilement avec, sur la poitrine, une large tache de sang, Victor Guimard avait tout l'air d'être en train de mourir.

— Qu'est-ce qu'il fait là et qu'est-ce qui a bien pu se passer ? s'écria Arthur accouru sur les talons de son père.

— Je ne sais pas. Alexandre dit qu'il l'a trouvé sur la route.

Au son de cette voix connue, le blessé ouvrit les yeux tandis que sa bouche s'étirait en un faible sourire :

— J'arrive... à temps, j'espère ? Ils ne sont pas là, n'est-ce pas ?

— Qui donc, mon ami ?

— Sainte... Sainte-Aline... et son valet...

— Mais non. Est-ce qu'ils devraient être ici ?

— Sont... sûrement pas loin !

— Descends de là et laisse-moi l'examiner ! coupa Pierre Annebrun qui tirait Arthur en bas pour monter à son tour. Va donner des ordres pour un brancard, une chambre. Il faut le sortir de cette boîte !

Sur un coup d'œil de son père, Arthur partit comme une flèche vers la cuisine où le personnel aidait Potentin et Clémence dans leur tâche charitable au milieu d'un vrai vacarme : le majordome s'efforçait de se débarrasser d'un mendiant qui poussait de grandes clameurs et tenait absolument à lui raconter ses derniers malheurs. Le bonhomme était pittoresque et la joute oratoire amusait tout le monde. Ce que voyant, Arthur se contenta de récupérer Valentin et Sylvain pour transporter le blessé et prit Lisette à part en lui demandant d'ouvrir une chambre.

Il sortait de l'office avec elle quand une petite paysanne pauvrement vêtue acheva de descendre l'escalier en courant, se jetant presque dans ses jambes :

— Eh bien, Annette, qu'est-ce que tu fais là? s'étonna-t-il.

— Oh! M'sieur Arthur... y a un vilain homme qui vient d'monter. C'est un mendiant... Il était avec c'lui qui brait si fort...

Le cœur du jeune homme manqua un battement.

— Allez chercher mon père, Lisette! Dites-lui de venir vite, et avec des armes! Ma sœur est là-haut avec le petit. Elle est en danger... moi je monte! Ah!... Qu'on s'empare de l'homme qui discute avec Potentin!

Empoignant au passage un chandelier de bronze, faute de mieux, Arthur s'élança dans l'escalier, accélérant même l'allure lorsqu'un cri étouffé lui parvint depuis la chambre de sa sœur. Il s'y jeta tête baissée, épouvanté par le spectacle qu'il découvrit : un homme grand et fort, qu'en dépit de sa défroque misérable il n'eut aucune peine à identifier pour l'avoir vu à l'œuvre sur la grève de Vierville, tenait Elisabeth à la gorge. Les jambes de la jeune femme ne soutenaient plus son corps et elle n'émettait que des sons faiblissants. A ses pieds, Adam, qui adorait chanter des petites chansons à son neveu et avait dû être surpris auprès de lui, gisait inanimé ainsi d'ailleurs que Béline dont la bouche saignait.

Arthur vit rouge. S'élançant sur l'agresseur, il le

frappa de son chandelier mais ne réussit qu'à lui égratigner la tête sans l'assommer. Il y avait quelque chose des monstres préhistoriques dans cet être bâti comme une montagne. Pourtant, l'attaque du jeune homme parvint à lui faire lâcher prise. Abandonnant Elisabeth qui tomba sur le tapis avec la mollesse d'une étoffe, il se tourna vers ce nouvel ennemi, les mains ouvertes, un rictus démoniaque au coin de sa bouche grimaçante.

En dépit de son courage, Arthur recula, terrifié. Ce qui marchait sur lui n'avait rien d'humain. Un démon, une créature de l'enfer stupide et malfaisante animée par le seul désir de tuer. Il pensa qu'avec un peu de chance il réussirait à franchir la porte, que son père allait arriver mais, fasciné par le monstre, il ne discernait plus à quel endroit de la chambre il se trouvait au juste et, soudain, il buta contre un tabouret bas, tomba sur le dos. Avec un grognement de triomphe, l'autre se jeta sur lui. Arthur sentit une odeur fade de crasse et de sueur tandis que, sous le poids qui faisait craquer ses côtes, le souffle lui manquait. Il allait perdre connaissance à son tour quand sa poitrine fut soudain libérée tandis qu'un véritable barrissement éclatait à ses oreilles. A la place de l'affreux visage aux yeux exorbités qui disparut de son champ de vision, il vit François Niel et un valet attelés à l'énorme carcasse pour le libérer.

— Tu n'as rien? demanda le premier en lui tendant la main pour l'aider à se relever.

— Non, mais comment avez-vous fait? Cet homme possède la force d'un ours.

— C'est bien pour ça que je l'ai traité comme un ours, répondit le Canadien en montrant du doigt le monstre abattu, un couteau de chasse planté entre les épaules.

— Merci, monsieur Niel, merci beaucoup ! Mais, les autres ?... Elisabeth, mon Dieu ! Il l'a tuée.

Il la cherchait des yeux dans la chambre à présent pleine de monde. Il vit Guillaume enlever sa fille dans ses bras pour la porter sur son lit tandis que Mlle Le Houssois donnait des soins à Béline. Adam, déjà ressuscité, vint aider son frère à s'asseoir :

— T'inquiète pas pour Elisabeth : elle respire. Mais toi, est-ce que ça va ?

— Mieux, merci, seulement je boirais bien quelque chose. Et toi, au fait ? Tu n'étais pas frais quand je suis entré !

— Cet affreux bonhomme m'avait allongé un coup de poing au menton mais ça c'est rien : qu'est-ce que j'ai eu peur quand je l'ai vu arriver sur le berceau ! Parce que c'était à lui qu'il en voulait, c'était à Loulou... notre Loulou ! gémit Adam qui, ses nerfs lâchant, éclata en sanglots.

Cependant, personne n'était gravement atteint. La gorge d'Elisabeth resterait bleue et elle aurait du mal à avaler pendant quelques jours, Béline avait une énorme bosse à la tête et la bouche d'Adam commençait à enfler, mais le docteur Annebrun, qui avait abandonné Guimard un instant pour constater les dégâts, ne diagnostiqua rien de grave. Néanmoins, Arthur n'était pas encore tranquille.

— Et l'autre, père ? demanda-t-il à Guillaume qui semblait ne plus pouvoir se résoudre à lâcher la main de sa fille. Est-ce que vous avez pris l'autre ?

— Bien sûr ! Grâce à la petite Annette que nous irons remercier chez ses parents, on le tient. Alexandre, Daguet et ses hommes lui sont tombés dessus, avec l'aide aussi de ces pauvres gens auxquels ces deux misérables ont osé se mêler afin de s'introduire ici : ils l'ont empêché de s'échapper en se refermant derrière lui comme un mur. A présent, Sainte-Aline est dans la « pucherie[1] » et sous bonne garde, tu peux me croire ! On va y aller voir dans un instant.

— Qu'allez-vous en faire ? Le tuer ?

— Le juger d'abord ! Je n'aime pas l'idée de tuer un homme de sang-froid, même un démon comme celui-là.

— Et celle de le relâcher pour qu'il puisse nuire encore, elle vous séduit ? fit Arthur avec rudesse.

— Non, rassure-toi ! Il n'a fait que trop de mal.

Il en avait même fait plus encore que Guillaume ne l'imaginait à cet instant ! Un peu plus tard, convenablement pansé et réconforté, Victor Guimard, dont la blessure était sérieuse mais moins grave que l'on n'aurait craint et la faiblesse due surtout à la perte de sang, put apporter, sur le personnage, un supplément de lumière sinistre.

Trois jours plus tôt, alors qu'il rentrait au ministère après une tournée d'inspection à Notre-Dame de Paris où l'on faisait de grands travaux en vue du sacre, il rencontra l'inspecteur Pasques dans le vestibule et celui-ci, avec lequel il entretenait jusque-là des relations polies mais sans éclat, parut tout à coup incroyablement heureux de le voir, le prit par le bras sans lui demander si cela lui convenait et l'entraîna faire quelques pas sur le quai Malaquais :

— Cette jeune femme que j'ai arrêtée chez Quentin Crawfurd en septembre dernier, vous vous y

1. Petit bâtiment situé généralement près du lavoir, où se trouvaient les grandes cuves dans lesquelles, deux fois l'an, on faisait bouillir le linge.

intéressez, je crois? fit-il sans autre préambule. Mlle Tremaine, si je me souviens?

— Je l'avoue, oui, dit Guimard après une courte hésitation car il ne savait pas très bien jusqu'à quel point il pouvait faire confiance à cet homme taciturne et plutôt hermétique, mais je n'en ai pas eu de nouvelles depuis près d'un an.

— Monsieur Fouché, lui, vient d'en avoir et, autant vous l'apprendre tout de suite, elle est en danger.

En effet, le matin même, un commissionnaire avait déposé à l'intention du ministre une lettre anonyme. Tout y était en bonne et due forme : le mariage avec le prince dans l'église de Vierville, de départ du Temple avec la grâce de Bonaparte, le refuge à Bayeux chez Mme de Vaubadon, le départ de Louis-Charles grâce au chevalier de Bruslart et à une frégate anglaise, enfin le retour de la jeune femme dans la région de Saint-Vaast et finalement la mise au monde d'un enfant mâle désormais seul espoir des partisans du duc de Normandie, puisque celui-ci avait trouvé la mort en Angleterre.

— J'ai ordre d'arrêter toute la bande, conclut Pasques, et Victor sentit le cœur lui manquer.

— Qu'est-ce que Fouché entend par toute la bande? articula-t-il péniblement.

— Le curé, la Vaubadon, la « duchesse » avec son enfant, Bruslart bien entendu si je peux mettre la main dessus, et quelques comparses dont l'honorable scripteur de la lettre donne les noms.

— Y a-t-il dedans la famille de Mme Elisabeth?

— Non. Fouché n'est pas fou. Il sait que ce Tremaine a su séduire l'Empereur, qu'il possède des navires dont la conduite est sans défaut. L'opération doit être menée discrètement et les prisonniers mis au secret. Tremaine sera prié de ne pas venir japper à la porte de Sa Majesté s'il ne veut pas que tout ce monde disparaisse, sans espoir de retrouvailles. Je vais donc partir pour la Normandie, mais seulement demain soir. Cela vous laisse le temps de la mettre à l'abri... un abri lointain, hors de France, parce que je fouillerai partout. Vous avez compris ?

— Non, dit Guimard. Pourquoi faites-vous ça ?

— Je pourrais répondre que ça me regarde. Disons que cette petite m'a plu quand je lui ai mis la main dessus : si jeune, si vaillante aussi ! Alors, qu'elle soit emmurée vivante avec son gamin au fond d'une forteresse quelconque, je ne supporte pas cette idée-là ! Et puis... (Il resta songeur quelques instants et finalement lâcha :) J'avais une fille qui aurait son âge, je l'ai perdue et j'en ai trop souffert ! Cela dit, hâtez-vous ! Lorsque je partirai, j'accomplirai ma mission sans plus connaître personne. Ça veut dire que je vous tuerai sans hésiter si vous essayez de vous y opposer... Vu ?

Dans l'heure suivante, Victor quittait Paris, décidé à sauver le plus de monde possible. A Bayeux, il se contenta de déposer un mot d'avertissement à la belle Charlotte alors absente puis, sans s'attarder, fonça sur Vierville. Il aimait bien l'abbé Nicolas qu'il voulait convaincre de prendre sa barque pour gagner le large. Ce qu'il trouva dans le petit presbytère au bord de la mer le révulsa : un cadavre sanglant, encore chaud ! Le malheureux prêtre avait été étranglé et poignardé : auprès de lui, son registre paroissial traînait à terre, montrant bien qu'une page avait été déchirée.

— C'est son vieux sacristain qui venait de le découvrir, dit Guimard. En arrivant il avait pu voir les meurtriers sauter sur des chevaux et s'enfuir au galop, mais la description qu'il m'en fit, car il avait encore de bons yeux, fut lumineuse pour moi : on n'oublie pas M. de Sainte-Aline et le dragon qui lui sert de valet. Alors, persuadé qu'ils se rendaient ici, je me suis lancé sur leurs traces, talonné par le besoin d'arriver avant eux, mais quelques précautions que j'aie pu prendre, ils m'ont éventé, tendu un piège... et bien failli me tuer. Sans ce jeune homme qui m'a recueilli, j'étais perdu.

— Et nous avec ! conclut Guillaume. Merci, mon ami, merci de ce que vous avez fait ! Je vous dois la vie de ma fille et de mon petit-fils.

Le blessé qui, fatigué par l'effort fourni, venait de se laisser aller sur ses oreillers, se redressa encore, l'angoisse au fond des yeux.

— Souvenez-vous qu'elle n'est pas hors de danger pour autant ! Pasques est parti. Il va venir et s'il la trouve...

— Je n'ai pas oublié, fit Tremaine tristement. Je n'ai en effet guère de temps pour me réjouir. Quand sera-t-il ici, selon vous ?

— J'avais plus de vingt-quatre heures d'avance sur lui mais j'en ai perdu plusieurs avec cette blessure. D'autre part, s'il a suivi le même parcours que moi — ce qui est certain ! —, il a dû s'arrêter plus ou moins longtemps à Bayeux, à Vierville. Disons demain soir... plutôt après-demain sans doute ! Qu'allez-vous faire ?

— Pour mes enfants je ne sais pas encore mais, dans l'immédiat, rendre et sans plus tarder la justice qui s'impose ! Avec un bandit comme ce Sainte-Aline, les grands principes frisent le ridicule.

Deux torches éclairaient la «pucherie» quand Guillaume s'y rendit accompagné de ses fils, de

Potentin, de François Niel, de Pierre Annebrun et d'Alexandre de Varanville. Bien qu'il fît déjà nuit, celui-ci s'était refusé à quitter les Treize Vents avant le dernier acte du drame qui s'y jouait ce soir-là.

— Ma mère ne s'inquiétera pas de mon retard, dit-il seulement. Elle pensera que la diligence n'était pas à l'heure, ce qui n'est pas rare, et que la voiture m'attend... et à moins que vous n'en ayez pas fini cette nuit?

— Ce ne sera pas long, fit Guillaume. Tout doit être prêt...

En effet, un chariot à foin attendait près de la petite bâtisse à la porte de laquelle veillaient deux palefreniers. Le corps de l'exécuteur des basses œuvres de Sainte-Aline y reposait sous une bâche. Daguet et Nicolas étaient à l'intérieur, surveillant le prisonnier étroitement ligoté et couché sur le sol de terre battue.

A l'entrée des sept hommes, Sainte-Aline souleva la tête et ricana :

— Voilà bien du monde! dit-il. Même réduit à l'impuissance, on dirait que je vous fais encore peur?

— Je ne suis pas l'un de vos pareils qui assassinent un voyageur au coin d'un bois ou un prêtre sans défense dans une maison déserte, dit Guillaume avec un dédaigneux haussement d'épaules. Ceux-ci sont vos juges et moi je suis votre accusateur, parce que je tiens à ce qu'ils sachent quel misérable ils ont devant eux.

— Des juges? Alors que vous me laissez entendre que je suis condamné d'avance?

— Des témoins si vous préférez car, en effet, je ne vous laisserai pas plus de chance que vous n'en avez laissé à vos victimes. Redressez-le, vous autres!

ajouta Guillaume s'adressant à ses gens. Je veux qu'il écoute debout ce que j'ai à dire.

Fermement maintenu par Daguet et Nicolas, Saint-Aline fut adossé au grand chaudron que l'on accrochait au-dessus du foyer de pierres plates les jours de lessive. En dépit du rougeoiement des torches, on put voir qu'il blêmissait et que la sueur coulait sur sa figure. Avec une joie féroce, Tremaine lut la peur dans ses yeux.

— Rien que pour vos crimes des deux derniers jours, vous méritez dix fois la mort ! Vous avez assassiné le curé de Vierville, l'abbé Nicolas, dans son presbytère.

— Je ne l'ai même pas touché !

— Non, c'est votre valet, mais l'ordre est venu de vous. Lui n'était qu'un bourreau. Ce matin vous avez tiré comme un lapin, sur la route de Valognes, le baron de Clacy qui serait mort sans l'aide qu'il a reçue de M. de Varanville.

— Un argousin, un bas policier ! Est-ce que ça compte ?

— Pour les gens normaux, oui, mais vous avez fait mieux encore en voulant faire assassiner ma fille, mon petit-fils, sans compter ceux qui ont tenté de les défendre. Ajouterai-je qu'auparavant vous les aviez dénoncés au ministre de la Police au moyen d'une lettre anonyme ?

— Ah ? Vous savez cela ? Bigre, on est bien renseigné dans ce pays perdu !

— Et vous ne niez même pas ? cracha Guillaume écœuré. Et vous vous prétendez gentilhomme ? Mais ce n'est pas tout, hélas : voici quelques mois, sur le sol anglais, vous avez donné toute votre mesure en trahissant et en tentant de faire abattre le prince qui croyait en vous, qui s'était confié à vous et que le seul excès de ses malheurs et de ses souffrances aurait dû vous rendre sacré si vous ne respectiez pas en lui le sang royal.

Cette fois, le prisonnier éclata d'un rire grinçant, insultant :

— Le sang royal? Soyons sérieux, mon bon monsieur ! Que ça vous arrange de croire votre fille duchesse de Normandie, on peut le comprendre, mais de là à avaler toutes ces couleuvres... Ce malheureux n'était qu'un pauvre fou mégalomane, un illuminé, un....

La gifle, assenée à toute volée, lui coupa la parole et stupéfia Guillaume, parce que c'était Alexandre qui venait de frapper. Blanc comme un linge, le jeune homme dardait sur Sainte-Aline ses yeux noirs étincelants de fureur :

— Tu sais très bien que tu mens, Judas, et que tu as vendu ton maître, le fils des rois martyrs, celui qui seul a le droit de régner sur la France ! Dieu sait que je le déteste, ce prince qui m'a pris celle que j'aime ! Mais un Varanville ne ménage ni sa fidélité ni son respect ! Monsieur Tremaine, ajouta le jeune homme en se tournant vers Guillaume, je demande que l'on en finisse ! Ce misérable, en d'autres temps, aurait été tiré à quatre chevaux. Contentons-nous d'en débarrasser la terre normande. Et puisque je suis ici le seul représentant d'une noblesse qu'il déshonore...

— Tu n'est pas le seul ! protesta Adam. Par ma mère, je suis un Nerville !

— C'est vrai. Pardonne-moi, mais laisse-moi achever ! Puisque en outre vous m'avez fait juge, j'exerce mon droit et je vote la mort !

— Moi aussi !

Deux mots prononcés d'une seule voix par ceux

qui étaient là, mais ce furent les dernières paroles que l'on entendit dans la pucherie. Il n'y eut plus qu'un bruit unique, bref, violent : celui du coup de pistolet qui raya le baron de Sainte-Aline du nombre des vivants. Ce n'était pas Guillaume qui l'avait tiré mais Potentin, désireux d'éviter à ceux qu'il aimait de se salir les mains. Après, ce fut le silence.

Tandis que Daguet et ses hommes emmenaient le corps vers un bas-fond forestier et un marais où toutes choses se perdaient à jamais, que Pierre Annebrun regagnait le Hameau et qu'Alexandre de Varanville rentrait chez lui malheureux et inquiet, Guillaume et François se retiraient dans la bibliothèque. Autour d'eux la maison effaçait l'une après l'autre les traces de la fête si mal terminée.

Un long moment, les deux amis restèrent silencieux. Non que le souvenir de la scène dont ils venaient d'être les acteurs leur pesât ; ils l'oubliaient déjà pour s'absorber dans la menace à venir : une prison peut-être à vie pour Elisabeth et son enfant !

Machinalement, le Canadien avait tiré sa pipe et la bourrait mais sans l'allumer, l'esprit ailleurs. Avec une immense pitié, il regardait son ami dont il sentait la souffrance. S'il voulait qu'elle reste libre, Tremaine allait devoir se séparer de l'enfant qu'il aimait par-dessus tout ainsi que de ce petit garçon devenu si cher à son cœur en quelques semaines.

Conscients de la présence au-dessus de leur tête de la jeune mère qui venait d'échapper à un si grave danger et qui reposait sous l'opiat miséricordieux donné par le médecin, ils n'osaient parler ni l'un ni l'autre. Et puis, soudain, François prit son courage à deux mains :

— Pourquoi ne dis-tu pas ce que tu penses, Guillaume? Je sais bien ce que tu endures et toi tu sais qu'il y a une solution et peut-être la seule : mon bateau.

Guillaume tressaillit comme un homme que l'on éveille.

— Qu'est-ce que tu as dit?

— Je viens de te proposer d'emmener Elisabeth. Songe que le *Delaware* bat pavillon américain — celui que l'on respecte le plus dans les ports français! —, que rien ne s'oppose à ce que j'y embarque des membres de ma famille sur lesquels je veillerai comme un père, et qu'en tout état de cause l'autre côté de l'Atlantique n'est jamais qu'à trois ou quatre semaines de navigation!

Guillaume passa une main lasse sur son visage aux traits tirés et vint s'asseoir auprès de son ami.

— J'avoue que l'idée m'est venue de te le demander, soupira-t-il, mais je n'osais pas. Et puis... mes enfants chez ces Américains que je déteste presque autant que les Anglais...

— Tu aimeras John Dawson! Il faudra bien d'ailleurs que tu t'y fasses si tu veux venir voir tes enfants : de longues années passeront avant qu'un bateau français puisse pénétrer dans le port de Québec[1]. Pas d'interdit dans celui de New York, bien au contraire! Un navire aux trois couleurs y est accueilli en frère. Rien n'empêchera les tiens d'y venir autant que tu voudras. Quant à moi, j'ai une maison à Albany où Elisabeth pourra rester jusqu'à ce que j'aie tout mis en place pour la ramener officiellement au Canada. Ce qui prendra un peu de temps!

1. Jusqu'en 1856.

— Que diront tes filles ? Elles pourraient trouver cette intrusion plutôt amère ?

— Je te rappelle que l'une est religieuse. Quant à l'autre, c'est la meilleure créature du monde. Que ce soit à Albany ou à Québec, Elisabeth sera entourée, protégée. A présent, si tu vois une autre solution, ajouta François du bout des lèvres comme s'il craignait que, justement, Guillaume n'en eût trouvé une.

— Non, dit celui-ci, mais un inconvénient tout de même. Le *Delaware* est venu décharger et charger. Il ne peut mettre à la voile dans les vingt-quatre heures ?

— Avec la saison qui avance nous n'avions prévu qu'une escale d'une semaine. Si tu es d'accord, j'emmène Elisabeth demain soir et je fais presser le mouvement. De toute façon une fois à bord, c'est-à-dire en territoire américain, elle n'aura plus rien à craindre de M. Fouché.

— Demain ! dit Guillaume avec quelque chose qui ressemblait à un sanglot. Demain déjà ? Oh ! mon Dieu !

— Préfères-tu attendre l'arrivée de l'inspecteur Pasques ?

— Non... Non, tu as raison ! C'est mon égoïsme qui se plaint alors que je devrais te remercier à genoux ! François, François... tu sauves ma fille et moi je gémis ! Mais c'est fini ! Je vais prendre les dispositions nécessaires à son départ.

— A mon tour, je te remercie de ta confiance, mais crois-tu qu'Elisabeth sera d'accord ?

— Il le faudra bien ! Il n'y a plus de temps pour nos états d'âme. Au surplus, elle était prête à suivre son époux jusqu'en Turquie. Pour son fils, elle acceptera cette nouvelle séparation.

Cette nuit-là Guillaume ne se coucha pas. Jusque très tard, il resta assis à sa table de travail, examinant des papiers, en rédigeant d'autres, taillant dans sa fortune une part pour ceux qui allaient partir avec l'horrible impression de faire un testament à l'envers. Dans une serviette de maroquin vert, il rangea une lettre de change sur les caisses Lecoulteux que n'importe quelle banque américaine accepterait, quelques participations à différentes entreprises hollandaises ou hanséatiques dont il expliquerait la valeur à François Niel, une somme en pièces d'or et enfin l'acte de mariage dressé en double exemplaire par l'abbé Nicolas à l'intention des jeunes époux et dont seul celui-là, confié par Elisabeth à son père, subsistait sans doute. Il écrivit aussi une longue lettre pour celle qui allait le quitter, après quoi, armé d'une chandelle, il sortit de son cabinet de travail, remonta silencieusement jusqu'à sa chambre et s'y enferma.

Posant sa bougie sur une table, il la déplaça, rabattit un coin du tapis et, à genoux sur le parquet, en souleva une lame à l'aide d'un canif, découvrant un petit coffre d'acier dont la clef ne quittait jamais sa chaîne de montre. C'était une petite boîte tout juste assez grande pour ce qu'elle contenait : une autre clef qu'il garda dans sa main pour se rendre dans son cabinet de toilette.

Là, derrière une boiserie mobile, se trouvait une cachette aménagée par Potentin et lui-même peu de temps après la construction de la maison et dont eux seuls connaissaient la présence. Il y avait des années que Guillaume ne l'avait ouverte : elle renfermait ce qui avait été le trésor de Jean Valette, son père adoptif, rapporté des Indes peu d'années avant la Révolution : une collection de très belles pierres non montées : rubis, saphirs et émeraudes, plus trois diamants roses jadis offerts au négociant de Porto Novo par son ami le nabab Hayder Ali.

Jamais Guillaume n'avait pu se résoudre à y toucher, même dans ses plus grandes difficultés : il réservait ces merveilles à ses enfants mais cette nuit, le moment était venu d'en faire le partage. Triant soigneusement les pierres dont l'éclat scintillait sous la douce lumière de la bougie, il en fit trois parts égales, en enveloppa une dans un petit sac de daim, rangea les autres et remit tout en place.

Revenu dans sa bibliothèque, il déposa le petit sac dans le maroquin. S'asseyant dans le grand fauteuil d'ébène et d'ivoire à têtes d'éléphants qui avait été celui de Jean Valette, il éteignit tout et, laissant enfin le chagrin l'envahir, il compta l'une après l'autre chacune des minutes de cette dernière nuit d'Elisabeth aux Treize Vents et attendit le jour. Quand le soleil brillerait, il monterait chez elle pour lui apprendre que si elle voulait garder une chance d'être heureuse il lui fallait partir.

Il craignait une révolte, un refus, des larmes peut-être. En tout cas une réaction violente, mais il n'en fut rien et il comprit qu'elle avait changé plus encore qu'il ne le croyait. Elisabeth écouta son père sans mot dire puis elle alla prendre son fils dans le berceau et le serra tendrement contre sa poitrine :

— Il n'y a rien d'autre à faire? demanda-t-elle.

— Rien, hélas! Nous devons penser seulement que l'arrivée de François est une vraie chance! Sans lui...

— Je sais mais... mon époux quand il viendra?

— Il y aura toujours un bateau pour te l'amener. Je te le promets.

Elle eut un petit sourire triste, releva un instant

les yeux sur son père. Guillaume vit alors qu'ils étaient pleins de larmes.

— Et vous... et tous ceux d'ici ? Vous reverrai-je ?

— Tu peux en être sûre ! Aucune tyrannie ne pourra jamais faire que nous soyons à jamais séparés, nous les Tremaine !

— Jurez-le ! Jurez que vous me rejoindrez ou que je reviendrai !

— Sur ma vie, sur la tienne, je te le jure !

Alors, tenant toujours l'enfant endormi, elle vint se blottir dans ses bras et ils restèrent un long moment étroitement embrassés. C'est ainsi qu'ils se dirent adieu...

Quand la voiture, escortée à cheval par Arthur, Adam et Daguet, eut disparu au tournant de la grille, Guillaume, appuyé d'une main sur sa canne et de l'autre sur Potentin qui semblait vieilli de dix ans, rentra chez lui. Dans le vestibule, il n'y avait plus personne. A sa demande, les femmes s'étaient rassemblées dans la cuisine autour de Mlle Anne-Marie pour lui laisser le dernier regard. Elles savaient qu'il avait besoin d'être seul pour mieux suivre par la pensée le chemin si connu qu'allaient emprunter la berline chargée de bagages et ses occupants. Car, bien sûr, Elisabeth ne partait pas seule : outre François Niel, Béline avait pris place auprès d'elle pour partager désormais son sort.

— Elle aura besoin de moi autant que j'ai besoin d'elle et du petit, déclara cette femme simple que l'on avait crue sotte beaucoup trop longtemps.

En fait, la difficulté avait été d'empêcher d'autres volontaires de se joindre à l'expédition. Arthur d'abord, que cette nouvelle séparation désespérait et puis Victor Guimard qui, du fond de son lit, suppliait qu'on lui permette d'embarquer, lui aussi jurant qu'il ne voulait plus servir la police de Fouché et qu'en mer les blessures guérissaient beaucoup plus vite. Il fallut lui administrer un calmant pour le faire tenir tranquille. Encore s'endormit-il en jurant qu'une fois guéri, personne ne pourrait l'empêcher d'aller chercher fortune en Amérique, singulièrement dans la vallée de l'Hudson...

Guillaume lui enviait cette espérance, lui qui n'avait même pas le droit d'accompagner jusqu'au bateau ses enfants bien-aimés. Ne fallait-il pas qu'il soit là quand l'inspecteur Pasques ferait son apparition dans une heure, un jour, plusieurs jours ? Son absence pouvait avoir des conséquences trop dramatiques.

Au seuil des salons, il abandonna le bras de Potentin qui demanda :

— Voulez-vous que je reste un peu avec nous ?

— Non, mon vieil ami. Je suis comme les animaux, tu sais. Je cherche la solitude quand ça va mal.

Lentement, il traversa les pièces désertes dont les fenêtres grandes ouvertes laissaient entrer toutes les odeurs du jardin. La journée avait été magnifique et cette fin d'après-midi pleine de douceur. En passant, Guillaume détaillait comme s'il les voyait pour la première fois les meubles et les objets, les tentures et les coussins qui ornaient sa demeure. Que tout cela allait être triste à présent sans la grâce d'une maîtresse de maison ! Un jour, bien sûr, il en viendrait une : la femme d'Arthur, ou celle d'Adam, mais en attendant combien d'années allaient-elles s'écouler ?

D'un pas pesant, il gagna sa « tanière », le refuge

du vieux fauteuil et s'y laissa tomber les coudes aux genoux, la tête dans ses mains, essayant vainement de se raisonner, de retenir de nouvelles larmes. Que lui arrivait-il pour se montrer si faible ? Il possédait la puissance de l'argent, des bateaux, toutes les possibilités de revoir sa fille tous les ans s'il le voulait. Et puis il y avait les garçons ! Est-ce qu'il avait cessé de les aimer ? Est-ce que celle qui s'en allait avec son petit prince exilé emportait tout son cœur avec elle ? Bien sûr que non ! Pourtant l'affreuse pensée que les Treize Vents venaient de perdre leur âme à tout jamais ne cessait de le ronger.

Un grincement du parquet, un léger froissement d'étoffes vint le chercher au fond de sa misère et lui arracha un grognement mouillé :

— Pardonnez-moi, Anne-Marie, mais je ne veux pas être dérangé, pas ce soir !

— Et moi je ne veux pas que vous restiez seul ! Ni maintenant ni plus tard.

Il laissa tomber ses mains, vit devant lui une robe de soie qu'il saisit comme s'il craignait qu'elle ne fût une illusion et ne disparût.

— Rose ! Est-ce que je rêve ?

— Peut-être mais, en ce cas, nous allons rêver ensemble !

— Comment êtes-vous ici ? Je n'ai rien entendu...

— Parce que je suis là depuis au moins une heure, à errer sous vos arbres. Ce midi, Elisabeth m'a fait porter une lettre pour me dire adieu. Alors j'ai su qu'il fallait que je vienne. Guillaume, mon cher Guillaume, ne soyez pas malheureux ! Vous la retrouverez. Il suffit seulement de savoir attendre.

— Si vous attendez avec moi j'aurai toutes les patiences. Mais, Rose, avez-vous vraiment dit que vous ne vouliez plus que je sois seul, plus jamais ?

Il s'était levé pour mieux admirer le reflet de soleil dans ses cheveux d'or rouge, dans le scintillement de ses yeux verts, mais il n'osait pas encore la prendre dans ses bras.

— Plus jamais, Guillaume ! Je l'ai dit...

— Vous m'aimez donc encore un peu ?

— Je n'ai jamais cessé de vous aimer. Surtout, je crois, quand je voulais tellement vous détester !

Alors, il osa. Et l'on n'entendit plus que le cri d'une mouette perchée sur le toit des Treize Vents... les Treize Vents qui garderaient leur âme.

Le samedi 4 décembre 1804, Guillaume Tremaine épousait Rose de Montendre dans l'église de La Pernelle, à l'heure même où, dans Notre-Dame illuminée, Napoléon Bonaparte recevait l'onction du sacre. Bien loin de là, de l'autre côté du grand océan, un enfant du sang des rois, exilé, commençait une nouvelle existence.

Les Tremaine, eux, continuaient.

Saint-Mandé, février 1994

FIN

TABLE

Première partie
La Traque (été 1803)

Deuxième partie
La «Duchesse»

Troisième partie
La déchirure (1804)

Ouvrage composé par Graphic Hainaut
et achevé d'imprimer en avril 1994
sur presse CAMERON
dans les ateliers de la S.E.P.C.
à Saint-Amand-Montrond (Cher)

N° d'Édition : 84 N° d'Impression : 906
Dépôt légal : avril 1994.

Imprimé en France

ISBN 2-260-01115-2